MÖRDERISCHES

BAMBERG

Werner Rosenzweig

MÖRDERISCHES BAMBERG

EIN FRANKEN-KRIMI

Volk Verlag München

Die Deutsche Bibliothek verzeichnet diese Publikation in der Deutschen Nationalbibliografie; detaillierte bibliografische Daten sind im Internet über http://dnb.ddb.de abrufbar.

2. Auflage August 2021

Neumarkter Straße 23; 81673 München
Tel. 089 / 420 79 69 80; Fax: 089 / 420 79 69 86

Druck: cpi books, Leck

ISBN 978-3-86222-290-2

www.volkverlag.de

FSC www.fsc.org
MIX
Papier aus verantwortungsvollen Quellen
FSC® C084279

Prolog – Johanna

Johanna, die Tochter von Max und Irmgard Sonnleitner, sah schon von Kindesbeinen an immer blass und kränklich aus. Ihre feinen, hellen Gesichtszüge ähnelten denen einer Porzellanpuppe. Leicht zerbrechlich, fast durchscheinend. Auch ihr zarter Körperbau vermittelte stets den Eindruck von Anfälligkeit und Instabilität. Doch der erste äußere Eindruck konnte täuschen. Wenn sie wollte, konnte Johanna durchaus zäh und widerspenstig sein. Sie hatte ihren eigenen Kopf, wie man so schön sagt. Außerdem war sie in hohem Maße intelligent und wusste ihren Willen durchzusetzen.

Als sie fünf Jahre alt war, bemerkte das Kindergartenpersonal erstmals zentralnervöse Bewegungsstörungen an ihr. Der Körper des Mädchens verfiel ab und an in eigenartige Zuckungen, die Johanna offensichtlich nicht beeinflussen konnte. Ganz am Anfang dauerten sie nur wenige Sekunden. Im Laufe der Zeit kamen die Anfälle in immer kürzeren Zeitabständen und die wilden Zuckungen und Körperverrenkungen konnten bis zu einer halben Minute andauern. Hinzu kamen seltsame gutturale Laute, die sie von sich gab, die aber niemand verstand. In diesen Phasen hatte sie ihren Körper nicht mehr unter Kontrolle.

„Sie kann nichts dafür", diagnostizierte ein Facharzt. „Ihre Tochter ist krank", klärte er nach mehreren Untersuchungen die Eltern auf, „ich vermute bei ihr eine seltene Krankheit. Das sogenannte Tourette-Syndrom, eine nervliche Erkrankung genetischen Ursprungs. Neben den nervösen Zuckungen, den sogenannten Tics, kommt bei Ihrer Tochter aber noch eine weitere Begleiterscheinung hinzu. Eine Aufmerksamkeitsdefizit-Hyperaktivitätsstörung, was man abgekürzt auch als ADHS bezeichnet."

Max und Irmgard Sonnleitner waren geschockt, als sie den Erklärungen des Arztes lauschten.

„Was kann man dagegen tun?", wollte Johannas Vater wissen.

„Ist die Krankheit heilbar?", fiel ihre Mutter ein.

„Nun, auf jeden Fall müssen wir Ihre Tochter medikamentös behandeln", riet der Arzt, „was aber nicht heißen muss, dass die

Medikamente Heilung bringen. Sie können günstigenfalls bewirken, dass die Anfälle in längeren Zeitabständen, also weniger häufig und weniger heftig erfolgen. Ob Johanna je wieder gesund wird, kann ich heute noch nicht sagen, aber es gibt Hoffnung. Es gibt Fälle, bei denen die Krankheit nach der Pubertät so gut wie völlig abklingt beziehungsweise gänzlich verschwindet. Wie sich das bei Ihrer Tochter entwickeln wird, kann Ihnen heute niemand vorhersagen. Wichtig ist jedenfalls die Schule. Ich meine vor allem das Klassenumfeld und die Lehrerschaft. Sie wissen, Kinder können grausam sein. Einige könnten sich lustig machen über Johannas Krankheit. Wenn das passiert, müssen die Lehrer sofort einfühlsam einschreiten. Johanna darf kein Mobbing-Opfer werden, denn das könnte sich nur negativ auf den weiteren Krankheitsverlauf auswirken."

„Warum gerade Johanna? Warum hat Gott ausgerechnet uns damit bestraft?"

Je älter ihre Tochter wurde, desto häufiger traten die Anfälle auf. Nebenwirkungen der Medikamente blieben nicht aus. Johanna wurde häufig schwindelig, ab und an konnte sie nur noch verschwommen sehen und sie klagte über Benommenheit.

Ihre Eltern litten mit ihr und entwickelten eigene Schuldgefühle. „Was für ein unerzogener Fratz", mussten sie sich anhören, wenn sie mit Johanna im Eiscafé saßen und ihre Tochter mal wieder von einem ihrer Anfälle geplagt wurde. „Schlechte Angewohnheiten, versäumte Erziehung ... Liegt wohl am Elternhaus ... Wenn das mein Kind wäre ..."

Die Sonnleitners hatten österreichische Wurzeln. Ihre Vorfahren kamen aus der Steiermark, ganz in der Nähe von Graz, und ihre nächsten Verwandten lebten immer noch in dieser Gegend. Vor zwei Jahren war die Familie von Österreich nach Strullendorf bei Bamberg umgezogen. Ausschließlich wegen der Krankheit ihrer Tochter.

Bei Johanna stand im Herbst der Wechsel von der Grundschule an ein Gymnasium an. Lange hatten sie im Internet recherchiert, welche Schule für ihre Tochter am besten geeignet wäre. Dann waren sie auf die Einrichtung der *Santi-Figli-di-Dio* in Bamberg gestoßen, deren Träger das Erzbistum Bamberg war. Diese *Heiligen Kinder Gottes* seien eine Laienorganisation der römisch-katholischen Kirche, die im Bereich der Seelsorge und der geistlichen Bildung von minderjährigen Kindern wirke, lernten sie, als sie sich lange genug mit der Website von Santi-Figli-di-Dio auseinandergesetzt hatten.

Die Sonnleitners waren besonnene Leute. Sie brachen nichts übers Knie und holten sich auch andernorts Rat zu der kirchlichen Laienorganisation ein. Sie sprachen mit den Zuständigen in den Diözesen Wien, St. Pölten und Linz.

„Wer sagt Ihnen denn, dass nicht der Teufel selbst die Krankheit über Ihre Tochter gebracht hat?", meinte der Wiener Beauftragte des Befreiungsdienstes. „Glauben Sie mir, der Satan ist omnipräsent. Mit unseren Exorzismen haben wir nur gute Erfahrungen gemacht." Doch die Sonnleitners wollten nichts von Exorzismus hören. „Ich selbst bin auch ein Mitglied von Santi-Figli-di-Dio und kann Ihnen die Bamberger Schule nur wärmstens ans Herz legen", fuhr der Geistliche fort. „Wenn Sie möchten, kann ich bei der örtlichen Organisation auch ein gutes Wort für Sie einlegen."

„Unsere Erziehung und Bildung basiert auf der Grundlage des christlichen Menschenbildes", versicherte wenige Tage darauf der Schulleiter, Dr. Johannes Sieber, den Sonnleitners. „Wir sind ein Internat und können uns so rund um die Uhr und individuell um jeden einzelnen unserer Schüler kümmern. Sehen Sie, bei Santi-Figli-di-Dio handelt es sich um eine im Jahr 1963 von dem italienischen Bischof Angelo Marotti gegründete Laienorganisation der römisch-katholischen Kirche in Form einer Personalprälatur. Was heißt das? Eine Prälatur ist eine vom Zweiten Vatikanischen Konzil angeregte und eingeführte institutionelle Rechtsform der römisch-katholischen Kirche. Papst Paul VI. hat sich damals noch persönlich für deren Gründung eingesetzt. Santi-Figli-di-Dio soll sich in besonderem Maße seelsorgerisch und mit Bildungsauftrag um Kinder kümmern, die Probleme jeglicher Art haben. Natürlich stehen das Kirchliche und die Lehre der katholischen Kirche dabei auch mit im Vordergrund. Schließlich bezuschusst der Vatikan das Vorhaben." Dr. Sieber lächelte und breitete die Arme aus. „Wir sind quasi eine gottgewollte Bewegung zum Schutze Minderjähriger und ein Vorzeigeprojekt in ganz Europa, arbeiten aber ganz im Stillen, ohne große Selbstdarstellung. Falls gewünscht, ist unsere Einrichtung sogar während der offiziellen Schulferien für unsere Schüler offen. Wir bieten ununterbrochene Betreuung, auch Nachhilfe. Insbesondere für leistungsschwächere Jugendliche wird dieses Angebot seitens der Eltern gerne angenommen."

Am ersten Schultag im Herbst stand Johanna Sonnleitner mit ihren Eltern pünktlich um viertel vor acht vor dem Gebäude der Santi-Figli-di-Dio-Schule. Ihr Vater hatte als Bilanzbuchhalter schnell einen Job bei einem ortsansässigen Steuerberater gefunden und ihre Mutter wollte erst abwarten, wie es Johanna in der neuen Schule gefiel, bevor sie sich um eine Halbtagsstelle, vielleicht als Kassiererin, umsehen würde. Alle hofften auf einen neuen, besseren Lebensabschnitt.

Doch es sollte ganz anders kommen.

Ein knappes Jahr später

Samstag, 26. August

Wieder so ein Tag, an dem Franziska Berger ihren Job hätte verfluchen können. Warum war sie auch so blöde gewesen, den Telefonanruf überhaupt entgegenzunehmen? Sie hätte es riechen müssen, als das Display ihres Mobiltelefons das Wort *Unbekannt* anzeigte. Als dann auch noch die näselnde Stimme ihres Leitenden Redakteurs Bernd Hühnertod wie aus einem Schleimbeutel in ihr rechtes Ohr kroch, war sie schon bedient.

Hühnertod! Sie mochte ihn nicht. Er hatte anscheinend von seinem privaten Festnetz aus angerufen. Ein klebriger Typ. Mitte 40, verheiratet, zwei Kinder und männlich attraktiv wie eine Schuhschachtel voller Kellerasseln. Doch das rüttelte in keinster Weise an seinem Selbstwertgefühl. Ständig versuchte er, einen seiner kurzen, speckigen Arme um seine weiblichen Mitarbeiterinnen zu legen, wenn er während gemeinsamer Besprechungen eine Chance dazu sah und es als opportun empfand. Widerlich. Vielleicht wollte er durch diese Gestik tatsächlich nur Teamgeist signalisieren, vielleicht auch nicht.

Dieser talgige Typ mit seiner blassen Haut und dem geschliffenen Hochdeutsch kam in der Redaktion nirgends gut an. Ein „Preuße" aus Wolfenbüttel, was wollte der in Franken?

„Franziska, wir haben eine Leiche", fiel er mit der Tür ins Haus, an diesem wunderschönen Samstagmorgen im August, „direkt vor deiner Haustür."

Franziska verschluckte sich fast an ihrem Kaffee. Sie saß gerade an ihrem spärlichen Frühstück mit Toast und Bamberger Hörnla.

Wir haben eine Leiche! Sie spürte, wie ihr der blanke Zorn den Hals hochkroch, und spülte ihn schnell mit einem Schluck *Tchibo Milde* hinunter, denn die näselnde Stimme in ihrem Ohrn fuhr schon fort: „Franziska, dank meiner exzellenten Beziehungen zur hiesigen Polizeiinspektion erhielt ich eben einen Anruf. Im Linken Regnitzarm, direkt an der Schleuse 100, hat der Fluss einen Leichnam angespült. Ein Jogger hat die Polizei informiert. Angeblich soll es sich um ein Kind handeln. Vertreter der Spurensicherung sind auf dem Weg dorthin und die KTU der Kripo Bamberg schickt auch ihre Leute. Du wohnst ja quasi um die Ecke. Mach dich schnell auf die Socken. Am besten gleich. Und Franziska, ich brauche Fotos, jede Menge Fotos!"

Franziska Berger, Lokalredakteurin und ermittelnde Reporterin des *Fränkischen Tags*, wünschte ihrem Leitenden Redakteur insgeheim die Pest an den Hals. *Dank meiner exzellenten Beziehungen* ... Angeber! Kein: „Ich weiß, es ist Samstag und es ist eigentlich dein freier Tag, aber könntest du bitte ..." Höflichkeit war diesem Typ fremd. Das Wort „Bitte" fehlte in seinem Wortschatz völlig. Wieder ein Wochenende, das er ihr gerade vermieste.

Franziska hatte sich schon des Öfteren dabei ertappt, dass sie an ihn zusammen mit seiner Frau denken musste. Eine hochaufgeschossene Klapperdürre mit dem Charme einer Gottesanbeterin. Wie es die beiden wohl miteinander ...? Igitt! Irgendwann musste die Interaktion jedenfalls erfolgreich gewesen sein, derweilen ein Junge und ein Mädchen aus dieser Verbindung hervorgegangen waren, die wie knöcherne Seepferdchen aussahen.

Eigentlich hätte in Bamberg an diesem Donnerstag die Sandkerwa rund um die Elisabethenkirche beginnen sollen, aber der Veranstalter, der Bürgerverein 4. Distrikt, hatte die Kirchweih im sogenannten Sand, einem Viertel der historischen Altstadt zwischen Regnitz und Dom, schon im Mai absagen müssen. Das erste Mal nach 66 Jahren und aus geradezu tragischem Grund: Die Sandkerwa war an ihrem eigenen Erfolg gescheitert. Im Laufe der letzten Jahrzehnte war sie einfach zu groß geworden. Mehr als 300.000 Besucher hatten sich in den letzten Jahren begeistert durch die engen Altstadtgassen gewälzt und die historischen Hinterhöfe besetzt, die unterjährig gar nicht zugänglich waren, sich aber während der Kirchweihzeit in buntgeschmückte Weinstuben und Tanzflächen verwandelten. Der ehrenamtliche Veranstalter hatte sich nun nicht mehr in der Lage gesehen, die aktuellen strengen Sicherheitsauflagen zu erfüllen, geschweige denn zu finanzieren.

Ein Aufschrei war durch die Stadt gegangen. Der Oberbürgermeister hatte sich eingeschaltet. Es hatte alles nichts geholfen. Im Gegenteil, einen CSU-Stadtrat hatte es den Job gekostet. Er hatte sich etwas ungeschickt geäußert – dass die Sandkerwa sowieso nur eine Belustigung für das Prekariat sei – und dann hinzugefügt: „Niedrige Schichten kommen zusammen, um sich zu besaufen." Mit diesen beiden kurzen Sätzen hatte er es geschafft, Hunderttausende Menschen zu beleidigen.

Franziska nippte erneut an ihrem Kaffee und biss herzhaft in ihren Frühstückstoast mit dem selbstgemachten Apfelgelee. Sie sah auf die Uhr. Mist, sie musste sich beeilen, wenn sie vor der Polizei an der Schleuse 100 eintreffen wollte. Von ihrer Wohnung im netten Gässchen Am Hollergraben aus war es wirklich nicht weit bis zum alten Ludwig-Donau-Main-Kanal, benannt nach seinem Bauherrn König Ludwig I., und zur Schleuse. Schnell sprang sie nach einer kurzen Katzenwäsche in ihren Adidas-Jogginganzug, schnappte sich ihre Canon G 3X mit dem 200 Millimeter Teleobjektiv und stürmte aus dem Haus.

Draußen überfiel sie die Hitze des jungen Tages. Wieder so ein Sommertag, der direkt aus dem Auge der Sonne gekrochen kam und den man später in die Kategorie „Klimawandel" einordnen würde. Franziska wickelte sich den Tragegurt ihrer Kamera eng ums Handgelenk und spurtete los.

Wo sich der Linke Regnitzarm mit dem Alten Kanal vereinte, stand eine kleine Menschenansammlung. Sieben Personen zählte Franziska, mitten unter ihnen ein hochgewachsener, schlanker Mann von vielleicht 40 Jahren, der wild gestikulierend auf die anderen einredete und ab und zu auf das Wasser vor der Schleuse deutete.

Franziska lief direkt auf die kleine Gruppe zu. „Entschuldigung, Franziska Berger vom *Fränkischen Tag*", stellte sie sich kurz vor. „Hier wurde eine Wasserleiche gefunden?"

Aus der Ferne trieb der laue Sommerwind das Heulen von sich schnell nähernden Martinshörnern heran. „Da unten", meldete sich der hochgewachsene Jogger, der noch immer inmitten der

Gruppe stand. Er zeigte auf das dunkle Wasser, das an der Steineinfassung des Kanals sanft hin und her schwappte. „Ich habe sie ganz zufällig entdeckt, als ich hier vorbeikam. Ist noch keine halbe Stunde her. Schrecklich. Hoffentlich ist die Polizei bald hier."

Franziska folgte der ausladenden Handbewegung des Mannes, trat näher an den alten Kanal heran und starrte auf den kleinen, nackten Körper, der – Rücken nach oben, Kopf, Arme und Beine fast komplett in den dunklen Fluten der Regnitz verschwindend – auf der Wasseroberfläche trieb. Die langen blonden Haare waren das Einzige, was sich an dem bedauernswerten Leichnam bewegte. Immer wieder griffen leichte Strömungen der Regnitz nach ihnen und wirbelten sie durcheinander.

Mechanisch griff Franziska nach ihrer Kamera, drückte den winzigen Einschaltknopf und betätigte die Zoom-Funktion. *Ich brauche Fotos, jede Menge Fotos,* fielen ihr die Worte dieses Wolfenbütteler Vollpfostens ein. Reporterin hin oder her – sie hasste sich dafür, was sie gerade tat. Sie nahm dem kleinen menschlichen Körper, der leblos auf dem Wasser dahintrieb, seine letzte Würde. Groß und fürchterlich entblößt erschien der Leichnam auf dem Display ihrer Kamera.

Klick, klick, klick, verrichtete sie ihre Arbeit, bis ihr eine Polizistin von hinten auf die rechte Schulter tippte: „Bitte treten Sie von hier zurück und begeben Sie sich hinter die Absperrung", vernahm Franziska fast erlösend. Dann wurde sie freundlich, aber bestimmt hinter das weiß-rote Plastikband geführt, hinter dem nun auch der Jogger und die restlichen Leute der ehemals siebenköpfigen Gruppe standen. Sie hatte sich zwischenzeitlich durch die Ankunft vieler Neugieriger mehr als verdoppelt. Drei weiß-blaue Polizeieinsatzfahrzeuge versprühten ihr rotierendes Blaulicht in den jungen, hellen Tag und Beamte der Spurensicherung stiegen in ihre Einweg-Schutzanzüge der Marke *Microgard 2000*. Ein Polizeiboot rauschte mit schäumender Bugwelle auf dem Fluss heran und verlieh der Szene zusätzliches Drama.

„Sie heißen?", vernahm Franziska eine tiefe Bassstimme in ihrem Rücken. Sie stammte von einem untersetzten, schnauzbärtigen

Mann mit dichten Augenbrauen, nicht größer als einen Meter 70, Mitte 50, lichtes Haupthaar, aber dennoch nicht unsympathisch – ein Eindruck, der von den vielen Lachfältchen um seine Augenwinkel und seinen Mund herrührte. „Entschuldigung, mein Name ist Harald Hagenkötter, Kriminalhauptkommissar und Leiter des Kriminaldauerdienstes der Kriminalpolizeiinspektion Bamberg." Während er sein Sprüchlein aufsagte, hielt er ihr seinen Dienstausweis unter die Nase. „Können Sie sich ausweisen? Was machen Sie hier? Warum haben Sie den Leichnam fotografiert?"

Franziska erwachte aus ihrer Lethargie. „Ich bin von der Presse", hörte sie sich sagen, „*Fränkischer Tag*. Ich bin zufällig hier vorbeigekommen. Ich wohne ganz in der Nähe."

„So so, zufällig hier vorbeigekommen", murmelte der Kriminalbeamte, „mit schussbereiter Kamera?"

„Die habe ich immer dabei, egal, wohin ich unterwegs bin", versuchte sich die Lokalreporterin herauszureden. „Man weiß ja nie, was einem so alles vor die Linse läuft."

„Oder schwimmt. Und wenn es eine Wasserleiche ist", ergänzte der Kriminalhauptkommissar. „Trotzdem haben Sie mir Ihren Namen noch immer nicht verraten."

„Oh, Entschuldigung. Franziska Berger. Franziska Berger vom *Fränkischen Tag*. Ich bin Leiterin der Lokalredaktion Bamberg und wohne hier gleich um die Ecke. Am Hollergraben. Und Sie sind der Leiter der Mordkommission Bamberg?", wollte sie wissen.

Der untersetzte Kriminalbeamte lachte auf. „Und Sie sehen wohl zu viele Kriminalfilme? So wie im Fernsehen läuft es im richtigen Leben bei uns nicht ab. Wir haben keine ständig besetzte Mordkommission. Erst, wenn tatsächlich ein gewaltsamer Todesfall vorliegt, gründen wir ein Ermittlungsteam und das wird von einem Kommissionsleiter geführt."

„Ist das denn der Fall? Ich meine, ein gewaltsamer Todesfall?"

„Dazu kann ich Ihnen keine Auskunft geben."

*

Franziska saß auf ihrer weißen Ledercouch im Wohnzimmer und hatte aus Bequemlichkeit die Beine auf die Glasplatte ihres Couchtisches gelegt. Hühnertod hatte schon dreimal ganz aufgeregt auf ihren Anrufbeantworter gesprochen und um dringenden Rückruf gebeten. Das war ihr im Moment herzlich egal. Das ging ihr quasi am Arsch vorbei. Sollte er doch in der Hölle schmoren.

Ihr ging das Bild des toten Kindes nicht mehr aus dem Kopf, das die Polizei schließlich aus der Regnitz geborgen hatte. Ein Mädchen, schätzungsweise zwischen zehn und zwölf Jahre alt. Mehr war von der Polizei erst nicht zu erfahren gewesen. Als Franziska aber eine junge Beamtin entdeckt hatte, die sie noch von ihrem Bericht über einen früheren Todschlag kannte, hatte diese ihr verraten, dass das Kind möglicherweise gar nicht ertrunken sei. Dagegen sprächen die Hämatome am Hals der Toten, das hätte der anwesende Rechtsmediziner auf den ersten Blick festgestellt. Natürlich müssten erst die Ergebnisse der bevorstehenden Obduktion abgewartet werden, um dies mit Sicherheit sagen zu können, hatte die junge Polizistin Franziska noch mit auf den Weg gegeben. „Aber von mir haben Sie die Information nicht!"

Auch Stunden später konnte sich Franziska nicht von dem Erlebnis an der Schleuse 100 lösen. Das tote Mädchen spukte in ihren Gedanken herum. Noch nie hatte sie eine Leiche, geschweige denn ein totes Kind fotografiert. Wo kam das Mädchen her? Hatte es hier in Bamberg gewohnt? War es hier zur Schule gegangen? Hatten seine Eltern schon eine Vermisstenanzeige aufgegeben? War es tatsächlich ermordet worden? Aber warum und wie zum Teufel war die Leiche in die Regnitz gekommen? Fragen über Fragen. Morgen am Sonntag, um elf Uhr, hatte die Kripo in der Schildstraße 81 eine Pressekonferenz anberaumt. Sie musste unbedingt dorthin, wollte wissen, was dem Kind zugestoßen war.

Sein tragischer Tod hatte ihr jedenfalls jegliche Lust auf einen geselligen Abend mit Freunden verleidet. Wie gut, dass die Sandkerwa heuer nicht stattfand. Wie hätte man bei Bier und Musik fröhlich feiern können, wohl wissend, dass ein kleiner, aufgeschnittener und wieder zugenähter Körper in einem Kühlfach des

Instituts für Rechtsmedizin in Erlangen auf die Lösung eines möglichen Verbrechens wartete?

Pressekonferenz

Sonntag, 27. August

Franziska Berger traf eine halbe Stunde vor elf Uhr an dem vierstöckigen Gebäude der Kriminalpolizeiinspektion in der Schildstraße ein. Der Wolfenbütteler hatte sie schon wieder genervt. Um 18 Uhr wollte er ihren Bericht für die Montagsausgabe haben. „Du kriegst die komplette erste Seite, Franziska“, hatte er gelokt, „und von mir aus auch die ganze dritte, wenn du sie brauchst. Bleib dran. Versuch, so viele Informationen wie möglich zu bekommen. Ich verlasse mich auf dich.“

Das Getue nervte sie. Sie selbst wollte wissen, was mit dem toten Kind passiert war, und konnte dabei zum Glück von ihrem Presseausweis profitieren. Scheiß doch auf die Auflage der Zeitung. Menschlichkeit ging in so einem Fall vor Geschäft.

Franziska kannte den Weg zum Presseraum der Kripo im Erdgeschoss. Es war schon allerhand los. Die meisten Kollegen der Konkurrenzblätter waren schon da. Der *BR* war mit einem Kamerateam vertreten. Schnell sicherte sie sich einen freien Platz in den vorderen Reihen. Alles war vorbereitet. Die Namensschildchen auf dem langgezogenen Konferenztisch vor ihr standen schon. Sie las von links nach rechts: *Polizeimeister Helmut Vorndran, Aktenführer / Prof. Franziskus Stich, Rechtsmediziner und forensischer Anthropologe / Werner Grandjean, Kriminalkommissar und Pressesprecher / Harald Hagenkötter, Kriminalhauptkommissar und Kommissionsleiter.* Auf der Stirnwand hinter der noch leeren Stuhlreihe prangte in großen Buchstaben *Polizeipräsidium Oberfranken.*

Pünktlich um elf Uhr öffnete sich eine Seitentür. Die auf den Namensschildern Angekündigten hielten Einzug und nahmen ihre Plätze ein. Unruhe kam auf, Papier raschelte und die ersten Blitzlichter zuckten durch den Raum. Pressesprecher Grandjean griff nach seiner Brille, setzte sie auf seine Nasenspitze und sah über den Brillenrand in die Menge der anwesenden Journalisten. Es kehrte gespannte Ruhe ein. Alle hingen an den Lippen des Pressesprechers. Der ließ sich Zeit, bis auch der letzte Husterer, das letzte Schnäuzen verklungen waren.

„Meine Damen und Herren von den Medien", begann er, „ich heiße Sie herzlich willkommen hier in der Kriminalpolizeiinspektion Bamberg, auch wenn der Anlass dazu nicht gerade ein freudiger ist." Dann stellte er seine Kollegen links und rechts neben sich vor, bevor er zur Sache kam: „Wie Sie zwischenzeitlich alle wissen, wurde gestern gegen neun Uhr ein auf dem Linken Regnitzarm treibender weiblicher Leichnam entdeckt, den der Fluss in Höhe der Schleuse 100 angetrieben hat. Einem Jogger ist der Leichnam aufgefallen, er hat über sein Mobiltelefon unverzüglich die Notfallrufnummer 110 angerufen. Vor Ort stellte sich heraus, dass es sich bei dem Leichnam um ein Mädchen im Alter von vermutlich elf Jahren handelte. Die Tote war völlig entkleidet, persönliche Gegenstände wurden weder an ihrer Person noch im Umkreis der Fundstelle entdeckt, was unter anderem dazu führt, dass wir ihre Identität noch nicht feststellen konnten."

„Ist es richtig, dass das Mädchen einem Verbrechen zum Opfer fiel?", schrie ein Reporter der *Nordbayerischen Nachrichten* ungeduldig dazwischen.

„Lassen Sie uns bitte erst vollständig berichten, bevor wir auf Ihre Fragen eingehen", wehrte Grandjean die Frage ab. „Aber so viel vorab: Ja, es ist richtig, dass unser Rechtsmediziner und forensischer Anthropologe, Herr Professor Dr. Stich, bereits am Fundort Würgemale am Hals des Opfers festgestellt hat. Herr Professor Stich und einer seiner Kollegen haben die Tote zwischenzeitlich in der Rechtsmedizin Erlangen obduziert und der Herr Professor wird Sie gleich über die wesentlichen Erkenntnisse seiner Untersuchung informieren." Ein langer Blick fiel über den Brillenrand auf die versammelte Presse. „Kommen wir noch einmal kurz auf die Tote zurück: Bis jetzt liegen uns keine Vermisstenanzeigen vor. Wir tappen also im Dunkeln, um wen es sich bei dem toten Kind handelt. Was die Todesursache beziehungsweise die Gründe der Tat anbelangt, ermitteln wir in alle Richtungen, von Menschenhandel bis zum Sexualdelikt. Zu Todeszeitpunkt und -umständen bitte ich nun Herrn Professor Stich um seinen Bericht. Herr Professor?"

Der Rechtsmediziner sah in die Runde und räusperte sich. Er hatte bisher geradezu teilnahmslos gewirkt, fast wie ein Fremdkörper in der illustren Runde. Sein faltiges Gesicht ruhte aufgestützt in seinen Fingern. Sein Blick über den dicken Tränensäcken hatte irgendwo an der Decke gehangen, doch nun angesprochen kam Leben in seine stahlgrauen Augen und er ergriff das Wort: „Die Frage lautet doch: Ist das Kind in der Regnitz ertrunken oder wurde es bereits tot in dem Gewässer abgelegt, was man im Übrigen als Leichen-Dumping bezeichnen würde. Sprechen wir zuerst über das Ertrinken an und für sich: Der Tod tritt hierbei nach fünf typischen Phasen ein. Die kritischste ist die Phase drei, Dyspnoe genannt. Dabei ist der Ertrinkende bereits unter Wasser geraten und sein Körper versucht früher oder später zwangsweise, das letzte Mal nach Sauerstoff zu schnappen. Doch es ist bereits zu spät. Bei diesem letzten Luftschnappen wird Wasser aspiriert, das sich dann in den Atemwegen mit Luft und Schleim vermischt. Nur ein noch lebender Körper zeigt diese Reaktion. Ich meine dieses letztmalige, verzweifelte Schnappen nach Sauerstoff." Professor Dr. Stich ließ den Mund auf- und zuklappen wie ein Fisch. „Wird dagegen ein bereits toter menschlicher Körper im Wasser abgelegt, bleibt dieses letzte Luftschnappen verständlicherweise aus. Beim Tod durch Ersticken hingegen, zum Beispiel wenn jemand erdrosselt wird, zeigen sich andere Symptome, sogenannte Tardie'sche Flecken. Auffällige Erstickungsblutungen unter dem Lungenfell – wie im Fall unserer weiblichen Leiche. Vor diesem Hintergrund ist das Ergebnis meiner Untersuchungen eindeutig: Das Mädchen war bereits tot, als es in den Fluss geworfen wurde. Das heißt, wir sprechen von einem gewaltsamen Tod, vermutlich von Mord."

Das hektische Kratzen von Stiftspitzen über Papier, gepaart mit eifrigem Tastaturklappern, erfüllte den Raum.

Stich hob einen Finger und dozierte weiter: „Das bringt uns zum Todeszeitpunkt. Dazu ist generell zu sagen, dass der Verwesungsprozess eines menschlichen Körpers im Wasser wesentlich langsamer voranschreitet als dies an der Luft der Fall ist. Dennoch, auch unter Wasser tun unsere bekannten Darmbakterien ihren Dienst, verstoffwechseln den menschlichen Körper von innen her und produzieren dabei Gase. Irgendwann reicht die Dichte der Leiche dann nicht mehr aus, um den Körper unter Wasser zu halten, er treibt an die Oberfläche. Das alles hängt von verschiedenen Faktoren ab, wie beispielsweise der Wassertemperatur, der Wasserqualität, der Wassertiefe und anderen Gegebenheiten. Je tiefer eine Leiche im Wasser liegt, desto höher ist der Wasserdruck. Einmal in große Tiefe gesunken, kommt der Ertrunkene wahrscheinlich nie mehr nach oben.“ Der Professor gestikulierte und redete sich regelrecht in Rage: „In der Regnitz herrschen aber eigene Bedingungen, insbesondere was die derzeitigen Wassertemperaturen anbelangt. Nach meinen Einschätzungen, basierend auf besagten aktuellen äußeren Bedingungen, dürfte das tote Mädchen vor sieben bis zehn Tagen im Fluss abgelegt worden sein. Dennoch – dass sie gefunden wurde, ist ein großer Zufall, denn länger als 30 Minuten treibt ein menschlicher Körper im Normalfall nicht an der Wasseroberfläche. Irgendwann sind die Gase aus ihm entwichen, dann taucht er natürlich wieder unter. Auf eines muss ich in diesem Zusammenhang deutlich hinweisen: Der Grund des Linken Regnitzarms ist außergewöhnlich stark bewachsen, dazu kommen Hindernisse wie Steine und verhaktes Geäst, teils sogar knapp unter der Wasseroberfläche. Dies könnte dazu geführt haben, dass der Leichnam sich unter Wasser verhakt hat, vielleicht sogar mehrmals, und der Verwesungsprozess so beeinflusst wurde. Auch postmortaler Tierfraß, zum Beispiel durch Aale, kann einen hohen Einfluss auf die Treibedauer an der Oberfläche haben. Dennoch: An der Schleuse 100, wo die Leiche des Mädchens entdeckt wurde, verursacht die Strömung der Regnitz leichte Wirbel. Nur so ist es aktuell zu erklären, dass die Tote nach der langen Liegezeit im Wasser noch auf der Oberfläche trieb.“

Der Rechtsmediziner sah einen Moment versonnen in die Runde. „Soweit meine Ausführungen“, endete er dann und schien selbst erstaunt, endlich zum Punkt gekommen zu sein.

„Darf ich noch einen kurzen Moment um Ihre ungeteilte Aufmerksamkeit bitten“, schaltete sich nun Kriminalhauptkommissar Hagenkötter in die Gesprächsleitung ein und unterband damit die aufkommende Unruhe. „Sie haben alle gehört, was der Professor gesagt hat. Wir konzentrieren uns bei unseren Ermittlungen also auf verdächtige Vorgänge, die sich vor rund sieben bis zehn Tagen am Flussufer zugetragen haben könnten und möglicherweise beobachtet wurden. – Und nun zu Ihren Fragen.“

In der ersten Reihe hob ein *BILD*-Reporter den rechten Arm und schoss direkt seine Frage ab: „Was tun Sie im Moment, um die Identität des Opfers festzustellen?“

„Nun, unsere Teammitglieder konzentrieren sich zunächst auf alle Schulen in Bamberg und der näheren Umgebung. Ob wir allerdings jetzt in der Ferienzeit die betreffenden Schulleiter antreffen werden – wir werden sehen. Parallel erhoffen wir uns durch Ihre Berichterstattung Hinweise aus der Bevölkerung.“

Auch Franziska hatte ihre Hand gehoben.

„Ja, Frau Berger?“, erteilte ihr Hagenkötter das Wort.

„Gibt es konkrete Hinweise, dass das Mordopfer sexuell missbraucht wurde?“, wollte sie wissen. „Ich meine, wenn Sie schon in Richtung Sexualdelikt ermitteln? Schließlich ist es doch nicht normal, dass ein Kind völlig nackt in der Regnitz treibt?“

„Tut mir leid, darauf kann ich keine Antwort geben. Das könnte unsere Ermittlungsarbeit negativ beeinflussen.“

„Also *ja*“, ließ die *Fränkischer-Tag*-Reporterin nicht locker.

„Keine weiteren Kommentare dazu.“

„Warum sollte das Kind denn sonst nackt sein?“, wollte ein anderer wissen.

„Darüber können wir im Moment nur spekulieren. Vielleicht, um uns die Feststellung der Identität zu erschweren.“

„Oder doch ein Hinweis auf sexuellen Missbrauch?“ hakte der Fragesteller nach.

„Wie gesagt, dazu kein weiterer Kommentar“, bekam er zur Antwort.

Franziska ging ein weiterer Gedanke durch den Kopf. Wieder hob sie die Hand.

„Ja, Frau Berger.“

„Sie sprechen davon, dass der Mörder das Mädchen vor rund sieben bis zehn Tagen in der Regnitz entsorgt hat. Heißt das auch, dass sie zu diesem Zeitpunkt ermordet wurde?“

Hauptkommissar Hagenkötter schien durch die Frage etwas überrascht und richtete seinen Blick auf den Rechtsmediziner Stich. „Eine gute Frage“, ergriff der das Wort, „eine sehr gute Frage, Frau Berger.“ Seine Tränensäcke hingen ihm wie Bleigewichte unter den Augen. „Und nein, das heißt es nicht. Wir wissen nicht, wie viel Zeit zwischen dem tatsächlichen Todeszeitpunkt und dem Zeitpunkt verstrichen ist, da man das Kind in die Regnitz geworfen hat.“

„Dann kann man den tatsächlichen Todeszeitpunkt nicht mehr feststellen?“

„Ich befürchte, dass es so ist“, gab der Rechtsmediziner zu. „Das liegt daran, dass eine möglichst genaue Todeszeitbestimmung in den meisten Fällen nur 36 Stunden nach dem Eintreten des Todes machbar ist. Natürlich bietet die forensische Entomologie auch darüber hinaus noch Möglichkeiten ...“ Stirnen wurden gerunzelt, erneutes Raunen ging durch den Raum und Professor Stich sah sich zu einer Erklärung genötigt: „Entomologie, meine Damen und Herren, ist die Insektenkunde. Das Alter der diversen Insektenlarven auf frischen Leichen verrät dem geschulten Auge so einiges. Doch ich erinnere daran: Die Leiche trieb im Wasser. Da haben es Eier wie Larven der Schmeißfliege schwer. Bei einer Wasserliegezeit von zehn bis 14 Tagen kommt es stattdessen zur Besiedlung der Körperoberfläche mit Algenrasen. Das war bei dem Mädchen noch nicht der Fall. Also können wir relativ gut einschätzen, wie lange der Leichnam im Wasser trieb. Aber, wie gesagt, das hilft uns nicht viel bei der Bestimmung des exakten Todeszeitpunkts.“

„Konnten an der Wasserleiche noch Spermien festgestellt werden?“, versuchte es Franziska direkt beim Rechtsmediziner.

„Nach 72 Stunden ist dies kaum mehr möglich“, erklärte Professor Stich, „ob Wasserleiche oder nicht.“ Ein scharfer Blick von Hagenkötter ließ ihn hinzufügen: „Und dazu gibt es von mir auch keinen weiteren Kommentar mehr.“

Es folgten noch ein paar banale Fragen zu den Mitgliedern des Ermittlungsteams und der Verweildauer der Leiche im Fluss, dann schloss der Pressesprecher die Veranstaltung.

Die Journalisten strömten dem Ausgang zu. Ein jeder wollte so schnell wie möglich nach Hause. Es war schließlich Sonntag und erneut ein wunderschöner Sommertag, den man gerne im Freibad, auf dem Bierkeller oder ganz einfach daheim im Garten beim Grillen von Bratwürsten, Fleischspießen oder Steaks verbringen wollte.

Auch Franziska stand bereits vor dem Polizeigebäude und öffnete gerade das Schloss ihres abgesperrten Fahrrads, als eine junge Frau in ihrem Alter auf sie zukam: „Franziska? Bist du es? Wir haben uns ja Ewigkeiten nicht mehr gesehen!“

Die Angesprochene hob den Kopf. „Tina? Tina Meisel? Was machst du denn hier?”

„Ich arbeite hier“, bekam Franziska zur Antwort.

„Bei der Kripo?“

„Bei der Kripo!“

„Ich dachte, du wolltest Jura studieren und später die Kanzlei deines Vaters übernehmen?“

„Dachte ich am Anfang auch“, lächelte Tina Meisel, „aber nach vier Semestern war mir diese sture Paragrafen-Lernerei zu langweilig. Ich wollte was Sinnvolleres tun und hab mich bei der Polizei beworben.“

„Und dein Vater?“

„Der war natürlich tief enttäuscht. Aber dass ich nicht bis zu meinem Rentenalter zerstrittene Ehepaare scheiden will, musste er am Schluss einfach akzeptieren.“

„Na dann. Aber was für ein schöner Zufall, dass wir uns getroffen haben“, stellte Franziska fest. „Was machst du jetzt? Musst du heute noch arbeiten? Am Sonntag?“

„Nein, nicht wirklich, nach der Pressekonferenz ist für mich jetzt Schluss. Aber du bist als rasende Reporterin ja auch am Wochenende im Einsatz, wie's aussieht."

„Stimmt. Und was hast du jetzt vor?", wiederholte die Journalistin ihre Frage.

„Jetzt fahre ich nach Hause."

„Wartet jemand auf dich oder hast du Zeit? Eigentlich sollten wir unser unverhofftes Wiedersehen ordentlich feiern."

Tina lächelte. „Nun, nachdem ich mich vor vier Wochen von meinem Verlobten getrennt habe, habe ich eigentlich wieder alle Zeit der Welt."

„Wollen wir einen Kaffee miteinander trinken, ein bisschen quatschen? Komm, ich lade dich ins Domcafé ein. Die haben richtig leckere, leichte Schnitten."

„Wow, ins Domcafè", rief Tina begeistert, „da sage ich nicht nein. Und du glaubst, wir kriegen da am Sonntag noch einen Platz?"

„In einer halben Stunde schon", meinte Franziska, griff zu ihrem Mobiltelefon und drückte eine eingespeicherte Nummer. „Draußen vor dem Eingang", meinte sie, nachdem sie ihr kurzes Gespräch beendet hatte, „hält man für uns in der kleinen Sitzgruppe zwei Plätze frei."

Die Villa

Sonntag, 27. August

Im Süden der Weltkulturerbestadt Bamberg, dort wo ihr südlichster Stadtteil Bug an die Regnitz stößt und sich der Fluss in seinen linken und rechten Arm teilt, verlaufen die beiden Straßen Im Wiesengrund und Paradiesweg unweit des Bamberger Klinikums. Es ist eine ruhige, hügelige Wohngegend. Die wenigen Häuser stehen auf riesigen Grundstücken mit altem Baumbestand. Hinter dem Paradiesweg dehnt sich dichter Wald aus, der bis hinunter zum westlichen Ufer des Linken Regnitzarmes reicht. Von dort aus führt der Obere Leinritt entlang des Flussufers bis hin zum Bamberger

Altstadtrand, wo man entweder die Flussfähre benutzen oder über 60 Stufen steil zum Stephansberg aufsteigen kann, wo die schönsten und urigsten Bierkeller der Stadt liegen. Nur rund drei Kilometer sind es bis dorthin. Ideal für Spaziergänger, Radler und Jogger. Und gegenüber, auf der anderen Seite des Flussarms, quasi als ebenfalls naturbelassenes Spiegelbild, bieten der Luisen- und der Theresienhain einen weiteren Weg, bis ins Stadtzentrum zu spazieren.

Kein Spaziergänger, der sich hier im Süden der Stadt herumtrieb, hatte Einblick auf die hochbarocke Villa aus dem 17. Jahrhundert, die nur über einen breiten Feldweg zugänglich war, der vom Paradiesweg abzweigte. Weit von der vorderen Grundstücksgrenze abgesetzt, umrahmt von altem Eichen- und Buchenbestand und durch eine hohe Kirschlorbeerhecke verdeckt, stand sie weit hinten auf dem rund 5.000 Quadratmeter großen Grundstück. Wem die Villa gehörte, wussten selbst die unmittelbaren Nachbarn nicht ganz genau. Nur der Verwalter, der sich um das Anwesen kümmerte, kam ab und an mit seinem blauen VW-Tiguan hierher. Man kannte sich nicht, grüßte auch nicht. Er schien sowieso ein verschlossener Typ zu sein. Gerüchteweise hörte man, dass die Villa einer kirchlichen Organisation gehören sollte. Das könnte stimmen, denn an so manchen Wochenenden war mächtig was los auf dem Anwesen: Dann reisten plötzlich Pkws an, die so gar nicht aus der näheren Umgebung stammten, und einige ihrer Insassen trugen kirchliche Gewänder, während um ihre dicken Hälse Kreuze und Kruzifixe jeglicher Art baumelten. „Die halten wieder mal ihre Exerzitien“, versicherten sich dann die Einheimischen gegenseitig und betrachteten neugierig die Kfz-Kennzeichen der Ankömmlinge – allen voran der depperte Schneiders Toni.

Tatsächlich waren an zwei Seiten der geometrisch gestalteten Gartenanlage langgezogene Parkbuchten angelegt worden, die Platz für mehr als 20 Autos boten. Zum Haupteingang des zweigeschossigen Gebäudes führte eine breite, fünfstufige Halbrundtreppe aus Buntsandstein und an der Hausfassade wurde eine üppige Prachtentfaltung betrieben, wobei der aufmerksame Betrachter das Gefühl bekam, dass die Grenzen der einzelnen

Kunstgattungen Architektur, Skulptur und Malerei bewusst verwischt worden waren. Am ganzen Gebäude herrschte absolute Symmetrie vor. Über dem Eingang hatte ein findiger Steinmetz einen im Querschnitt einen Meter großen Kreis in die weiße Fassade gemeißelt und in dessen Inneren ein Kreuz, dessen Querbalken ungewöhnlich hoch angesetzt war. Beides war mit Blattgold ausgelegt, das, besonders wenn es in der Sonne glitzerte, von Reichtum und Macht sprach.

Draußen auf den Parkplätzen der Villa standen an diesem Sonntag zwei schwere Mercedes-Limousinen. Eines der beiden Dienstfahrzeuge trug ein hierzulande seltenes Kennzeichen: *SCV* für *Stato della Cittá del Vaticano*. Das andere war in Bamberg zugelassen. Die beiden Fahrer lehnten an ihren Limousinen, rauchten und unterhielten sich so gut es ging – was gar nicht so einfach war, denn Giuseppe Bertone aus Frascati, einer kleinen Stadt südöstlich von Rom, konnte nur ein paar Brocken Deutsch und Max Müller, ein waschechter Oberfranke, absolut kein Wort Italienisch. Zudem sprachen beide nur ein leidliches Englisch.

Giuseppe war mit seinem Dienstherrn, Bischof Carlo Eposito, Mitglied der römischen Kurie ebenso wie der Päpstlichen Kommission für den Schutz von Minderjährigen, vor zehn Tagen von Rom nach Bamberg aufgebrochen. Übermorgen sollte es wieder in den Vatikan zurückgehen. Der offizielle Besuch diente lediglich dem Informationsaustausch – was man auch immer darunter verstehen mochte – und war seit gestern vorbei, aber sein Bischof wollte sich noch einen Tag lang das schöne Bamberg ansehen, vor allem die Kirchen St. Martin, St. Michael, die Heilig-Grab-Kapelle, die Obere Pfarrkirche und wie sie sonst noch alle hießen.

Für Giuseppe war es bisher eine angenehme Dienstfahrt gewesen. Wenig zu tun, ein schönes Hotel, eine Stadt mit Charme und viel Freizeit. Wie letzte Woche, als sein Bischof vom Oberbürgermeister und Vertretern des Erzbistums zu einem Abendessen eingeladen worden war und er wieder einmal frei bekommen hatte. In einer Gaststätte in der Altstadt hatte er ein Gericht probiert, das die Einheimischen *Schäufele* nannten. Ein riesiger Berg Fleisch und zwei *Glees* mit *Breggerli*, so groß wie Kanonenkugeln. Das Ganze war in einem See von Soße geschwommen und dazu hatte es fränkisches Sauerkraut gegeben, in *Speckwürferli* gedämpft. Giuseppe hatte keine Ahnung, was er da genau gegessen hatte, aber es hatte vorzüglich geschmeckt und die Worte *Schäufele, Glees, Breggerli* und *Speckwürferli* hatte er sich extra von der freundlichen Bedienung aufschreiben lassen. Wieder zurück in seinem Hotel hatte er sie leider nicht in seinem kleinen deutschen Wörterbuch für die Hosentasche gefunden. Also hatte er nach *Schäufele* gegoogelt. Als er den Suchbegriff *Glees* eingegeben hatte, war er auf eine Ortschaft in der Eifel gestoßen, und bei *Breggerli* hatte die Suchmaschine gänzlich gestreikt und alles Mögliche ausgespuckt, aber eben nicht was *Breggerli* bedeutete.

Für Giuseppes Dienstherren, den Bischof, schienen die bisherigen Tage dagegen sehr anstrengend gewesen zu sein. Die vielen Besprechungen. Er hatte sich seit ihrer Ankunft verändert gezeigt, war ständig gereizt, nervös gewesen und schien von Sorgen belastet. Wahrscheinlich war er einfach überarbeitet. Nach Giuseppes Meinung sollte er mal etwas kürzer treten, schließlich war Eposito mit seinen 65 Jahren auch nicht mehr der Jüngste.

Giuseppe liebte seinen Bischof. Eposito hatte ihn vor vielen Jahren quasi aus der Gosse geholt, am Stadtrand von Rom, wo er sich als Mitglied einer jugendlichen Straßengang herumgetrieben hatte. Diebstahl und Rauschgifthandel waren das Handwerk, von dem er damals etwas verstanden hatte. Als ihn die Polizei schließlich geschnappt hatte, war seine Akte irgendwie auf dem Tisch von Bischof Eposito gelandet. Wahrscheinlich reiner Zufall. Carlo Eposito hatte Giuseppe daraufhin in der Jugendstrafanstalt besucht. Sie hatten lange miteinander gesprochen. Als er seine Strafe abgesessen hatte, war der Bischof dagewesen, hatte ihn auf eine ordentliche Schule geschickt und seine weitere Ausbildung bezahlt. Es hatte eine klare Vereinbarung gegeben: Beim kleinsten Gesetzesverstoß wäre Giuseppe wieder auf der Straße gelandet.

Heute, mit 31, war Giuseppe seit fünf Jahren der persönliche Fahrer Epositos und verehrte ihn wie seinen eigenen Vater. In Momenten vertrauter Zweisamkeit, wenn sie gemeinsam unterwegs waren, nannte er seinen Bischof schon mal gelegentlich *Papà Eposito*.

Giuseppe litt mit seinem Dienstherrn. Dessen momentan schlechte Verfassung setzte auch ihm zu. Seit etwas mehr als einer Woche ging das nun schon so: Am vorletzten Samstag waren sie beide das erste Mal hier an der Villa vorgefahren. Es war frühmorgens, kurz vor neun Uhr, gewesen. Sein Bischof hatte ein Seminar leiten sollen. „Du kannst wieder fahren, Giuseppe", hatte Eposito zu ihm gesagt, „mach dir einen schönen Tag und hol mich hier um 19 Uhr wieder ab." Pünktlich war er zur Stelle gewesen, aber Eposito war nicht erschienen. Für Giuseppe war es eine lange Nacht des Wartens geworden. Erst gegen drei Uhr nachts hatte der Bischof in Begleitung zweier Personen das Haus verlassen. Sie hatten ihn auf dem Weg zum Wagen gestützt, er hatte völlig aufgelöst, desorientiert, verzweifelt gewirkt und war körperlich ausgelaugt gewesen. Mehr als überarbeitet. Giuseppe hatte sich um seinen Bischof gekümmert und ihm in den Wagen geholfen.

Was genau Eposito in so erbärmliche Verfassung gebracht hatte, das wusste er bis heute nicht. Bei aller Vertrautheit – Kirchenangelegenheiten gingen ihn als Fahrer nichts an. Darüber wurde nicht gesprochen. Aber seit diesem verdammten nächtlichen Ereignis in den frühen Morgenstunden des 20. August war Eposito nicht mehr der Alte. Es wurde Zeit, wieder nach Italien zurückzukehren.

„Was ist dein Eindruck von Bamberg?" Max Müller, der andere Chauffeur, riss Giuseppe aus seinen Gedanken.

„*Mi scusi?*"

„Bamberg schee?", kürzte Müller seine Frage ab.

„Bamberg Bier gut", antwortete Giuseppe und wollte spontan auch auf das Schäufele zu sprechen kommen. „Du Sssäufala?", drückte er sich ungeschickt aus.

Dem Oberfranken fiel sichtlich die Kinnlade herunter. So eine Unverschämtheit! „Naa, i trink nix, wenn i mitn Auto unterwegs bin", blaffte er Giuseppe beleidigt an und zog dabei ein griesgrämiges Gesicht. Für ihn war die Kommunikation mit dem italienischen aufgestellten Mäusedreck vorbei.

*

Drinnen in der Bibliothek der Villa herrschte seit längerer Zeit schweres Schweigen. Der römische Kurienbischof und der Vorsitzende des einheimischen Diözesanrats starrten auf den blank geputzten Tisch, auf dem zwei leere Kaffeetassen standen. Die beiden Männer waren allein im Haus, der Hausverwalter war in der Stadt unterwegs.

Die Stimmung der ernst dreinsehenden Männer war an einem Tiefpunkt angelangt. Was es zu bereden gegeben hatte, war in den beiden letzten Stunden längst gesagt worden. Es gab nichts Neues hinzuzufügen und dennoch ergriff der Bischof noch einmal mit leidvoller, leiser Stimme auf Italienisch das Wort: „Das ist mir wirklich noch nie passiert, seit ich im Namen von Santi-Figli-di-Dio Exorzismen abhalte", wiederholte er sich. Er konnte das Unglück noch immer nicht fassen. „Der Teufel geht umher wie ein brüllender Löwe. Die Kleine war so stark von ihm besessen, dass mir die Kontrolle entglitt. Sie schlug um sich, hatte blutunterlaufene Augen und diese höllische Fratze ... Sie griff mich an, kratzte mich am Hals, spuckte mich an und dann dieses Geschrei ... dieses furchtbare Geschrei ... Es klang, als ob der Leibhaftige selbst mich aus den tiefsten Winkeln der Hölle anschrie. Ich konnte nicht anders, ich musste das Böse besiegen. Ich habe zugedrückt. Fester, immer fester ..." Die Stimme des Bischofs verlor sich, seine Augen waren weit vom Schrecken der Erinnerung. „Als ich mich wieder unter Kontrolle hatte, rührte sie sich nicht mehr. Sie lag einfach nur da. Ich wollte das nicht. Satan war es, der mich dazu verleitet hat. Warum hast du mich nicht rechtzeitig von dem Mädchen weggerissen?"

„Carlo, darüber haben wir doch schon etliche Male gesprochen. Johannes und ich mussten uns im Wohnzimmer um diese zwei Idioten kümmern. Als ich deine Schreie hörte, ins Zimmer stürzte und dich von der Kleinen wegzog, war es bereits zu spät."

„Es wäre besser gewesen, ich hätte abgelehnt. Egal, wer mich darum gebeten hat. Gütiger Gott, was soll ich bloß tun? Vergib mir meine Tat, oh Herr!“ Als er geendet hatte, sank Kurienbischof Eposito in dem großen ledernen Ohrensessel in sich zusammen und starrte weiter schweigend ins Leere.

Café am Dom

Sonntag, 27. August

Etwa zur gleichen Zeit nahmen Franziska Berger und Tina Meisel im kleinen Außenbereich des Domcafés ihre reservierten Plätze ein. Alle Stühle waren besetzt, wie fast immer an solch herrlichen Sonnentagen. Die Gäste schnatterten munter durcheinander, genossen ihre Kaffees mit leichten Quarkschnitten oder appetitlich zubereiteten Eisbechern. In der kleinen Ringleinsgasse, die vorbeiführte, wälzten sich die Touristen bergab und bergauf. Die einen wollten hinunter in die Dominikanerstraße, wo sie direkt auf das Bamberger Kultgasthaus *Schlenkerla* stießen, wo das besondere Rauchbier, bekannt für seinen an geräucherten Schinken erinnernden Geschmack, ausgeschenkt wird. Die anderen, die es die Ringleinsgasse hinauf in Richtung Karolinenstraße trieb, hatten von dort nur noch einen kurzen Weg zum Kaiserdom, zur Alten Hofhaltung oder zur Neuen Residenz mit ihrem bekannten Rosengarten, von wo man einen herrlichen Blick auf das ehemalige Kloster St. Michael genoss. Doch nicht nur Touristen füllten die Altstadt. Tausende von Bambergern ließen sich die Freude an ihrer abgesagten Sandkerwa nicht nehmen und durchstreiften in Feierlaune die engen Gassen.

Tina und Franziska indessen hatten eher Interesse an der reichhaltigen Karte des Cafés am Dom, in dem nach traditioneller Handwerkskunst gefertigte Spezialitäten offeriert wurden: frische und hausgemachte Kuchen und Torten, feine Pralinen, Sahnetrüffel und andere Leckereien; alles, was die Augen gerne aufnahmen, was der Zunge und dem Gaumen schmeckte und sich wohlig im Magen anfühlte. Seit ihrer gemeinsamen Schulzeit hatten sich die beiden Frauen nicht mehr gesehen, obwohl sie doch in derselben Stadt wohnten. Damals waren sie beide gerade 20 gewesen, als sie am E.T.A Hoffmann-Gymnasium ihr Abitur gemeistert hatten. Rund neun Jahre waren seitdem vergangen, aber sie fühlten sich nach nur wenigen ersten holprigen Fragen schnell wieder verbunden.

Tina erzählte gerade, wie sie nach dem Abi erst einmal um die halbe Welt gereist war – vom Papa finanziert –, bevor sie sich an der Friedrich-Alexander-Universität in Erlangen für ein Jurastudium eingeschrieben hatte. Franziska hatte niemanden gehabt, der ihr das Reisen hätte finanzieren können. Also hatte sie nach dem Abi für ein paar Monate bei einer örtlichen Supermarktkette gejobbt, Kartons geschleppt und Paletten gefahren, die Packstücke im Zentrallager eingeordnet oder in den riesigen Kühlraum gebracht. Ihr schwer verdientes Geld hatte sie gespart, bevor sie sich für das Herbstsemester an der örtlichen Otto-Friedrich-Universität eingeschrieben und sich fortan mit Medienkultur, Gesellschaftswissenschaften, Informationstechnik und Aspekten der Kommunikationspolitik auseinandergesetzt hatte. Als sie ihren Bachelor in Kommunikationswissenschaften in der Tasche gehabt hatte, war der Bewerbung bei der *Mediengruppe Oberfranken* in der Gutenbergstraße 1 nichts mehr im Weg gestanden. Vor zwei Jahren hatte sie sich sogar an die Finanzierung ihrer Eigentumswohnung Am Hollergraben gewagt.

„Und du hast zwischenzeitlich tatsächlich den Weg zum gehobenen Polizeiverzugsdienst eingeschlagen?“, wollte Franziska jetzt von ihrer ehemaligen Mitschülerin wissen.

„Ja und ich hab es bis heute nicht bereut. Wenn schon nicht Anwalt, dann zumindest ein Job, bei dem es auch um Recht und Gerechtigkeit geht. Wir haben ein gutes, kollegiales Team und ich fühle mich dort wohl.“ Tina klang überzeugt und aufrichtig. Die Arbeit bei der Kripo schien ihr wirklich enormen Spaß zu machen.

Franziska erinnerte sich an die gemeinsame Schulzeit. Tina Meisel hatte damals schon als unbedingt zuverlässig gegolten, was sie versprach, das hielt sie auch. Ihr roter Lockenkopf und die kecken Sommersprossen um die kleine Stupsnase herum waren es, die ihr zu ihrem damaligen Spitznamen Pumuckl verholfen hatten.

„Erzähl", forderte Franziska sie jetzt auf. „So einfach kommt man doch nicht an eine Position wie die deine. Da war der Weg doch sicher hart?"

„Ach, da gibt es gar nicht so viel zu erzählen. Mit dem Abi in der Tasche war ich ja fast ein Jahr in der Welt unterwegs. Neuseeland, Australien, Japan, Thailand, Singapur, Bali und Indien. Nach vier Semestern Jura hab ich einfach keinen Sinn mehr gesehen und hingeschmissen. Alles viel zu weit weg vom echten Leben. Also Bewerbung bei der Kripo Bamberg. Eingestellt: als Kriminalkommissar-Anwärterin – das geht, wenn man Abi hat. Ansonsten muss man erst noch durch die harte Schule mit Streifendienst und Co. Die nächsten drei Jahre war ich an der Hochschule für Wirtschaft und Recht in Berlin. Bachelorstudium. Zurück in Bamberg hab ich dann Bernd kennengelernt, war unheimlich verliebt, bis ich vor vier Wochen mitbekommen hab, dass er auch anderswo rumvögelt."

„Und dann gleich die Trennung?"

„Na klar. Die andere hat den Trottel echt verdient."

„Sicher wahr", nickte Franziska. „Trotzdem klingt das ganz schön abgebrüht nach nur einem Monat. Du trauerst ihm echt nicht nach?"

„Ich hab ja einen großartigen Job, mit dem ich mich trösten kann. Seit zwei Jahren und acht Monaten bin ich jetzt als Kriminalkommissarin im Dienst." Tina strahlte.

„Wow, das klingt nach echtem Berufsglück, ich beneide dich."

„Wieso das denn?", wunderte sich die Polizeibeamtin. „Du stehst doch schon viel länger im Beruf, hast keine Zeit verloren wie ich, immer zielstrebig. Wahrscheinlich bist du auch sehr erfolgreich, ich hab deinen Namen immer wieder unter Artikeln bei uns im *Fränkischen Tag* gelesen – hab aber zu keinem Zeitpunkt vermutet, dass genau du dahintersteckst, sonst hätte ich mich längst schon mal bei dir gemeldet. Und seit der Schulzeit hast du dich auch kaum verändert – immer noch rank und schlank. Ganz ehrlich: Das ist ein schönes Leben. Was willst du mehr? Bist du eigentlich liiert?"

„Gott behüte, bloß das nicht!"

„Auch schlechte Erfahrungen?", fragte Tina neugierig nach.

„Gott sei Dank nein. Der Richtige hat sich einfach noch nicht bei mir vorgestellt. Braucht er aber auch nicht so bald, ich bin ganz gern unabhängig."

„Auch keine lose Beziehung?"

„Auch keine lose Beziehung!", bestätigte Franziska.

„Und was machst du, wenn dir mal danach ist? Na ja, ich meine ... wenn dir mal nach Sex zumute ist?"

Franziska musste lauthals lachen, schüttelte ihre blonde Tina-Turner-Mähne und meinte: „Dann gehe ich in den *Mojow-Club*, oder ins *Agostea*, da lernst du immer jemanden kennen."

„Auch für einen One-Night-Stand?"

„Warum nicht?"

Die jungen Frauen grinsten sich an und rückten dann zur Seite, um dem Kellner Platz zu machen. Der stellte zwei Milchkaffees, eine Obstschnitte und einen beeindruckenden Eisbecher vor den beiden ab und wünschte guten Appetit.

Franziska griff nach ihrer Kuchengabel. „Sag mal, wenn du schon nicht in die Fußstapfen deines Vaters treten wolltest, hat sich dann wenigstens einer von deinen kleinen Brüdern erbarmt?"

„Axel oder Johannes als Anwalt?" Tina lachte und zog den blauwandigen Kelch mit ihrem Früchteeis näher zu sich heran. „Kannst du dich nicht mehr an sie erinnern, wie faul die zwei damals waren? Null Bock auf gar nichts. Nur Flausen und Fußball im Kopf. Am Ende waren meine Eltern froh, dass sie überhaupt die Mittlere Reife geschafft haben." Sie stach beherzt in ihren Eisbecher. „Der Ehrgeiz kam bei den beiden erst viel später. Johannes hat sich dann bei Siemens in Erlangen beworben, für eine Ausbildung zum Industriekaufmann. Und, was für ein Wunder, er wurde tatsächlich genommen. Heute bereist er als Vertriebler die halbe Welt und verkauft U-Bahnzüge. Anscheinend sehr erfolgreich. Vor zwei Jahren hat er die Liebe seines Lebens geheiratet – wie er sagt. In zwei Monaten wird er Vater."

„Aber das ist doch schön", freute sich Franziska. „Und Axel, der hoffnungsvolle Nachwuchsspieler vom FC Bamberg?"

„Ach, der Axel", Tina verdrehte die Augen. „Der war ja schon immer ein Hitzkopf und ist das auch geblieben. Immer in Bewegung, Stillsitzen ist einfach nicht seine Sache. Mit der Fußballerkarriere ist's leider nichts geworden, dafür hat er seine ganzen anderen sportlichen Hobbies zum Beruf gemacht. Der tanzt auf allen Hochzeiten: In Staffelstein betreibt er eine Paragliding-Schule, führt Wandergruppen durch die Fränkische Schweiz und bringt Leuten am Walberla bei Schlaifhausen das Klettern bei."

„Oh, ein echter Naturbursche. Da fliegen die Mädels sicher scharenweise auf ihn", warf Franziska ein.

„Schon, aber soviel ich weiß gibt es da nichts Festes. Das letzte, was ich von Axel zu diesem Thema gehört habe, ging in etwa so: *Schwesterherz, die Weiber rennen mir die Bude ein, warum soll ich da mein Herz in feste Hände geben?* Na ja, der Junge sieht schon gut aus, das muss man neidlos zugeben."

Franziska lachte. „Was meinen die beiden eigentlich dazu, dass aus ihrer Schwester eine große Verbrecherjägerin geworden ist?"

„Ich glaube, sie finden das eigentlich ganz spannend. Nur Johannes wird immer spießiger, seit er verheiratet ist. Der würde mich lieber an einem Schreibtisch sehen, wo das gefährlichste die scharfen Kanten der Papierstapel sind. Tja."

Einen Moment lang herrschte Schweigen, während Franziska und Tina beide nach ihren Milchkaffees griffen und den ersten Schluck genossen.

„Tina, was ist eigentlich deine Meinung zu dem Fall, den ihr seit gestern zu lösen habt?", nahm Franziska den Faden wieder auf und gestikulierte mit ihrer Kuchengabel. „Ich meine das tote Mädchen aus der Regnitz?"

„Aha, auf diese Frage hab ich schon gewartet. Da meldet sich die eifrige Journalistin in dir. Du weißt aber, dass ich dir darüber nichts sagen darf."

„Ja, ich weiß. Ich frage dich auch nicht, um darüber zu schreiben. Mir geht das arme Ding nur ständig durch den Kopf. So jung und schon tot. Ermordet. Was müssen das für Menschen sein, die so eine Tat begehen? Unvorstellbar. Schrecklich. Auch deshalb hab ich vorhin gesagt, dass ich dich beneide. Weißt du, anstatt immer nur von außen drüber zu schreiben, würde ich mich am liebsten selbst auf die Suche machen und den Mörder zur Strecke bringen."

„Bloß nicht!", schreckte die Kommissarin zurück. „Das könnte verdammt gefährlich werden. Dafür sind wir zuständig. Mein Chef, der Hagenkötter – du hast ihn auf der Pressekonferenz gesehen, der mit dem Schnauzbart – kriegt den Täter schon zu fassen. Da bin ich mir absolut sicher. Er ist geradlinig, vielleicht ein wenig querköpfig, aber gerecht – und ein verdammt guter Ermittler."

„Ich meine ja nur ... Oh, Mist!" Franziska hatte einen Blick auf ihre Uhr geworfen. „Wie die Zeit dahinrast! Um 18 Uhr will mein Chef meinen Bericht über euren neuen Fall auf dem Tisch haben und ich hab noch keine einzige Zeile geschrieben. Ich muss, Tina. Treffen wir uns bald mal wieder? Ich hab mich so gefreut, dass wir uns nach so langer Zeit wieder begegnet sind. – Ich übernehme die Rechnung", setzte sie hinzu, als Tina in ihre Handtasche greifen wollte und war kurz darauf winkend verschwunden.

Wer ist die Tote in der Regnitz?, hämmerte sie zuhause in die Tastatur ihres Laptops, nachdem sie am Hollergraben angekommen war. Vor ihrem geistigen Auge erschien der sich sachte drehende Leichnam des toten Mädchens, durch einen Wasserwirbel an der Oberfläche der Regnitz gehalten. Um viertel vor sechs drückte sie auf *Senden* und schickte ihren Beitrag an den Fatzke aus Wolfenbüttel.

Orientierungslos

Montag, 28. August

Bischof Carlo Eposito ging es immer noch mehr als schlecht. Die tote Johanna war in seinen Gedanken, in seiner ganzen Verzweiflung. Niemand konnte ihm die Last abnehmen, die große Schuld, die er auf sich geladen hatte. Wann immer es ihm möglich war, betete er für das Seelenheil der von ihm Getöteten und schloss ihre trauernden Eltern in seine Gebete mit ein. Er wusste noch nicht, wie das Ganze ausgehen würde.

Sein langjähriger Bekannter und guter Freund von Sensheim hatte quasi die Regie übernommen vor gut einer Woche: „Lass mich mal machen ... ich regle das schon, du kannst nichts dafür, ein schrecklicher Unfall ..." Dann hatte man ihn zu seinem Wagen geführt, wo sich Giuseppe seiner angenommen hatte. Der gute, treue Giuseppe. „Fahren Sie den Bischof in sein Hotel und bringen Sie ihn zu Bett", hatte von Sensheim seinen Fahrer auf Italienisch angewiesen. „Kümmern Sie sich um ihn."

Eposito hatte bis um die Mittagszeit geschlafen. Dann waren die Geschehnisse der letzten Nacht in sein Gedächtnis zurückgekrochen. Fetzenweise. Er konnte sich seitdem nicht richtig konzentrieren. Je angestrengter und häufiger er nachdachte, desto öfter fiel er in ein Tal der Erschöpfung und hätte sich am liebsten nur ins Bett gelegt. Heute, gleich nach dem Frühstück, hatte von Sensheim ihn am Hotel abgeholt. „Heute ist dein letzter Tag in Bamberg, Carlo. Morgen um diese Zeit befindest du dich bereits wieder auf der Rückfahrt nach Rom. Alles wird gut. Gott wird dir vergeben, schließlich hast du in seinem Auftrag gehandelt. Lass uns diesen letzten Tag gemeinsam in Bamberg verbringen. Zeit genug, heute noch unsere schönen Bamberger Kirchen zu bewundern. Das hast du dir doch gewünscht. Das lenkt dich hoffentlich etwas ab." Doch das Gegenteil war der Fall.

Diözesanrat Maria Ludwig von Sensheim führte ihn durch die Altstadt, zeigte ihm alle bekannten Kirchen, die er sehen wollte, erzählte von deren Geschichte und den vielen kostbaren Kunstwerken, die sie in ihren Mauern bargen. Carlo Eposito lauschte zunächst den Worten seines Freundes, aber dann, als sie aus der St. Martinskirche traten, fiel ihm der erste dieser verteufelten Kästen auf, der unmittelbar neben dem Kircheneingang platziert war. Ein Mann stand davor, wühlte in seinen Hosentaschen nach Münzen und warf diese in ein kleines Plastikkästchen, bevor er sich eine Zeitung entnahm. *Tod in der Regnitz, Polizei tritt immer noch auf der Stelle.* Fette Buchstaben prangten vom Titelblatt. Eposito sprach zwar kaum Deutsch, aber die Worte *Regnitz* und *Polizei* brachte er schnell zusammen. Der Tod des Mädchens beherrschte die Schlagzeilen.

„Gehen wir zur Oberen Brücke", vernahm er die Worte seines Freundes und Stadtführers wie aus der Ferne. „Das hier zu unserer Linken ist übrigens der Neptunbrunnen. Wir Bamberger nennen ihn Gabelmann, wegen des Dreizacks, den Neptun in der Hand hält." Eposito nahm den Brunnen gar nicht richtig wahr. Dafür starrte er auf den nächsten Zeitungskasten, unter dessen Plexiglasscheibe er eine weitere Schlagzeile erkannte. Die Worte *Tod* und *Regnitz* verstand er. Diese verdammte Stadt schien voll von diesen Zeitungskästen zu sein. Drüben, jenseits der Straße Obstmarkt standen schon wieder zwei von diesen Dingern.

„Das Viertel hier hat sich seit dem Ende des 19. Jahrhunderts stark verändert", hörte er von Sensheim erzählen, „vor allem nach den Luftangriffen vom 22. Februar 1945." Doch Eposito war auch die Geschichte dieses Bamberger Viertels egal. Am liebsten hätte er sich an Ort und Stelle in Luft aufgelöst. Er fühlte die Blicke der Menschen, die an ihm vorbeigingen. Sie schienen ihn anzuklagen und zu fragen: Warum? Warum hast du sie erwürgt? Was hat sie dir angetan?

Nichts! Er wollte ihr doch nur helfen, sie von ihrer Besessenheit befreien. Er hatte doch nichts falsch gemacht?

„Ich beschwöre dich, Satan, Feind des menschlichen Heils, erkenne die Gerechtigkeit und Güte Gottes, des Vaters, der deinen Hochmut und deinen Neid durch gerechtes Urteil verdammt hat. Weiche von dieser Dienerin Gottes, die der Herr nach seinem Bild geschaffen, mit seinen Gaben beschenkt und als Tochter seiner Barmherzigkeit angenommen hat."

Sein Gebet war innbrünstig gewesen und das Mädchen war sofort in Trance verfallen. Dann hatte er die lateinischen Gebete aus dem *Rituale Romanum* gesprochen, hatte der Besessenen das Ende seiner grünen Stola auf die Brust gelegt und sie mit Weihwasser bespritzt.

„Fugite partes adversae – Flieht, ihr diabolischen Kräfte", hatte er gebetet und dem Mädchen mit seinem Daumen und dem Katechumöl das Kreuz auf die Stirn gezeichnet. Dann, ganz urplötzlich, ohne Vorwarnung, war es geschehen: Das Mädchen war von einer Sekunde auf die andere aus der Trance erwacht und in

rasende Zuckungen verfallen, hatte sich wie eine Schlange gewunden und war ihm mit ihren spitzen Fingernägeln in den Hals gefahren. Er hatte ihren heißen Atem gespürt, der nach dem Leibhaftigen gerochen hatte. Der Satan, der in diesen zarten Körper gefahren war, hatte sich mit unheimlichen Kräften gegen seine Vertreibung gewehrt.

Dann waren der Kehle des Mädchens diese gutturalen Laute entfahren, dieses Gebrüll, das aus dem Grund der Hölle zu kommen schien. Sie waren immer lauter geworden, das Mädchen hatte ihn angefaucht, nicht mehr aufgehört. Der Satan hatte ihn persönlich angegriffen, ihn, den Gesandten Gottes, hatte ihn von seinem Vorhaben abbringen wollen, das Böse aus dem Körper des Kindes zu vertreiben.

Hätte er sich bloß nicht auf diese Sache eingelassen.

Er war in Panik geraten. Böse Mächte hatten gedroht über ihn zu kommen. Er hatte sich wehren müssen, hatte Satan eine Lehre erteilen müssen, hatte den Heiligen Geist in seiner Not angerufen. Gemeinsam würden sie den Teufel besiegen! Dann, tatsächlich, war die Kraft des Heiligen Geistes über ihn gekommen und hatte ihm die Hände an den dünnen, nackten Hals des sich unter ihm windenden Beelzebubs geführt.

Er hatte zugegriffen, erst mit einer, dann mit beiden Händen. Dann hatte er gedrückt. Fest. So fest er konnte. Luzifer hatte sich vehement gewehrt. Doch er hatte nicht locker gelassen und plötzlich hatte er gemerkt, wie die Kräfte des Satans schwanden. Der Gestank der Hölle hatte sich verzogen.

Als er die Augen geöffnet hatte, war vor ihm das Kind gelegen. Es hatte sich nicht mehr gerührt, war nur mehr eine leere Hülle gewesen.

Er, Eposito, hatte über das Böse gesiegt – doch das Kind war tot.

Immer wieder spielten sich diese Szenen vor seinem geistigen Auge ab, und zwischenzeitlich fragte er sich, ob nicht doch der Teufel diese Schlacht gewonnen hatte. Er hatte ihn zum Morden verführt, hatte ihn benutzt und zum Narren gehalten. Auch sein langjähriger Freund, Maria Ludwig von Sensheim, konnte ihm nicht mehr helfen. Als er ihn von dem Mädchen wegriss, war es bereits zu spät.

*

Der Kurienbischof stand in seinem Zimmer im Hotel Brudermühle. Er war gerade vom Abendessen zurückgekehrt. Die mörderische Hitze, die tagsüber über der Stadt gelegen hatte, machte ihm gesundheitlich zu schaffen. Er hatte von Sensheim gebeten, die Besichtigungstour früher zu beenden, als ursprünglich geplant.

Nun blickte er von seinem Hotelzimmer geistesabwesend auf das Alte Rathaus hinüber, das zum Greifen nahe war. Noch immer wälzten sich die Touristenströme über die Obere Brücke. Unter seinem Fenster rauschten die Wasser der Regnitz und die Strömung des Flusses schien eine Todesmelodie zu komponieren, die drohte, seinen Kopf und seine Gedanken platzen zu lassen. „Raus, du musst hier raus!“, brüllte ihm eine innere Stimme zu.

Fluchtartig verließ er sein Zimmer und fand sich Minuten später etwas orientierungslos auf der Unteren Mühlbrücke wieder. Er starrte erneut hinüber zum Alten Rathaus. Es begann zu dämmern, die Sonne stand bereits tief im Westen und die Hitze verlor allmählich ihre Kraft.

Regungslos stand er da, der schlaksige alte Mann, und wusste nicht so recht wohin. Die trüben Augen in seinem langen, schmalen Gesicht waren gegen den Himmel gerichtet, als ob er ein Zeichen Gottes erwartete. Doch Gott meldete sich nicht, ließ ihn allein mit seinen Ängsten. Seine gewaltigen Ohrmuscheln waren auf Empfang geschaltet, doch alles, was sie wahrnahmen, war das ständige Rauschen der Flussströmung. Die Falten, die sich beiderseits seiner Nasenflügel und des Mundes nach unten zogen, hatten sich in den letzten Tagen noch tiefer in sein Gesicht gegraben. Ein aufmerksamer Betrachter wäre nicht umhingekommen, ihm eine gewisse Ähnlichkeit mit dem amtierenden Papst zu attestieren, wenn da nicht des Bischofs Haupt gewesen wäre – haarlos wie ein Kinderpopo.

Dann kam plötzlich Bewegung in seine hagere Gestalt. Schritt für Schritt legte er zurück, ohne darauf zu achten, wohin er ging. Er folgte dem Fluss stromaufwärts. Was hatte er nur falsch gemacht? Pater Amorth fiel ihm ein, sein ehemaliger Lehrmeister für Exorzismen, der letztes Jahr in hohem Alter verstorben war, sowie der emeritierte deutsche Papst Benedikt XVI. Ein kluger Mann, nicht nur in kirchlichen Angelegenheiten. Im Jahr 2009 soll er mitten auf dem Petersplatz zwei vom Teufel besessene Männer, Giovanni und Marco, vom Bösen befreit haben. Völlig irrsinnig sollen sie vorher ihre Köpfe auf das Pflaster des Platzes gestoßen haben und wie ein Peitschenhieb soll es die beiden getroffen haben, als Benedikt XVI. mit seinem Segen den Kampf gegen Satan gewonnen und die bösen Mächte vertrieben hatte. Wenn er wieder zurück in Rom war, musste er, Eposito, Benedikt unbedingt an seinem Wohnsitz, im Kloster Mater Ecclesiae, besuchen, musste sich den Rat dieses weisen Mannes einholen und ihm im Rahmen des heiligen Sakraments der Beichte erzählen, was sich in Bamberg ereignet hatte.

Er fasste wieder Mut. Ein leichtes Lächeln huschte für einen Moment über seinen Mund und seine trüben Augen versprühten wieder so etwas wie einen Funken Hoffnung.

Während er seinen Gedanken nachgehangen war, hatte Eposito nicht auf seinen Weg geachtet. Nun sah er sich um. Er war ständig flussaufwärts gegangen, an alten, verfallenen Mühlen vorbeigekommen, hatte diverse kleine Brücken überquert und las jetzt *Mühlwörth* von einem Straßenschild ab Das sagte ihm nichts. Links von ihm schloss eine lange Häuserzeile die schmale Teerstraße ab, rechts von ihm rauschte die schnell fließende Regnitz vorbei. Dann sah er, drüben auf der anderen Flussseite, ein Haus, das er dieser Tage schon einmal besucht hatte. War das nicht die Villa Concordia, heute Sitz des Internationalen Künstlerhauses? Maria Ludwig von Sensheim hatte ihn letzte Woche dorthin geführt und ihm einiges über das Gebäude erzählt. Nur schade, dass er sich so gut wie nichts gemerkt hatte – einst musste es wohl ein barockes Bürgerpalais gewesen sein.

Die Dunkelheit war zwischenzeitlich mit aller Macht über die Stadt hereingebrochen. Lediglich ein schmaler Streifen mattroten Lichts hinter dem westlichen Horizont kündete davon, dass die Sonne weiter auf ihrer Wanderung war. Über ihm schickte die kommende Nacht ihr dunkles Blau voraus, durchsetzt mit funkelnden Sternen und, ganz im Osten, einem satten, glänzenden Vollmond. Es wurde Zeit, umzukehren.

Der Schein des Monds brach sich in den Wassern der Regnitz und vermischte sich mit dem grünen Schimmer einer einsamen Leuchtreklame. Vom nahen Stadtzentrum tönte immer noch Verkehrslärm herüber. Carlo Eposito trat näher an das eiserne Geländer am Flussufer heran, das hier zum Schutz der Fußgänger aufgestellt worden war. Erst jetzt bemerkte er die Informationstafel, die sich hauptsächlich an Touristen richtete. *Schleuse 100* las er im fahlen Schein einer altertümlichen Laterne. Das sagte ihm etwas. Hier in der Nähe musste es gewesen sein, wo der Fluss die Leiche des Mädchens freigegeben hatte. *Herr, nimm Johanna auf in deinen Schoß.*

„*He! Papa.*" Eine Gestalt hatte sich aus dem tiefen Schatten eines riesigen Wacholderstrauchs geschält und kam langsam auf den Kurienbischof zu.

Ihr Gesicht war von einer übermächtigen Kapuze verborgen. Eposito war sich dennoch sicher, dass er diesen Mann nicht kannte.

Dann ging alles sehr schnell. Das dünne Stahlseil legte sich wie eine geschmeidige, hinterlistige Schlange um den faltigen Hals des Bischofs. Sofort wurde die Schlinge mit großer Kraft zugezogen. Eposito spürte einen brennenden Schmerz, versuchte, sich zu befreien, war jedoch machtlos gegen die Kraft des Angreifers, der dem Zappelnden jetzt sein Knie in den rechten Oberschenkel stieß, ihn zu Fall brachte und zu Boden drückte.

Unbeholfen lag der Bischof bäuchlings auf dem rauen Kopfsteinpflaster, sein Gesicht wurde in den Staub des engen Weges gedrückt. Die Häuserzeile rückte hier ganz eng an den Fluss heran. Eposito roch den trockenen Dreck der Straße, der sich mit dem Gestank von Diesel und Benzin vermischte, er sah die Asphaltflecken, die das

Pflaster durchzogen, hörte sein eigenes, rasselndes Stöhnen. Es klang nach dem nahenden Tod. Der fremde Angreifer saß auf ihm und zog immer noch mit seiner ganzen Kraft an der stählernen Schlinge. *Hat dich Gott geschickt? Ist das die Strafe für meine Tat? Wartet nun das Fegefeuer auf mich?*

Eposito spürte den Schmerz des Todes nicht mehr, als er in die Bewusstlosigkeit hinüberdämmerte. Dann explodierte ein helles, gleißendes Licht in seinem Kopf und trug ihn fort. *Gott, mein Herr, bald bin ich bei dir. Ich bin ein Sünder. Verstoße mich nicht. Nehme meine Buße an.*

Der Mörder löste das Stahlseil vom Hals des Toten und steckte ihm ein papierenes Kärtchen mit einer handgeschriebenen Zeile in eine seiner Anzugstaschen: *Papa era cattivo.* Dann machte er sich am Bischofsring zu schaffen und verschwand still und leise in der Dunkelheit.

Überfordert

Dienstag, 29. August

„So eine Scheiße!" Harald Hagenkötter fluchte wie ein Rohrspatz und zupfte unentwegt an seinem Schnauzbart. Eine typische Geste, wenn er nervös oder verärgert war.

Da war noch nicht einmal die Identität des toten Mädchens in der Regnitz geklärt und schon bescherte ihm der heutige Dienstag ein weiteres Mordopfer. Noch dazu einen römischen Kurienbischof aus dem Vatikan. Prost Mahlzeit, das konnte noch heiter werden.

Der Bamberger Oberbürgermeister war der erste, der am frühen Morgen angerufen hatte, gleich darauf ein Vertreter des Erzbistums und beide waren nicht erfreut gewesen. Gerade hatte er noch den Polizeipräsidenten für Oberfranken aus Bayreuth an der Strippe gehabt. Sie alle hatten ihn mit Fragen gelöchert, die er noch nicht beantworten konnte. Und er ärgerte sich: Für das tote Mädchen interessierte sich plötzlich kein Schwein mehr. Alles drehte sich nur um den römischen Bischof.

Jetzt war Hagenkötter auf dem Weg zum großen Besprechungszimmer. Dort hatte er sein Ermittlerteam zusammengerufen. Aufgaben mussten neu verteilt werden. Leider fehlte Professor Stich, auf dessen Erfahrung und Urteilsvermögen er so gerne baute. Die Obduktion der Leiche war schon in vollem Gange und Stich somit gut beschäftigt.

Im Besprechungsraum herrschte Hektik. Seine Leute waren von den Ereignissen genauso überrascht worden wie er. Der Hund eines frühen Spaziergängers hatte den toten Bischof gegen fünf Uhr morgens gefunden. Sein Herrchen, ein 80-jähriger Rentner, war völlig überfordert gewesen. Was tun? Ein Mobiltelefon hatte der Mann nicht dabei. Am nächsten Wohnhaus klingeln? Jetzt, um diese Uhrzeit? Gott sei Dank war ein Zeitungsausträger vorbeigekommen, der dann die Polizei angerufen hatte.

Hagenkötter warf die Tür des Besprechungszimmers hinter sich zu. „Guten Morgen!"

„Guten Morgen", tönte es zurück, dann wurde es mucksmäuschenstill.

„Jetzt haben wir die Kacke am dampfen. Ich weiß nicht, was momentan in dieser Stadt los ist. Alle Schaltjahre haben wir mal einen Mord aufzuklären und jetzt, innerhalb von zwei Tagen, liegen gleich zwei Fälle auf dem Tisch. Wenn das so weitergeht ... Wer von der Spusi war heute früh am Tatort? Gibt es irgendetwas Auffälliges, wo wir ansetzen können?"

Gerhard Frank von der Spurensicherung meldete sich als Erster: „Hautschuppen haben wir genug gefunden, aber im Moment sind wir erst bei der Auswertung. Das Opfer wurde erdrosselt. Vermutlich mit einer Würgeschlinge oder einem ähnlichen Instrument. Ich soll Ihnen von Professor Stich ausrichten, dass er noch vor Ort Blutaustritte durch Mund und Nase festgestellt hat. Das passiert, wenn die Luftröhre durch Druck so stark komprimiert wird, dass sie reißt. Die Male und der Druck auf das Halsgewebe waren auffallend gleichmäßig verteilt: tief, scharf abgegrenzt und in ähnlicher Ausprägung rund um den Hals feststellbar. Als Mordwerkzeug wurde also wahrscheinlich ein Drahtseil benutzt – da würde ich aber noch die genaue Obduktion abwarten, um sicher zu sein. Das Auffälligste an der Leiche steckte aber in seiner linken Anzugtasche: Der Täter hat eine Nachricht hinterlassen. Einen Zettel, etwa DIN A 6-Format, handbeschrieben. Die Schrift ist sehr gut lesbar: *Papa era cattivo*. Der Zettel ist gerade im Labor. Die KTU kümmert sich darum."

„Mein Italienisch ist jetzt nicht das beste. Könnte mich mal jemand aufklären?" Hagenkötter zupfte wie wild an seinem Schnauzbart herum.

„*Papà era cattivo* – zu Deutsch: *Papa war böse*, wenn ich mich nicht irre. Aber ich hab den Zettel noch nicht selbst gesehen ...", kommentierte Tina Meisel.

„*Papa war böse?* Sind wir hier im Kindergarten oder in der Klapsmühle?", schnaufte Hagenkötter. „Ist das alles?"

„Sein Bischofsring ist auch weg", schaltete sich Gerhard Frank noch einmal ein. „Ansonsten fehlt offenbar nichts. Geldbörse, persönliche Dokumente, Hotelschlüssel – alles noch vorhanden."

„Wer bringt denn einen Bischof um, nur um seinen Ring zu klauen?" Der Hauptkommissar sprach mehr zu sich selbst als zu seinen Mitarbeitern. „Und was hat dieses Papa-Getue damit zu tun?"

„Der Bischofsring ist sicher nicht der Grund seines Todes", meinte Tina. „Der Geistliche trug keine Amtskleidung, sondern einen ganz normalen, schlichten schwarzen Anzug. Von hinten hätte der Mörder unmöglich erkennen können, dass er es mit einem hohen Würdenträger der römisch-katholischen Kirche zu tun hatte – und Eposito wurde ja wohl von hinten erdrosselt?" Sie legte die Stirn in Falten. „Von vorn allerdings hätte man den weißen Kragen seines Kollarhemds sehen können, das ist dieser typische Priesterkragen. Aber bedenken wir: Es war mitten in der Nacht und der Angriff ging sicherlich ganz schnell vonstatten. Und überfällt jemand gezielt einen Geistlichen? Nur wegen seines Rings? Unwahrscheinlich."

„Außer der Mörder kannte sein Opfer", überlegte Hagenkötter. „Worauf diese seltsame Botschaft *Papa war böse* hindeuten könnte."

„Aber wer bringt denn wohlwissend einen friedlichen Bischof um?“, zweifelte Tina noch immer.

„Auch Bischöfe sind keine Engel. Auch die haben manchmal Dreck am Stecken. Die Leiche ist noch bei Professor Stich am Institut für Rechtsmedizin in Erlangen, nehme ich an?“

„Genau. Er und ein Kollege müssten gerade bei der Autopsie sein. Um die Mittagszeit hole ich seinen schriftlichen Bericht persönlich ab, den zum Mädchen aus der Regnitz bringe ich auch gleich mit.“

„Gut, Frau Meisel. Apropos, was gibt es Neues im Fall unserer kleinen Wasserleiche? Irgendwelche Hinweise zu ihrer Identität?“ Hagenkötter blickte in die Runde.

Nun meldete sich zum ersten Mal Tinas Kollege Franz Schmuck. Der Mann war ein echter Ehrgeizling, der keinen Hehl daraus machte, auf der Karriereleiter so schnell wie möglich nach oben kommen zu wollen. Natürlich hatte er längst registriert, dass Tina zu Hagenkötter einen speziellen Draht hatte. Doch eines musste man ihm zugutehalten: Schmuck war kein Intrigant. Niemals wäre es ihm eingefallen, sich Tina gegenüber in unfairer Weise zu positionieren oder sie gar bloßzustellen. Er wollte durch eigene Leistungen überzeugen. Außerdem schätzte er seine Kollegin.

„Wir tappen immer noch weitgehend im Dunkeln“, begann Schmuck jetzt, „es ist zum Verrücktwerden. Aber gestern Abend hat sich bei mir ein Dr. Sieber gemeldet und erklärt, dass er der Leiter der Santi-Figli-di-Dio-Schule sei. Ich hatte noch nie von dieser Schule in Bamberg gehört, aber gut ... Kurzum, er kam schnell zum Punkt und hat vermeldet, dass eine Schülerin abgängig sei und dass ihre Eltern ihm im Nacken säßen. Wenn ich ganz ehrlich sein soll: Seine Geschichte klang sehr verwirrend. Ich habe ihn für morgen neun Uhr ins Kommissariat einbestellt.“

„Sehr gut, Schmuck“, lobte Hagenkötter, „den Mann hören wir uns an. Gut möglich, dass seine abgängige Schülerin unsere Wasserleiche ist. Frau Meisel, sind Sie mit dabei? Und erkundigen Sie sich doch mal, was es mit dieser komischen Schule auf sich hat. Im Moment müssen wir uns noch an das halten, was wir sicher wissen. Gab es sonstige verwertbare Spuren oder Auffälligkeiten an der Leiche des Mädchens, die wir gestern noch nicht auf dem Schirm hatten?"

Ludwig Zahn von der Kriminaltechnischen Untersuchungsabteilung meldete sich zu Wort: „Wir haben bei dem toten Mädchen unter den Fingernägeln Fremd-DNA feststellen können und mit der bundesweiten Datei abgeglichen. Leider ohne Erfolg. Aber wir können davon ausgehen, dass sie sich heftig gegen ihren Mörder gewehrt hat."

„Hmm. Frau Meisel, ich will den Obduktionsbericht, sobald Sie von Professor Stich zurück sind. Kommen Sie damit sofort zu mir. Das hat absoluten Vorrang." Zeigefinger und Daumen von Hagenkötters rechter Hand zogen wie wild an seinem Schnurrbart. Leicht nervös sah er sich in der Runde um. „Wie schaut's aus, können wir uns so, wie wir hier sitzen, heute Abend nochmal treffen? Sagen wir um 19 Uhr? Ordentlich spät, aber ich würde gern mit Ihnen die Ergebnisse beider Obduktionsberichte durchgehen, Mädchen und Bischof. Ich weiß, was ich Ihnen damit zumute, aber die Angelegenheit ist verdammt wichtig."

Hagenkötter erntete heftiges Kopfnicken.

„Ich danke Ihnen, Kollegen. Und Frau Meisel, bitte rufen Sie gleich Dr. Stich an und fragen Sie ihn, ob er bereit wäre, sich telefonisch zuzuschalten. Wer weiß, ob Sie ihn in seinem Institut überhaupt persönlich erwischen."

„Mach ich, Chef", antwortete Tina. „Sobald ich aus Erlangen zurück bin, verteile ich Kopien der Obduktionsberichte an die Kollegen, damit sie die Chance haben, sich vor unserem Abendtreffen einzulesen."

„Prima. Herr Schmuck, Sie konzentrieren sich zwischenzeitlich auf die zweite Leiche. Dieser römische Bischof ist mit einem Chauffeur nach Bamberg gekommen, ein Italiener namens Bertone. Nehmen Sie sich den Fahrer bitte vor. Fühlen Sie ihm auf den Zahn. Ich möchte lückenlos wissen, wo sich das Mordopfer wann in Bamberg aufgehalten hat."

Wer nicht wagt ...

Dienstag, 29. August

In der *Mediengruppe Oberfranken Zeitungsverlage GmbH & Co. KG* in der Gutenbergstraße 1, der Heimat des *Fränkischen Tags*, saß Franziska seit einer halben Stunde ihrem Chef, dem Wolfenbütteler Arsch mit Ohren, in seinem luxuriös ausgestatteten Büro gegenüber. Auf dem ausladenden Schreibtisch und in den Regalwänden standen die üblichen Familienfotos herum. Die Lieben daheim sollten doch auch während eines kräfteraubenden Arbeitstags omnipräsent sein: die Gottesanbeterin, Seepferdchen weiblich und Seepferdchen männlich.

„Franziska, dein Bericht und deine Fotos waren top. Gute Ausgabe gestern. Bleib da dran an dem Fall, aber bitte sei so lieb und kümmere dich heute vorrangig um den toten Bischof." *Bitte*, er hatte erstmals das Wort *bitte* verwendet. „Der Mord ist ja ein echter Hammer. Und schon wieder ganz in deiner Nähe! Hast du ein Alibi? Hä, hä ... Aber Spaß beiseite. Franziska, versuch herauszufinden, was der hier in Bamberg gemacht hat. Sprich mit der Polizei, sprich mit dem Erzbistum, sprich mit dem Papst, wenn es sein muss, sprich mit Gott und dem Teufel, recherchier dich so tief in sein Leben rein, dass du hinten wieder rauskommst. Irgendwo muss es ja wohl einen Ansatzpunkt für seinen gewaltsamen Tod geben." Hühnertod stand auf und lief gestikulierend hinter seinem Schreibtisch auf und ab. „Wofür war er innerhalb des Vatikans zuständig? Wer vom Erzbistum hat ihn hier betreut? Ist er jemandem auf die Füße getreten? Und so weiter und so fort. Wozu erzähl ich dir das? Du bist ja selbst ein alter Hase und weißt, worauf es ankommt."

„Und was ist mit dem toten Mädchen?", wollte Franziska wissen. „Recherchieren wir jetzt nur noch zum ermordeten Bischof oder wie soll ich das verstehen?"

„Selbstverständlich nicht, aber der Tod so eines Kurienbischofs hat schon eine gewisse Priorität. Die Schlagzeilen, das Öffentlichkeitsinteresse. Du verstehst doch ... Der bayerische Innenminister hat im Radio eine rasche Aufklärung versprochen. Das hier hat politische Dimensionen! Wir benötigen deinen Bericht für die morgige Ausgabe. Wir brauchen Auflage, Franziska, Auflage!"

Die Lokalredakteurin musste an sich halten, so sehr gingen ihr die Aussagen ihres Vorgesetzten gegen den Strich. Zähne zusammenbeißen. „Können Sie mir denn schon etwas über die Ermordung des Kurienbischofs sagen?"

„So gut wie nichts, außer, dass er heute, gegen fünf Uhr morgens, in der Nähe der Schleuse 100 erdrosselt aufgefunden wurde."

„Und Ihre exzellenten Beziehungen zu unserer örtlichen Polizeiinspektion?" Franziska konnte sich den kleinen Seitenhieb nicht verkneifen.

Der Wolfenbütteler setzte ein schlechtes Pokerface auf und antwortete mit eisigem Schweigen.

„Sind wir dann fertig, kann ich mich gleich an die Arbeit machen? Ansonsten ist der Tag vorbei und wir haben keinen Artikel", setzte Franziska nach.

„Klar, wir sind für den Moment fertig. Weißt du schon, wo du ansetzen wirst?"

„Beim Stich!"

„Beim Stich?" Bernd Hühnertod sah ziemlich bescheuert drein, doch Franziska hatte sein Büro schon verlassen.

*

Ob ihr Vorhaben von Erfolg gekrönt sein würde, wusste Franziska nicht, aber sie hatte sich vorgenommen, den Stier bei den Hörnern zu packen. Wer nichts wagt, der nichts gewinnt. 20 Minuten später fuhr sie in ihrem Mini Cooper auf dem Frankenschnellweg an der Ausfahrt Hirschaid vorbei. Die Silhouette des XXXL-Möbelhauses grüßte zu ihr herüber.

Franziska wollte Professor Stich in Erlangen einen Besuch abstatten. Er hatte die Leiche des toten Mädchens obduziert. Ob er an dem Kurienbischof auch schon dran war, konnte sie nicht ermessen. Natürlich hatte sie Zweifel daran, dass Stich ihr überhaupt Informationen zu den Details der Autopsie preisgeben würde. Alles, was nicht schon in den bisherigen Presseberichten erschienen war, musste zumindest offiziell sicherlich unter Verschluss bleiben. Vielleicht empfing er sie auch gar nicht. Sie musste es einfach probieren. Die Hoffnung stirbt zuletzt. Außerdem: Männer verhielten sich manchmal völlig irrational. Vor allem, wenn ihnen eine attraktive Interviewpartnerin gegenübersaß. Dann konnte auch das Ego eines erfolgsverwöhnten Mannes eine gewichtige Rolle spielen, selbst bei so erfahrenen Herren wir Professor Stich. Franziska warf einen prüfenden Blick in den Rückspiegel. Ja, das könnte klappen.

Sie wusste, dass in der Universitätsstraße 22, wo das Institut für Rechtsmedizin zu finden war, nur sehr wenige Parkplätze zur Verfügung standen, also fuhr sie gleich auf den Großparkplatz hinter dem Erlanger Bahnhof und machte sich zu Fuß auf den Weg. Von irgendwo her läuteten Glocken zur Mittagsstunde, als sie vor dem Sekretariat von Professor Franziskus Stich stand. Ein kurzes, kräftiges Durchatmen, dann klopfte sie zweimal deutlich und laut an die Tür und drückte sofort die Klinke. Eine attraktive Frau Mitte 30 mit schwarzem Pagenschnitt und mächtiger Oberweite sah Franziska fragend an.

„Guten Tag, mein Name ist Franziska Berger, ich komme aus Bamberg ...“ – weiter kam sie nicht.

„Ich weiß, ich weiß“, unterbrach sie der Pagenschnitt und wackelte mit der Oberweite. „Sie sind ja pünktlich wie die Maurer. Ich habe Sie schon erwartet. Die Autopsien der beiden Bamberger Mordopfer, richtig? Den Bericht den Bischof betreffend habe ich gerade erst fertiggestellt. Der Chef hat ihn aber auch schon unterschrieben.“

Franziska war im ersten Moment so verdattert, dass sie nicht wusste, wie sie reagieren sollte, doch dann erfasste sie die Bedeutung der Worte. „Ähm, ja, die beiden Autopsieberichte, genau“, antwortete sie und bemühte sich um ein Pokerface.

„Ich mag es, wenn jemand pünktlich ist“, lächelte der Pagenschnitt, griff in eine Schublade des Schreibtisches, zog zwei braune Umschläge heraus und drückte sie Franziska in die Hand. „Und richten Sie Herrn Hagenkötter auch schöne Grüße von Herrn Professor Stich aus", flötete die mächtige Oberweite noch, sah damit offenbar die kurze Konversation als beendet an, setzte sich ein Headset auf den Kopf und wandte sich wieder der Tastatur ihres Computers zu.

Franziska war immer noch ziemlich perplex, als sie wieder auf dem Gang stand. Langsam stieg dazu ein Gefühl des Triumphs in ihr auf, gepaart mit der Besorgnis, dass ihr unrechtmäßiges Verhalten sie in große Schwierigkeiten bringen konnte. „Cool down, cool down", sprach sie sich selbst Mut zu.

Draußen auf der Straße vor dem Institut nahm sie sofort ihr Mobiltelefon zur Hand, beglückwünschte sich zur Macht des Zufalls und wählte die Nummer von Tina Meisel, die sie erst vor zwei Tagen frisch eingespeichert hatte.

„Tina Meisel, Kripo Bamberg."

„Franziska hier, hallo Tina. Sag mal, meldest du dich immer mit deiner vollen Berufsbezeichnung, auch auf deinem privaten Handy?"

Franziska hörte Tina lachen. „Wenn ich im Dienst bin, ist für mich kein Telefonanruf privat, auch nicht am persönlichen Handy. Was gibt's denn?"

„Tina, können wir uns kurzfristig treffen? Es ist sehr wichtig."

„Sorry, Franziska, ich bin gerade dienstlich nach Erlangen unterwegs. Ich hätte nicht einmal ans Handy gehen können, wenn ich nicht wegen eines Unfalls bei Möhrendorf im Stau stehen würde."

„Bist du auf dem Weg in die Universitätsstraße 22?"

„Woher weißt du das?"

„Tina, ich halte die beiden Berichte, die du abholen willst, schon in meinen Händen. Kennst du das *Café Mengin* am Schlossplatz? Ich warte da auf dich. Und dann erzähle ich dir eine Geschichte, die du kaum glauben wirst."

Zusammenarbeit

Dienstag, 29. August

30 Minuten hatte Franziska Zeit, sich einen Cappuccino und einen Toast Hawaii zu bestellen, die beiden Berichte aus den unverschlossenen Kuverts zu nehmen und Seite für Seite abzufotografieren, bevor Tina völlig aufgelöst und überhastet ins Café gestürzt kam und sich schnaubend neben ihr niederließ.

„Was machst du nur für Sachen, Franziska! Das kann uns beide in Teufels Küche bringen."

„Ich weiß, ich weiß! Aber hör mir erst mal zu ..."

Nachdem sich Tina ein großes Mineralwasser bestellt hatte, begann Franziska zu erzählen: vom Auftrag Hühnertods bis zur beinahe fatalen Verwechslung des Pagenschnitts im Büro von Professor Stich.

Die Kommissarin zweifelte nicht an der Aufrichtigkeit ihrer Worte: „Aber wie ich dich von früher kenne, hast du die Gunst der Stunde schon genutzt, habe ich recht?"

Franziska hatte den Anstand, wenigstens eine Sekunde lang betreten dreinzuschauen. „Klar, ich war einfach zu neugierig und hab reingelesen. Und ich sage dir ganz aufrichtig – der Bericht zur Wasserleiche hat mich schockiert. Hast du eine Ahnung, was dem Mädchen in ihrem jungen Leben schon widerfahren ist?"

„Offensichtlich nicht, du hast mir den Blick in den vollständigen Obduktionsbericht ja voraus."

„Es ist einfach widerlich. Was muss da für eine Bestie am Werk gewesen sein? Tina, ganz ehrlich: Ich kann mich da nicht nur auf das passive Schreiben irgendwelcher Artikel beschränken. Ich muss da tiefer rein, ich will wissen, wer der Mörder ist."

Tina machte große Augen und schnaufte tief durch. „Franziska, nein, was denkst du dir nur, wenn du so was sagst? Bitte halt dich da raus, du bist Journalistin und keine Kriminalerin, du kennst meine Bedenken. Der Mörder läuft noch frei herum. Jetzt nehmen wir einmal an, du kommst ihm wirklich auf die Spur: Wenn er sich in die Enge getrieben fühlt – wer weiß, zu welchen weiteren Taten er bereit ist! Und was machst du dann? Ich will nicht noch eine dritte Leiche auf dem Tisch haben." Tina schüttelte heftig ihren Lockenkopf. „Was treibt dich eigentlich? Geht es dir wirklich nur um den beruflichen Erfolg? Um die Schlagzeile *Bamberger Journalistin überführt Sexmonster?*"

„Nein, Tina, das ist es nicht." Franziska sah die Kommissarin, ihre frühere Schulfreundin, ernst an. „Zumindest nicht vordergründig. Natürlich habe ich meinen jornalistischen Ehrgeiz ... aber ich habe auch persönliche Gründe." Sie zögerte und wich Tinas Blick aus, bevor sie langsam und leise weitersprach. „Vielleicht erinnerst du dich – damals am Gymnasium ... es gab da diese Zeit, in der ich ... anders war. Zurückgezogen, depressiv."

Tina war still geworden und fixierte Franziska mit weit hochgezogenen Augenbrauen.

Diese hob nun wieder ihren Blick. Ein tiefes Atemholen. „Ich sage das, weil ich will, dass du mir vertraust, Tina, und weil ich dir vertraue ... Als ich 14 war, wurde ich selbst Missbrauchsopfer. Mein Lieblingsonkel, der Bruder meiner Mutter, hat mich auf einem gemeinsamen Ausflug in die Fränkische Schweiz vergewaltigt ... Unmittelbar danach war ich geschockt, wusste nicht, was ich tun sollte. Vor allem, als er sich bei mir heulend entschuldigte und mich beschwor, niemandem etwas davon zu erzählen, sonst käme er ins Gefängnis ... Kannst du dir vorstellen, was in mir vorging? Die körperliche Verletzung war schlimm, aber die psychische noch so viel mehr ... die Angst, die Verzweiflung, die Schutzlosigkeit, alles war kaputt."

„Mein Gott, Franziska, ich hatte keine Ahnung ..."

„Am nächsten Tag habe ich es meiner Mutter erzählt. Die hat sofort das Telefon genommen und die Polizei angerufen." Franziska griff nach ihrer Cappuccinotasse, obwohl die schon längst leer war. „Was danach kam, war für mich fast schlimmer als die eigentliche Tat selbst. Versteh mich nicht falsch, ich bin meiner Mutter sehr dankbar für ihr Handeln – es war wichtig, Anzeige zu erstatten, niemand darf mit so etwas davonkommen. Aber wie mit mir dann umgegangen wurde ... die hochnotpeinlichen Fragen, die angeblich zur Wahrheitsfindung notwendig waren, die Einzelheiten des Tathergangs, die ich detailliert erzählen musste, nur weil der Richter sie hören wollte. Ob ich mich gegenüber meinem Onkel in einer aufreizenden Art und Weise gezeigt habe? Ob ich ein sexuelles Lustgefühl verspürt habe? Ich habe mich am Ende so schuldig gefühlt und mich so sehr geschämt. Ein Jahr lang war ich in psychotherapeutischer Behandlung."

Tina hatte Franziskas Bericht mit gerunzelter Stirn zugehört und griff jetzt vorsichtig nach ihrer Hand. „Das wusste ich alles nicht. Es tut mir so leid. Wie geht es dir heute damit?"

Franziska lächelte leicht. „Meistens ist alles gut. Und dann an manchen Tagen auch wieder nicht. Vielleicht bin ich auch immer noch deshalb am liebsten allein, ohne Mann. Wer weiß?" Sie griff nach dem Kuvert mit dem Obduktionsbericht zur unbekannten weiblichen Wasserleiche. „Ich könnte kotzen, wenn ich daran denke, was dem toten Mädchen alles widerfahren ist. Ich meine, der Bericht von Professor Stich lässt da wenige Zweifel offen. Lies selbst! Nein, Tina, du kannst mich nicht dazu bringen, an dieser Stelle inaktiv zu bleiben. Ich werde recherchieren und keine Ruhe geben, bis das Schwein gefunden ist, das dieses Verbrechen begangen hat. Und wenn ich ihn vor euch finde, dann schneide ich ihm höchstpersönlich die Eier ab und werfe sie in die Regnitz!" Franziska hatte sich in Rage geredet, ihr Gesicht zeigte eine wilde Entschlossenheit.

Tina hielt immer noch die Hand ihrer gerade wiedergewonnen Freundin in ihren beiden, wollte erst wieder den Kopf schütteln – und traf dann spontan einen Entschluss, der sie den Job kosten konnte: „Franziska, der Dienstvorschrift nach müsste ich jetzt meinem Chef sofort von unserem Gespräch berichten und überhaupt erklären, wie du zu den beiden Autopsieberichten gekommen bist. Aber ich glaube, dass ich so mit einem Schlag unsere neue Freundschaft und dein Vertrauen in mich zerstören würde. Das will ich nicht. Außerdem weiß ich beim besten Willen nicht, wie ich dich, ohne dich zu verraten, davon abhalten soll, auf eigene Faust zu ermitteln. Ich kann aber auch nicht zulassen, dass du dabei unter die Räder kommst. Also mache ich dir den Vorschlag der Zusammenarbeit – wenn", sie hob ihren Zeigefinger, „wenn du mir hoch und heilig versprichst, keinerlei unabgestimmten Einzelaktionen zu unternehmen, nicht über Ermittlungsergebnisse zu schreiben, die keinesfalls an die Öffentlichkeit gelangen dürfen, und vor allem keiner Menschenseele von unserer Abmachung zu erzählen. Hör mir zu …"

Überstunden

Dienstag, 29. August

Wieder war die Runde vom Vormittag im Besprechungszimmer zusammengekommen. Es war Punkt 19 Uhr, als Hagenkötter und Tina Meisel den Raum betraten. Auch die Telefonverbindung nach Erlangen stand. Am Ende der Leitung wartete Dr. Stich auf den Beginn der Besprechung. Jeder der anwesenden Polizeibeamten hatte die Obduktionsberichte sorgfältig gelesen. Keiner wollte sich eine Blöße geben.

Hagenkötter kam sofort zur Sache und griff zm bereitliegenden Telefonhörer. „Doc?", brummte er in den Apparat.

„Bei der Arbeit."

„Schön, dass Sie dabei sind", freute sich der Hauptkommissar. „Ich stelle Sie jetzt auf Lautsprecher. Wir sitzen hier in großer Runde und haben Ihre beiden Obduktionsberichte gelesen."

Allseitiges stummes Kopfnicken begleitete Hagenkötters Worte.

Der grinste, drückte ein Knöpfchen und fuhr fort: „Doc, Sie haben das Wort, wir lauschen."

Es vergingen ein paar Sekunden, dann hallte ein tiefes Räuspern aus dem Lautsprecher. „Erst mal einen schönen Abend an alle. Beginnen wir mit dem Mädchen. Ja, ein wirklich interessanter Fall. Also, die Todesursache ist immer noch klar wie Kloßbrühe: Das Kind wurde erdrosselt und erst danach im Fluss abgelegt. In Ihrer Lunge befand sich kein Wasser. Die Sache mit der Fremd-DNA ist euch auch schon bekannt. Konntet ihr damit etwas anfangen?"

„Leider nicht“, antwortete Kriminalkommissar Ludwig Zahn. „Die haben wir nicht im Computer.“

„Schade“, fuhr Stich fort. „Dafür kann ich mit zwei traurigen Überraschungen aufwarten: Das Mädchen war keine Jungfrau mehr und – haltet euch fest – die Kleine hat Crystal Meth konsumiert. Das ist so sicher wie das Amen in der Kirche. Die Haaranalyse war eindeutig.“

„Wie sind Sie denn auf die Idee gekommen, eine Haaranalyse durchzuführen?“ Hagenkötter wirkte deutlich aufgewühlt und drangsalierte seinen Schnurrbart.

„Es war ihre Haut“, erklärte der Professor. „Sie hatte eine aschfahle Haut und eingefallene Wangen. Typische Merkmale von Meth-Konsumenten.“

„Aber das Mädchen lag doch über eine Woche in der Regnitz!“

„Stimmt, aber die spezielle Färbung ist mir doch spanisch vorgekommen. Im Zusammenhang mit diesen extrem konkaven Gesichtszügen. Sie dürfen sich über meinen guten Riecher ruhig freuen, Herr Hauprkommissar!“

„Natürlich, natürlich. Und am Ergebnis der Haaranalyse kann absolut kein Zweifel bestehen?“

„Nun, die Haaranalyse ist die zuverlässigste Methode, um festzustellen, ob jemand Rauschgift konsumiert hat“, klang es aus dem Lautsprecher. „Über das Blut oder den Urin sind die Substanzen nur wenige Stunden oder Tage nachweisbar. Mit den Haaren verhält sich das völlig anders, darin werden vom Körper verschiedenste Substanzen und Stoffwechselprodukte abgelagert. Die pigmentbildenden Zellen an den Haarwurzeln nehmen sie auf und binden sie in Melanin. Das ist das Pigment, das dem Haar seine Farbe verleiht.“

„Das heißt, das einmal konsumierte Crystal Meth wächst quasi nach außen“, platzte Kommissar Schmuck dem Rechtsmediziner ins Wort.

„So kann man das auch sagen“, antwortet Stich belustigt.

„Und woher wissen wir, dass es sich exakt um Crytal Meth handelt und nicht beispielsweise um Kokain?“, bohrte Tina weiter.

„Weil man über die Analysen mittels der sogenannten Gaschromographie und Massenspektronomie nicht nur Konsummenge und -häufigkeit feststellen kann, sondern vor allem die exakte Substanzart."

„Aber wie zum Teufel kommt so ein junges Ding an Crystal Meth?", wunderte sich Schmuck lautstark. „Da stimmt doch was nicht!"

„Genau das ist der Punkt", pflichtete Hagenkötter ihm bei, „und genau das müssen wir herausbekommen. Jetzt fehlt uns als oberstes Puzzlestück nur noch die Identität der Toten. Dazu irgendeine hilfreiche Beobachtung, Doc?"

„Sorry, da kann ich nichts beitragen."

Auch was den Tod des Kurienbischofs anging, brachte der zweite Obduktionsbericht keine bahnbrechenden Erkenntnisse. Der Professor bestätigte lediglich nochmals, dass der Kleriker mit einem Drahtseil erdrosselt worden war: „Da kommt nicht der geringste Zweifel auf, deutliches Erdrosseln. Am Opfer waren hauptsächlich auf den Wangen, der Zunge und der Innenseite der unteren Augenlider die typischen punktförmigen Blutungen – in den sogenannten Petechien – zu sehen. Der Blutstau ist dafür verantwortlich. Unser Bischof hatte keine Chance."

Santi-Figli-di-Dio

Mittwoch, 30. August

Santi-Figli-di-Dio – Heilige Kinder Gottes war im Jahr 1963, im Auftrag des Papstes, von dem italienischen Bischof Angelo Marotti als Laienorganisation der römisch-katholischen Kirche in Rom gegründet worden. Das hatte Tina recherchiert. Genau wie bei der umstrittenen Laienorganisation *Opus Dei* handelte es sich um eine Personalprälatur, die vom Zweiten Vatikanischen Konzil angeregt und eingeführt worden war. Der eigentliche Sinn und die Aufgaben dieser institutionellen Rechtsform bestanden in der besonderen seelsorglichen Betreuung minderjähriger Jugendlicher, verbunden mit einer konsequenten geistlichen Erziehung im Sinne der katholischen Kirche.

An der Spitze der Organisation stand ein Prälat im Range eines Bischofs, der in seinem Tun vom Generalrat unterstützt wurde. Ansonsten herrschte eine strenge, hierarchische Grundordnung vor, ähnlich dem Vorbild der Diözesen. Mitglieder der Institution waren – der Name verriet es schon – im Wesentlichen Laien, die ihr Leben dem Ruf Gottes gewidmet hatten. Daneben gab es auch Priester, die sich in der ähnlich aufgebauten Gemeinschaft *Zum Goldenen Kreuz* organisiert hatten. Die Laien unterstanden in institutioneller Hinsicht dem regionalen Bischof und erhielten eine umfassende theologische Ausbildung. Die Regeln waren streng: Alle Mitglieder waren aufgerufen, nach Heiligkeit zu streben, nach einem christlichen Leben in der Nachfolge Jesu. Ein Tagesplan, der bestimmte, zeitlich festgelegte Gebete vorsah, sollte helfen, den Alltag zu strukturieren. Körperliche Bußübungen waren bei den priesterlichen Mitgliedern Pflicht, wurden aber auch bei den Laienvertretern gern gesehen. Absoluter Gehorsam wurde erwartet, konservatives Gedankengut herrschte vor und hätte man die politischen Neigungen der Mitglieder hinterfragt, wäre dabei ein überaus rechtsgerichteter Trend ans Tageslicht gekommen, da war sich Tina sicher.

Neben Rom hatten die Heiligen Kinder Gottes noch Stützpunkte in Turin, Neapel und Mailand. Die Santi-Figli-di-Dio-Schule in Bamberg war ihre erste Organisationseinheit außerhalb Italiens und offenbar als Sprungbrett für weitere Gründungen in anderen europäischen Städten gedacht. Das Besondere der Bamberger Einrichtung war ihr Bemühen um Kinder und Jugendliche mit körperlichen Behinderungen oder sogar geistigen Einschränkungen – sofern sie den Besuch eines Gymnasiums nicht unmöglich machten. Ein Internat versprach auf den Einzelfall abgestimmte Pflege und Betreuung.

Das alles wusste nun auch Kriminalhauptkommissar Hagenkötter von seiner Mitarbeiterin, als Dr. Johannes Sieber, der Leiter der örtlichen Santi-Figli-di-Dio-Schule am Mittwoch, morgens um neun Uhr, in sein Büro geführt wurde. Der Kollege, der den Herrn hereingeleitet hatte, nickte Tina und ihrem Chef kurz zu und schloss dann die Tür.

„Nehmen Sie Platz", bot Hagenkötter seinem Gast einen Stuhl an. „Können Sie sich vorstellen, warum wir Sie zu diesem Gespräch eingeladen haben?"

„Ich kann es nur vermuten. Geht es um das tote Mädchen in der Regnitz?"

Tina überfiel sofort ein Gefühl der Abneigung und des Misstrauens, als Dr. Sieber zu sprechen begann. Da saß ein eiskalter Typ vor ihnen, dem man besser mit einer Portion gesundem Misstrauen gegenübertrat. Allein sein äußeres Erscheinungsbild war schon grenzwertig. Sie schätzte ihn auf um die 50. Dunkelbraunes, gegeltes Haar mit Linksscheitel, der wie mit dem Lineal gezogen aussah. Verhärmtes Gesicht, das kein Lächeln zuließ. Stocksteife Haltung und dann erst noch die Kleidung: weißes Hemd unter braunem Anzugsjackett, das bestimmt schon 20 Jahre auf dem Buckel hatte. Die blaue Krawatte passte dazu wie die Faust aufs Auge. Seine weißen Socken, die in braunen Sandalen steckten, hatte er unter Hagenkötters Schreibtisch versteckt.

„Wie kommen Sie auf das tote Mädchen in der Regnitz?", fragte Hagenkötter. „Ich habe sie mit keinem Wort erwähnt."

„Wir vermissen eine Schülerin", erklärte Dr. Sieber. „Sie ist im gleichen Alter. Also, ich meine das Alter des toten Mädchens. Natürlich vorausgesetzt, die Angaben in den Zeitungen stimmen."

„Aber bei uns gemeldet haben Sie sich diesbezüglich nicht. Sie haben ausschließlich den Verlust der Schülerin angemerkt. Oder sehe ich das falsch?"

Dr. Sieber blieb eine Antwort schuldig. Stattdessen griff er in eine der Innentaschen seines Jacketts und knallte ein Hochglanzfoto auf den Tisch. „Das ist die Schülerin, die wir vermissen", erklärte er. „Johanna. Johanna Sonnleitner."

Hagenkötter und Tina erkannten sie sofort.

„Ich hielt es für besser, mich erst mit den Eltern der Schülerin zu beraten, bevor ich die Polizei informiere."

„Ich denke, Sie sind uns eine Erklärung schuldig, Herr Dr. Sieber!" Hagenkötters Aufforderung kam schneidend und bestimmt. „Ihr Foto zeigt wirklich das tote Mädchen, das in der Regnitz trieb."

„Mein Gott!" Der Schulleiter schlug theatralisch die Hände vor dem Gesicht zusammen, schaute aber weiter sehr kühl und unberührt drein. „Ich habe es geahnt. Die armen Eltern!"

„Wir warten auf Ihre Erklärung", erinnerte ihn Tina.

„Ja, natürlich. Mein Gott, wo soll ich bloß beginnen?"

„Am besten am Anfang", forderte ihn der Hauptkommissar auf.

„Also gut." Dr. Sieber reckte das Kinn und richtete seinen Blick starr auf das Foto, das er selbst mitgebracht hatte. „Ich versuche mich kurz zu fassen: Die Sonnleitners sind Österreicher. Vor einigen Jahren sind sie nach Strullendorf gezogen, weil ... es ist eine private Angelegenheit der Familie, kann ich das offenlegen?"

„Ich würde es Ihnen dringend empfehlen", brummte Hagenkötter.

„Nun. Ihre Tochter Johanna leidet ... litt an einer seltenen Krankheit, dem Tourette-Syndrom. Das kam bei ihr in Schüben, tagelang ging es ihr gut und dann brach es wieder mit Macht aus ihr heraus: unkoordinierte Bewegungen, Verrenkungen, dazu wilde Laute ... Das war auch der Grund, warum ihre Eltern Johanna an unsere Schule gegeben haben. Sie müssen wissen, unsere Schule ..."

„Wir haben uns informiert", schnitt ihm Hagenkötter das Wort ab. „Fahren Sie fort!"

Sieber zog nur kurz pikiert die Nase kraus. „Na gut. Johannas Eltern mussten wegen eines Trauerfalls in der Familie kürzlich zurück in die Heimat, nach Graz, wollten ihrer Tochter aber die Reisestrapazen und, ich vermute, auch die ganze mit einer Beerdigung verbundene Aufregung nicht zumuten. Deshalb fragten sie mich, ob wir uns in der Schule um Johanna kümmern, sie während ihrer Abwesenheit in Obhut nehmen könnten – trotz Schulferien."

„Wann genau war das?", wollte Hagenkötter wissen.

„Die Sonnleitners brachten Johanna am 19. August zurück zur Schule, hatten vor, am 23. nach Graz zu fahren und kamen vorgestern wieder zurück."

„Warum schon am 19., wenn sie erst am 23. losfuhren?", hakte Hagenkötter nach.

„Da müssen Sie die beiden schon selber fragen", wich der Schulleiter aus. „Das entzieht sich meiner Kenntnis."

„Sie sprachen gerade von Obhut, Herr Dr. Sieber", schaltete sich Tina ein. „Können Sie sich erklären, wie, wann und vor allem warum Johanna Ihrer Obhut entglitt? Ich meine, das Mädchen wurde mehr durch Zufall am 26. August tot in der Regnitz aufgefunden. Ermordet wurde sie nach unseren Einschätzungen aber rund eine Woche davor, also um den 19. August herum, an dem Sie sie wieder in der Schule aufgenommen haben wollen. Ist Ihnen beziehungsweise Ihren Betreuern nicht aufgefallen, dass Johanna sofort abgängig war?"

Dr. Sieber sah Tina nur mit leicht gerunzelter Stirn an.

„Haben Sie sich keine Sorgen gemacht? Warum haben Sie nicht schon früher eine Vermisstenanzeige aufgegeben? War Ihnen egal, wo Johanna abgeblieben war?" Tina war dieser geschniegelte und gebügelte Typ, wie man in Franken sagt, so unsympathisch, dass es ihr schwerfiel, ihre Abneigung zu verbergen. Ihm fehlte einfach jeglicher Hauch von Mitgefühl, er war kalt wie eine Hundeschnauze.

„Nein, natürlich ist uns bei den Santi-Figli-di-Dio kein einziger unserer Schutzbefohlenen egal. Lassen Sie mich erklären: Ich wähnte Johanna auf einer Exerzitienfahrt nach Gößweinstein. Ich muss zugeben, ein peinliches Beispiel schlechter Kommunikation: Pater Ferdinand, einer unserer Religionslehrer, kam vor ein paar Wochen mit diesem Vorschlag zu mir. Aber lassen Sie mich von Anfang an erzählen." Sieber setzte sich etwas bequemer zurecht und schlug die Beine übereinander. „Sehen Sie, wir haben selbst während der bayerischen Schulferien unsere Tore für unsere Schüler geöffnet. Das unterscheidet uns von anderen Schulen. Derzeit beherbergen wir rund 30 von ihnen in unseren Mauern – trotz Ferienzeit. Um ihnen auch etwas Urlaubsgefühle zu verschaffen, schlug Pater Ferdinand einen elftägigen Ausflug nach Gößweinstein in der Fränkischen Schweiz vor. Um die geistlichen Werte in den Vordergrund zu stellen, haben wir den Ausflug als

Exerzitienfahrt mit religiösem Hintergrund deklariert. Ich war begeistert." Sein Tonfall und sein kaum vorhandenes Mienenspiel ließen etwas anderes vermuten. „Nur, dass Johanna auch daran teilnehmen sollte, da waren Pater Ferdinand und ich uns zunächst uneinig. Ich konnte mir nicht vorstellen, dass Johanna, ihrer Krankheit wegen, an so einer Exkursion teilnehmen könnte. Da hätte es doch einen ständigen Betreuer gebraucht, der sich gekümmert hätte, sobald sie einen ihrer Anfälle ... ich meine, in der Öffentlichkeit kann man sie doch so nicht allein lassen. Nicht machbar mit weit über 20 Exkusionsteilnehmern und nur einem Betreuer. Nun ja, einen Tag später kam sie heulend zu mir. Daraufhin erklärte sich eine andere Lehrkraft, Pater Friedhelm, bereit, die Truppe zu begleiten und sich ausschließlich um das Wohlergehen von Johanna zu kümmern. Er war sogar bereit, die Reisekosten aus eigener Tasche zu bezahlen. Ich war tief gerührt und gab schließlich mein Okay. Was ich bis letzten Montag nicht wusste, war, dass Johanna zur Abfahrt des Busses nicht erschienen war."

„Nicht erschienen? An welchem Tag war das genau?" Tina glaubte Sieber kein Wort.

„Das war am 21. August."

„Und Ihre beiden Lehrkräfte, Pater Ferdinand und Pater Friedhelm", übernahm Tinas Chef wieder die Wortführung, „haben Sie nicht darüber informiert, dass Johanna fehlte, und sind einfach ohne sie losgefahren?" Auch Hagenkötter hatte das ungute Gefühl, dass der Schulleiter log oder zumindest einen Teil der Wahrheit unterschlug, konnte ihm aber im Moment nichts Gegenteiliges nachweisen.

„Ja und nein. Sie waren guten Glaubens, dass ich meine Zusage, Johanna mitfahren zu lassen, kurzfristig doch wieder zurückgenommen hätte. So sagte es mir Pater Ferdinand in einem Telefonat, welches ich vorgestern mit ihm geführt habe. Er wähnte Johanna hier an der Schule und war schockiert, als er von mir hörte, dass dies nicht der Fall sei. Sie kommen übrigens morgen am Vormittag mit den anderen Schülern wieder von ihrem Ausflug zurück. Dann können Sie sich gern bei den beiden rückversichern."

„Sie sagten, Johannas Eltern wären mittlerweile wieder aus Graz zurück?“, fragte Hagenkötter.

„Sie kamen am 28. zurück und machen mir seitdem die Hölle heiß. Natürlich wollten sie ihre Tochter abholen. Morgens gab ich Ihnen noch die Auskunft, dass sich Johanna auf einem Ausflug befindet, da fielen sie fast aus dem Häuschen.“

„So – nur deshalb haben Sie Pater Ferdinand angerufen“, mutmaßte Tina.

Dr. Sieber reagierte nicht. Doch der Kommissarin war das kurze, unkontrollierte Zucken seiner über dem Knie gefalteten Hände nicht entgangen. Sie schwieg und sah den Schulleiter geduldig mit leicht geneigtem Kopf an.

„Was sollte ich denn tun?“, brach es schließlich doch aus ihm heraus. „Die beiden führten sich auf wie die Derwische und drohten mir mit der Polizei! Natürlich habe ich da meinen Kollegen hinterhertelefoniert.“

„Und dann haben Sie die Polizei angerufen und sind bei unserem Kollegen, Kommissar Schmuck, gelandet?“

„Schon“, gab der Schulleiter zu.

„Sehr seltsam“, kommentierte Hagenkötter eisig. „Sie glaubten Johanna auf Exerzitienfahrt und ihre Betreuer nahmen an, dass das Mädchen an der Schule geblieben sei. Aber gut, darüber werden wir nochmals detailliert sprechen müssen. Ihre Logik leuchtet mir noch nicht ein. Warten wir die Rückkehr der Ausflügler ab. Wir werden da wirklich noch einiges zu klären haben.“ Unvermittelt wechselte er die Tonlage und fragte fast schon aufgekratzt: „Herr Dr. Sieber, kommen wir zu dem ermordeten Kurienbischof. Kannten Sie Carlo Eposito?“

„Sie meinen den Bischof, den man am Dienstag in der Früh tot an der Regnitz gefunden hat?“ Sieber wirkte verwirrt.

„Genau den meine ich.“

„Ich weiß zwar schon, dass er ein hochrangiges Mitglied bei Santi-Figli-di-Dio ist ... ich meine war, aber persönlich sind wir uns nie begegnet. Schade, er war ein großer Befürworter und Förderer unserer Prälatur, wie mir berichtet wurde.“

„Aha. Herr Dr. Sieber, bevor wir Sie wieder entlassen können, hätte ich noch eine Bitte an Sie: Können Sie uns eine Liste zusammenstellen lassen, auf der die Namen und Privatadressen sämtlicher Lehrkräfte stehen, die die Klasse von Johanna Sonnleitner unterrichten? Wir bräuchten die Liste bis spätestens morgen um die Mittagszeit."

Sieber protestierte umgehend: „Es ist immer noch Ferienzeit. Meine Sekretärin ist im Urlaub."

Hagenkötter überhörte den Einwand. „Und was mich auch noch interessieren würde: In Ihrer Organisation herrscht ja recht strikte Ordnung. Wie muss ich mir denn so einen normalen Tagesablauf der Santi-Figli-di-Dio-Mitglieder vorstellen?"

„Nun, Herr Hagenkötter", Siebers Gesichtszüge entspannten sich sichtlich, hier fühlte er sich auf sicherem Boden, „die Mitglieder unserer Institution haben sich aus eigenem Willen ein Leben in Christi auferlegt. Dazu gehören strenge Regeln, wie dieses Leben zu führen ist. Grundsatz dieser Regeln sind unsere Gebete. Am Morgen nach dem Aufstehen denken wir zuerst an unseren Herrn und beten drei Vaterunser, um die Mittagszeit beten wir den Rosenkranz und besuchen nach dem Mittagessen die Heilige Messe mit dem Empfang der Kommunion. Nachmittags folgt eine Lesung aus dem Neuen Testament und gegen Abend ..."

„Danke, Herr Dr. Sieber, ich denke, ich bin schon im Bilde." Hagenkötter stand auf. „Wir danken Ihnen für Ihre kurzfristige Bereitschaft zu diesem Gespräch. Es wird wohl nicht das letzte gewesen sein. Sollten Ihnen weitere Details zum Verschwinden von Johanna einfallen oder sollten Sie Wissen zum Aufenthalt von Bischof Eposito in Bamberg erlangen, bitte ich Sie, entweder mich oder Frau Meisel unverzüglich anzurufen, und schicken Sie uns morgen ihre beiden Patres vorbei, sobald sie wieder an der Schule eingetroffen sind. Sofort. Wir müssen dringend mit ihnen reden. Auf Wiedersehen – und noch einen schönen Tag."

Sieber erhob sich zackig von seinem Stuhl. „Ich danke auch. Und wann immer Sie weiteren Gesprächsbedarf haben, melden Sie sich einfach bei meiner Sekretärin. Ich bin gerne bereit, bei

Johannas mysteriösem Tod Aufklärung zu leisten, wenn es mir möglich ist." Er reichte Hagenkötter seine Hand zum Abschied und drehte Tina dabei geradezu demonstrativ den Rücken zu.

„Ach, Herr Dr. Sieber, fast hätte ich es vergessen", Hagenkötter stieß sich mit dem Handballen seiner Linken an die Stirn, so als wolle er sein Gehirn für seine Vergesslichkeit verantwortlich machen. „Sagen Sie, wie war Johanna an ihrer Schule untergebracht? Hatte sie ein eigenes Zimmer oder teilte sie sich eines mit einer anderen Mitschülerin?"

„Aufgrund ihrer Krankheit haben wir Johanna ein eigenes Zimmer zugewiesen. Inklusive Notrufknopf."

„Das müssen wir uns mal ansehen. Am besten gleich. Ein Team unserer Spurensicherung wird Sie zurück zur Schule begleiten."

Der entsetzte Blick Siebers war Gold wert. Und Hagenkötter war noch nicht fertig mit ihm: „Entschuldigung, aber irgendwie habe ich heute meinen vergesslichen Tag. Hatten oder haben Sie Kenntnis davon, dass an Ihrer Schule Rauschgift konsumiert wird?"

„An unserer Schule?" Dr. Sieber warf die Hände in die Luft und zeigte sich äußerst belustigt. „Nie und nimmer. Das wäre ja gerade so, als würde ich Sie fragen, ob Ihnen in den Reihen Ihrer Mitarbeiter nicht schon Verbrecher aufgefallen sind. Noch einen schönen Tag, Herr Hagenkötter. Habe die Ehre, Frau Meisel." Damit verließ er den Raum.

„Der lügt von vorne bis hinten", waren Tinas erste Worte, als die Tür hinter dem Schulleiter zugefallen war. „Warum haben Sie ihn nicht mit dem Missbrauch konfrontiert?"

„Da gebe ich Ihnen recht. Ich meine, das mit dem Lügen. Und dass wir von dem Missbrauch wissen, braucht er zum jetzigen Zeitpunkt noch nicht zu erfahren", orakelte Tinas Vorgesetzter. „Um 14 Uhr haben wir einen Termin mit den Vertretern des Erzbistums. Mal sehen, welche seltsamen Geschichten uns die Herren Geistlichen auftischen. Haben Sie Lust, mich zu begleiten?"

„Sehr gerne."

Widerspruch

Mittwoch, 30. August

In der Zeit, in der Harald Hagenkötter und Tina Meisel den Ausreden und Halbwahrheiten des Dr. Siebers lauschten, bereiteten sich Kommissar Franz Schmuck und ein inoffizieller Italienisch-Übersetzer darauf vor, nebenan gleich mit Giuseppe Bertone, dem Fahrer des Bischofs, zu sprechen. Schmuck hatte Nino Bellini, einen Kollegen aus dem Rauschgiftdezernat, gebeten, kurzfristig und ausnahmsweise mit Übersetzungsdiensten auszuhelfen. Gerade spähten sie zu zweit durch den Einwegspiegel, hinter dem der Fahrer wartete.

Bertone saß seit fünf Minuten in dem kleinen, spartanisch ausgestatteten Vernehmungszimmer. Ein Tisch, vier Stühle, ein Fenster mit Oberlicht und der obligatorische riesige Spiegel an einer der beiden Stirnwände, das war es. Er kannte solche Räume aus seiner Jugend und war sichtlich nervös. Dazu kam die Trauer um seinen ermordeten Bischof. Ein Polizeibeamter stand mit verschränkten Armen neben der geschlossenen Tür und starrte schweigend vor sich hin. Endlich betraten zwei Männer den Raum und nahmen Bertone gegenüber Platz. Giuseppe fühlte sich unwohl und rutschte auf seinem Stuhl hin und her.

Kommissar Schmuck nahm den Italiener scharf ins Auge: klein, untersetzt, ein kräftig sprießender Dreitagebart, pechschwarzes glattes Haar, das bestimmt jeden Tag eine halbe Tube Haarcreme abbekam. Wie man sich einen typischen Mafioso vorstellt – rein äußerlich. Doch Schmuck war erfahren genug, sich von der Optik allein nicht täuschen zu lassen.

„Kennen Sie diesen Mann?“, wollte der Kommisar wissen, nachdem er sich und seinen Kollegen vorgestellt und sich Bertone gegenüber hingesetzt hatte. Er zog ein Foto aus seiner Jackentasche und hielt es Bertone hin.

„*Si, lui è il Signore Sieber, il direttore della scuola Santi-Figli-di-Dio*“, nickte der Fahrer den beiden Polizeibeamten zu, brachte dabei aber immer noch nervös seinen Stuhl zum Wackeln.

Bellini bestätigte Schmuck die Bekanntschaft Bertones mit Sieber, dem Leiter der Santi-Figli-di-Dio-Schule.

„Frag ihn, ob sein Dienstherr und Sieber sich hier in Bamberg getroffen haben“, bat Schmuck seinen italienischen Kollegen vom Rauschgiftdezernat.

Nach kurzem Zögern fing Bertone an, zu erzählen.

„Er sagt, er weiß es nicht. Er sagt aber auch, dass Sieber seinen Bischof in Roma besucht hat, letzte Jahr.“

„Was war der Anlass des Besuchs?“

Bellini versuchte sich wieder an einer Simultanübersetzung: „Sieber hat mit seine Exzellenz gesprochen. Über die Santi-Figli-di-Dio-Organisation. Mehr weiß er auch nicht, er war nicht dabei.“

„Bellini, mach ihm doch bitte deutlich, dass wir ganz genau wissen müssen, was er Tag für Tag gemacht hat, seit er hier in Bamberg mit Eposito angekommen ist, wohin er wann seinen Bischof gebracht hat, ob Eposito Leute getroffen oder gesehen hat, die er kennt, und was sein Dienstherr in seiner freien Zeit gemacht hat. Sag ihm am besten, dass wir das unbedingt wissen müssen, um den Mörder von Carlo Eposito zu überführen.“

Rund eine Minute redete Nino Bellini auf Giuseppe Bertone ein, der zwischendurch häufig und heftig mit dem Kopf nickte und immer wieder *„Già, già ...“* murmelte.

„Er sagt, dass er uns kann zeigen, wo er seine Exzellenz hingefahren hat und wo. Und dass meistens ein Mann in einem schwarzen Mercedes sich um seinen Bischof gekümmert hat.“

„Kennt er den Mann? Hat er einen Namen?“

„Hat er nicht, es war aber ein Kirchenmann aus Bamberg. Bertone kennt die Nummer von dem schwarzen Mercedes und den Name von dem Fahrer und er sagt, dass Bischof Eposito ganz komisch und ... *come si dice* – durcheinander, verstört war, seit er ... aus einem schönen Haus gekommen ist ... früh am Morgen vom 20. August.“

„Welches schöne Haus?“

„Weiß er nicht, hat keinen Name. Sieht aus wie eine Villa ... mit großem Kreis und großem Kreuz in Gold.“

„Eine Villa mit einem großen Kreis und einem Kreuz in Gold? Eine Kirche vielleicht?"

„Keine Ahnung. Er meint, er kann uns das zeigen, uns hinführen."

„Aha. Ja, das müssen wir noch sehen. Vielleicht klappt's ja auch mit der Erinnerung, wenn wir ihm einen Stadtplan zeigen. Als Chauffeur muss er doch mit einem Navi in Bamberg unterwegs gewesen sein. Da erkennt er vielleicht den Straßennamen wieder. Bellini, frag ihn doch mal, wie der Bischof als Mensch und Vorgesetzter war."

Nach fünf Minuten bereute Kommissar Schmuck seine Frage. Giuseppe Bertone war in einen wahren Rederausch verfallen. Schmuck verstand zwar kein Wort, konnte aber schon an der Gestik und an Bertones Stimmlage erkennen, dass der Fahrer seinen ermordeten Bischof verehrt hatte und nun auf das Höchste lobte. Bald liefen dem Mann Tränen der Trauer über sein bärtiges Gesicht, wenn er über *Papà Eposito* sprach.

Schmuck wechselte mit Bellini einen langen Blick und zuckte dann leicht mit den Schultern. Bei allem Respekt vor dem Verlust Bertones durfte er noch nicht lockerlassen: „Wann ist er denn genau mit seinem Bischof von Rom nach Bamberg aufgebrochen?"

Bellini räusperte sich und wieder ging ein italienischer Wortschwall zwischen dem Fahrer und Bellini hin und her.

„In der Nacht vom 17. auf 18. August, sagt Bertone. Aber fast hätte Reise nicht geklappt."

„Und warum nicht?"

„Ah, das ist eine Geschichte: wegen der Mercedes-Limousine. Papst Franziskus mag nicht, wenn Kleriker aus dem Vatikan mit Autos reisen, die ... *lussuoso*, wie sagt man – viel Luxus haben. Franziskus mag Limousinen nicht, er mag die kleinen Wagen, dabei haben die letzten beiden *papa* vor Franziskus noch viele eingekauft: Mercedes und so ... Weißt du, Schmuck, dass es mehr als 60 Papamobile im Vatikan gibt? Sagt man so." Bellini zeigte das begeisterte Gesicht eines wahren italienischen Autoliebhabers. „Aber Franziskus benutzt sie nicht. Er will direkte Kontakt mit den Menschen haben. Und wenn er doch mal eine Pkw nimmt, dann nimmt er eine Ford Focus – *usato*, gebraucht! Stell dir das vor, Schmuck! Im Vatikan gibt es eine *oceano* von Wagen. Alte und neue. Und dazu der *Museo delle Carozze* im Lateranpalast. In dem Museum gibt es Schätze: Oldtimer aus den 1920er Jahre. Von Fiat, Bianchi, Graham-Paige, Itala, Citroën – *meraviglioso*! Andere sind in der Tiefgarage des *papa* weggesperrt – für alle andere *tabù* ..." Der italienische Kollege gestikulierte leidenschaftlich.

Schmuck hatte jetzt aber genug: „Danke, Bellini – aber weshalb wäre es mit Bamberg fast nichts geworden?"

„*Ah sì* ... Es ging um die Genehmigung von der Reise nach Bamberg. Als dann der Chef vom *parco rotabile*, von alle Autos im Vatikan, endlich ja gesagt hat, fehlte die *bomboniera* ..."

„Die was?"

„Gastgeschenk war noch nicht angeliefert und ..."

„Und das Geschenk war?", unterbrach Kommissar Schmuck Bellini schon wieder.

„Ein Karton Fotos von *papa* Franziskus im Postkartenformat, mit gesegnete Wünsche."

Die Befragung des Fahrers zog sich noch bis zur Mittagszeit hin, dann hatte der Kommissar eine recht übersichtliche Tabelle vor sich auf dem Tisch liegen, die zeigte, wo und wann sich Eposito während seines Bamberger Besuchs in etwa aufgehalten hatte. Aus dem Papier war allerdings nicht immer ersichtlich, mit wem sich der Kurienbischof getroffen hatte, und Bertone versicherte glaubhaft, keine Ahnung zu haben, um welche Themen es dabei gegangen war. Zudem schien Eposito seinen Fahrer nicht durchgängig beansprucht zu haben, was ein paar zeitliche Lücken in Schmucks Tabelle offenbarten. Ganz zufrieden mit seinem Ergebnis war Schmuck deshalb nicht, aber vielleicht brachte der Nachmittag neue Erkenntnisse. Da wollte Bertone ihnen alle Orte zeigen, zu denen er seine Exzellenz gefahren hatte. Das Vorzeigen eines Bamberger Stadtplans hatte leider nichts gebracht. Hoffentlich hatte er hinter dem Steuer eines Wagens ein besseres Erinnerungsvermögen.

Du sollst nicht lügen

Mittwoch, 30. August

Vor fünf Minuten hatten Hauptkommissar Hagenkötter und seine Mitarbeiterin Tina Meisel ihr Büro verlassen und waren unterwegs zum Heinrichsdamm 32. Das Erzbistum hatte sie zum erbetenen Gespräch ins Bistumshaus St. Otto eingeladen, in das Gebäude, wo einst die Priesterseminare des Erzbistums abgehalten worden waren. Am Domplatz selbst stünden gerade keine freien Besprechungsräume zur Verfügung, hatte man ihnen am Telefon gesagt. „Wer's glaubt, wird selig", raunzte Hagenkötter jetzt und zupfte an seinem Schnauzer, „die zeigen uns damit nur, welche Sympathien sie für uns haben."

Vor 89 Jahren, am Festtag des heiligen Kaisers Heinrich, dem 13. Juli, war das neue Seminargebäude eingeweiht worden – nach mehr als 70 Jahren Generalsanierung – und diente heute hauptsächlich der Unterbringung zweier Hauptabteilungen des Erzbischöflichen Ordinariats und weiterer diözesaner Einrichtungen.

Pünktlich um 14 Uhr trafen die Ermittler im Gruppenraum 4 ein. An den Wänden hingen Bilder von Papst Franziskus, dem ehemaligen Papst Benedikt und von früheren Bischöfen des Erzbistums. Die Beamten wurden bereits erwartet. Ein Mitarbeiter der erzbischöflichen Pressestelle, der sich selbst vom Domplatz 2 herüber bemüht hatte, begrüßte sie und stellte seine Kollegen und Kolleginnen vor. Frau Doris Haberkamm aus der Abteilung Polizeiseelsorge, einen Herrn Dr. Sowieso aus der Rechtsabteilung, Marke „Weltliches Recht", und einen hochrangigen Mitarbeiter aus dem Generalvikariat. Sie schienen alle sehr desinteressiert, fand Tina. Jedenfalls sahen sie deutlich gelangweilt aus.

Auf dem langgezogenen Tisch inmitten des Gruppenraums standen eine große Thermoskanne mit Kaffee, dazu Kaffeetassen und zwei Teller mit Gebäck. Der Raum wirkte kahl und leblos, bot kein natürliches Licht von außen, dafür aber Sitzgelegenheiten für mindestens 14 Personen. Lediglich an der Stirnwand, gleich neben der Tür, hing ein überdimensioniertes, schmuckloses Kreuz aus

Eichenholz. *Der Herr ist mit dir,* verkündete eine Inschrift auf dem Querbalken.

„Ja, nochmals vielen Dank, dass Sie sich für uns so kurzfristig Zeit genommen haben", eröffnete Hagenkötter die Gesprächsrunde, nachdem jeder Platz genommen hatte. „Vielleicht ist teilweise auch etwas missverstanden worden?" Er blickte Frau Haberkamm tief in die Augen. „Wir sind nicht gekommen, um über unser Seelenheil zu sprechen, sondern um möglichst rasch Licht in den mysteriösen Tod des römischen Kurienbischofs Carlo Eposito zu bringen."

Doris Haberkamm lief im Gesicht rot an wie eine reife Tomate. Man sah ihr an, dass sie sich am liebsten in Luft aufgelöst hätte.

„Sind wir da vielleicht etwas falsch verstanden worden?", fuhr der Hauptkommissar fort.

„Keineswegs", antwortete der Geistliche aus dem Generalvikariat, „wir stehen Ihnen für alle Fragen zur Verfügung. Ob wir diese allerdings auch beantworten können, werden wir ja gleich sehen. Frau Haberkamm leistet uns Gesellschaft, weil sie sich als erfahrene, langjährige Mitarbeiterin mit den Gepflogenheiten des Erzbistums bestens auskennt."

„Na schön. Beginnen wir doch mit einer ganz einfachen Frage", schlug Hagenkötter vor. „Erzählen Sie uns doch, warum Eposito nach Bamberg kam und was er hier gemacht hat. Dazu muss es ja wohl einen Anlass gegeben haben. Oder liege ich da falsch?" Er zog die Augenbrauen in die Höhe und sah reihum in die Gesichter seiner Gesprächspartner auf der anderen Seite des Tischs.

Frau Haberkamm betrachtete mit Interesse ihre blau lackierten Fingernägel.

Der erzbischöfliche Rechtsverdreher checkte auf seinem Mobiltelefon sein E-Mail-Postfach und der Pressesprecher sah seinen Kollegen aus dem Generalvikariat fragend an.

Es dauerte etwas, bis dieser aus seiner Lethargie erwachte, sich räusperte und „Allgemeiner, routinemäßiger Informationsaustausch" ausspuckte. Dann verzog er sich wieder in seinen Kokon und wartete ab, was als nächstes geschah.

Tina warf einen schnellen Seitenblick auf ihren Chef. Da hatte es der Herr aus dem Generalvikariat mit nur drei Worten geschafft, Hagenkötters Blutdruck zu versauen. Sie lehnte sich vorsichtshalber ein wenig zurück.

„Wie darf ich das verstehen? *Allgemeiner, routinemäßiger Informationsaustausch*?“ Tinas Chef begann, innerlich zu kochen. „Können Sie das bitte etwas präzisieren? Wer tauscht sich da mit wem über welche Themen aus? Helfen Sie mir doch auf die Sprünge!“

„Oh nein, so geht das nicht!“ Der Anwalt aus der Rechtsabteilung war wach geworden und plusterte sich auf wie ein Pfau. „Es widerspricht dem kanonischen Recht der katholischen Kirche, erzbischöfliche Interna zu nichtkirchlichen Zwecken an weltliche Dritte weiterzugeben.“ Dann schwieg er wieder, blieb aber kampfbereit und sah Hagenkötter herausfordernd an.

Die Mundwinkel des Kripobeamten zuckten unkontrolliert und er zwirbelte seinen Schnurrbart. Dann holte er tief Luft, um loszudonnern: „Mein lieber Herr erzbischöflicher Jurist, der weltliche Dritte scheißt auf Ihr kanonisches Recht und wird Ihnen gleich gewaltig aufs Kirchendach steigen! Wir haben es hier mit einem Mordfall an einem Ihrer Würdenträger zu tun und ich habe die Aufgabe, diesen Fall zu lösen. Kommen Sie mir bloß nicht mit hirnrissigen Argumenten daher. Verarschen kann ich mich auch alleine, dazu brauche ich Ihre lächerlichen Eskapaden nicht. Die sind unnötig wie ein Kropf. Wir können dieses Gespräch jetzt auf zivilisierte, vielleicht ja sogar hilfreiche Weise angehen oder gerne bei uns in der Schildstraße fortsetzen.“

Die Halsschlagader des so gescholtenen Juristen schwoll schlagartig an, da kroch aber schon der Geistliche aus dem Generalvikariat wieder aus seinem Kokon. „Aber, meine Herren, mäßigen wir doch unseren Ton“, schlug er vor. „Sehen Sie, Herr Hauptkommissar, der Besuch eines Kurienbischofs ist schon etwas Außergewöhnliches. Das ist nichts für unsere Ebene.“ Dabei breitete er seine Arme in Richtung der links und rechts von ihm sitzenden Kollegen aus. „So ein wichtiger Besuch wird bei uns im Erzbistum ganz oben abgestimmt. Wie Sie vielleicht wissen, gibt es in Deutschland 27 Bistümer, davon sieben Erzbistümer. Bamberg ist eines davon und untersteht direkt dem Vatikan. Das heißt aber im Umkehrschluss, dass wir uns auch um die Belange der Bistümer Eichstätt, Speyer und Würzburg mitkümmern müssen. Wer kann da immer wissen, was sich alles im Erzbistum abspielt, vor allem im Vorfeld eines hohen Besuchs. Wir, so wie wir hier vor Ihnen sitzen, waren alle nicht direkt in die Bambergreise des Kurienbischofs eingebunden."

„Ich fall vom Glauben ab, verdammte Hacke, warum sitzen wir dann hier?" Hagenkötter war immer noch sichtlich erbost. „Sie stehlen uns unsere kostbare Zeit. Für Larifari sind wir nicht hergekommen."

„Ich verstehe, dass Sie aufgebracht sind, schlage aber vor, das Beste daraus zu machen. Wie wäre es, wenn Sie uns Ihre Fragen hinterlassen und wir klären das intern?"

„Aufgebracht? Ich höre wohl nicht richtig! Ich bin stocksauer! Sagen Sie das ruhig auch Ihren Vorgesetzten. Was ich wissen will, ist: Warum kam der Bischof nach Bamberg? Mit wem hat er hier gesprochen? Wer hat ihn hier wann betreut? Wir brauchen eine Kopie seines Besuchsprogramms mit sämtlichen Namen und Adressen seiner Gesprächspartner. Und wir brauchen einen erzbischöflichen Ansprechpartner, der uns darüber verbindlich Auskunft geben kann."

„Und dazu auch bereit und berechtigt ist", warf Tina ein.

Der erzbischöfliche Rechtsverdreher auf der anderen Seite des Tischs grinste maliziös. Die stumme Botschaft war eindeutig: *Daran werdet ihr euch noch die Zähne ausbeißen!*

Er sah die Besprechung offenbar als beendet an und war im Begriff aufzustehen, als er von Hagenkötter ein deutliches „Halt!" vernahm. „Wenn wir schon hier sind, dann können Sie uns hoffentlich wenigstens ein paar Fragen allgemeiner Natur beantworten. Soweit wir wissen, war Eposito im Vatikan Mitglied der Päpstlichen Kommission für den Schutz von Minderjährigen. Was darf ich mir darunter vorstellen?"

Mit provozierender Langsamkeit ließ sich der Anwalt wieder auf seinen Stuhl sinken und meinte: „Nun ... ich verstehe Ihre Frage nicht, Herr Hauptkommissar?“

„Ich meine, was ist die Aufgabe dieser Kommission? Ich denke nicht, dass ein römischer Kurienbischof nur zum Urlaub machen nach Bamberg gekommen ist oder? Irgendetwas wird er wohl zu erledigen gehabt haben. Oder sehe ich das falsch?“

Der Geistliche räusperte sich. „Ähm, ja ... ich meine nein. Also, sehen Sie, die vatikanische Kinderschutzkommission wurde im Jahr 2014 von Papst Franziskus zum Schutz von Kindern und Jugendlichen vor sexuellem Missbrauch und körperlichen Misshandlungen ins Leben gerufen.“

„Als Folge der jahrzehntelangen Missbrauchsfälle in der katholischen Kirche“, kommentierte Hagenkötter.

Tina nickte knapp. „Hatte Seine Exzellenz einen besonderen Grund, deswegen nach Bamberg zu kommen?“, hakte sie nach. „Und falls Sie dazu auch wieder keine Informationen haben: Könnten Sie diesen Punkt bitte noch auf die Liste der zu klärenden Fragen setzen?“

„Um Himmels willen, nein! Das kann ich mir gar nicht vorstellen. Doch nicht hier bei uns in Bamberg!“ Der Mitarbeiter des Generalvikariats schrie es regelrecht hinaus, setzte aber schnell wieder ein unverbindliches Lächeln auf. „Die Kommission zum Schutz der Minderjährigen soll mit der Kongregation für die Glaubenslehre kooperieren und sie ist berechtigt, Berichte über die Wirksamkeit von Kinderschutzmaßnahmen anzufordern und Vorschläge an den Papst zu richten.“

„Das sind Grundsatzfragen, die haben mit dem gewaltsamen Tod von Bischof Eposito nichts, aber auch gar nichts zu tun“, muckte der Kirchenmann für weltliches Recht auf. „Außerdem dürfte das Prozedere dazu den Hauptkommissar sicherlich langweilen.“

„Oh nein, keinesfalls, das interessiert mich sogar sehr. Sagen Sie“, Hagenkötter wandte sich wieder dem Geistlichen zu, „hat die Kommission denn schon jemals etwas bewirkt?“

„Erinnern Sie sich an den Namen Robert Finn? Der war vor einigen Jahren in der Presse präsent?“ Hagenkötter schüttelte sein Haupt und zupfte an seinem Schnauzer. „Robert Finn war Bischof von Kansas City, Saint Joseph und Opus-Dei-Mitglied. Jedenfalls wurde er verurteilt, weil er den Kinderpornografie herstellenden Diözesanpriester Shawn Ratigan gedeckt hatte. Auf Empfehlung der Kommission hat Papst Franziskus Robert Finn abgesetzt.“

„Nur abgesetzt?“ Tina spürte, wie auch ihr Blutdruck sich anschickte, dem ihres Chefs in unbekannte Höhen zu folgen. „Und bestraft? Auch das kanonische Recht sieht dafür sicherlich Strafen vor?“

„Das geht nun aber doch zu weit, Frau Kommissarin!“ Der kirchliche Jurist war empört.

„Ausnahmsweise muss ich Ihnen da recht geben. Kommen wir zurück zu Bischof Eposito“, nahm Hagenkötter den Faden auf. „Wir erwarten eine schnelle Klärung und Beantwortung unserer Fragen ...“

„Ich versichere Ihnen noch einmal: Epositos Reise war ein reiner Routinebesuch. Erfahrungsaustausch, Gespräch zur Umsetzung der Kinderschutzmaßnahmen im Erzbistum, Anregungen und so weiter ...“

„Und so weiter? Bis jetzt dachte ich, dass Sie nicht direkt in das Besuchsprogramm des Bischofs eingebunden waren. Das waren doch Ihre Worte? Woher wollen Sie ausschließen können, dass es bei diesem ominösen Besuch nicht um Gravierenderes ging? Aber vielleicht wissen Sie doch mehr, als Sie zuzugeben bereit sind. War der Ermordete nicht auch Mitglied der Organisation Santi-Figli-di-Dio? Und ist das Erzbistum Bamberg nicht auch Träger der gleichnamigen Schule hier vor Ort?“

„Das gehört aber nun wirklich überhaupt nicht hierh...“ Weiter kam der geistliche Anwalt nicht.

„Sie lernen es einfach nicht oder? Ob das hierhergehört oder nicht, entscheiden nicht Sie“, fiel ihm Hagenkötter schroff ins Wort. „Im Rahmen unserer Ermittlungen liegt das immer noch in der Hand der Polizei. Sie scheinen mir einer zu sein, der lieber vertuscht, als sich kooperativ zu zeigen." Der Ermittler lehnte sich langsam in seinem Stuhl zurück. „Und das erweckt wiederum in mir das Gefühl, dass das Erzbistum sehr wohl Dreck am Stecken haben könnte und möglicherweise bewusst nicht mit offenen Karten spielt. Deshalb meine klare Frage, auf die ich eine ebenso klare Antwort erwarte: Hat das Erzbistum Kenntnis darüber, ob Bischof Eposito sich im Rahmen seines Besuches hier in Bamberg auch mit dem Leiter der Santi-Figli-di-Dio-Schule, Herrn Dr. Sieber, oder mit einer anderen Person der Schule getroffen hat?"

Eisiges Schweigen legte sich über den Raum. Frau Haberkamm zuppelte an ihren Nägeln herum. Hagenkötter sprach mit zusammengekniffenen Augen weiter: „In welcher Beziehung steht das Erzbistum generell zur Santi-Figli-di-Dio-Schule? Wobei ich deren, wie soll ich es nennen ... Meditationszentrum am Paradiesweg mit einschließe."

Keiner der Anwesenden rührte sich. Man hätte eine Stecknadel fallen hören können.

„Immer noch nichts? Dann nur noch eines von mir: Ich möchte Ihnen wirklich nahelegen, unsere Fragen einer schnellen Klärung zuzuführen. Verstehen Sie meine Worte durchaus als Warnung oder, besser gesagt, als einen gut gemeinten Rat. Wir werden nicht eher lockerlassen, bis wir den Mord an Eposito restlos aufgeklärt haben. Wer uns dabei behindert oder die Unwahrheit spricht, kann rechtlich belangt werden und zwar nicht nach dem kanonischen, sondern nach dem ganz weltlichen Recht."

„Sie drohen ...", versuchte es der erzbischöfliche Anwalt, wurde aber von seinem Kollegen aus dem Generalvikariat abgewürgt.

„Entschuldigen Sie unsere offensichtliche Inkompetenz", beschwichtigte der. „Wir werden uns intern zu Ihren Fragen erkundigen und Ihnen Auskunft erteilen, sobald wir ein Ergebnis haben. Was die Santi-Figli-di-Dio-Organisation anbelangt, denke ich aber, dass wir uns so weit aus dem Fenster lehnen und Ihnen versichern können, dass das Erzbistum keinerlei Aktivitäten in deren Interessen wahrnimmt, weder ihren schulischen, noch sonstigen Betrieb betreffend. Auch unsere Rechte und Interessen an dem, wie haben

Sie es so ... treffend genannt, Meditationszentrum am Paradiesweg sind nur theoretischer Natur. Falls beispielsweise Probleme rechtlicher Natur auftreten, helfen wir gerne mit Rat und Tat. Ansonsten ist die Prälatur völlig autark."

„Endlich eine klare Aussage", zeigte sich Hagenkötter versöhnlich und griff nach einem der bis jetzt unangetasteten Teller mit Gebäck. „Aber dennoch ein allerletzter gut gemeinter Rat – danach möchte ich dieses unerquickliche Gespräch für heute beenden: Auch Sie sollten das achte Gebot beachten und einhalten."

Mafia

Mittwoch, 30. August

Auch rund 1.800 Kilometer südlich von Bamberg, in der Mafiahochburg San Luca, *Reggio Calabria*, hatte der Bischofsmord im fernen Bamberg ein kleines Erdbeben ausgelöst. Nicht bei den knapp 4.000 Einwohnern, die kannten weder die Stadt in Oberfranken, noch den ermordeten Kurienbischof, sondern in einem kleinen, elitären und kriminell verseuchten Kreis.

San Luca mit seinen fünf Ortsteilen lag an der südlichsten Stiefelspitze Italiens, am Fuße des Aspromonte-Gebirgszuges, 250 Meter über dem Mittelmeer mit seinen kilometerlangen Sandstränden und dem kristallklaren Wasser. Eine wildromantische Landschaft, durchzogen von bizarren Felsgebirgen, engen Tälern und im Sommer meist ausgetrockneten Flussbetten. An den Hängen gediehen Oliven- und Orangenkulturen. Ebenso gut gedieh im Aspromonte-Gebirge die 'Ndrangheta, die übermächtige kalabrische Mafia. Sie prägte das Leben in der Region. Die *Tarantella*, der typische kalabrische Volkstanz, wurde schon lange nicht mehr auf der *Piazza* getanzt. Zu groß war die Angst vor der Mafia.

Die meisten Frauen zeigten sich konservativ schwarz gekleidet und trugen die ortsüblichen langen Faltenröcke. Während sie sich um Haus und Kinder kümmerten, saßen die Männer gelangweilt auf den Treppen vor ihren Häusern und genossen den lokalen Rotwein oder trafen sich im Ortszentrum zu alten Brettspielen. Es gab kaum jemanden, der einer geregelten Arbeit nachging. Es gab keine.

Die Häuser waren meist unverputzt, viele Bauruinen rissen Lücken in das Ortsbild. Müll und Dreck lagen überall herum, Wäsche hing von den Balkonen und auf den staubigen Straßen schossen die Kinder im Spiel mit Pumpguns aus Plastik aufeinander. Mülltonnen, Verkehrsschilder und etliche Hausfassaden zeigten dagegen echte Einschusslöcher. Autobahnen, eine Kanalisation, Kläranlagen und andere städtische Infrastruktur gab es nicht. Die Mafia brauchte sie nicht. Die Straßen hatten keine Teerdecke und wenn einmal ein heftiges Sommergewitter über den Ort niederging, was allerdings selten vorkam, schoss eine umbrabraune Schlammbrühe zu Tal und versickerte irgendwo in den durstigen, steinigen Böden.

Was soll's, so war eben das Leben in der Region. Und doch sprach man hier sogar Deutsch, auch wenn man es selten hörte. Viele der Alten hatten in Deutschland gearbeitet, in Wolfsburg, Stuttgart, Esslingen, Duisburg und anderen Städten. Hier in San Luca gab es ja keine Arbeit, außer man arbeitete für die 'Ndrangheta – wie so viele Jugendliche, die hier auf die schiefe Bahn gerieten.

Zwei Familienclans hatten die kriminellen Geschäfte fest in ihren Händen: die Nirta-Stranglios und die Vottari-Pelle-Romeos. Sie mochten sich nicht, waren sie doch Rivalen, und kamen sich bei ihren kriminellen Machenschaften rund um Drogen- und Menschenhandel, Erpressung und illegale Müllentsorgung immer wieder in die Quere. Weit mehr als 20 Menschenleben hatte die Fehde zwischen den beiden Clans bereits gekostet, die mit den Mafiamorden in Duisburg ihren vorläufigen Höhepunkt erlebt hatte – und das waren nur die Toten, von denen die Öffentlichkeit wusste.

Hoch oben im Aspromonte-Gebirge, an der Ostseite des Montalto und in spektakulärer Lage an der Unterseite einer Schlucht, waren das Kloster und die Wallfahrtskirche Santa Maria di Polsi 1144 von Roger II. von Sizilien begründet worden. Einmal im Jahr diente die dreischiffige Kirche mittlerweile als Treffpunkt aller 'Ndrangheta-Clanchefs. Vorgehensweisen wurden abgestimmt, Bilanzen gezogen, die ein oder andere Intrige wurde gesponnen und mancher Streit geschlichtet – es ging um die Einheit der Mafia. Heute war es noch nicht so weit. Nur zwei Mafiosi der Nirta-Stranglio-Familie befanden sich in der Kirche: Francesco Nirta, Chef des Clans, und einer seiner Auftragsmörder, Luca di Rossi. Sie hatten im Innern von Santa Maria di Polsi Zuflucht vor der sengenden Sonne gesucht und zu *Maria Santissima* gebetet. Nun saßen sie eng nebeneinander auf einer der Kirchenbänke und unterhielten sich im Flüsterton. Draußen, vor dem Eingang standen zwei Leibwächter und sorgten dafür, dass sie ungestört blieben.

„Hör mir zu“, begann Francesco Nirta, „was ich dir jetzt erzählen werde, ist nur für dein Herz bestimmt, und dieses Wissen wird niemals über deine Lippen kommen. – Wir haben schon vor Jahren einen neuen Geschäftszweig erschlossen, der uns eine Menge Geld in die Kassen spült: den Exorzismus.“

„Den Exorzismus?“, flüsterte di Rossi fragend zurück. „Wie soll das gehen, Don Nirta?“

„Es ist ein Geschäft mit dem Teufel“, deutete der Mafiachef an und bekreuzigte sich. „Wir aber verdienen ganz irdisch an den Menschen. Es sind stark religiöse Menschen, die sich von finsteren Mächten bedroht fühlen – meistens junge Menschen und überwiegend Frauen. Sie suchen nicht mehr nur Hilfe in der Psychiatrie, bei Ärzten, sondern auch bei Seelsorgern und Priestern. Führe dir vor Augen, dass rund zwölf Millionen gute, gläubige Italiener regelmäßig zu Kartendeutern gehen, um dort Rat und Hilfe zu erbitten. Acht Millionen gehen zu Hexen, in der Hoffnung, ihr Leben besser in den Griff zu bekommen. Die katholische Kirche spielt seit den Zeiten des polnischen Papstes Wojtyla wieder auf diesem Klavier – mit Exorzismen. Und die heutige Nachfrage nach Teufelsaustreibungen ist so hoch, dass die Kirche gar nicht über so viele ausgebildete Exorzisten verfügt, wie gebraucht werden.“

„Woher kommt das?“, murmelte der professionelle Killer, der schon 14 Menschen ihr Lebenslicht ausgeblasen, deswegen aber zu keiner Zeit das Bedürfnis verspürt hatte, einen Seelsorger aufzusuchen. „Ich meine, der Wunsch nach diesem Exorzismen-Hokuspokus?“

„Es liegt wohl an unseren modernen Zeiten. Globalisierung, Gewinnmaximierung, Leistungsdruck, Angst zu versagen. Depressionen, Burn-Outs und immer wieder Perspektivlosigkeit. Die Menschen sind hungrig nach einem normalen, zufriedenen Leben, sie verlangen nach innerlicher Freiheit, ohne physische und psychische Belastungen, kommen aber mit dieser Freiheit nicht zurecht. Sie brauchen Anleitung, Regeln, Antworten auf die vielen Fragen des Lebens. Viele sind süchtig nach religiöser Unterstützung, die gibt ihnen Halt. Sei es, wie es sei.“ Francesco Nirta schnaufte tief durch und zupfte dann ein graues Haar von seinem Anzug, den er auch im Hochsommer niemals ablegte. „Der Exorzismus bietet vielfältige Einnahmequellen, denn es kann Jahre dauern, jemanden von seiner Besessenheit zu befreien, selbst wenn man diesen Dienst professionell betreibt. Diese Professionalität lassen wir uns natürlich ordentlich bezahlen. Begleitende Fachbücher – auch wenn in ihnen der größte Quatsch steht – sind eine zusätzliche Einnahmequelle. In Italien machen wir seit Jahren gute Geschäfte damit.“

„Darf ich noch etwas fragen?“, hauchte di Rossi seinem Banknachbarn zu.

„Nur zu, nur zu“, forderte Nirta ihn auf.

„Wer macht das?“

„Wer macht was?“

„Na, die Exorzismen.“

„Da haben wir uns mit den Santi-Figli-di-Dio liiert. Die Organisation ist der katholischen Kirche zugehörig. Sagen wir mal so: Wir sind nicht ganz unschuldig daran, dass die Santi-Figli-di-Dio gegründet und vom Zweiten Vatikanischen Konzil als katholische Wohltätigkeitsorganisation anerkannt wurde. Damals, im Jahr 1963, war die Zusammenarbeit zwischen uns und dem Vatikan noch deutlich enger als heute. Gute Zeiten.“ Nirta reckte di Rossi einen Zeigefinger entgegen. „Nun pass auf: Als sich das

Geschäft mit den Exorzismen in Italien erfreulich entwickelte, haben wir beschlossen zu expandieren und haben in der deutschen Bischofsstadt Bamberg eine Santi-Figli-di-Dio-Schule gründen lassen. Die Deutschen hatten in den siebziger Jahren einen Exorzismus mit tödlichem Ausgang, seitdem dürfen ihre Bischöfe diese Dienste nicht mehr anbieten. Aber Bedarf gab es immer. Zudem, die Deutschen sind reich. Bei ihnen sitzt das Geld locker. Von Deutschland aus wollen wir weiter nach Polen und dann in die Ukraine, die beiden Länder warten nur auf unsere Dienste." Nirta hob seinen Blick zum Holzkreuz, das hinter dem kleinen Altar aus Marmor an der Wand hing. „Alles lief bisher vielversprechend, doch vor zwei Tagen wurde einer unserer Exorzisten in Bamberg ermordet. Aus der Stadt bekomme ich dazu nur ungenaue Informationen, unsere Fäden sind um die Schule noch nicht eng genug gesponnen. Ich kann den Deutschen, die unsere Geschäfte in Bamberg führen, noch nicht trauen. Wer weiß, ob die lokale Polizei kompetent genug ist, um den Fall schnell aufzuklären."

Di Rossi hatte seine Stirn in Falten gelegt. „Will uns hier einer das Geschäft streitig machen?"

„Ich weiß es nicht – ich kann nur hoffen, dass uns niemand in die Suppe spuckt. Nicht, dass die Pelle-Romeos dahinterstecken." Der Blick des Clanchefs verfinsterte sich sofort, als er den Namen seiner Rivalen aussprach. „Ich will, dass du dorthin fährst und Licht ins Dunkel bringst. Ich will wissen, warum unser Mann umgebracht wurde und von wem. Alle Kontaktadressen, die du brauchst, bekommst du von mir. Wir haben in Bamberg eine Pension mit Fremdenzimmern, nur ein kleiner Betrieb für das Waschen geringer Geldbeträge. Du hast dort ein Zimmer. Den Fahrer unseres toten Exorzisten haben wir dort untergebracht, die deutschen Behörden lassen ihn noch nicht ausreisen." Don Nirta fixierte seinen Auftragskiller. „Bericht erstattest du ausschließlich direkt an mich."

*

Giuseppe Bertone saß in Bamberg fest. Die Kripo hatte ihm klar gemacht, dass er die Stadt erst dann verlassen dürfe, wenn er und seine Aussage im Mordfall „Carlo Eposito“ nicht mehr gebraucht würden. Den ehemaligen Fahrer Seiner Exzellenz störte das nicht. Nach dem ersten Schock und der Trauer über den Mord an Eposito, hatte sein pragmatisches Wesen gesiegt. Sein Verweilen in der oberfränkischen Domstadt kam ihm nun wie ein verlängerter Urlaub vor. Zwei Kilogramm hatte er zugenommen und sein Schäufele-Fachwissen um ein Vielfaches vertieft. Mit einem Koch der Gaststätte *Klosterbräu* hatte er schon darüber diskutiert, ob sie beide nicht eine *Schäufelaria* in Rom, ganz in der Nähe der Vatikanstadt, eröffnen sollten. *Schäufele con gnocchi, breggerli e crauti* würde einschlagen wie eine Bombe. Da waren sich die beiden ganz sicher.

Sein Zimmer im Hotel *Brudermühle* hatte Bertone zwischenzeitlich aufgegeben – offiziell, da er nicht wusste, wie lange sein Zwangsaufenthalt in Bamberg noch dauern würde und ob der Vatikan die Hotelkosten überhaupt übernehmen würde. Aber das waren in Wirklichkeit nur Vorwände. Seine immer noch guten, persönlichen Beziehungen zu einer gewissen italienischen Organisation der anderen, zwielichtigen Art hatten seine Wege in eine Frühstückspension namens *Bella Calabria* geführt, wo ihm kostenlos ein Zimmer zur Verfügung gestellt worden war.

Dass er der deutschen Polizei nicht alles gesagt hatte, was er über die Geschehnisse der Tage vor dem Mord wusste und diese sicherlich interessiert hätte, beunruhigte ihn nicht weiter. Man hatte ihn dazu ja auch gar nicht explizit befragt. Warum also sollte er mit seinem Wissen über die Ehrenwerte Gesellschaft, die sich ihm gegenüber für seine Informationen aus dem Vatikan schon immer sehr erkenntlich gezeigt hatte, Öl ins Feuer gießen?

Informationsaustausch

Mittwoch, 30. August

Es war bereits kurz vor 17 Uhr, als sich das komplette Ermittlungsteam in einem Besprechungsraum im ersten Stockwerk traf. Hagenkötter hatte alle kurzfristig zusammengetrommelt, um seine Mitarbeiter auf einen einheitlichen Kenntnisstand zu bringen und zu hören, welche Neuigkeiten seine Leute während des Tages in Erfahrung gebracht hatten. Eine Stunde später verließen alle das Gebäude an der Schildstraße und traten, mit zwei Ausnahmen, ihren verdienten Feierabend an: Hagenkötter zog sich in sein Büro zurück und Tina Meisel machte sich auf den Weg zur Wohnung Am Hollergraben.

Franziska Berger stand in ihrer kleinen Küche und rührte die Sauce Bolognese um, gab ein kleines Stückchen Butter dazu und öffnete den 2015er Dornfelder aus den Ipsheimer Weinhängen. Die Spaghetti sprudelten leise im Salzwasser, der Tisch war gedeckt und die Käsemühle mit dem Parmesan stand an ihrem Platz. Als die Türglocke anschlug, stellte Franziska gerade die Schüssel mit dem frisch angemachten Blattsalat auf den Tisch. Alles war perfekt vorbereitet. Die beiden Frauen ließen sich ihr Abendessen schmecken, redeten über belanglose Dinge, über alte Schulzeiten und amüsierten sich prächtig.

Der *Fränkische Tag* von heute lag auch auf dem Esstisch und von seiner Titelseite prangte die Schlagzeile *Ermordeter Bischof gibt Rätsel auf – Zweiter Mordfall in wenigen Tagen.*

„Wollen wir schnell gemeinsam die Küche aufräumen?“

„Quatsch, Tina. Das mach ich später, wenn du weg bist. Komm, verziehen wir uns ins Wohnzimmer. Nach dem Essen kommt die Arbeit: Ich bin gespannt, was du zu berichten hast. Du wirst dich wundern, ich hab auch recherchiert und bin sogar fündig geworden.“

In zehn Minuten fasste Tina die polizeilichen Ergebnisse und Neuigkeiten des Tages zusammen, berichtete von ihren Gesprächen mit Dr. Sieber und den Vertretern des Erzbistums. Der Höhepunkt ihres Berichts waren natürlich alle Informationen zum seltsamen Verschwinden von Johanna Sonnleitner aus der Schule.

„Das stinkt doch zum Himmel", kommentierte Franziska am Schluss. „Wollte euch dieser Fatzke von Schulleiter tatsächlich weismachen, dass die junge Sonnleitner aufgrund eines Missverständnisses verschwunden ist, und dass keiner mit Sicherheit wusste, wo sie tatsächlich war?"

„So ist es", bestätigte die Polizistin, „aber keine Sorge, morgen nehmen wir die beiden Patres in die Mangel. Übrigens, bevor ich es vergesse", setzte sie nach, „einer meiner Kollegen, Franz Schmuck, hat sich längere Zeit mit dem Fahrer des Bischofs unterhalten. Der trauert um seinen Dienstherrn wie ein Schoßhündchen, lobt ihn über den Klee und hat ihn sogar ein paar Mal ‚Papa Eposito' genannt."

„Wie passt das zu der geheimnisvollen Botschaft ‚Papa war böse'?", überlegte Franziska.

„Eben, das ist ja gerade das Verdächtige daran. Wir werden ihn jedenfalls nochmal verhören."

„Sagt dir eigentlich der Name Gabriele Amorth etwas?"

„Nein, wer soll die Dame sein?"

„Gabriele Amorth war Italiener, männlich und der Chefexorzist des Vatikans. Hör zu: Ich hab heute den halben Tag nach Bischof Eposito gegoogelt. Dass er der Päpstlichen Kommission für den Schutz von Minderjährigen angehört hat, war schnell herauszufinden, aber dann wurde es richtig interessant, denn als ich auf einen Presseartikel des *Spiegel* gestoßen bin und seinen Namen in Verbindung mit Gabriele Amorth las, war ich sofort hellwach ..."

„Franziska, sorry, wenn ich dich unterbreche, aber mir sagt dieser Amorth wirklich überhaupt nichts."

„Gut, dann hole ich weiter aus: Im Jahr 1990 gründeten sechs Priester, darunter Gabriele Amorth, die Internationale Vereinigung der Exorzisten, die *Associazione Internazionale Degli Esorcisti,* mit Sitz in Rom, das ist eine offizielle Organisation der römisch-katholischen Kirche. Amorth wurde Vorsitzender und Chefexorzist des Bistums Rom. Ende 1998 wurde eine 84-seitige Anleitung für Exorzisten als Teil des *Rituale Romanum* auf Lateinisch veröffentlicht ...“

„Okay, bitte hilf mir nochmal: *Rituale Romanum*? Sagt mir auch nichts.“

„Das *Rituale Romanum* läuft einem auch nicht täglich über den Weg. Das ist ein Ritualbuch der römisch-katholischen Kirche von 1614, genauer eine Sammlung verschiedener Teilbücher, in denen das liturgische Prozedere verschiedener kirchlicher Feiern und Sakramente – denk an Taufe, Hochzeit, Sterbekommunion und so weiter – genau beschrieben ist. Dazu kommt das Sakrament der Buße und eben auch die Durchführung von Exorzismen. Dazu gibt's im *Rituale Romanum* ein komplettes eigenes Buch, das heißt *De Exorcismus et supplicationibus quibusdam.* Das muss man sich mal vor Augen halten: Die katholische Kirche modifiziert eine Exorzismus-Anleitung aus dem Jahr 1614!“

„Wenn ich das also richtig verstanden habe“, hakte Tina nach, „ist das so etwas wie ein kirchliches Hexenbuch?“

„So könnte man es auch bezeichnen“, nickte ihre Freundin bestätigend. „Das Schlimme daran ist nur, dass seit langen Jahren das Institut *Sacerdos* des päpstlichen *Athenaemus Regina Apostotolorum* theoretische und praktische Kurse für Priester durchführt, die zu Exorzisten ausgebildet werden und später als solche amtieren sollen. Nun darfst du dreimal raten, nach welchem Lehrstoff diese Kleriker unterrichtet werden.“

„Nach dem leicht modifizierten Hexenbuch aus dem Jahr 1614.“

„Richtig. Auch der ermordete Bischof Eposito wurde dort zum Exorzisten ausgebildet und ging fortan dem Exorzistenchef Gabriele Amorth höchstpersönlich zur Hand. Neun Jahre später wurde die Vereinigung dieser illustren Exorzisten vom Vatikan per Dekret als Kongregation für den Klerus und als kanonisches Rechtsobjekt anerkannt. Heute soll es mehrere Hundert zu Exorzisten ausgebildete Priester aus rund 30 Ländern geben. Ein Wahnsinn! In Spanien und in Österreich heißen sie übrigens *Beauftragte im Befreiungsdienst.*“

„Das ist ja tiefstes Mittelalter.“ Tina konnte nur noch den Kopf schütteln. „Und du meinst ...?“

„Mensch, Tina, zähl doch eins und eins zusammen: Eposito war ausgebildeter Exorzist, Mitglied der Päpstlichen Kommission für den Schutz von Minderjährigen, hochrangiges Mitglied von Santi-Figli-di-Dio und besucht Bamberg. Meinst du, der kommt hierher, um sich die Stadt anzusehen? Ich sage dir, der kam zu einem ganz speziellen Zweck hierher und ich würde mich sehr wundern, wenn das nichts mit Exorzismus zu tun gehabt hätte. Und mit den Kindern und Jugendlichen, die unsere Santi-Figli-di-Dio-Schule betreut."

„Aber momentan sind doch Schulferien?"

„Na und? Hast du nicht selbst gesagt, dass sich trotz Ferienzeit derzeit rund 30 Schüler an der Schule aufhalten? Vielleicht sind darunter ja gerade solche Problemfälle, die in den Augen dieser Irren vom Bösen besessen sind und deren Eltern sie sogar lieber an der Schule als daheim sehen. Genau die Richtigen, derer sich ein Kirchenmann in seiner Nächstenliebe annimmt. Macht doch Sinn. Insbesondere, wenn er auch das Handwerkszeug der Teufelsaustreibung beherrscht."

„Ich kann nur sagen, dass der Schulleiter ein äußerst unangenehmer Mensch ist und sicher nicht alles verraten hat, was da so an seiner feinen Schule läuft. Eposito will er aber persönlich nicht getroffen haben."

„Wer's glaubt ... Mensch, Tina, wir reden hier über ein echt heißes Eisen. Das sind Organisationen und Aufgabenbereiche der katholischen Kirche, von denen in der breiten Öffentlichkeit niemand etwas weiß. Und überhaupt: Wer kennt sich denn schon so genau innerhalb der Kirche aus? Ich muss dir ehrlich sagen, dass auch ich bisher gar nicht wusste, dass es Kurienbischöfe gibt. Ich kannte nur Kurienkardinäle. Du weißt schon, die in Purpur gekleideten alten Männer, die im Konklave einen neuen Papst wählen."

Tina sah für einen Moment auch etwas ratlos drein. „Du hast recht. Wir haben noch überhaupt nicht recherchiert, was ein Kurienbischof ist. Was macht so einer genau?"

„Ein Kurienbischof steht erstmals keiner Diözese vor, sondern ist im Vatikan mehr oder weniger in einem Verwaltungsjob tätig.

Was den ermordeten Eposito angeht, war der früher im Päpstlichen Laienrat tätig, der sich hauptsächlich um Nächstenliebe und die Verkündigung gekümmert hat."

„Warum gekümmert *hat?*", warf Tina ein.

„Weil es den Laienrat nicht mehr gibt. Papst Franziskus hat letztes Jahr durch ein Apostolisches Schreiben eine Kurienreform angeordnet und das – warte, wie hieß das nochmal ... Diktasterium für Laien, Familie und Leben neu gegründet. In diesem Diktasterium ging der Päpstliche Rat für die Laien auf – und damit auch die früheren Aufgaben von Bischof Eposito. Franziskus hat aus welchen persönlichen Gründen auch immer viele administrative Dienste im Vatikan neu geordnet. Das war übrigens das *Motu proprio Sedular Mater* vom 17. August letzten Jahres."

„Was ist das, das *Motu ...?*"

„Einfach nur ein Name. So nennt sich das Apostolische Schreiben."

„Verschone mich", stöhnte Tina und setzte sich dann kerzengerade auf. „Aber das scheint zu dem Ermordeten zu passen. Laien, Familie und Leben. Da sind Schule, Jugendliche und Wohltätigkeit nicht weit davon entfernt."

„Meine Rede!"

„Aber Exorzismus schon", widersprach Tina.

„Das ist deine Meinung. Sieh das einmal aus Sicht eines verbohrten katholischen Klerikers. Wenn es etwas hilft ..."

„Du meinst, wenn deine These stimmen sollte, könnte das auch heißen, dass ..."

„Genau das könnte es bedeuten."

Ertappt

Donnerstag, 31. August

Polizeihauptmeister Fritz Keller war schon 15 Jahre im Dienst und einer der erfahrensten Kollegen der Verkehrspolizei Bamberg. Am meisten zeichnete ihn seine Fähigkeit aus, stets über den eigenen Tellerrand hinauszusehen und logisch mitzudenken. Genauso am frühen Morgen dieses Donnerstags, als ihm ein Amtshilfegesuch aus Wien auf seinen Schreibtisch flatterte. Ein deutscher Autofahrer mit Bamberger Kennzeichen war am 24. August am Wiener Karlsplatz über eine rote Ampel gefahren und hatte dadurch einen Einheimischen zu einem wilden Ausweichmanöver gezwungen, der dabei wiederum einen Straßenbahnzug touchiert hatte. Der braune Polo aus Deutschland war weitergefahren, von einer Verkehrskamera gefilmt worden und zusätzlich hatte ein Fußgänger die Szene beobachtet und die Bamberger Autonummer der Polizei gemeldet.

Fritz Kellers Computer spuckte ihm den Namen Max Sonnleitner als Fahrzeughalter aus und bestätigte, dass auf den Herrn ein brauner VW Polo mit dem auffällig gewordenen Kennzeichen zugelassen war. Der Name Sonnleitner war dieser Tage in Bamberg in aller Munde und Keller glaubte nicht an Zufälle. Also reichte er das Wiener Amtshilfegesuch mit einem handschriftlichen Vermerk an Hauptkommissar Hagenkötter von der Kripo weiter.

Der saß gerade gemeinsam mit Tina Meisel zwei Klerikern gegenüber, die er über deren Vorgesetzten, den Schulleiter Herrn Dr. Sieber, vorgeladen hatte. „Wie wird man eigentlich Pater im Schuldienst?“, wollte er wissen und sah dabei dem hageren, hochaufgeschossenen Pater Friedhelm Rieder in die Augen. Die standen sehr eng beieinander, fiel Hagenkötter auf. Die unruhig umherirrenden Pupillen der dunkelbraunen Iris ließen den Pater gehetzt wirken. Er schien ständig auf der Lauer zu sein. Jederzeit abwehrbereit.

Mit dem Zeigefinger seiner rechten Hand fuhr Pater Friedhelm sich jetzt immer wieder über den hohen Nasenrücken, bevor er anfing: „Nun bei mir ging das so: Nach dem Abi trat ich in das Ordensnoviziat der Steyler Missionare im westfälischen Münsterland ein. Dann belegte ich ein Studium der Philosophie und Theologie im Missionspriesterseminar Sankt Augustin bei Bonn. Dahinter stand schon das Ziel eines späteren Einsatzes als pädagogisch-didaktische Lehrkraft und Erzieher. Als ich fertig war, habe ich noch ein Studium der Pädagogik drangehängt. Gemeinsam mit dem Orden plante ich meine Promotion in Pastoraltheologie. Doch, wie so oft im Leben, ist doch alles ganz anders gekommen."

„So?", ermunterte Hagenkötter den Pater. „Erzählen Sie doch bitte weiter."

„Als mir die Leitung eines Studentenheimes in Münster angeboten wurde, sagte ich zu. Das war eine hervorragende Chance, Erfahrungen im Umgang mit jungen Menschen zu sammeln. Danach war ich an mehreren kirchlichen Privatschulen. Eigentlich hat es mich heimlich immer sehr gereizt, Missionar in einem überseeischen Land zu werden, das konnte ich aber nie verwirklichen. Die Arbeit mit Kindern und Jugendlichen ist aber auch ein wahr gewordener Wunschtraum. Vor drei Jahren kam ich nach Bamberg an die Santi-Figli-di-Dio-Schule und fühle mich hier seitdem sehr wohl."

„Immer noch? Hat der Tod von Johanna Sonnleitner Ihrer Passion als Lehrkraft keinen Dämpfer verpasst?" Hagenkötter sah den Pater herausfordernd an. Der senkte seinen Blick und legte die Hände wie im Gebet aneinander. „Hätten Sie sich besser mit Dr. Sieber abgestimmt, würde Johanna wahrscheinlich noch leben. Hatten Sie nicht angeboten, sich rund um die Uhr um Johanna zu kümmern?"

„Ja, da haben Sie recht. An dem bewussten Tag unserer Busabfahrt in die Fränkische Schweiz fehlte Johanna. Wir warteten auf sie. Als sie eine halbe Stunde nach der vereinbarten Abfahrtszeit noch immer nicht erschienen war, versuchte ich, Dr. Sieber anzurufen, doch sein mobiler Anschluss war abgeschaltet. Ich lief durch den Bus und fragte die Kinder, ob sie etwas wüssten, und eines der Mädchen meldete sich sofort. Sie sagte mir, dass Johanna nicht mehr kommen würde, weil Dr. Sieber es sich anders überlegt hätte. Er hatte sich ja von Anfang an gegen ihre Teilnahme an der Exerzitienfahrt ausgesprochen."

„Und Sie haben ihrer Schülerin einfach so geglaubt?", hakte Hagenkötter nach.

„Sie versicherte mir, dass sie es von Johanna persönlich wüsste. Eine Lüge, wie sich später herausstellte. Die Schülerin wollte lediglich nicht länger auf die Abfahrt warten."

„Das kann ich bestätigen", schaltete sich der zweite Pater ein, der sich bislang damit begnügt hatte, seinen Kollegen über sein gewaltiges, vorgerecktes Doppelkinn hinweg beim Erzählen zu beobachten. Ferdinand Klein war zwei Köpfe kleiner als sein Kollege Friedhelm, dafür aber umso fülliger. Sein wahrhaft beeindruckendes Kinn erinnerte an den vollen Beutelsack eines Pelikans. Wenn sie – wie gerade im Präsidium – gemeinsam auftraten, glichen sie dem Komikerduo Pat und Patachon aus der Stummfilmzeit.

„Der Name der Schülerin?" Tina Meisel hatte bereits ihren Kugelschreiber gezückt. „Wir werden das überprüfen."

„Rosalinde Kasperbauer." Der Pelikansack bewegte sich wabbelnd auf und ab.

„Mir will trotzdem nicht in den Kopf, dass sie auf die Aussage einer Mitschülerin von Johanna hin, einfach ohne sie losgefahren sind und erst am Montag dieser Woche über Herrn Dr. Sieber erfahren haben, dass sich Johanna nicht an der Schule befindet. Und das auch nur, weil Johannas Eltern sich nach ihr erkundigt und Ihrem Chef ordentlich Dampf gemacht haben!" Hauptkommissar Hagenkötter schüttelte fassungslos den Kopf.

„Aber so war es. Da beißt die Maus keinen Faden ab."

„Sagen Sie", fuhr der Ermittler fort, „sind Sie beide auch Mitglieder der Personalprälatur oder arbeiten sie nur für die Organisation?"

„Sie meinen Santi-Figli-di-Dio?" Pater Ferdinand schien die Rolle des Sprechers deutlich mehr zu genießen, als sein nun verstummter Kollege.

„Genau."

„Ja natürlich. Pater Friedhelm und ich sind glühende Verfechter für die seelsorgliche Betreuung junger Menschen. Besonders, wenn sie wirkliche Hilfe brauchen."

„So wie Johanna?"

„So wie Johanna!"

„Das heißt, Sie bieten diesen jungen Menschen auch eine Art Schutz vor den negativen Einflüssen ihrer Umwelt?"

„Unbedingt!"

„Dann müsste Ihnen doch auch das Wirken der vatikanischen Kinderschutzkommission bekannt sein, die Papst Franziskus vor ein paar Jahren ins Leben gerufen hat?"

„Selbstverständlich, wir arbeiten eng mit der Kommission zusammen, schließlich ist unsere Schule eine Art Pilotprojekt, was den Schutz von Minderjährigen angeht, und wird vom Vatikan mit großem Interesse verfolgt und natürlich auch unterstützt", sprach Pater Ferdinand mit stolz geschwellter Brust.

„Dann muss Ihnen der gewaltsame Tod von Bischof Carlo Eposito sicherlich auch sehr nahe gegangen sein?" Harald Hagenkötter legte seine Schlinge aus. „Er war doch ein großer Förderer und Bewunderer Ihrer Arbeit. Innerlichkeit im Glauben, Liebe und Hoffnung im Gebet – waren das nicht die Stärken, die ihn ausgezeichnet haben? Besonders im Umgang mit jungen Menschen?"

„Wir waren schockiert! Noch am 18. August, quasi gleich nach seiner Ankunft in Bamberg, hat er unsere Schule besucht. Dr. Sieber hat ihn persönlich in seinem Hotel abgeholt. Wir haben ihn sehr verehrt."

Hagenkötter warf seiner Mitarbeiterin einen Blick zu. Und diese fragte nach: „Das war drei Tage, bevor sie mit ihren Schülern zu der Exkursion in die Fränkische Schweiz gestartet sind?"

„Ja, ganz genau. Am liebsten wäre er mitgefahren, hat der Bischof noch scherzhaft gesagt."

„Erinnern Sie sich noch, zu welcher Uhrzeit der Bischof an Ihrer Schule eintraf?"

„Das war nachmittags. 16 Uhr ungefähr. Eposito und sein Fahrer waren erst kurz vorher in ihrem Hotel angekommen. Seine Exzellenz hatte sich noch etwas frisch gemacht, bevor ihn unser Chef am Hotel abgeholt hat."

„Noch ein Wort zu der Päpstlichen Kommission zum Schutz Minderjähriger", lockte der Kommissar weiter. „Eine Kommission ist ja bekanntlich ein Gremium von Experten. Ist das in der Kirche genauso?"

„Genauso!", bestätigte der Pater. „Sehen Sie, die Mitglieder der vatikanischen Kinderschutzkommission sind ein bunter Mix aus

Psychotherapeuten, Sozialarbeitern, ehemaligen Missbrauchsopfern, Theologen und Rechtsexperten, die immer für drei Jahre vom Papst ernannt werden."

„Interessant. Sicher eine gute Sache. Und die Mitglieder sind immer Italiener, die dem Vatikan nahestehen?"

„Keineswegs", klärte Pater Ferdinand den Kommissar auf, „die Kommission ist international besetzt und besteht derzeit aus 16 Mitgliedern. Selbst ein deutsches Missbrauchsopfer arbeitet in der Kommission. Georg Stallhuber, als Kind Sänger bei den Regensburger Domspatzen und heute Posaunist bei den Bamberger Symphonikern."

„Interessant."

„Sagen Sie", beteiligte sich nun auch Tina, „war Bischof Eposito nicht auch Mitglied bei der Internationalen Vereinigung der Exorzisten?"

Pater Ferdinand zögerte nur unmerklich: „Wie meinen?"

„Hat er früher nicht auch mit Gabriele Amorth zusammengearbeitet, dem Kopf der vatikanischen Exorzisten? Und was halten Sie denn davon? Ist so etwas wie Exorzismus überhaupt noch zeitgerecht? Grundsätzlich klingt das ja wie Mittelalter. Ich sage mal etwas flapsig: Hokuspokus."

„Nur Unwissende halten dämonische Kräfte für Märchen." Der Pater senkte bedeutungschwanger die Stimme, sein Kinnsack bebte. „Das Böse existiert überall. Satan ist ein gefallener Engel. Sehen Sie sich doch die Zahlen der Kirchgänger an. Sie fallen ins Bodenlose. Da stecken Luzifer und seine Anhänger dahinter, die sich in Dämonen verwandelt haben und immer häufiger in die Körper von Personen schlüpfen." Er wuchtete seinen fülligen Körper vor und presste ihn an die Tischkante, seine kleinen Augen nahmen einen unheimlichen Blick an. „Wir glauben, dass Menschen durch personifizierte Kräfte des Bösen existentielle Bedrängungen erfahren, die nicht allesamt falsch interpretierte psychische Erkrankungen sind, sondern etwas anderes. Diesen Menschen kann möglicherweise geholfen werden. Schließlich ist Jesus Christus auf die Welt gekommen, um die Werke des Teufels zu zerstören, wie es im Ersten Johannesbrief steht. Nochmals: Das Böse existiert. Wenn Sie das nicht glauben, dann fragen Sie sich doch einmal, warum täglich die vielen Unglücke auf dieser Welt passieren. Ein Beispiel: Da stürzt sich ein Pilot zusammen mit den ganzen Passagieren in seiner Maschine über den Alpen bewusst und gewollt in den Tod. Warum? Weil er krank war und unter Depressionen litt? Das mag schon sein, doch dann müssen Sie den Fall auch zu Ende denken und sich fragen, wer ihn mit der Krankheit angesteckt und ihn dazu angestiftet hat, diese furchtbare Tat auch auszuführen!"

Tina konnte den Ausbruch des Paters kaum fassen. Ihr Chef hatte den Wortschwall erstaunlich ruhig entgegengenommen. „Sagen Sie, Pater Friedhelm und Pater Ferdinand, ich habe da noch eine Frage, nur so zur Routine", schien er jetzt die Angelegenheit zu verharmlosen. „Wie sieht es an ihrer Schule mit Rauschgift aus?"

Ein Volltreffer. Beide Patres rissen die Augen und Münder auf. „Rauschgift? Pfui Teufel! Glauben Sie, dass wir das zulassen würden? Wir sind schließlich eine anerkannte Institution der römisch-katholischen Kirche." Pater Ferdinand war bis unter die Haarspitzen puterrot angelaufen.

Das Interview war danach schnell beendet. Die Patres mauerten und verwahrten sich dagegen, im Umkreis ihrer Schule jemals auf Drogen gestoßen zu sein.

„Die Seifenblase des Dr. Sieber ist geplatzt", stellte Tina fest, als die beiden wieder abgezogen waren. „Er hat Eposito persönlich getroffen. Ich verstehe aber nicht, warum er uns in diesem Punkt angelogen hat. Er hätte doch absehen müssen, dass die Wahrheit an den Tag kommt? Oder seine Mitarbeiter in seine Lüge einweihen."

„Das weiß er sicher auch. Ich glaube, seine Lügen sind für ihn nur eine Lappalie. Da steckt viel mehr dahinter, als die Frage, ob oder wie gut er den Bischof kannte. Wir werden von ihm bald eine neue Version hören. Auch die beiden Kleriker haben nicht alles erzählt, was sie wissen. Auch sie lügen wie gedruckt, da bin ich mir sicher. Wir müssen es ihnen nur nachweisen. Und das wird alles andere als leicht."

Tonis Liste

Donnerstag, 31.August

Franz Schmuck trat bei seinen Ermittlungen auf der Stelle. Zwar hatte eine Online-Abfrage beim Grundbuchamt am Synagogenplatz genügt, um herauszufinden, wem die Villa am Paradiesweg gehörte, doch eine erste Inspektion vor Ort erbrachte rein gar nichts. Auch auf wiederholtes Klingeln am Eingangstor meldete sich niemand. Das prächtige Haus schien verlassen zu sein. Kein Pkw, der auf dem Grundstück herumstand, nicht einmal ein Lebenszeichen von einem Getier wie Hund oder Katze. Und einfach über den Zaun zu klettern und sich das Grundstück näher anzuschauen, dafür war Franz Schmuck zu korrekt.

Wenigstens waren die Eigentumsverhältnisse aufschlussreich: Grundstück und Villa gehörten der Personalprälatur Santi-Figli-di-Dio mit Sitz in Rom. Das Erzbistum Bamberg war mit einem Verwaltungs-, Wege- und Wohnrecht im Grundbuchauszug eingetragen. Auch das Kennzeichen des schwarzen Mercedes 350 SEL, das sich Giuseppe Bertone gemerkt hatte, führte an den Domberg der Weltkulturerbestadt. Der Wagen gehörte zum Fuhrpark der Erzdiözese. Mit dem Namensgedächtnis von Bertone schien es allerdings nicht weit her zu sein. Mit *Pax Knüller*, dem angeblichen Fahrer des luxuriösen Pkws, hatte Schmuck überhaupt nichts anfangen können. Dummerweise war im Fuhrpark des Erzbistums gerade das Fahrtenbuch verlegt worden. Niemand konnte feststellen, wer die Luxuskarosse in den letzten Tagen gefahren hatte. Man sei am Suchen, hieß es. Alles nur eine Frage der Zeit, bis man fündig werde.

Für den Moment blieb dem Kommissar nichts anderes übrig, als sich im näheren Umfeld der Villa umzutun. Das riesige Grundstück hatte keine direkten Nachbarn. Dichter, öffentlicher Laubwald schloss den Maschendrahtzaun ein, der sich um die Grenze herumzog. Es gab nicht einmal einen Trampelpfad um das Grundstück herum, nur einen schmalen, halbwilden Grünstreifen, auf den Schmuck jetzt einbog. Die dichte Kirschlorbeerhecke ließ kaum einen Blick auf die Villa zu. Dafür gab eine bunte Vogelwelt in den Ästen über ihm ein lautstarkes Konzert. Ein Eichelhäher keckerte warnend aus einem nahen Gebüsch, bevor er flüchtete und sich in einem Wipfel des Waldes in Sicherheit brachte. Es war angenehm kühl unter den hohen Bäumen und die Luft roch schon leicht herbstlich nach Moos und den ersten Pilzen.

Jenseits des Zauns lag die Villa friedlich und still im Schatten des Waldes. Meist konnte der Kommissar nur das Dach des Baus erspähen, obwohl er mit einer Körpergröße von einem Meter 96 nicht gerade zu den kleinen Menschen zählte. Als er langsam den rückwärtigen Teil des Zauns erreichte, bemerkte er, dass das Maschendrahtgeflecht an einer Stelle vertikal aufgeschnitten war und die Hecke dahinter eine kaum sichtbare Lücke frei gab. Bog man die dicken Zweige etwas zur Seite, war die Lücke gerade breit genug, dass auch ein Erwachsener hindurchschlüpfen konnte. Schmuck war versucht, seine Prinzipien über Bord zu schmeißen und sich doch auf das Grundstück zu schleichen, aber ohne Durchsuchungsbeschluss war das ausgeschlossen. Leicht frustriert setzte er seine Runde fort.

Als er nach weiteren zehn Minuten weit hinten auf der rückwärtigen Seite des Grundstücks auf einen Feldweg stieß, tuckerte ihm ein alter Fendt-Traktor entgegen. Ein verwittertes Hinweisschild verriet Schmuck außerdem, dass es hier zum Obst- und Gartenbauverein Kaulberg ging. Zwei Männer saßen auf der Zugmaschine. Neben dem Älteren am Steuer – so schätzungsweise Mitte 60 – wurde der Kommissar von einem jungen, kräftigen Mann Anfang 30 auf dem Beisitz neugiereig angestarrt. Schmuck blieb stehen. Er wollte das Gefährt, das auf seinem Anhänger Holz geladen hatte, vorbeilassen.

„Grüß Gott, könna wir Ihna helfn?“, rief ihm der Fahrer zu, hielt seinen Traktor an und stellte den Motor ab. „Gell, Sie sen net vo do?“, setzte er neugierig hinzu.

„Vielen Dank, nicht nötig, aber wenn Sie schon so hilfsbereit fragen ... Ich bin von der Kriminalpolizei Bamberg, Kommissar Schmuck. Ich interessiere mich für die Villa da hinten ...“

„Wieso, was isn mit dera? Is was passiert?“

„Nein, nein, ich müsste nur die Bewohner sprechen, es scheint aber niemand zu Hause zu sein. Kennen Sie sich hier aus? Wohnt da überhaupt jemand?“

„Gell, da stimmt was net? Also ich bin der Schneiders Willi. Des is mei Sohn, der Toni.“ Dabei zeigte der Traktorbesitzer auf den jüngeren Mann auf dem Beisitz. „Wir wohna da obn, wo der Feldwech vo der Paradiesstraß hierher abzweicht. Also wem die Villa ghört, waaß vo die Leut, die hier wohna, kaner so genau, aber wir vermutn, des Haus ghört irgendwie zur Kergn und dass in dem Haus ab und zu Exerzitien abghalten wern. Da gibt's an Hausverwalter, der fährt an blaua VW Tiguan, aber den hab ich etz a scho seit längerer Zeit nimmer gsehgn. Ich man den Hausverwalter, net des Auto.“ Der Schneiders Willi sah den Kommissar erwartungsvoll an und kratzte sich am Kopf, der nur noch mit einem spärlichen grauen Haarkranz bewachsen war. Man sah ihm an, dass er harte Arbeit gewohnt war. Seine Hände waren derb, groß und rissig und sein sonnengebräuntes Gesicht durchzogen auf der Stirn und beiderseits der Mundwinkel tiefe Falten. Unter seinen trüben grauen Augen hingen halbrunde Tränensäcke.

Auch sein Sohn, der Toni, sah kurz in die Richtung der Villa, richtete seine Blicke wieder interessiert auf den Kripobeamten, dann brach es aus ihm heraus: „BA – RM – 803.“

„Wie bitte?“ Schmuck blickte ratlos drein.

„Entschuldigen S' gell, mei Sohn, der Toni, is seit seiner Geburt geistich leicht behindert. Aber ans kann er: Er schreibt si alle Kfz-Kennzeichn auf, die er in unserer Gegend sicht. Des is sei Hobby. Und des woar grad die Nummer vom Hausverwalter sein blaua Tiguan.“

„SCV – 000050, BA – BB – 0500“, jauchzte der Toni nun vom Traktor herunter und nickte eifrig mit dem Kopf. Er schien großen Spaß daran zu finden, dem Polizeibeamten ein paar Kennzeichen entgegenzuschleudern.

BA – BB – 0500 kam dem Kommissar bekannt vor, auch *SVC – 000050*. Klar, das waren die Kennzeichen der erzbischöflichen

Mercedes-Limousine vom Domplatz und das des bischöflichen Mercedes. „Sagen Sie, Herr Schneider, seit wann schreibt sich ihr Sohn Toni die Kfz-Kennzeichen auf?"

„Seit mei Fraa vor zwei Jahrn verstorbn is. Brustkrebs. Nix mehr zu machen, Endstadium."

Ein langgezogenes, trauriges „M-a-m-a" entfleuchte Tonis Kehle.

„Sei Mudder woar für den Ton sei Ein und Alles. Ständich woarn s' zammghockt die zwaa, er und sei Mudder. Mei Maria hat si halt selber Vorwürf gmacht, dass der Toni geistich behindert zur Welt kumma is. Dabei hat s' werkli nix dafür könnt, dass sich die Nablschnur bei der Geburt vo dem Toni zu lang um sein Hals gschnürt hat. Zu wenich Sauerstoff hat der Bu während der Geburt abkricht, ham die Ärzte gsacht. A Jammer. Und des hat sei Gehirn geschädicht. Deswegn is der Toni net bleed, aber halt a net ganz normal. Etz schau halt ich, dass mer so einigermaßn über die Rundn kumma. Gell, Toni."

„Papa", lächelte Toni.

„Ja, mei Bu, is scho gut, wir kumma scho miteinander aus, gell? Um auf Ihre Frach zurückzukumma: Seit der Toni sei Mutter nemmer hat, hat er si halt a andere Beschäftigung gsucht. Etz schreibt er sich Autokennzeichn auf, egal wo er grad is, weil Autos ham ihn scho immer interessiert, gell Toni? Sie müssn wissen, sei Notizbuch hat er immer dabei. Ohne des geht der Toni nie ausm Haus. Und singa, singa kann er a. Wie a Vöcherla. Des hat ihm a mei Maria beibracht. Mei ham die zwa sche singa könna. Des hat sich so sche anghört, wenn die zwa bei uns in der Kergn gsunga ham. Da war des Gotteshaus immer voll. Na ja, es is ja auch net besonders groß. Etz singt er halt manchmal bloß no allans in der Kergn, mei Toni."

„Sagen Sie, Herr Schneider, dürfte ich mir das Notizbuch von dem Toni mal kurz ansehen?"

„Toni, hast dei Notizbuch doch dabei? Gell? Der Herr vo der Polizei möcht da gern amol neischaua. Kriegst des a gleich widder zruck." Toni zog ein kleines, abgegriffenes Hefterl, das in roten

Stoff gebunden war, aus einer seiner Hosentaschen und hielt es zögernd in der Hand. Dann gab er das zerknautschte Notizbuch an seinen Vater weiter. „Wenn's weiter nix is, Herr Kommissar, da helf mer doch gern."

„Darf ich mir die Einträge auch abfotografieren?"

„No frali. Gell Toni, da ham mir nix dagegn? Machn S' na. Fotografiern S', so viel Sie wolln."

Wie alles begann

Donnerstag, 31. August

Dieses Mal hatten sich Tina und Franziska auf einen „schnellen Kaffee" in einem italienischen Eiscafé nahe der Oberen Brücke getroffen. Sie saßen in der hintersten Ecke des Lokals und unterhielten sich in gedämpfter Tonlage, obwohl kein Mensch um sie herumsaß. Die Gäste sonnten sich alle draußen vor der Tür, genossen das schöne Wetter, lachten und schäkerten, schlapperten ihre Eiskaffees und Eisbecher mit Früchten und betrachteten den Touristenstrom, der an ihnen vorüberzog. Es sollte einer der letzten warmen Sommertage sein. Fürs Wochenende waren Regen angesagt und ein kräftiger Temperatursturz. Wieder einmal Jo-Jo-Wetter, wie schon so oft in diesem Sommer.

Doch noch war es nicht so weit. Heute knallten die Sonnenstrahlen auf das Kopfsteinpflaster der Altstadt und heizten die engen Gassen auf. Die Terrassen der Gaststätten, Cafés und Bistros waren bis auf den letzten Platz gefüllt. Riesige Sonnenschirme reihten sich dicht an dicht. Die Wirte und Eismacher rieben sich die Hände. Das Geschäft lief gut.

Drinnen, in ihrem Eiscafé, steckten Tina und Franziska die Köpfe zusammen. Sie führten eine Grundsatzdiskussion darüber, inwieweit die katholische Kirche in den Schlamassel der beiden Mordfälle verwickelt sein könnte. Tina, die erzkonservativ erzogen worden war und als Mädchen jeden Sonntag ihre Eltern zum Gottesdienst in die ehemalige gotische Spitalkirche St. Elisabeth hatte begleiten müssen, konnte – und wollte – sich nicht vorstellen, dass die Kirche wirklich ernsthaft etwas mit den Morden zu tun hatte. Natürlich war ihr bewusst, dass die Institution sich nur allzu oft von ihrer dunklen Seite gezeigt hatte, allem voran im Umgang mit den zahllosen Missbrauchsfällen. Ja, sie stand der Kirche zwischenzeitlich sehr kritisch gegenüber. Die sonntäglichen Kirchgänge hatte sie längst abgelegt. Dennoch: Der katholische Glaube zählte zu ihrem Leben und einen gewissen Respekt vor der Kirche als solches hielt sie für angemessen.

„Wir setzen auf das falsche Pferd, wenn wir so ein Stahlseil mit der Kirche in Verbindung bringen", argumentierte sie. „Der Mord an dem Bischof sieht dann ja noch eher nach einer Mafiamethode aus. Das wirkt zu professionell."

„Oh ja, aber was den Gebrauch einer Würgeschlinge angeht, habe ich eine andere Meinung als du. Ich gehe sogar so weit zu behaupten, dass die Würgeschlinge eine typisch kirchliche Mordwaffe ist oder in früheren Zeiten zumindest war. Wenn du dich ein wenig mit der Historie des Katholizismus auseinandersetzt, stellst du schnell fest, wie unglaublich brutal es zu allen Zeiten in der Kirche zugegangen ist. Im 3. Jahrhundert nach Christus sollen von den 14 Päpsten, die in dieser Zeit das Amt bekleideten, elf umgebracht worden sein. Nach dem Tod von Karl dem Großen im 9. Jahrhundert hievten sich im Lauf von nur zwei Jahrhunderten 44 Päpste auf den Stuhl Petri und lösten sich gegenseitig durch Gift, Schwert – und immer wieder die Würgeschlinge! – gegenseitig ab. Auch so ein modernes Stahlseil zählt also durchaus zu den kirchenbekannten Mordinstrumenten." Franziska nahm einen tiefen Schluck ihres Eiskaffees.

„Gruselig", meinte Tina. „Aber leider ist Geschichte nicht ausschlaggebend für unsere heutigen Ermittlungen. Was mich viel nervöser macht als das Mordwerkzeug, ist diese seltsame Botschaft. Die Kollegen meinten, da hätte *Papà era cattivo* auf dem Zettel gestanden. Was soll das mit der Kirche zu tun haben? Wenn es wenigstens ein Hinweis in Latein gewesen wäre ... aber so? Außerdem stellt sich sowieso grundsätzlich die Frage, wem diese

Botschaft gelten soll. Der Polizei vielleicht? Warum war der Bischof böse? Und warum nennt ihn der Mörder auf seinem Zettel Papa?"

„Vielleicht ist das im Sinn von *kirchlicher Vater, Seelsorger* zu verstehen?", überlegte Franziska.

„Kann sein. Aber steckt dann ein Kirchengegner dahinter? Ein von der Kirche Enttäuschter?"

„Vielleicht war der Bischof ja in kriminelle Machenschaften verwickelt? Dass die römisch-katholische Kirche Verbindungen zu Mafiaorganisationen unterhält, ist ja nichts Neues. Ich sage nur: Vatikanbank. Und das Stahlseil kam dir ja eh mehr wie ein mafiöses Mordwerkzeug vor."

Tina zog die Stirn kraus. „Hmm. Der Fahrer des Bischofs, dieser Giuseppe Bertone, kommt mir in dem Zusammenhang auch nicht ganz koscher vor. Dass er eine kriminelle Vergangenheit hat, wissen wir ja. Ich denke, den sollten wir nochmal genauer unter die Lupe nehmen. Obwohl mein Kollege ja von seiner Unschuld überzeugt ist. So ein Pech, dass ich bei der Befragung nicht dabei war. Mein Italienisch wäre aber auch nicht gut genug gewesen, um mehr zu verstehen als Schmuck und sein Übersetzer ... Warum in Italienisch? Verdammt noch mal, warum wurde die Botschaft in Italienisch geschrieben? Haben wir's mit einem Muttersprachler als Mörder zu tun oder will uns hier jemand auf die falsche Spur locken?"

„Ich könnte mir vorstellen, dass die Botschaft zeigen soll, dass der Mord eine Strafaktion war", meinte Franziska. „Der Bischof hat sich was zuschulden kommen lassen und wurde deswegen umgebracht. Fragt sich nur, was – und ich geb dir recht, Tina, den Fahrer sollten wir als Verdächtigen nicht ausschließen. Allein, dass er seinen Arbeitgeber *Papà* genannt hat, bringt ihn mit der Botschaft in Verbindung." Franziska seufzte. „Alles scheint mir denkbar, aber warum? Uns fehlt ganz einfach ein Motiv und das macht die Sache so schwierig und undurchsichtig."

Tina nickte. „Unsere beste Spur ist die Verbindung von Eposito zur Santi-Figli-di-Dio-Schule. Eine Schülerin wird ermordet und kurz danach haben wir es mit einem toten Bischof zu tun, der Mitglied in genau dieser Schulorganiation ist. Höchst unwahrscheinlich, dass die beiden Morde überhaupt nichts miteinander zu tun haben sollten." Sie machte ein skeptisches Gesicht. „Dass da eine Mafiageschichte dahintersteckt, kann ich mir aber nicht vorstellen. Welches Interesse könnte die Mafia am Tod einer minderjährigen Schülerin haben?"

Beide Frauen schwiegen kurz.

„Mein Gefühl sagt mir, dass die römisch-katholische Kirche zumindest in den Bischof-Mordfall verwickelt ist. Die stecken da ganz tief mit drinnen."

„Wir können nicht mit Gefühlen arbeiten, Franziska."

„Mit Santi-Figli-di-Dio schließt sich doch der Kreis. Mensch, Tina, denk doch mal darüber nach, was du mir von dieser fragwürdigen Institution erzählt hast! Und dann stellt sich heraus, dass die hier bei uns in Bamberg eine Schule unterhalten, und der ermordete Bischof war Mitglied dieser seltsamen Vereinigung und gleichzeitig in der Päpstlichen Kommission für den Schutz von Minderjährigen. Ganz schön viele Zufälle!"

„Ich sage ja auch, dass die beiden Morde sicher in Verbindung stehen. Deswegen muss der Mörder aber nicht automatisch aus den eigenen Reihen der Kirche kommen. Mit Eposito ist die schließlich selbst Opfer der ganzen Sache. Und vergiss nicht, dass der Tod von Johanna Sonnleitner auch die Kirche in einem sehr schlechten Licht dastehen lässt. Santi-Figli-di-Dio hat doch das Wohl der Kinder im Auge!"

„Vielleicht. Sagen sie. Nachdem die ganzen Missbrauchsfälle der letzten Jahrzehnte bekannt geworden sind, kann man da durchaus auch Zweifel haben." Ein Gast des Eiscafés kam auf der Suche nach den Toilettenräumen durch den Raum und Franziska senkte die Stimme: „Selbst Papst Franziskus hat gesagt, dass das Schlagen von Kindern vertretbar sei, wenn dabei die Würde des Kindes gewahrt bleibe. Wie findest du das? Ich habe übrigens mal etwas recherchiert. So harmonisch scheint es innerhalb dieser Päpstlichen Kommission auch nicht zuzugehen. Vor allem die früheren Missbrauchsopfer in dem Gremium finden offenbar nicht so recht Gehör. Die Kleriker in der Gruppe sollen schon wieder dabeisein, Missstände zu vertuschen. Ich hab mir schon vorgenommen, diesen Georg Stallhuber, von dem du mir erzählt hast, bei der nächstbesten Gelegenheit zu interviewen."

„Stallhuber?" Tina stutzte kurz. „Ach, der Bamberger Symphoniker, dessen Name Pater Ferdinand aufgebracht hat. Den hatte ich schon gar nicht mehr auf meinem Radar. Aber ja, eine ungute Sache mit dieser stetigen Vertuscherei – wenn es denn stimmt." Tina nickte ernst. „Nichtsdestotrotz fehlt mir das Motiv, weshalb die Kirche einen ihrer Schützlinge umbringen sollte. Wir dürfen keine polizeiliche Hexenjagd auf die Vertreter von Santi-Figli-di-Dio anzetteln, bevor wir nicht mit den Ermittlungen weiter sind. Wir brauchen da handfeste Erkenntnisse."

„Hexenjagd – gutes Stichwort: Ich hab dir doch erst von dieser Internationalen Vereinigung der Exorzisten erzählt. Das ist tiefstes Mittelalter. Und zumindest einer deiner beiden Lügenpatres, die sich so hervorragend um ihren Schützling Johanna gekümmert haben, dass das Mädchen jetzt tot ist, hat euch doch seine Meinungen dazu kundgetan. Exorzismus." Franziska schnaubte. „Dass ich nicht lache. Schau dir doch die alten, klapprigen Männer in der römischen Kurie an. Das Einzige, was die noch aufrechterhält, ist doch nicht Gott, sondern der eigene Drang zur Macht. Bei denen geht es doch schlimmer zu als in jeder Großfirma. In der Kurie gibt es Intrigen und Seilschaften – jeder gegen jeden, und alle gegen den Papst, das reinste Ellenbogengerangel." Sie warf ihre blonde Mähne nach hinten. „Wo steht geschrieben, dass Gott die Kardinäle erschaffen hat? Unvollkommene, willkürliche Werkzeuge der katholischen Kirche. Und diese alten Säcke wählen im Rahmen des Konklave aus ihrer Mitte den neuen Vertreter Gottes auf Erden, nach Regeln, die sich die Kirche selbst gegeben hat, aber getrieben von Missgunst und Neid unter den verschiedenen Interessensgruppen. Mehr als 100 dieser alten Knaben sind es weltweit. Die meisten leben in Saus und Braus, haben schicke Wohnungen und häufen auf ihren Konten bei der Vatikanbank ihre Privatvermögen an."

„Franziska, bitte! Die Hierarchien in der Kirche sind jahrhundertealte gewachsene Strukturen. Das kann man gut finden oder nicht, aber als Staat und weltumspannendes Unternehmen braucht die Kirche auch eine Bank, egal, wie sehr sich das mit dem christlichen Anspruch an Bescheidenheit und freigiebiger Wohltätigkeit beißt."

„Meinst du? Mir ist das alles höchst suspekt und unsympathisch. Und transparent war die Vatikanbank noch nie. Wenn da einer daherkommt und an den konservativen Fundamenten der Kirche rüttelt, um endlich etwas zu verändern, dann wünschen die meisten demjenigen doch gleich die Pest an den Hals. Jeder große Kopf in der Kirche profitiert persönlich vom Status Quo. Weißt du denn, wie weit der eine oder andere gehen würde, um seine Pfründe zu verteidigen?" Franziska hatte sich gehörig in Rage geredet und sie war noch nicht fertig: „Erinnerst du dich noch an den Geschichtsunterricht bei Herrn Weiß? Als wir das Bamberger Hochstift im Mittelalter durchgenommen haben?"

Tina zog die Augenbrauen hoch. „Das ist jetzt schon ein paar Tage her und Geschichte war nie mein Steckenpferd ..."

„Na die Hexenverfolgungen: Es konnte praktisch jeden treffen. Es genügte ja schon, jemanden aus Willkür der Zauberei zu bezichtigen und schon landete der auf dem Scheiterhaufen. Einer der damaligen Bamberger Weihbischöfe, Friedrich Förner hieß der Mann, war Ende des 16. Jahrhunderts einer der unerbittlichsten Verfolger von Ketzern und Hexen. Und ein großer Freund von Exorzismen! Selbst Bamberger Bürgermeister wurden damals auf dem Scheiterhaufen verbrannt. Wenn du heute in der Franz-Ludwigstraße am Malefizhaus vorbeikommst, denkst du dann daran, dass es extra für die Hexenverfolgung gebaut wurde? Das war ein Gefängnis samt berüchtigtem Folterkeller. Und das Schwarze Kreuz an der heutigen Schützenstraße, Ecke Amalienstraße? Dort wurden die meisten vermeintlichen Hexen und Zauberer hingerichtet."

Tina ging bei der hitzigen Predigt ihrer Freundin langsam sichtlich die Luft aus. „Und warum erzählst du mir das alles? Was hat das mit unseren beiden Fällen zu tun?"

„An die 900 Menschen hat die katholische Kirche in den Jahren von 1595 bis 1633 wegen Hexerei und Zauberei umbringen lassen. Allein in Bamberg! Das mag alles Vergangenheit sein, aber man darf diese ganzen Gräuel nicht vergessen, wenn man an die Kirche denkt. Die können und wollen aus ihren alten Strukturen nicht raus. Tina, ich habe dir das alles erzählt, weil mir die heutige Scheinheiligkeit dermaßen auf den Senkel geht. Hinter der Fassade von Unfehlbarkeit, Nächstenliebe und Frömmigkeit steckt in meinen Augen der gleiche alte Hass und der Neid auf alle weltliche Lebensfreude. Und ich persönlich bin der Meinung, dass die Kirche auch heute immer noch in Zuständen lebt, wie sie im Mittelalter vorherrschten. Ich traue Klerikern alles zu, auch wenn sie sich im Schein ihrer eigenen Barmherzigkeit und Nächstenliebe suhlen so wie die Santi-Figli-di-Dio."

„Amen", setzte Tina hinzu.

Grenzkontrolle

Donnerstag, 31. August

Nach circa 1.500 Kilometern über Neapel, Rom, Florenz, Verona, den Brenner und Innsbruck und rund 16 Stunden reiner Fahrtzeit, war an der Autobahnausfahrt Kufstein-Süd Ende mit der Raserei. Kilometerlang stauten sich die Lkws auf der rechten Spur. Die Pkws auf der linken Spur fuhren Stop and Go. Die österreichischen Zollbeamten und ihre bayerischen Kollegen machten einmal wieder Dienst nach Vorschrift. Schuld daran war die Flüchtlingsroute vom Mittelmeer durch Italien bis ins europäische Kernland. Die Beamten filzten quasi jeden Brummi, der ihnen verdächtig vorkam. Aber auch Fahrer ganz normaler Pkws mussten mit Stichkontrollen rechnen. Der feuerrote Alfa Romeo Giulia in der Sportvariante *Veloce* – ein 280 PS starker Zweiliter-Turbobenziner – stach aus der Reihe der „Normalwagen" ebenso heraus wie sein Fahrer aus der Kategorie „Durchschnittsbürger". In den vielen Auseinandersetzungen, in die Luca di Rossi bisher verwickelt gewesen war, hatte er nicht nur ausgeteilt. Ab und zu hatte er auch einstecken müssen. Eine grässliche Narbe, die vom Schnitt eines Stiletts herrührte, zog sich seit einigen Monaten von der Stirn über seine linke Wange. Sie war schlecht verheilt. Der behandelnde Arzt hatte eindeutig geschlampt und seine Nachlässigkeit nicht überlebt. Er war Luca di Rossis vorläufig letztes Opfer gewesen.

Luca war wohl um die 50. So genau wusste das niemand, selbst er nicht. Seine Mutter war in Ricciolio, einem Ortsteil von San Luca, eine bekannte Hure gewesen, die mit Ende 40 an Leberzirrhose verstorben war. Sie hatte Grappa in rauen Mengen getrunken. Ihr Pech. Seinen Vater hatte Luca nie kennengelernt. Gerüchteweise sollte er ein hochrangiges Mitglied der 'Ndrangheta gewesen sein, das seine Mutter einmal im Suff vergewaltigt hatte.

Im Alter von etwa 30 Jahren war der heutige Mafioso nach Stuttgart gegangen und hatte dort bei Daimler in der Endmontage gearbeitet. Vier Jahre hatte er es ausgehalten, dann hatte er einen Geldeintreiber der „Ehrenwerten Gesellschaft" kennengelernt, den er bald schon unterstützte. Der Job war leicht, gut bezahlt und entsprach Lucas gewaltbereiter Mentalität. Vielleicht stimmte es auch nur, dass ihm als Sohn von San Luca das Verbrecherhandwerk unweigerlich im Blut lag. Seine Mutter hatte das zumindest im Streit immer behauptet und danach kräftig auf den Boden gespuckt.

Er blieb jedenfalls dabei und arbeitete sich mit den Jahren bis zum Auftragsmörder hoch. Mit seiner schlanken, aber kräftigen Figur, seinen einen Meter 93 und seinem harten, fast schon brutalen Gesicht hinterließ er einen bleibenden Eindruck. Eigentlich nicht ideal für seinen Beruf, aber seine Auftraggeber wussten sich dieser Eigenschaft gewinnbringend zu bedienen. Wenn di Rossi arbeitete, blieb eine deutliche Botschaft von Einschüchterung und Terror zurück.

Seit er international zur Fahndung ausgeschrieben worden war, hatte er sich bedeckter halten müssen. Die Phantombilder, die aktuell von ihm kursierten, zeigten allerdings wenig Ähnlichkeit mit ihm. Seine Narbe war den Behörden überhaupt noch nicht bekannt. Zur Tarnung genügte es, dass er im Moment nicht mehr

Luca di Rossi hieß. In dem Reisepass, den er mit sich führte, stand *Lorenzo de Simione.*

Er war auf dem Weg nach Bamberg – noch rund dreieinhalb Stunden Fahrtzeit, wenn die Autobahn bald wieder frei sein sollte. Auch sein Lieblingsspielzeug hatte Lorenzo de Simione dabei, eine Pistole „08 Astra", ursprünglich für den südamerikanischen Markt konzipiert und baugleich mit dem Modell „Artillerie 08", mit Trommelmagazin und Anschlagbrett. Als Lieblingsmunition verwendete Lorenzo Parabellum-Patronen, Kaliber 9x19 mm, die seine Astra auch als Dauerfeuer verschießen konnte. Pistole und Munition lagerten in einem Alu-Spezialköfferchen und dieses ruhte in einem versteckten, passgenauen Fach unter der Rückbank der 280 PS-Rakete.

Endlich hatte Lorenzo den Grenzübergang erreicht. Er wollte gerade wieder in den zweiten Gang schalten, als sich ihm ein alpenrepublikanischer Zollbeamter in den Weg stellte und signalisierte, dass er sein Fenster herablassen sollte.

„Genga S', genga S'", sprach ihn der Beamte an, „pressiert's Eahna so? Ham S' vielleicht a an Pass und an Führerschein?"

De Simione maß den untersetzten Herrn in Uniform mit einem schnellen Blick, reagierte aber noch nicht. Der versuchte es nach einem zweiten Blick auf das Nummernschild des Alfa Romeo auf Italienisch: *„Carta d'identità e patente di guida?"*

Scheiß-Zoll. „Ja natürlich, einen Moment bitte", ließ der Mafioso sich mit leichtem Lächeln herab und genoss die Überraschung auf dem Gesicht des Beamten über sein perfektes Deutsch.

„Ham S' was dabei, für des mir uns interessieren kanntn?", fand der Beamte seine Sprache wieder, während de Simione im Handschuhfach wühlte. „Derf mer mal in da Kofferraum schaun? Geh, fahrn S' doch amal da nüber, meine Kollegen freun sich sicher, wenn s' an näheren Blick in Ihr bsonderes Vehikel werfen dürfn."

In Sekunden brannte de Simiones Haaransatz lichterloh. Was bildete sich dieser Wicht ein? In seinen Gedanken liefen eigenartige Szenen ab, wie er reagieren könnte: Entweder er kam bei laufendem

Motor an seine schussbereite Knarre, zwang den Österreicher zum Einsteigen, dann drauf aufs Gas und ab mit qualmenden Reifen oder er verpasste dem nervigen Zollbeamten einen schnellen Stich mitten ins Herz. Ein elegantes kleines Stilett hatte er für solche Fälle immer an der rechten Wade bereit. Lorenzo favorisierte Version zwei. Aber nein, er durfte nicht auffallen, seinen Auftrag nicht gefährden. Und was sollten die Beamten schon finden? Er vertraute auf das sichere Versteck seiner Astra.

Er hatte sich gerade darauf eingestellt, noch einige Stunden an der Grenze festzuhängen, als die wundersame Rettung von ganz alleine kam. Keine 20 Meter von seiner feuerroten Rakete entfernt untersuchten die Kollegen seines Zoll-Wichts gerade einen Ford-Lieferwagen mit rumänischem Kennzeichen, als ein Schuss durch die Luft peitschte.

„Foahrn S' weiter", brüllte ihn der Beamte an, „aber a weng zackig, wann's gehnga tat!", zog seine Pistole und rannte in Richtung des Lieferwagens davon.

Man konnte de Simione nicht nachsagen, dass er zu stolz gewesen wäre, einen gut gemeinten Rat, selbst wenn er von einem verhassten Zollbeamten kam, nicht anzunehmen. Er gab dem Alfa Romeo die Sporen und jagte davon. Hinter ihm wurde soeben der Grenzübergang für unbestimmte Zeit geschlossen.

Dreieinviertel Stunden später checkte Lorenzo de Simione in der italienischen Frühstückspension *Bella Calabria* im Nordosten Bambergs ein.

Zusammenfassung

Freitag, 01. September

„Leute, ich habe Sie alle zu dieser Sitzung gebeten, damit wir uns, wieder einmal, gegenseitig auf denselben Kenntnisstand bringen", eröffnete Harald Hagenkötter die morgendliche Besprechung. „Sie wissen alle, dass wir an Personalknappheit leiden. Umso wichtiger ist es, dass wir uns in unserer Ermittlungsarbeit gut abstimmen und mit einem einheitlichen Konzept konzentriert vorgehen. Es tut mir sehr leid, aber aufgrund der Dringlichkeit beider Fälle ist auch für morgen Dienst angesagt.“ Hagenkötter ließ den letzten Satz auf seine Mitarbeiter wirken und sah in die Runde. Kein Murren, keine langen, enttäuschten Gesichter, nur hie und da zustimmendes Kopfnicken. „Leute, ich bin stolz auf euch. Zur Sache: Ich habe Polizeihauptmeister Fritz Keller von der Verkehrspolizei mitgebracht. Fritz, du hast das Wort.“

„Hhm, ja“, begann der Beamte etwas nervös, dann erzählte er vom Amtshilfegesuch der Wiener Kollegen und dem Ergebnis seiner eigenen Recherche. „Und tatsächlich hat mir der Computer den Namen Max Sonnleitner ausgespuckt“, endete er.

„Das muss noch nichts bedeuten“, kommentierte Hagenkötter, „bedarf aber einer Klärung. Komisch ist es schon. Die Sonnleitners fahren angeblich am 23. August wegen eines Trauerfalls in der Familie nach Graz und tags darauf verursacht Max Sonnleitner einen Verkehrsunfall in Wien. Nicht gerade die nächste Strecke, meine ich. Was, wenn die Familie Sonnleitner gar nicht nach Graz gefahren ist?“

„Dann gibt es möglicherweise auch gar keinen Trauerfall“, warf Tina Meisel ein. „Aber wozu dann das ganze Getue?“

„Genau das ist die Frage“, nickte Hagenkötter und hakte dann gleich an einem anderen zentralen Punkt ein: „Wie haben die eigentlich vom Tod ihrer Tochter erfahren?“

„Darauf wollte ich als nächstes kommen, Chef“, legte Tina los. „Dr. Sieber rief mich gestern Abend noch auf den letzten Drücker an und hat mir mitgeteilt, dass er Johannas Eltern jetzt über den Tod ihrer Tochter informiert hätte. Ob das recht einfühlsam erfolgt ist, bezweifle ich stark. Dann meinte er noch knapp, dass beide einen Schock erlitten hätten und sich in ärztlicher Behandlung befänden. Mehr nicht. Also habe ich mich nochmal an den Rechner gesetzt und das überprüft. Zu später Stunde hatte ich sogar noch den Hausarzt der Sonnleitners am Telefon. Er hat den Schockzustand seiner Patienten bestätigt und im Moment dringend von einer Vernehmung abgeraten.“

„Und wie sind Sie mit ihm verblieben?"

„Er ruft mich sofort an, wenn wir mit den Eltern wieder sprechen können."

„Gut, dann haben wir an dieser Ecke noch etwas Zeit. Beziehungsweise nicht gut. Wir brauchen dringend ihre Aussagen. Bleiben Sie dran, Frau Meisel – und bitte klären Sie in der Zwischenzeit diese Sache mit den Grazer Behörden. Da brauchen wir Fakten, bevor wir uns mit den Sonnleitners persönlich auseinandersetzen können."

„Mach ich, Chef."

„Sehr schön. Und Frau Meisel, sollten sich bei Ihren Ermittlungen auch nur die geringsten Unstimmigkeiten andeuten, kümmern Sie sich doch bitte um ein Bewegungsprofil von Max Sonnleitners Mobiltelefon, in dem Zeitraum 23. bis 28. August. Besorgen Sie sich eine Genehmigung zur Handyortung. Ich unterschreibe den Antrag. Außerdem sollten wir wissen, mit wem er in dieser Zeit telefoniert beziehungsweise sich über E-Mails oder SMS ausgetauscht hat."

Der Kriminalhauptkommissar hakte den ersten Punkt auf seiner Liste ab. „Was mir ebenfalls wie ein Wackerstein im Magen liegt, das ist der offensichtliche Missbrauch der kleinen Johanna Sonnleitner und die Tatsache, dass sie Crystal Meth zu sich genommen hat. Ich habe mich darüber lange mit Professor Stich ausgetauscht. Der Doc ist sich sicher, dass das Mädchen nicht nur einmalig, sondern regelmäßig sexuell missbraucht wurde, und auch das Ergebnis der Haarprobe ist eindeutig. Da gibt es nichts daran zu rütteln. Johanna hat regelmäßig die Droge konsumiert. Also habe ich mich mit den Kollegen vom Rauschgiftdezernat unterhalten. Sie meinen, dass es momentan keine besonderen Auffälligkeiten in der Stadt gibt, bleiben aber dran und werden die Kontrollen an den bekannten Umschlagplätzen verstärken. Stadtbekannte Dealer werden besonders überwacht."

Hagenkötter wandte sich noch einmal Tina zu: „Frau Meisel, wenn Sie das Ehepaar Sonnleitner endlich sprechen können, gehen Sie auf jeden Fall das Thema Drogenmissbrauch an. Ich bin mal gespannt, ob die Sonnleitners von der Abhängigkeit ihrer Tochter wussten. Herr Schmuck", drehte sich Hagenkötter zur anderen Seite, „können Sie bitte die Biografie der beiden Patres Ferdinand und Friedhelm bis ins Detail durchleuchten? Ich will alles über die beiden wissen – selbst ob sie regelmäßig in der Nase popeln. Gibt es zwischenzeitlich etwas Neues darüber, wer im August den Mercedes aus dem bischöflichen Fuhrpark benutzt hat?

„Ich laufe da gegen eine Wand." Schmuck sah frustriert drein. „Niemand im Erzbistum will wissen, wer den Kurienbischof wann genau betreut hat, und das Fahrtenbuch ist immer noch verschwunden. Ich habe vom Leiter des erzbischöflichen Fuhrparks eine Liste mit den Namen von allen Fahrern angefordert. Die kann ja nicht so lang sein, denke ich. Sobald wir die haben, sprechen wir mit allen." Hagenkötter nickte und Schmuck nahm Haltung an. „Eine Sache kann ich allerdings noch vermelden: Am Grundstück der Villa ist mir ein Vater-Sohn-Gespann über den Weg gelaufen, Wilhelm Schneider und Anton Schneider, die besitzen Ackergrund nahe der Villa und sind dort öfter unterwegs. Toni, der Sohn, hat eine geistige Behinderung, aber auch ein Hobby: Kfz-Kennzeichen. Die notiert er in einem eigenen Buch. Ich konnte alle Buchseiten abfotografieren, auf denen relevante Nummern zu Fahrzeugbewegungen rund um das Grundstück am Paradiesweg notiert waren."

Hagenkötter runzelte die Stirn. „Sind das verwertbare Daten? Ich meine, bei der geistigen Behinderung des Sohns – kann man seinen Notizen trauen?"

„Ich bin dabei, das zu überprüfen. Es sieht aber gut aus. Einen Treffer hatte ich, der hat mich sogar schon weitergeführt."

„Sehr gut, bleiben Sie dran. Sonstige Neuigkeiten vom Domplatz?"

„Nada, still ruht der See."

„Diesen Pfaffen werde ich Feuer unter ihren fetten Ärschen machen", grummelte der Hauptkommissar und zupfte an seinem Schnauzer herum. „Hat der Sieber die Liste der Lehrkräfte von Johanna Sonnleitners Klasse geliefert?"

„Ja, hat er", bestätigte Kommissar Schmuck. „Ich muss mir die aber erst noch genauer ansehen. Italienische Namen sind jedenfalls nicht darunter."

„Okay Leute, Priorität eins ist es nun, schnellstens die Identität dieses Phantoms zu klären. Mit Phantom meine ich diesen geheimnisvollen Menschen, der den Kurienbischof während seines Aufenthalts in Bamberg betreut und begleitet hat und den am Domplatz angeblich keiner kennen will. Sieber hat ihn nur vom Hotel abgeholt. Danach hat sich Eposito mit irgendwem getroffen. Mehrere Tage lang. Es kann nicht sein, dass wir vier Tage nach dem Mord noch immer nicht wissen, wer das war. Schmuck, Sie haben doch den Fahrer des Bischofs noch einmal in die Mangel genommen. Hat die Befragung Neues ergeben?"

„Ich glaube nicht, dass er als Verdächtiger infrage kommt", antwortete Schmuck. „Bertone hat uns von seiner Kindheit und Jugend erzählt. Keine schöne Geschichte. Er hatte dem Bischof alles zu verdanken und vergötterte ihn. Dennoch, wir schließen ihn noch nicht restlos aus dem Kreis der Verdächtigen aus, für die Tatnacht hat er nämlich kein Alibi. Und im Moment ist er der einzige uns bekannte italienisch sprechende Mensch aus dem Umfeld des Bischofs. Ein Motiv für den Mord sehe ich aber bei ihm nicht."

„Trotzdem, Bertone reist nicht ab, bevor wir nicht restlos von seiner Unschuld überzeugt sind", entschied Hagenkötter. „Haben Sie etwas über den Verwalter der Villa erfahren können?"

„Das ist der Fall, in dem das Büchlein von Toni Schneider schon enorm hilfreich war. Ja, wir konnten aufgrund der Kfz-Kennzeichen den Mann ausmachen. Ein weiterer Italiener: Marco Lignelli heißt er, wohnt seit zehn Jahren in der Gartenstadt und fährt einen blauen VW Tiguan. Alter 45, ledig. Ich treffe ihn am Montag in der Villa am Paradiesweg. Will mich dort auch gleich ein wenig umsehen."

„Sehr gut, tun Sie das", meinte Hagenkötter. „Schon wieder ein Italiener ... endlich nehmen wir Fahrt auf! Und ich kümmere mich Anfang nächster Woche nochmal um diesen Dr. Sieber, der behauptet, den ermordeten Bischof niemals persönlich getroffen zu haben. Herr Frank, was hat die Untersuchung von Johanna

Sonnleitners Zimmer an der Santi-Figli-di-Dio-Schule ergeben? Erzählen Sie doch mal! Wo liegt die Schule eigentlich genau?"

Der Leiter der SpuSi räusperte sich. „Na ja, etwas überrascht waren wir schon, dass uns der Weg dorthin an den Rand des Hafengebiets geführt hat. Ein kahler, roter Sandsteinbau, hufeisenförmig angelegt – war ursprünglich als riesige Lagerhalle geplant. Da hat man sich offenbar mit der Entwicklung des Güterumschlags etwas vertan. Jedenfalls gab es in den letzten 20 Jahren nur einen moderaten Anstieg – im Gegensatz zur Flusskreuzschifffahrt. Die Bayernhafen GmbH & Co KG hat das Gelände samt den Gebäuden also schon vor Jahren an die Santi-Figli-di-Dio-Bewegung verkauft. Die haben alles modern restauriert und innen zu einer recht ansehnlichen Schule umgebaut. Ich würde sagen: außen pfui, innen hui – zumindest soweit es die Klassenzimmer betrifft. Die Unterkünfte der Schüler sind dagegen eher spartanisch eingerichtet. Alles sehr düster." Frank ließ den Blick kurz durch die versammelte Runde schweifen. „Jedenfalls haben wir das festgestellt, als wir eine kleine Schulführung bekommen haben. Eine Lehrerin, die Deutsch und Geografie unterrichtet und grade eine Art Ferien-Notdienst schiebt, hat uns ein bisschen herumgeführt. Johannas Zimmer war wirklich karg: ein Bett, ein Schrank, ein kleiner Schreibtisch und ein Stuhl. Das war's. Keinerlei persönliche Gegenstände – außer ein paar sorgfältig zusammengelegten Klamotten im Schrank. Kein Poster an der Wand. Da war nichts Wohnliches, kein einziges Dekoelement. Wobei: Am auffälligsten war ein riesiges hölzernes Kruzifix über dem Bett. Der Jesus, der am Kreuz hängt, blutet aus allen möglichen Wunden und trägt eine pechschwarze Dornenkrone. Also, wenn das Dekoration ist ... Mir schleierhaft, wie man unter einem einem solchen Monstrum überhaupt schlafen kann. Ich bekäme da Alpträume."

Hagenkötter zog kurz eine Augenbraue hoch und Frank schlug einen offizielleren Tonfall an: „Als wir mit unserer Arbeit begannen, mussten wir leider feststellen, dass Johannas Refugium klinisch sauber gereinigt war. Angeblich der ganz normale Putzaufwand, den die von der Schule beauftragte Reinigungsfirma betreibt – wollte uns Dr. Sieber weismachen. Die Lehrerin war da ganz anderer Meinung. Sie hat sich offen gewundert, dass eine externe Putzfirma das Zimmer gereinigt hat. Laut ihrer Aussage ist das normalerweise die Aufgabe von den Schülern selbst. Überhaupt liegt sie, wie es scheint, mit dem Schulleiter nicht ganz auf einer Wellenlänge. Sie wollte partout nicht über ihren Chef reden. Und zu den beiden Padres habe ich auch keinen Ton aus ihr herausbekommen. Ich hatte den Eindruck, dass sie sogar eine gewisse Portion Angst ausgestrahlt hat. Sie wolle keine negativen Gerüchte verbreiten, hat sie gemeint. Sie sagte wörtlich: *keine negativen Gerüchte*. Positives hatte sie offensichtlich nicht auf Lager." Frank räusperte sich noch einmal. „Abschließend habe ich mich noch kurz mit dem Schulleiter unterhalten, da meinte dieser Sieber, dass aus Johannas Zimmer eine PUMA-Sporttasche sowie Kleidung der Ermordeten fehlen. Wir konnten das natürlich nicht nachprüfen." Frank schwieg und legte die Hände zusammen.

„Danke für Ihren Eindruck", bemerkte der Hauptkommissar trocken. „Und aus der KTU, gibt es da was Neues?" Er drängte weiter, wollte jede Kleinigkeit wissen.

„Einiges", verkündete Kriminalkommissar Ludwig Zahn „Zunächst einmal, dass der Bischof mit 99-prozentiger Sicherheit tatsächlich mit einem Stahlseil ermordet wurde. Die Strangulierungen sind eindeutig. Das Sonderbare ist nur, dass wir in seinen Halswunden winzige Partikel von Hasenhaaren gefunden haben. Genauer gesagt, von Wildkaninchen."

„Wildkaninchen?", wiederholte Hagenkötter.

„Ja, Wildkaninchen!"

„Und wie kommen die dahin?"

„Wir vermuten, durch das Stahlseil der Würgeschlinge. Das Stück Papier mit der Papa-war-böse-Nachricht ist übrigens eine standard DIN A6 Karteikarte, wie man sie in jedem gut sortierten Schreibwarengeschäft kaufen kann. Die bringt uns nicht weiter."

„Okay Leute, wir haben noch nicht viel Belastbares. Vor einer knappen Stunde hat mich schon wieder der Polizeipräsident angerufen. Der macht jetzt ordentlich Druck und war nicht erfreut über unseren aktuellen Stand. Ich kann ihn ja verstehen, dem sitzt der bayerische Innenminister im Genick. Wir büßen mit unserer Mitarbeiterknappheit gerade für die Fehler der letzten erzwungenen Einsparungen, aber da hilft uns jetzt auch kein Jammern. Also, wo stehen wir? Ich versuche mal zusammenzufassen."

Hagenkötter warf einen langen Blick in die versammelte Runde. „Unser erstes Mordopfer, Johanna Sonnleitner, soll angeblich um den 20. August unter dubiosen Umständen aus der Santi-Figli-di-Dio-Schule verschwunden sein. Hier haben wir Klärungsbedarf. Am 26. August wird ihre Leiche im Linken Regnitzarm gefunden. Sie wurde erdrosselt, über einen längeren Zeitraum sexuell missbraucht und hat Crystal Meth genommen. Wer hat das Mädchen missbraucht und wer hat ihr die Droge besorgt? Ich wage zu behaupten: besorgt und verabreicht. Unter Johannas Fingernägeln haben wir Fremd-DNA gefunden, die wir aber noch nicht zuordnen können. Johannas Eltern fahren am 23. August wegen eines Trauerfalls angeblich nach Graz. Das müssen wir noch nachprüfen." Hagenkötters Blick wanderte zu Tina. „Einen Tag später verursacht Johannas Vater in Wien einen Verkehrsunfall. Frau Meisel, Sie wissen, was sie hier zu tun haben. Habe ich etwas Wesentliches vergessen?"

„Wir wissen nicht mit Sicherheit, wann und wo Johanna ermordet und wann ihr Leichnam in den Fluss geworfen wurde", ergänzte Tina.

„Das ist richtig", bestätigte ihr Chef, „und auch zu klären. Das heißt, wir müssen versuchen, Johannas letzte Tage vor ihrem Tod zu rekonstruieren. Weitere Anmerkungen?"

Allgemeines Kopfschütteln.

„Okay, dann der Fall des ermordeten Bischofs", fuhr Hagenkötter fort. „Zwei Tage nach dem Fund des Mädchens in der Regnitz, am 28. August, wird der römische Kurienbischof Carlo Eposito in der Nähe der Schleuse 100 mit einem Stahlseil erdrosselt. Dort trieb Johannas Leichnam im Fluss. Zufall? Wir wissen es nicht. Und das ist längst nicht alles, was sich unserer Kenntnis entzieht: Warum kam das Mordopfer nach Bamberg? Folgte er einer Einladung? Wenn ja, von wem? Vom Erzbistum oder von Santi-Figli-di-Dio? Wen hat er hier getroffen? Alle Vertreter des Erzbistums waren bislang unkooperativ." Hagenkötter malträtierte beim Gedanken an das unerfreuliche Treffen mit den Herren und der einen Dame seinen Schnauzer. „Erst heute kam bei meiner Sekretärin die telefonische Auskunft an, unser hiesiger Bamberger Erzbischof und sein Vertreter, der Diözesanrat, wären die letzten Tage auf Reisen gewesen und könnten daher natürlich keinerlei Hilfe zum Fall Eposito geben. Der restliche Haufen der erzbischöflichen Kleriker und Mitarbeiter scheint führungslos zu sein, ein gackernder Hühnerhaufen. Keiner will sich mit dem Mord ernsthaft befassen. Mir scheint, jeder hat Angst, zu viel oder das Falsche zu sagen. Am meisten verwirrt die Botschaft an der Leiche Epositos: *Papa era cattivo – Papa war böse*, wie unsere Frau Meisel so schnell übersetzt hat. Dazu ist uns bis heute nichts Gescheites eingefallen. Auch die Tatsache, dass der Mörder vermutlich den Bischofsring mitgenommen hat, stellt uns vor Rätsel. Wem von Ihnen dazu etwas Vernünftiges einfällt – Ratschläge und Tipps sind jederzeit herzlich willkommen."

Einige Kollegen von Tina machten sich eifrig Notizen, auch Franz Schmuck. Sie selbst hatte noch genug Vertrauen in ihr Gedächtnis.

„Leute, beide Fälle haben ein offensichtliches verbindendes Element. Wir haben gelernt, dass Johanna Sonnleitner, krankheitsbedingt und offenbar in guter Absicht ihrer Eltern seit diesem Schuljahr die Santi-Figli-di-Dio-Schule besucht hat. Wir wissen, dass der ermordete Bischof Mitglied dieser kirchlichen Institution war. Da läuten bei mir sämtliche Alarmglocken. Ich nehme meinen Hut, wenn die beiden Mordfälle nicht auf irgendeine Art zusammenhängen." Hagenkötters Tonfall war düster. „Wir wissen einfach zu wenig. Was hat Eposito nach Bamberg gebracht? Oder hat ihn der Vatikan hierhergeschickt? Falls ja, in welcher Mission? Als Mitglied der Päpstlichen Kommission zum Schutz Minderjähriger ..."

„Oder als Exorzist?", warf Tina ein.

„Oder als Exorzist?", wiederholte ihr Chef und stockte dann. „Jetzt überraschen Sie mich aber. Das müssen Sie mir erklären." Dabei fuhr er sich heftig in seinen Schnauzbart.

Tina fühlte sich in ihrer Haut nicht ganz wohl, da war sie jetzt etwas schnell vorgeprescht. Das durfte sie sich aber nicht anmerken lassen. Jetzt kam es darauf an. „Nun, das ist momentan nur eine Vermutung", gab sie sich arglos, „aber ich denke, wir müssen alle Möglichkeiten betrachten. Letztens habe ich mich abends hingesetzt und stundenlang das Internet bemüht, weil ich möglichst tief in die Biografie von Bischof Eposito eintauchen wollte. Dabei bin ich auf den Namen Gabriele Armoth gestoßen ..." Dann listete Tina kurz, aber eloquent, die wesentlichen Punkte ihrer Diskussion mit Franziska auf – natürlich ohne die Journalistin zu nennen. „Ich meine, kirchlicher Beauftragter zum Schutz Minderjähriger und Exorzismus schließen sich doch nicht aus. Beide Themen könnten sich sogar wunderbar ergänzen, zumindest aus klerikaler Sicht. Wir alle wissen, dass Johanna an einer seltenen Krankheit litt. Man muss nur daran glauben, dass sie vom Teufel besessen war – dann ist der Weg das Ziel, wie Konfuzius sagt. Ich nehme in Kauf, dass sich der eine oder andere von Ihnen bei meiner These an den Kopf greifen mag, aber können wir das mit Sicherheit ausschließen?" Tina sah in die Runde ihrer Kollegen. Keiner lächelte oder witzelte. Im Gegenteil, sie erntete sogar einen bewundernden Blick von Schmuck.

Hagenkötter sah sie verwundert mit großen Augen an. Dann, nach ein paar Sekunden, stand er auf und klatschte in die Hände. „Bravo, Frau Meisel", rief er begeistert, „das nenne ich Einsatz. Ein toller Gedanke. Klingt zunächst völlig abwegig, aber ... Da muss man erst einmal draufkommen. Leute, wir greifen die These bei unseren weiteren Ermittlungen auf. Gut gemacht. – Und jetzt geht's weiter. Aber mit Volldampf! Die Presse scharrt auch schon mit den Hufen, habe ich gehört. Ich weiß, dass ich viel erwarte, aber ich vertraue euch. Wir müssen und werden die Mordfälle aufklären. Wir schaffen das. Machen wir noch mehr Druck."

Erstkontakt

Samstag, 2. September

Luca di Rossi – nein: Lorenzo de Simione, er musste sich an diesen Namen gewöhnen – wusste, dass sein Chef schnelle Ergebnisse erwartete. Er war einfach ein ungeduldiger Mensch. Damit musste man leben und Lorenzo hatte sich damit arrangiert. Andernfalls lief man Gefahr, sehr schnell in Ungnade zu fallen, und das konnte ganz dumm ausgehen Die Ausläufer des Aspromonte sind weit, die Schluchten bizarr und tief. Wie leicht konnte man sich da verlaufen und sogar abstürzen ...

Francesco Nirta hatte ihm für seine Reise nach Bamberg diverse Namen und Telefonnummern mitgegeben. Marco Lignelli war einer der Kontakte. „Er ist in Plati geboren, kein Mitglied der Familie, steht aber in meiner Schuld", hatte Nirta gesagt. „Er wird dich kontaktieren, dir alles zeigen, was du sehen willst, und dir alles erzählen, was du wissen willst." De Simione wollte zuallererst die Örtlichkeit sehen, wo der Bischof sein Leben ausgehaucht hatte. So fiel es ihm leichter, sich in die Rolle des Mörders hineinzuversetzen. Er würde die Stelle hier am Fluss nochmals nach Sonnenuntergang besuchen. Dann herrschte eine hoffentlich authentischere Stimmung, eine Atmosphäre, wie sie zum Zeitpunkt des Mords an Carlo Eposito vorgeherrscht hatte. Er wollte die Lichtverhältnisse, die Geräusche der Stadt, das Rauschen des Flusses, das Leuchten des Monds und der Sterne inhalieren, um so das mögliche Vorgehen des Mörders zu erahnen.

Marco Lignelli war der Hausverwalter der Villa am Paradiesweg. Er hatte den Mafioso mit seinem blauen VW Tiguan am *Bella Calabria* abgeholt. Dann waren sie in seine Wohnung in der Gärtnerstadt gefahren. Er hatte für de Simione ein leichtes Pastagericht zubereitet. Nicht aus Höflichkeit, nicht aus Nächstenliebe. Der Killer hatte darauf bestanden. Er wollte sich ein Bild davon verschaffen, in welchen Umständen der Hausverwalter lebte. Und Hunger hatte er auch. Danach waren sie an den Regnitzarm gefahren.

Lignelli kannte den Mafioso nicht, hatte ihn vorher noch nie gesehen, aber er kannte den Ruf, der dem Killer vorausging. Der Anruf von Francesco Nirta war eindeutig gewesen: „Du kooperierst in allem. Ansonsten wirst du es bereuen." Lignelli wollte keinen Ärger mit de Simione und schon gar nicht mit dem Mafia-Clan. Seit dem Tag, als der Bischof den Exorzismus an dem Mädchen vollzogen und der arrogante Diözesanrat anschließend Unmögliches von ihm verlangt hatte, war er nur einmal in der Villa gewesen. Er fühlte sich dort nicht mehr sicher, irgendwie beobachtet. Am Anfang war es nur ein seltsames Gefühl gewesen, aber als er den durchschnittenen Maschendrahtzaun entdeckt hatte, war langsam eine alles lähmende Angst in ihm aufgekommen. Nicht dass er sich plötzlich körperlich bedroht gefühlt hätte, aber sein Wissen machte ihn angreifbar. In der Villa waren des Öfteren obskure Dinge geschehen, die keiner fremden Zeugen bedurften. Und ohne es zu wollen, war er nun zu einem solchen Zeugen geworden. Gut, er wusste, dass dieser Dr. Sieber und seine beiden verrückten Patres für das ganze Elend verantwortlich waren, genauso wie dieser adlige Diözesanrat, aber was auch immer sie veranstaltet hatten, er befürchtete, die ganze Scheiße ausbaden zu müssen. Immer war er der Idiot. Was, wenn all das jemals an die Öffentlichkeit gelangte? Er steckte da mitten drin. Und er hatte für den Fall der Fälle vorgesorgt. Wenn ihm persönlich etwas zustoßen sollte, würden Rädchen ineinandergreifen, von denen niemand etwas ahnte.

Aktuell aber profitierte er noch zu sehr von seiner Vereinbarung mit der Organisation. Monat für Monat gingen auf seinem Girokonto bei der Commerzbank in der Willy-Lessing-Straße 2.500 Euro ein. Für ihn war es leicht verdientes Geld, bar auf die Kralle sozusagen, ohne Steuerabzug. Wozu auch, es gab ja keinen Arbeitsvertrag, nur eine mündliche Vereinbarung mit Santi-Figli-di-Dio in Rom, die bisher Monat für Monat verlässlich eingehalten worden war. Sein Quasi-Monatsgehalt kam ebenfalls von einem Konto der Commerzbank Bamberg. Für die Bank nichts anders als eine monatliche interne Umbuchung, ein Dauerauftrag. Wem dieses wahrscheinlich gut gefüllte Bankkonto, von dem sein Salär überwiesen wurde, tatsächlich gehörte, wusste Marco Lignelli nicht, wollte es aber auch gar nicht wissen. Neugierde konnte gefährlich werden.

„Wo können wir ungestört reden?" Die Frage des Auftragskillers aus San Luca riss Lignelli aus seinen Gedanken. „Ich muss wissen, was vor dem Mord an Bischof Eposito passiert ist. Jedes Detail, jede Kleinigkeit."

„Ein paar hundert Meter flussaufwärts von hier gibt es einen Park mit vielen Bänken, direkt an der Regnitz. So heißt der Fluss. Dort können wir reden. Es sind nur ein paar Minuten zum Gehen." Lignelli und der Mafioso setzten sich in Bewegung.

Als sie an der Schleuse 100 vorbeikamen, zeigte der Hausverwalter die Stelle, wo die Leiche von Johanna Sonnleitner gefunden worden war. De Simione brauchte ein paar Minuten, um die Örtlichkeit geistig in sich aufzunehmen, dann liefen beide in den Theresienpark hinein, den Freiherr Stephan Nikolaus von Stengel Anfang des 19. Jahrhunderts mit verstreuten Denkmälern und Pavillons zu einem Landschaftspark nach englischem Stil hatte anlegen lassen. Die beiden Männer gingen schweigend nebeneinander her. Lignelli zog eine Tic Tac-Box aus seiner Hosentasche, öffnete sie und schmiss sich fünf Fresh Mint-Dragées ein. Dann passierten sie das alte Hainbad am Fluss.

„Es ist schön hier", merkte de Simione an, „aber es wird Zeit, endlich zu hören, was passiert ist."

„Die nächste Bank gehört uns", beruhigte ihn Lignelli.

Doch die nächste Bank war besetzt, zwei Rentnerinnen um die 80 hatten sich darauf niedergelassen, ihr Strickzeug ausgebreitet und unterhielten sich über die hohe Politik.

„Also ich wähl widder die Merkel", sprach die eine, „den Schulz moch ich net, der schaut ja aus wie a Rotweinbruder, mit seim Zottlbart."

„Wie der Räuberhauptmann Hotzenplotz", kicherte die andere. „Und dass die Homosexuellen heiratn dürfn, da hat er a nix dagegen. Also frühers hätt's so was net gebn. Des is doch net normal. Odder?"

Marco Lignelli und Lorenzo de Simione gingen an den beiden Omas vorbei. Kaum waren sie vorüber, steckten die Rentnerinnen die Köpfe zusammen. „Hast etz den gsehn?“, flüsterte die eine der anderen ins Ohr.

„Wen? Den Hotzenplotz?“

„Alte Dolln! Ich maan den mit seiner Narbn im Gsicht. Der grod vorbeiganga is.“

„Gell, des war der Ribéry?“, flüsterte die andere zurück.

„Ribäri? Wie soll ich etz wissen, wie der haßt? Ich kenn doch den goar net!“

„Gschmarri! Ich maan doch den Ribéry vom FC Bayern.“

„Den kenn ich a net.“

Keine drei Minuten später ließen sich Lignelli und de Simione auf der nächsten Bank nieder. Der Mafioso griff sich eine Zigarette aus seiner Marlboro-Schachtel, bot seinem Landsmann ebenfalls einen Glimmstängel an und forderte ihn auf: „Erzähle!“

Lignelli hatte genügend Zeit gehabt, seine Gedanken vorzusortieren. Er griff wieder in seine Hosentasche, zog aber diesmal eine Tic Tac-Box Apple Mix heraus, dann begann er: „Bischof Eposito und der hiesige Diözesanrat waren ab morgens um 9 Uhr in der Villa, wegen des Seminars. Ich hatte zwar tags zuvor schon alles vorbereitet, aber der Diözesanrat hat mich angewiesen, für die Seminarteilnehmer noch Lunchpakete vorzubereiten. Die müssen natürlich frisch sein. Also war ich schon um 8 vor Ort. Dann bin ich in die Stadt gefahren. Um 17 Uhr war ich zurück, um im oberen Stockwerk, wo das Seminar stattgefunden hat, sauber zu machen.“

„Was für ein Seminar war das?“

„Ich komme gleich darauf zurück. Bitte lassen Sie mich der Reihe nach erzählen. Der Schulleiter, Dr. Sieber, seine beiden Patres und das Mädchen kamen um circa 19 Uhr. Da war das Seminar längst vorbei ...“

Lignelli erzählte flüssig und ausführlich. De Simione hörte aufmerksam zu. Ab und zu stellte er Verständnisfragen. Nach rund einer halben Stunde endete der Villenverwalter. „Das ist das

Wichtigste zu den Tagen vor dem Mord und alles, was ich über den Kurienbischof weiß", setzte er hinzu und steckte sich fünf Tic Tac auf einmal in den Mund.

Doch eine Sache, die ihn persönlich betraf, hatte Lignelli nicht verraten. Die ging den Mafioso absolut nichts an.

Der ehemalige Domspatz

Sonntag, 3. September

„Es fällt mir auch heute noch schwer, darüber zu sprechen." Georg Stallhuber rückte seine Brille zurecht und wischte sich nervös über seine Nase. Franziska Berger und er saßen ein wenig verloren im riesigen Joseph-Keilberth-Saal, der Konzert- und Kongresshalle Bambergs, die Platz für 1.400 Personen bot. Für seine Jann-Orgel mit 74 Registern und 5.830 Pfeifen war der Saal weitum bekannt.

Franziska hatte den Posaunisten der Bamberger Symphoniker vor zwei Tagen spontan um dieses Interview gebeten, hatte ihm am Telefon erklärt, worum es ging, und er hatte kurzfristig zugesagt. Vor 20 Minuten hatte sie den Bau mit der halbrunden, gläsernen Fassade an der Mußstraße 1 betreten und auf Stallhuber gewartet. Wieder ein Sonntag, wieder ein halber Tag ihrer Freizeit, den sie opferte, doch Franziska wollte in der Sache vorankommen. Von irgendwo aus der Nähe waren gedämpft die Schlussakkorde der weltberühmten Melodie des *Gefangenenchors* aus Verdis Oper *Nabucco* an ihre Ohren gedrungen. Kurz darauf war eine Tür hörbar ins Schloss gefallen und sie hatte Stallhuber gesehen, wie er aus dem Hegel-Saal trat, in dem die Symphoniker geprobt hatten. „Wir haben zwanzig Minuten Pause, dann muss ich wieder rein", hatte er hastig angemerkt, nachdem sie sich begrüßt hatten.

Nun saßen sie auf zwei hölzernen Klappsesseln in einer der letzten Sitzreihen und starrten auf die leere Bühne, die heute Abend bei der Aufführung der leidensvollen Gefangenschaft der Hebräer in Babylon wieder von dem berühmten Orchester bespielt werden würde.

Georg Stallhuber wirkte trotz seiner 57 Jahre deutlich jünger, was sicherlich auch an seiner schlanken Erscheinung und seinen modischen Klamotten lag. „Ich war von 1970 bis 1974 bei den Regensburger Domspatzen, nach dem Abi habe ich dann Instrumentalmusik an der Accademia Nazionale di Santa Cecilia in Rom studiert, eine der weltweit ältesten Musikinstitutionen." Er machte eine kurze Pause „Ich war zu der Zeit bei den Domspatzen, als der Bruder des ehemaligen deutschen Papstes Kapellmeister war. 30 lange Jahre hatte der das Amt inne, 30 Jahre zu viel. Um es vorweg zu nehmen: Er hat wenig bis nichts zur Aufklärung der damaligen Missbrauchsfälle beigetragen. Im Gegenteil, dieser Schläger und Choleriker war Bestandteil des Systems. Noch Jahre später hat er die Aufklärung des Skandals als *Irrsinn* bezeichnet. Natürlich hat er diese Äußerung sofort widerrufen, aber sie zeigt seine Einstellung. Ich erinnere mich genau, als mich im Speisesaal ein Domspatzen-Direktor wie besessen verprügelte, weil ich meinen Schweinebraten nicht ganz aufgegessen hatte. Georg Ratzinger saß daneben, sah zu und lächelte nur milde." Stallhubers Blick ging einen Moment lang ins Nichts, dann wandte er sich wieder Franziska zu. „Sie kennen sicher das Interview, das Ratzinger einer Passauer Tageszeitung gegeben hat. Das, in dem er zugibt, dass es schon mal Ohrfeigen gegeben habe, dass diese aber im Rahmen des Üblichen gewesen seien. Er hat da von Einzelfällen gesprochen, dabei gehörte damals bei uns der körperliche und sexuelle Missbrauch durch Priester und Lehrer zur Tagesordnung."

„Schrecklich", nickte Franziska.

„Stellen Sie sich einmal vor, dass ein Gutachter in nur acht Monaten in Regensburg viermal so viele Fälle von Missbrauch aufgedeckt hat wie das Bistum Regensburg in fünf Jahren. Die Kirche hat nur verzögert, verniedlicht und gemauert. Wenn der Abschlussberichts eines mit der Sache betrauten Rechtsanwalts aus diesem Sommer stimmt, wurden 500 Buben bis in die neunziger Jahre körperlich gezüchtigt. 67 wurden sexuell missbraucht. Nur 49 Täter konnten ermittelt werden." Der Musiker lehnte sich nach vorne, stützte seine Arme auf der Rückenlehne des Vordersitzes ab und bedeckte seine Augen mit den Händen. „Ich persönlich glaube, dass die Dunkelziffer noch viel höher liegt. Das sind die Fakten, Frau Berger. Und in dieser Kirche ist niemand geläutert, bemüht sich um Aufklärung oder darum, so etwas in Zukunft gar nicht erst passieren zu lassen."

Franziska nickte wieder, dann zückte sie Stift und Notizblock. „Aber nun sind Sie selbst, als ehemaliges Missbrauchsopfer, Mitglied in der Päpstlichen Kommission für den Schutz von Minderjährigen. Sie müssten doch heute genug Einfluss haben, um mit dafür Sorge tragen zu können, dass solche Fälle schneller aufgeklärt werden beziehungsweise sich idealerweise gar nicht wiederholen?"

„Ha! *War*, liebe Frau Berger. Die Betonung liegt auf *w-a-r*. Ich habe die Kommission vor vier Wochen aus freien Stücken verlassen. Und was meine Einflussnahme anbelangt ... vergessen Sie's."

„Sind Sie deshalb ausgetreten? Weil Sie keine Handhabe hatten, etwas zu verändern?"

„Die Kleriker wollen keine neuen negativen Schlagzeilen. Auch heute nicht. Nicht schon wieder. Alles schön unter den Teppich kehren, wie eh und je. Ich sage es ja: Ich habe nicht einen Kirchenmann kennengelernt, der ernsthaftes Interesse an Aufklärung oder Verbesserung gehabt hätte. Nehmen Sie diesen ermordeten Bischof Eposito. Im Grunde genommen waren er und sein klerikales Umfeld auch ein Grund für meinen Rücktritt."

„Inwiefern?"

„Nun, Sie werden vielleicht wissen, dass er auch der Päpstlichen Kommission angehörte. Schon lange im Vorfeld seines Besuchs hier in Bamberg habe ich ihm Vorschläge unterbreitet, welche Maßnahmen das Erzbistum Bamberg ergreifen könnte, um den Schutz hilfsbedürftiger Minderjähriger deutlich zu verbessern. Meine Kritik richtete sich explizit gegen die Organisation Santi-Figli-di-Dio, die dem Vatikan sehr nahesteht. Das wird Ihnen im Moment wahrscheinlich nichts sagen ..."

„Oh doch", widersprach die Journalistin, „auch die gleichnamige Schule hier bei uns in Bamberg ist mir ein Begriff. Sprechen Sie ruhig weiter."

„Genau um die Schule ging es in meinem Vorschlag“, wunderte sich Stallhuber, erzählte aber weiter: „Ich habe Beweise, dass an der Schule geradezu mittelalterliche Erziehungsmethoden vorherrschen. Erschreckend ist das. Also habe ich das Material weitergeleitet und dafür plädiert, dies zu ändern, im Mindesten, indem man einigen Lehrkräften die Erziehungserlaubnis entzieht. Die Reaktion von Bischof Eposito – und ich behaupte, dahinter stehen die Aussagen und Meinungen seiner hiesigen Helfershelfer – war gewaltig, um nicht zu sagen niederschmetternd.“

„Sie machen mich neugierig, Herr Stallhuber. Von welchen Helfershelfern sprechen Sie?“

„Oh, die Namen sind nichts für das Protokoll einer Journalistin.“

„Ich schreibe nicht darüber, wenn Sie das nicht wollen.“

„Versprochen?“

„Versprochen!“

Georg Stallhuber machte ein skeptisches Gesicht, dann schien er sich zu ein wenig Vertrauen durchzuringen. „Nun da ist zuallererst Diözesanrat Dr. Maria Ludwig von Sensheim, alter fränkischer Adel, gut betucht, einflussreich, guter Freund der Kirche, ebenfalls Mitglied von Santi-Figli-di-Dio. und der Mann genießt ungewöhnliche Privilegien am Domberg und er war ein enger Freund und Vertrauter von Bischof Eposito. An zweiter Stelle nenne ich den Leiter der Santi-Figli-di-Dio-Schule, Herrn Dr. Johannes Sieber, und es gibt noch andere an exponierter Stelle. Diese beiden müssten aber federführend auf den Schultern des Bischofs gesessen und ihm eingegeben haben, was er in Bamberg zu tun und zu lassen hat.“

„Was genau hat Ihnen der Bischof denn auf Ihre Vorschläge hin geantwortet?“

„Grob gesagt, dass ich keine Ahnung, keine stichhaltigen Beweise und schon gar keinen echten Einblick in die Lehrmethoden der Santi-Figli-di-Dio-Schule hätte. Meine Vorschläge würden, nach Abstimmung mit den anderen Kommissionsmitgliedern, keine Beachtung finden und ich möge doch in Zukunft darauf hinarbeiten, keinen derartigen Blödsinn mehr zu verzapfen.“

„Das wollten Sie sich nicht bieten lassen und haben hingeschmissen?"

„So ist es", bestätigte der Musiker. „So wie andere ehemalige Mitglieder der Kommission auch."

„Ach wirklich? Die da sind?"

„Peter Saunders zum Beispiel", gab Stallhuber zur Antwort, „ebenfalls ehemaliges Missbrauchsopfer." Der Posaunist warf einen Blick auf seine Uhr. „Saunders hat es zu Recht nicht vertragen, dass sich auch unser heutiger Papst mit Leuten umgibt, die selbst mit massiven Missbrauchsvorwürfen belastet sind. Gegen die sogar ermittelt wird! Es riecht im Vatikan wieder mal schwer nach Vertuschung. Das darf man einfach nicht mittragen."

Kurz war es totenstill im großen Konzertsaal.

„Ich müsste dann auch bald wieder, Frau Berger", meinte der Musiker und sah noch einmal auf seine Uhr.

„Noch eine Sache, Herr Stallhuber, können Sie sich vorstellen, wer Bischof Eposito auf dem Gewissen haben könnte? Und wissen Sie, wer ihn nach Bamberg eingeladen hat?"

„Also, soweit ich gehört habe, kam er auf Einladung von Santi-Figli-di-Dio nach Bamberg. Fragen Sie mich aber bitte nicht zu welchem Zweck. Und warum er umgebracht wurde – das habe ich mich auch schon gefragt, aber eine vernünftige Erklärung kann ich nicht anbieten. Irgendwie macht für mich sein Tod keinen Sinn. Na gut, ich habe natürlich nicht alle Informationen über ihn und auch nicht den Einblick, was sein unmittelbares Umfeld anbelangt. Wer weiß, was da alles hinter der Bühne abläuft. Es gibt da diese Gerüchte, aber das möchte ich, ehrlich gesagt, nicht weiterverbreiten."

„Gerüchte?", fasste Franziska trotzdem nach.

„Ich meine es ernst, Frau Berger, Halbwahrheiten will ich nicht weitergeben."

„Kommen Sie, geben Sie mir wenigstens einen kleinen Hinweis."

Stallhuber seufzte und sah an die Saaldecke. „Ich sage nur: Exorzismus", flüsterte er verbittert und stand dann auf. Er setzte an, Franziska zum Abschied die Hand zu reichen, zögerte aber noch einen Moment. „Es ist ein Jammer. Als Betroffener von Missbrauch brauchst du Jahre, um das Erlebte einigermaßen zu verarbeiten. Die Bilder von den geilen oder einfach nur brutalen Kirchendienern gehen dir einfach nicht aus dem Kopf. Du kannst nicht mehr richtig schlafen, wenn du dich an die Situationen von damals erinnerst, wenn die Kleriker in den Schlafsaal kamen und sich immer wieder ihre Lieblinge aufs Zimmer holten. Ich gehörte nicht dazu, was bei allem Schrecklichen noch mein großes Glück war, aber einige meiner damaligen Freunde. Heulend kamen sie in den Schlafsaal zurück, zitterten manchmal am ganzen Körper, sagten aber nie ein Wort Ich bekam ‚nur' meinen Anteil an den regelmäßigen Prügeln, aber auch das zehrt an der Psyche. Irgendwann lebt man in einem permanenten Zustand der Angst. Prügel im Namen Gottes."

Das Gesicht des Musikers war ein Spiegelbild seines Inneren: Trauer, Wut und Abscheu. „Dann, Jahrzehnte später, kommen alle diese Verbrechen ans Tageslicht. Du leidest noch immer, beziehungsweise schon wieder, weil jede Schlagzeile dich unweigerlich zurückwirft. Du willst, dass diese inzwischen alten priesterlichen Säcke für ihre Taten büßen, aber vor allem willst du, dass sich solche Dinge nicht wiederholen. Dann wirst du überraschenderweise in eine offizielle Päpstliche Kommission berufen, die neuen Missbrauch verhindern soll, schöpfst Hoffnung, dass sich endlich etwas zum Guten richtet, und musst sehr bald feststellen, dass doch alles nur eine Farce ist."

Franziska stand auch auf, hatte aber immer noch Stift und Block in der Hand. „Wie kamen Sie eigentlich da rein?", wollte sie wissen. „Ich meine, in diese Kommission? Haben Sie persönliche Beziehungen zum Vatikan?"

„Um Gottes willen, nein! Genau kann ich Ihnen das nicht sagen, offiziell hat mich nur meine Vergangenheit qualifiziert. Sehen Sie, ich bin nicht das einzige Missbrauchsopfer in der Kommission und habe, wie die anderen, die Verbrechen der Kirche in der Öffentlichkeit angeprangert, hatte dadurch also in den Augen der Kirche vielleicht genau die Glaubwürdigkeit, mit der sie sich gern schmücken wollten. Vielleicht wurde ich auch deswegen ausgewählt, weil ich eben nicht sexuell missbraucht wurde. Verstehen Sie, wer in exakt diesem Feld keine eigenen Erfahrungen einbringen kann, ist möglicherweise auch weniger kritisch. Wenn das die Erwartungshaltung, meine Person betreffend, war, hatten sie sich allerdings verspekuliert."

„Herr Stallhuber, ich weiß, Sie müssen wieder zu den Proben, aber ich kann Sie nicht gehen lassen, ohne nochmal auf das Thema Exorzismus zurückkommen. Sie sagten, das wären nur Gerüchte und Halbwahrheiten. Aber da ist doch sicher etwas dran? Hat der Ermordete als Exorzist gearbeitet und den Teufel ausgetrieben?"

„Tut mir leid, Frau Berger, unsere Zeit ist um. Zu diesem Thema kann ich Ihnen keine Auskunft geben, nur einen Rat: Stellen Sie dieselbe Frage dem Diözesanrat Maria Ludwig von Sensheim oder auch der Diözese in Wien." Mit diesen Worten machte sich der Musiker in Richtung Hegel-Saal davon.

„Kann ich Sie nochmals sprechen, falls nötig?", rief ihm Franziska hinterher. Doch Georg Stallhuber war schon aus der Tür verschwunden.

Das dritte Opfer

Montag, 4. September

Der prophezeite Wetterwechsel kam verspätet, aber umso heftiger. Am Sonntagspätnachmittag war es noch heiß, drückend und schweißtreibend. Die Freibäder meldeten Besucherrekorde, die fränkischen Bierkeller rund um Bamberg waren bis auf den letzten Platz belegt. Vor den Essens- und Getränkeausgaben bildeten sich lange Schlangen. Der Touristenstrom in der Altstadt war zum Erliegen gekommen. Nicht dass die Besucher abgereist wären, sie hatten sich nur jeden verfügbaren Platz, der einen Sonnenschirm oder sonst eine Überdachung sein Eigen nannte, geschnappt, hingen dort bei Aperol Spritz, Hugo, Weizen- oder Rauchbier in den Armlehnen der Gartenstühle herum und dösten halb vor sich hin. Bei vielen hatte sich der Alkohol schon in die Köpfe geschlichen, die bei der Hitze wie überreife Tomaten glühten.

Urplötzlich kam Wind auf. Viele der Touristen wurden überrascht, hätten es aber wissen müssen. Der Wetterdienst hatte oft genug vor Unwettern gewarnt. Innerhalb einer halben Stunde war das tiefe Stahlblau des Himmels verschwunden. Es hatte sich eingetrübt, eine Stimmung wie in Omas Waschküche herrschte nun vor, dunstig, aber immer noch heiß und drückend. Dann, wie auf ein geheimes Zeichen, verstummten alle Vögel. Die Natur gab nicht den kleinsten Laut mehr von sich. Nur die betüdelten Touristen krakeelten noch unter ihren Schirmen. Der Himmel über dem nahen Steigerwald färbte sich in ein finsteres Schwarzblau. Die ersten Blitze zuckten noch weit in der Ferne. Einige Besorgte beglichen ihre Rechnungen und begaben sich auf die Suche nach ihren abgestellten Fahrrädern. Ein paar heftige Windböen fegten schon durch die Gassen der Altstadt, wirbelten Staubfontänen und Plastiktüten in die Höhe und zerrten an den immer noch aufgespannten Sonnenschirmen.

Dann fielen die ersten dicken Regentropfen, die auf dem Kopfsteinpflaster in großen Blasen zerplatzten. Groß und schwer sammelten sie sich schnell in kleinen Bächen, die wütend in den Gullys der Altstadt gurgelten. Die Hagelkörner, die wenig später folgten, sprangen lustig auf den Straßen herum und brachten die Kälte mit sich. Innerhalb weniger Minuten sanken die Außentemperaturen rapide ab.

Das Sturmtief Olga brachte nicht nur Starkregen mit sich, sondern wütete auch in den Wäldern südlich von Bamberg. Hunderte marode Bäume knickten wie Streichhölzer, in der Stadt flogen abgedeckte Ziegel durch die Luft und die Feuerwehr rückte aus, um vollgelaufene Keller leer zu pumpen. Auch die Regnitz hatte ihren Charme verloren und sich in einen finsteren, brodelnden Sog verwandelt.

Am Montagmorgen hatte sich die Lage noch nicht wesentlich verbessert. Noch immer segelten tiefe, dunkle Wolken von Westen heran und schütteten ihr ergiebiges Nass über die ausgetrockneten Äcker und Felder. Die Einzigen, die sich über den Wetterwechsel freuten, waren die Landwirte.

Die Scheibenwischer des Audi Q3 fuhren regelmäßig über die Windschutzscheibe und schaufelten die Wassermassen beiseite. Kommissar Schmuck steuerte den Stadtteil Bug über die B22 an. Gerade überquerte er den Linken Regnitzarm. Im Radio lief ein alter Welthit von Tina Turner. „*You're simply the best … better than all the rest*", sang Schmuck mit und trommelte im Rhythmus mit seinen Daumen auf das Lenkrad. Kurz darauf setzte er den rechten Blinker und verließ an dieser Stelle den Münchner Ring. Nun lag sein Ziel, die Villa der kirchlichen Institution Santi-Figli-di-Dio, nicht mehr weit entfernt. Nur noch ein kurzes Stück befuhr er die Buger Straße und bog dann links in den Paradiesweg ein. Ob Marco Lignelli, der Hausverwalter, pünktlich sein würde?

*

Franz Schmuck hatte einen erfolgreichen Sonntag hinter sich, die Informationen, die er zusammengetragen hatte, konnten sich sehen lassen. Die beiden Patres der Santi-Figli-di-Dio-Schule, Ferdinand Klein und Friedhelm Rieder, waren auf einigen Polizeirevieren in Deutschland keine unbeschriebenen Blätter, wie er bei seinen Recherchen hatte feststellen müssen. Vor allem Pater Friedhelm hatte sich bislang nicht gerade dadurch hervorgetan, dem Vorbild Jesu Christi zu folgen. Das katholische Studentenheim, das er in Münster geleitet hatte und dies auf der Basis christlicher Grundwerte wie Nächstenliebe hätte tun sollen, hatte schon nach einem halben Jahr auf seine weitere Mitarbeit verzichtet. Den rund 80 Studentinnen gegenüber musste Pater Friedhelm wohl das Wort Nächstenliebe falsch verstanden haben. Jedenfalls hatte es reihenweise Beschwerden über unsittliche Annäherungen gegeben. Eine Studentin hatte sogar Anzeige erstattet, weil er sie mehr als ungewollt angefasst haben sollte. Es stand Aussage gegen Aussage. Das Verfahren war zwar aktenkundig, aber schließlich eingestellt worden.

Pater Friedhelm hatte es danach in den Osten verschlagen, an eine Privatschule in Brandenburg, deren Träger die katholische Kirche war. Dort lernte er Pater Ferdinand kennen, den Klassenlehrer der 8a am Mädchengymnasium Bertha-von Sutter in der Nähe von Babelsberg. Ferdinand und Friedhelm mussten sich von Anfang an sympathisch gewesen sein, hatten sie doch ähnliche Neigungen: Gelegentlichen lustvollen Abenteuern mit pubertierenden Teenagern, die gerade ihre ersten sexuellen Erfahrungen suchten, schienen sie offen gegenübergestanden zu haben.

Bei Schmucks Recherchen zeichnete sich irgendwann ein Muster ab: Die Schülerinnen, bei denen vermutet worden war, dass sie das Opfer von einem der Patres geworden seien, kamen fast durchweg aus sozial schwachen Familien. Und wenn das nicht der Fall war, gab es irgendeine andere Auffälligkeit im familiären Hintergrund, häusliche Gewalt zum Beispiel. Komischerweise gab es einige Berichte ihrer Vorgesetzten über die beiden Patres, die trotz der ständigen üblen Gerüchte in Sachen sexuellen Missbrauchs durchaus positiv ausfielen. Dazu kamen Aussagen von zahlreichen Schülerinnen und sogar Eltern, die den geistlichen Lehrkräften ihre Sympathie aussprachen. Wie Schmuck das sah, konnte es wohl nur daran liegen, dass Friedhelm und Ferdinand sich permanent und mit all ihnen zur Verfügung stehenden pädagogischen Kraft für gemeinschaftliche, vor allem außerschulische Unternehmungen eingesetzt hatten. Die von ihnen angeregten und organisierten Ausflüge mussten der Renner an der Schule gewesen sein.

Schmuck hatte es geschafft, von der aktuellen Schulleiterin des Gymnasiums eine Liste der vielen Tagesausflüge oder kleineren Studienreisen zu bekommen. Pater Ferdinand und Pater Friedhelm waren mit den von ihnen betreuten Schülerinnen durch die Parkanlagen von Schloss Sanssouci gestreift, sie hatten die Pfaueninsel erkundet und sich oft in Potsdam im Holländischen Viertel getummelt. Am beliebtesten waren wohl die Mehrtagesausflüge mit zwei, drei Übernachtungen gewesen. Nicht wenige Eltern waren regelrecht davon angetan gewesen, ihre widerspenstigen Teenager-Töchter für diese Zeit einem anderen Erziehungsberechtigten aufs Auge drücken zu können.

Drei Jahre lang war alles gutgegangen, bis eine Dreizehnjährige schwanger geworden war. Es hatte offenbar diverse Anstrengungen gegeben, den Skandal zu vermeiden, aber alle Drohungen, alle Gut-Wetter-Macherei der beiden Kleriker war umsonst gewesen. Mit einiger Befriedigung hatte Schmuck gelesen, wie die Eltern der schwangeren Schülerin einen Strafantrag wegen Verführung einer minderjährigen Schutzbefohlenen gestellt hatten. Verführung wohlgemerkt – von Missbrauch war keine Rede gewesen. Dann war seine kurze Befriedigung in Entsetzen umgeschlagen: Es war weder zu einem Zivilprozess noch zu einem Urteil gekommen. Kurz vor dem angesetzten Gerichtstermin hatten die Eltern ihre Anzeige zurückgezogen.

„Auch strafrechtlich kam nichts dabei herum", hatte ein Justizbeamter aus Brandenburg Kommissar Schmuck am Telefon mitgeteilt, „die beiden Angeklagten hatten einen hervorragenden Anwalt. Der hat es geschafft, nachzuweisen, dass die Jugendliche auch mit anderen Männern sexuelle Kontakte pflegte – angeblich sogar freiwillig, aber das will ich mir gar nicht so genau vorstellen – und dann war der Käse gegessen. Herr Klein und Herr Rieder haben eine Unterlassungserklärung unterschrieben, der zufolge sie mit der Schülerin jeglichen Kontakt abzubrechen hatten. Dass sie als Lehrkräfte für die Schule untragbar geworden waren, war natürlich klar, aber das war's dann auch. Wenn Sie mich fragen, Herr Schmuck, dann haben die beiden den Eltern des Mädchens ein ordentliches Schweigegeld bezahlt, damit die ihre Anzeige zurückziehen. Aber das war nicht nachweisbar. Wie gesagt, die beiden sind von der Schule geflogen, aber wo sie danach abgeblieben sind – keine Ahnung. Es gibt nur unbestätigte Gerüchte, nach denen sie sich nach Rom abgesetzt und da bei irgend so einer Organisation ins gemachte Nest gesetzt haben. Ach ja, noch einen interessanten Punkt gibt es bei der Geschichte." Schmuck hatte mit seinem Ohr am Telefon geklebt. „Weder Pater Friedhelm noch Pater Ferdinand war der Vater des später geborenen Mädchens. Ein DNA-Test hat ergeben, dass sich auch der eigene Vater an seiner Tochter vergangen hat."

*

Frank Schmuck hatte das Telefonat mit dem Kollegen aus Brandenburg kaum verdaut, da war Frau Kasperbauer mit ihrer Tochter Rosalinde vor seinem Schreibtisch gestanden.

„Margaretha Kasperbauer“, hatte sie sich kurz vorgestellt. „Meine Tochter Rosalinde“, hatte sie ergänzt und eine übergewichtige Zwölfjährige in den Vordergrund geschoben. „Sie hatten angerufen und um ein gemeinsames Gespräch, die Schule betreffend, gebeten. Worum geht es denn? Geht es um den Schulausflug in die Fränkische Schweiz?“

Schmuck hatte sich schwergetan, seine Irritation über das resolute Auftreten der Frau nicht zu zeigen und etwas überrumpelt hochgesehen.

„Ein Kollege von Ihnen hat uns Ihr Büro gezeigt“, war die Erklärung der adretten Mitdreißigerin zu ihrem plötzlichen Auftauchen gewesen, die im Gegensatz zu ihrer Tochter rank und schlank war, ja auf ihren Rippen wirklich kein Gramm Fett vorzuweisen schien.

„Ist schon okay“, hatte sie der Kriminaler beschwichtigt. „Schön, dass Sie mit Ihrer Tochter so schnell vorbeikommen konnten. Wollen Sie sich nicht setzen?“ Schmuck hatte auf zwei Stühle vor seinem Schreibtisch gedeutet. „Darf ich Ihnen etwas zu Trinken anbieten? Ein Wasser, einen Kaffee, eine Limo für Ihre Tochter?“

„Wir wollen hier keine Wurzeln schlagen. Hat Rosalinde etwas ausgefressen?“, war Frau Kasperbauer gleich auf den Punkt gekommen, hatte ihre Tochter dabei schützend in die Arme genommen und den Kommissar angriffslustig angeblickt.

„Nein nein, keinesfalls, im Gegenteil, Rosalinde könnte uns helfen, einen gewissen Sachverhalt zu klären.“

Dann hatte Schmuck Rosalindes Mutter genau diesen Sachverhalt erklärt. Die Tochter hatte keinen Mucks gesagt, nur angespannt gelauscht.

„Und damit, Frau Kasperbauer, steht eine Aussage im Raum, die wir gerne hinterfragen möchten. Wenn Sie verstehen?“

Frau Kaperbauer hatte ermutigend ihren linken Arm um die Schultern ihrer Tochter gelegt und ihr Kind dann mit einem liebevollen „Rosalinde?“ zum Sprechen aufgefordert.

„Wir saßen alle im Bus“, hatte diese leise begonnen, „und haben auf Johanna gewartet. Pater Friedhelm wollte unbedingt los. Er hat selbst gesagt, dass Johanna sicher nicht mehr kommt. Ein paar der anderen wollten aber noch warten. Also haben wir gewartet und saßen vielleicht noch so zehn Minuten im Bus rum. Oder länger. Ich weiß nicht mehr genau, es war so langweilig. Und dann hab ich zu Pater Friedhelm gesagt, dass er vielleicht recht hat und Johanna nicht mehr kommt.“

„Woher hast du gewusst, dass Johanna nicht mehr kommt?“

„Das hab ich nicht gewusst. Ich hab es doch nur vermutet.“

„Das verstehe ich nicht, Rosalinde“, hatte Schmuck nachgebohrt. „Uns hat der Pater erzählt, dass Johanna dir ganz persönlich gesagt haben soll, dass sie doch nicht mitfahren darf.“

„So ein Blödsinn“, hatte sich die bisher so ruhige Rosalinde sofort aufgeregt. „Wie soll ich das denn gewusst haben? Ich hab Johanna doch gar nicht mehr gesehen, bevor wir gefahren sind. Wann soll sie mir das denn erzählt haben?“

„Wann hast du denn Johanna das letzte Mal gesehen?“

„Als ihre Eltern sie zurück zur Schule gebracht haben. Das war ein Samstag. Wir haben ganz kurz auf dem Pausenhof geredet und ich hab ihr erzählt, dass wir am Montag in die Fränkische Schweiz fahren. Das war alles.“

„Und daran kannst du dich genau erinnern?“, hatte sich Schmuck versichert.

„Ja klar. Als wenn's gestern gewesen wär.“

„Prima, du hast uns sehr geholfen. Und Danke, Frau Kasperbauer, das war‘s schon. Nochmals vielen Dank, dass Sie so kurzfristig kommen konnten. Wobei, eine Frage hätte ich noch – hat aber mit unseren Ermittlungen nichts zu tun. Rein private Neugier. Sagen Sie, warum besucht ihre Tochter eigentlich diese Schule? Mir scheint, Rosalinde ist ein ganz pfiffiges Mädchen.“

Frau Kaperbauer hatte darauf tief und hörbar durchgeatmet. „Rein private Gründe“, hatte sie dann gepresst von sich gegeben. „Aber wenn die Polizei fragt: Ich habe mich – die Gründe lass ich hier mal weg – vor Jahren von meinem Mann getrennt. Das hat

Johanna seelisch schwer getroffen. Sie hat die Trennung regelrecht in sich hineingefressen. Meine Tochter entwickelte sich zu einem Moppelchen, wie wir Franken sagen. An ihrer alten Schule kam da erst der Spott und später schlimmes, ernstzunehmendes Mobbing. Ich musste handeln. Eine echte Alternative zum Schulwechsel habe ich nicht gesehen. Und die Santi-Figli-di-Dio-Schule bietet zusätzlich Hilfe bei allen möglichen Problemen der Schüler, eben auch seelisch. Aber wir hoffen, dass wir Rosalindes Problem anderweitig in den Griff bekommen. Nicht wahr, mein Schatz?" Rosalinde hatte zu den Worten ihrer Mutter nur stumm zu Boden gesehen. „Johanna ist seit einiger Zeit in psychiatrischer Behandlung und macht schon gute Fortschritte."

Als die Kasperbauers sein Büro wieder verlassen hatten, war sich Franz Schmuck sicher gewesen: An der Glaubwürdigkeit der Aussage von Rosalinde gab es in seinen Augen keinen Zweifel. Das hatte ganz anders geklungen, als Pater Friedhelm es erklärt hatte. Hagenkötter würde sich die beiden Lehrkräfte nochmal vornehmen und die Daumenschrauben deutlich anziehen müssen.

*

An der Villa stand das massive gittereiserne Tor offen. Auf dem Parkplatz direkt neben dem Hauseingang stand ein dunkelblauer VW Tiguan. Lignelli war also schon da. Der Kiesweg glänzte und knirschte, als der Kommissar seinen Q3 durch die Toreinfahrt lenkte und neben dem Tiguan abstellte. Es regnete noch immer und Schmuck fluchte, da er keinen Schirm dabei hatte. Er löste den Sicherheitsgurt, öffnete den Wagenschlag und spurtete zur Haustür. Sie stand halb offen. Hatte Marco Lignelli ihn schon kommen sehen und bei dem heftigen Regen vorsorglich die Türe geöffnet?

Schmuck klopfte kräftig an den alten Türrahmen und betätigte zusätzlich den Klingelknopf. Im Innern der Villa ertönte ein unüberhörbares *Ding-Dong-Dang*. „Herr Lignelli? Herr Lignelli, sind Sie im Haus? Kann ich reinkommen?", rief Schmuck in den

Flur. Er erhielt keine Antwort und öffnete die Haustür bis zum Anschlag. Dann rief er nochmals: „Herr Lignelli, Kommissar Schmuck hier, von der Kripo Bamberg. Wir hatten für zehn Uhr einen Termin vereinbart."

Er lauschte. Es blieb still. Von irgendwo her dudelte nur ein Radio: „Antenne Bayern, wir lieben die Hits." Rechts neben dem Kommissar wand sich eine verschnörkelte Holztreppe in das obere Stockwerk. Am Ende des kurzen Flurs im Erdgeschoss schien Tageslicht durch eine Tür aus Butzenglas mit bunten kirchlichen Motiven. Der Kripobeamte zögerte zunächst, dann setzte er Schritt vor Schritt und öffnete die Butzenscheibentür. Auf der rechten Seite ging es in einen großzügigen, luxuriös ausgestatteten Wohnbereich mit schweren, schwarzen Ledersesseln, der linksseitig in eine moderne, offene Küche überging. „Herr Lignelli?"

Obwohl Marco Lignelli anwesend war, konnte er den fragenden Rufen des Kommissars nicht mehr antworten. Seine Unterschenkel ragten hinter einem mahagonifarbenen Küchenblock hervor. Bis zu den Knien waren die Beine einer schwarzen Jeans zu sehen, an den Füßen leuchteten rote Adidas-Sneaker. Auf dem weißen Fliesenfußboden lagen allerlei Küchenutensilien herum: Kartoffelschäler, Eierbecher, Siebe, Rührlöffel und anderes Zeugs. Eine Schublade war halb aus ihren Scharnieren gerissen worden und hatte ihren Inhalt dabei verstreut. Eine Tic Tac-Box mit grünen Lutschdragées lag mitten in dem Sammelsurium. Dass der Mann am Boden tot war, war Kommissar Schmuck relativ früh klar, als er es endlich um den Küchenblock herum geschafft hatte. Um dies festzustellen, bedurfte es keines Experten. Seine Augen waren gebrochen und starrten zur Decke. Um seinen Hals wand sich ringförmig eine tiefe Wunde, blutig und dunkelblau bis lila verfärbt. „So eine Scheiße", fluchte der Kommissar. „Hagenkötter wird sich freuen." Dann griff er sich sein Mobiltelefon, wischte über die Glasfläche des Displays und tippte kurz auf *Kontakte.* Er wählte eine der eingespeicherten Telefonnummern aus und drückte das Symbol des grünen Telefonhörers. Es tat sich etwas im Äther.

„Hagenkötter. Was gibt's, Herr Schmuck?"

Heilloses Durcheinander

Montag, 4. September

Tina Meisel hing gerade am Telefon und sprach mit einem Kollegen der Kripo in Graz, als ihr Chef, wie von einer Meute Hottentotten gejagt, in das Büro stürzte. „Alle herhören! Schon wieder ein Mordopfer", posaunte er durch den Raum. „In der Villa am Paradiesweg. Offenbar hat es den Hausverwalter erwischt. Jedenfalls steht ein blauer Tiguan im Hof der Villa. Könnte der des Toten sein. Schmuck ist vor Ort. Spurensicherung, KTU, alle mitkommen, es gibt jede Menge Arbeit – verdammte Kacke. Dr. Stich ist auch schon auf dem Weg."

„Komme gleich", rief Tina ihrem Chef zu und deutete mit der freien Hand auf den Telefonhörer an ihrem rechten Ohr.

„Hallo, hören S' mich noch? Was is denn bei Eahna los?", wollte der Kripobeamte am anderen Ende der Leitung wissen. „Is bei Eahna der Dritte Weltkrieg ausi brocha?"

„Entschuldigen Sie, werter Kollege", konzentrierte sich Tina wieder auf ihr Telefonat. „Ja, könnte man fast so sagen, aber nicht der Ausbruch des Dritten Weltkriegs wurde eben gemeldet, sondern der dritte Mord innerhalb weniger Tage."

„Gehnga S', das is ja no vui schlimmer. Ja nocha. Ich hab Eahna ja eh scho alles gsagt. Also no amol: Es gibt koan Totn in der Familie Sonnleitner do heruntn bei uns in der Steiermark. Pfiadi und habe die Ehre, Frau Kollegin, immer zu Ihren Diensten. Wann S' nu was braucha, ja dann rufn S' halt an." Dann war die Leitung stumm. Der Grazer Kollege hatte sich verabschiedet.

Seine Aussage passte zum Bewegungsprofil des Mobiltelefons von Max Sonnleitner. Der hatte sich in dem Zeitraum seiner Abwesenheit aus Bamberg nicht in der Steiermark, sondern in Wien, und zwar hauptsächlich im 3. Gemeindebezirk, in der Ungargasse und in der Wollzeile aufgehalten. Dass in der Ungargasse 60 das historische *Imperial Riding School Renaissance Vienna-Hotel* lag, fand Tina schnell heraus, ebenso dass in der Wollzeile die Erzdiözese Wien beheimatet war. Dass die Sonnleitners erst am 28. August wieder nach Bamberg zurückgekommen waren, schien sich ebenfalls zu bestätigen. Jedenfalls waren von Sonnleitners Mobiltelefon gesendete Signale am frühen Morgen wieder von Bamberger Funkzellen empfangen und einwandfrei decodiert worden. Rekonstruieren ließ sich auch, dass Max Sonnleitner Dr. Sieber am Telefon gesprochen hatte. Überhaupt hatten die beiden während des Aufenthaltes der Sonnleitners in Wien häufigen Telefonkontakt gehabt. Und eine weitere Bamberger Nummer hatte Max Sonnleitner ebenfalls aus Wien angerufen. Sie gehörte dem Diözesanrat Maria Ludwig von Sensheim. Tina erinnerte sich sofort an den Namen, den ihr Franziska gestern Abend genannt hatte.

*

Der Streifenwagen jagte mit 80 Stundenkilometern, eingeschaltetem Martinshorn und Blaulicht durch die Straßen der Stadt. Es war nicht weit bis zur Villa und sie mussten nicht durch die enge Altstadt. Der Regen hatte etwas nachgelassen, aber die Sonne hielt sich immer noch hinter einer geschlossenen Wolkendecke versteckt. Hagenkötter trieb das Polizeifahrzeug auf 100 km/h, als sie die Nürnberger Straße stadtauswärts fuhren. Genau wie Kommissar Schmuck eine Stunde vorher bog er rechts auf die B22 ab und beschleunigte abermals. Die rechte Hand am Steuer, die linke an seinem Schnurrbart lauschte er dem Bericht seiner Mitarbeiterin.

„Der Sieber hat uns neulich tatsächlich von vorne bis hinten angelogen“, machte sich Tina Luft, der noch Franziskas Neuigkeiten vom Vortag durch den Kopf geisterten. „Nicht nur, was sein Verhältnis zu dem ermordeten Bischof betrifft, sondern auch über seine Kommunikation mit der Familie Sonnleitner.“ Dann erzählte die Kommissarin ihrem Chef, was sie von dem Grazer Kollegen erfahren hatte und welches Bild die Auswertung von Max Sonnleitners Mobiltelefon ergeben hatte. Die beiden Mordfälle, die sie an der Backe hatten, arteten mittlerweile in ein heilloses Durcheinander aus. Und nun hatten sie es auch noch mit einem dritten Toten zu tun.

„Haben Sie die Sonnleitners schon vorgeladen?“

„Ja, die sind morgen um neun Uhr bei uns im Büro. Der Hausarzt hat grünes Licht gegeben.“

„Sehr gut, wir werden uns zuerst die beiden vornehmen und danach nochmal diesen Schulleiter. Laden Sie den Sieber auch für morgen früh vor, gleich um halb zehn.“

„Da werden wir mit den Sonnleitners aber voraussichtlich noch nicht fertig sein?“

„Ich weiß. Der Sieber muss dann eben so lange warten. Ich möchte, dass die drei keine Chance haben, sich zwischen den beiden Gesprächen mit uns auszutauschen beziehungsweise abzustimmen.“ Hagenkötter zwirbelte seinen Schnurrbart. „Soweit gute Arbeit, Frau Meisel, und fragen Sie bitte in dem Wiener Hotel noch nach, von wann bis wann die Sonnleitners dort übernachtet haben. Am besten wäre die genaue Uhrzeit des Auscheckens.“

„Schon erledigt“, meinte Tina. „Mit der Wiener Diözese zu sprechen, würde ich mir aber für den Moment noch sparen. Die werden uns sowieso nicht verraten, worüber sie mit den Sonnleitners gesprochen haben.“

„Das sehe ich genauso. Übrigens, wir sind gleich da. Können Sie bitte die Koordinierung der Einsatzkräfte hier draußen übernehmen? Und schicken Sie mir sofort Dr. Stich rein, sobald er angekommen ist. Außerdem will ich hier auf dem Gelände der Villa keine Presse sehen. Ach, noch ein Punkt: Können Sie bitte im Kommissariat anrufen? Jemand soll sich um die detaillierte Vita unseres dritten Mordopfers kümmern.“

„Geht klar, Chef. Mit meinem Bericht bin ich zwar noch nicht ganz fertig …“

„Erzählen Sie mir den Rest auf dem Heimweg. Außerdem, den gibt es ja noch schriftlich?“

„Ja klar.“

„So, jetzt muss ich mich zuerst um dieses heillose Durcheinander hier kümmern.“

Als sie auf das Grundstück der Villa fuhren, stand Franz Schmuck vor der Haustür und erwartete sie bereits. Auch das Einsatzfahrzeug der Spurensicherung war knapp vor ihnen durch das offene Tor gefahren. Die Männer und Frauen der Spusi stiegen gerade aus, luden ihre Utensilien aus dem Kofferraum und machten sich auf den Weg zum Eingang. Ein Porsche Cayenne bildete den Abschluss der kleinen Kolonne. Professor Franziskus Stich grüßte aus dem offenen Fenster. „Sie sind zwischenzeitlich mein bester Kunde, Hagenkötter", frotzelte er. „Wen haben wir denn heute? Schon wieder einen italienischen Kleriker?"

„Bei Italiener liegen Sie ganz richtig, Doc, aber zum Geistlichen hat er es noch nicht gebracht", rief Hagenkötter zurück, während er den Wagenschlag zuwarf und auf die Villa zulief.

Wie auf Kommando öffnete der Himmel wieder seine Schleusen und dicke Regentropfen hämmerten auf die Blechkarosserien der Fahrzeuge.

„Kein freundlicher Empfang", schimpfte der Rechtsmediziner und spurtete zum Hauseingang.

Tina stand unter den überdachten Stellplätzen. Sie ärgerte sich doch ein wenig, dass sie nicht mehr dazugekommen war, ihrem Vorgesetzten zu erzählen, dass sie auf die dubiose Person des Diözesanrats Maria Ludwig von Sensheim gestoßen war. Mit ihm hatte Max Sonnleitner von Wien aus mindestens ein Telefonat geführt.

Der rätselhafte Hausverwalter

Montag, 4. September

Marco Lignelli war für die Kripo Bamberg ein völlig unbeschriebenes Blatt. Seine Wohnung lag in der Gartenstadt, in der Färbergasse, unweit des Gärtner- und Häcker-Museums, einem typischen Wohnstallhaus aus dem 18. Jahrhundert. Als der Stadt Bamberg 1993 der Welterbe-Titel zugesprochen worden war, war auch die einmalige Kulturlandschaft der innerstädtischen Gartenflächen ein Bestandteil des städtischen Bewerbungskonzepts gewesen. Dass die Bamberger seit dem Spätmittelalter das Gebiet östlich der Regnitz intensiv zum Anbau von Rüben, Salat, Spinat, Kohlrabi, Kümmel und Zwiebeln genutzt hatten, war sicher kaum einem der zahllosen Touristen bekannt, die sich alljährlich in der Altstadt, um den Dom, das Alte Rathaus oder in Kleinvenedig verteilten. Mit den Sämereien der Nutzpflanzen hatten die Bamberger einst weitverzweigten Handel getrieben und wurden auch heute noch scherzhaft als *Bamberger Zwiebeltreter* betitelt. Für Marco Lignelli, den Mann aus Plati, dürften diese Tatsachen wohl kaum eine Rolle gespielt haben.

Dass auch er mit einer Würgeschlinge zu Tode stranguliert worden war, stand für Professor Stich nach einer kurzen Untersuchung ohne jeglichen Zweifel fest. „Der ist wahrscheinlich erst vor wenigen Stunden umgebracht worden", mutmaßte der Rechtsmediziner, „der ist ja quasi noch warm. Schauen Sie, die Totenstarre setzt gerade erst ein."

„Ein Zusammenhang mit dem Bischofsmord scheint sehr wahrscheinlich", meinte Kommissar Frank und sah sich nach seinen Leuten von der SpuSi um. „Der Mörder hat hier auch eine Nachricht hinterlassen. Schon wieder in italienischer Sprache. Wieder auf einem Karteikärtchen, wie wir es schon kennen: *Le bambine non sono le figlie dell'acqua,* zu Deutsch: Mädchen sind nicht die Kinder des Wassers. Ich fresse einen Besen mit Stiel, wenn das nicht ein Hinweis auf den Tod der jungen Sonnleitner ist. Kinder des Wassers ... ist doch eindeutig oder nicht?"

„Da könnten Sie recht haben, Frank", pflichtete ihm der Hauptkommissar bei. „Das hieße aber, dass alle drei Morde, inklusive dem an Johanna Sonnleitner, zusammenhängen. Habe ich es mir doch gedacht."

„Und der gemeinsame Nenner sollen die Nachrichten sein?", überlegte Franz Schmuck, der dem Gespräch zwischen dem Leiter der SpuSi und seinem Chef gefolgt war.

„Nun, der Bischof und unser Freund hier wurden beide mit einem Stahlseil umgebracht. Außerdem hinterlässt der Mörder geheimnisvolle Botschaften auf Italienisch. Eine davon verweist auf Johanna als Kind des Wassers", brachte Hagenkötter den Sachverhalt noch einmal auf den Punkt.

„Warum hat dann der Mörder bei Johanna Sonnleitner keine Nachricht hinterlassen? Stranguliert wurde das Mädchen doch auch."

„Ja, aber erstens wurde das Kind ohne Werkzeug erwürgt, zweitens wurde sie nackt ins Wasser geworfen – wo soll man da eine Nachricht hinterlassen? Und drittens: Wer sagt uns denn, dass wir es nur mit einem Mörder zu tun haben?" Hagenkötter zählte mit den Fingern die Fakten der Reihe nach auf. „Es würde mich nicht wundern, wenn der tote Lignelli auch Mitglied von Santi-Figli-di-Dio war. Immerhin hat er die Villa als Hausverwalter betreut. Vielleicht liegt hier der gemeinsame Nenner? Wenn meine Annahme stimmt, ist diese obskure Organisation Dreh- und Angelpunkt der ganzen Geschichte. Eine italienische Institution, die dem Vatikan nahesteht und in deren Reihen wir möglicherweise nach dem Mörder suchen müssen."

„Aber warum sollten die ihre eigenen Leute umbringen?", zweifelte Schmuck.

„Das ist es eben, was wir herausfinden müssen." Hagenkötter klang nicht gerade optimistisch, dann sprach er Gerhard Frank an: „Wenn ihr hier fertig seid, macht ihr euch dann gleich auf den Weg in die Färbergasse?"

Der zog die Augenbrauen hoch, lächelte aber. „Leute", rief er seinen Mitarbeitern zu, „ruft eure Frauen und Ehemänner an, heute bleibt die Küche kalt. Es geht anschließend noch in die Färbergasse." Wieder an Hagenkötter gewandt gab er allerdings zu bedenken: „Wir sind hier noch lange nicht fertig. Sollten wir es heute noch in die Gartenstadt schaffen, werden wir dort mit Sicherheit nicht alles erledigen können ... aber schauen wir erst mal, wie es uns zeitlich hier in der Villa ausgeht."

„Danke Kollegen." Hagenkötter wusste die Einsatzbereitschaft aller ehrlich zu schätzen. „Wenn ihr die Wohnung von Lignelli auf den Kopf stellt, achtet bitte besonders auf seine persönlichen Dokumente. Mich interessiert, ob er Santi-Figli-di-Dio-Mitglied war – und wer genau sein Arbeitgeber war. Irgendjemand muss ihn ja eingestellt haben und ergo für seine Dienste bezahlen, da wünsche ich mir einen konkreten Namen. Gibt es hier in der Villa eigentlich Spuren oder Hinweise, wie der Täter ins Haus kam, oder sonstige auffällige Besonderheiten?" Die letzten waren Routinefragen. Hagenkötter machte sich keine wirklich großen Hoffnungen.

„Gewaltspuren an Türen und Fenstern haben wir bisher keine gefunden", gab Frank zur Antwort, „Auffälligkeiten schon."

„Und die wären?"

„Der Lignelli scheint mir ein Fan von diesen kleinen Lutschdragées gewesen zu sein. Seine Hosentaschen waren voll mit kleinen Schächtelchen von diesem Tic Tac-Zeugs. Seltsam ist auch das Zimmer links, ganz hinten im Erdgeschoss. Da sind wir uns noch nicht ganz sicher, wozu dieser Raum überhaupt benutzt wird. Geht doch mal mit und schaut euch das an. Aber bitte zieht euch Schutzanzüge über. Ich möchte nicht, dass ihr den Raum kontaminiert."

„Geht schon klar", brummte Hagenkötter, „wir sind doch keine Anfänger. Kommen Sie, Schmuck, rein in das Ganzkörperkondom, sehen wir uns mal etwas um."

Es war ein rechteckiger Raum von rund 25 Quadratmetern am Ende des Flurs. Gleich daneben ging eine Tür in eine Art Hauswirtschaftsraum ab, der mit Eimern, Putzmitteln, Besen und Wischern vollgestellt war. Zwei Mitarbeiter der SpuSi sicherten gerade Fingerabdrücke an den zahlreichen Büchern, die auf einem Sideboard herumlagen, indem sie Kontrastpulver zerstäubten und die bewussten Stellen mit ihren Zephyr-Pinseln aus feinsten Glasfasern bewedelten.

„*Die böse Kraft von außen*", las einer einen Buchtitel vor. „Und hier: *Kunst des Exorzismus. Okkulte Mächte* ist auch dabei. *Hinausbeschwören des Bösen,* aber auch *Das Evangelium* oder ein Buch voller Psalmen können wir anbieten."

Hagenkötter und Schmuck traten in das Zimmer. In einer Ecke, längsseits der Wand, stand eine alte, wuchtige Lederliege mit Nackenstütze. Ihr braunes Büffelleder glänzte an manchen Stellen schon etwas speckig. Darüber kroch das magere Licht des regenreichen Tags durch ein rechteckiges Fenster mit leichten, schon etwas löchrigen Gardinenstores. Neben der Liege stand ein Stuhl mit geschwungenen Beinen. Auch er besaß eine lederne Sitzpolsterung. Ringsum waren alle vier Wände mit Heiligenbildern und sonstigen biblischen Szenen behangen: zwei Kinder, die in der Dunkelheit eines Waldes von einem Schutzengel über eine enge Brücke geleitet werden, darunter gurgelte das wilde Wasser eines tobenden Bergbaches, Jesus, der einem blinden Mann die Hand auflegt, Gottvater im Himmel, neben ihm der Heilige Geist in Form vieler Feuerszungen, der heilige St. Martin wie er seinen Mantel mit dem Schwert teilt und eine Hälfte einem frierenden Bettler reicht – und immer wieder die Jungfrau Maria mit dem Kind auf dem Arm. Neben den Büchern auf dem Sideboard standen zwei Schalen, die eine mit einer ölartigen Flüssigkeit, die andere mit Wasser gefüllt. Im Wasser lag eine kleine Bürste. Sie sah aus wie eine Mini-Toilettenbürste. Rechts neben der Eingangstür war ein Altar aufgebaut mit einem Betschemel am Boden. Ein Marienaltar: Maria mit dem Jesuskind stand in einer Nische, die in die Wand eingelassenen war. Sie lächelte milde und gnädig, doch ihre Augen funkelten wie dunkles Muranoglas. *Wenn ihr in Not seid, ruft mich an, ich werde euch helfen,* stand auf einem goldenen Kreuz, das das Jesuskind in Händen hielt.

„Mich laust der Affe. Mensch, Schmuck, erinnern Sie sich bitte: Hat die Kollegin Meisel letztens nicht während unserer Sitzung das Wort Exorzismus in den Mund genommen?" Hagenkötter konnte kaum glauben, was er da sah. „Was, wenn die das hier tatsächlich praktizieren?"

„Wer?"

„Wer? Oh, kommen Sie schon, Schmuck – die Leute von Santi-Figli-di-Dio, der Kurienbischof, die katholische Kirche, Teufelsaustreiber halt, ich kenne mich doch da auch nicht aus."

„Und wer sollen die vom Bösen Besessenen gewesen sein?"

„Das möchte ich auch gerne wissen."

„Glauben Sie tatsächlich, dass der Kurienbischof da involviert war?"

„Ausschließen will ich es nicht. Ich denke schon. Wir werden sehen, ob wir seine Fingerabdrücke hier drinnen finden."

„Fingerabdrücke haben wir massenweise“, meinte einer der beiden Spurensicherer, „da kommt noch jede Menge Auswertungsarbeit auf uns und die KTU zu.“

„Wie sieht es mit Haaren, Hautzellen, Blut, Speichel und dem anderen Kram aus?“ Hagenkötter fuhr sich leicht über den Schnauzer.

„Hautschuppen und Haare hauptsächlich“, nährte einer von Gerhard Franks Team die Hoffnungen des Hauptkommissars, „aber, wie gesagt, zur Auswertung kommen wir erst noch. Außerdem sind wir hier noch nicht fertig.“

„Übrigens“, fiel Kommissar Schmuck wieder ein, „draußen, im hinteren Teil des Grundstücks ist der Maschendrahtzaum der Länge nach aufgeschnitten. Vielleicht solltet ihr euch das auch mal ansehen.“

„Da hat der Dauerregen bestimmt schon alle Spuren verwaschen. Trotzdem, wir gehen nachher mal raus.“

„Danke euch, Leute.“

„Kommen Sie, Schmuck, wir gehen wieder nach vorne.“

„Na“, begrüßte sie Kommissar Frank wieder, „sind Sie auch der Meinung, dass sich da hinten das Hokuspokus-Zimmer befindet?“

„Aber Hallo“, nickte Hagenkötter eifrig, „da hatte der Teufel einen schweren Stand, bei so viel Frömmigkeit. Ist der Doc schon weg?“

„Ja, der ist schon abgedampft. Macht sich heute noch an die Obduktion, soll ich Ihnen ausrichten, sobald die Leiche bei ihm angeliefert wird und er die Unterschrift vom Staatsanwalt eingeholt hat. Und, haben Sie schon ein Gefühl?“

Hagenkötter verzog das Gesicht. „Ein Gefühl schon, aber immer noch kein Motiv. Seit ich vorhin die zweite Nachricht des Mörders gesehen habe, ist für mich ziemlich klar, dass alle drei Morde, zusammenhängen. Aber: Der rote Faden, uns fehlt noch der rote Faden. Das Warum. Das macht die Sache so schwierig. Im Moment habe ich das Gefühl, wir sehen den Wald vor lauter Bäumen nicht. Herr Schmuck, darf ich Sie bitten, nochmals mit dem Nachbarn droben am Paradiesweg zu sprechen?“

„Mit dem Toni seinem Vater, dem Schneiders Willi?“

„Ja, mit dem Vater von dem geistig Behinderten halt."

„Sag ich doch."

„Vielleicht fällt den Leuten noch etwas ein, was uns weiterhelfen könnte. Lassen Sie sich doch die kompletten Aufzeichnungen von diesem jungen Mann zeigen. Wer weiß, ob der nicht noch ein paar Überraschungen für uns parat hat." Hagenkötter begann, gedankenverloren einen kleinen Kreis zu drehen. „Ich meine, aus welchem Grund bringt man einen Hausmeister um? So wie ich Ihren Bericht verstanden habe, Schmuck, scheinen sich die Schneiders sehr dafür interessiert zu haben, was hier in der Villa ablief. Ich meine, wer schreibt sich schon minutiös die Autokennzeichen von allen Besuchern auf? Das kann doch nicht nur der Spleen dieses geistig behinderten, jungen Mannes sein oder? Da steckt doch mehr dahinter. Und wenn es wirklich nur die pure Neugier ist. Vielleicht haben Ihnen die Schneiders noch gar nicht alles erzählt, vielleicht haben sie etwas beobachtet, was ihnen nicht wichtig erschien, uns aber weiterbringen kann. – Andererseits, wer sagt uns denn, dass dieser Lignelli nur der Verwalter der Villa war. Vielleicht hatte der noch ganz andere Aufgaben in dieser schrägen Organisation oder ganz woanders ... Der Lignelli ist schon unser zweiter italienischer Staatsbürger, der tot ist. Mein Gefühl sagt mir, dass wir in einen italienischen Sumpf hineingestochen haben und noch nicht so richtig erkennen, welchen Schlamm wir da aufgewühlt haben. Einen Santi-Figli-di-Dio-Schlamm. Vielleicht steckt aber auch etwas viel Größeres dahinter, von dem wir noch gar keine Ahnung haben ..."

„Apropos Santi-Figli-di-Dio, Herr Hauptkommissar, ich wäre nicht überrascht, wenn sich die beiden Patres, Ferdinand und Friedhelm, im Fall Johanna Sonnleitner als Sexualstraftäter entpuppen würden." Dann erzählte Frank Schmuck seinem Vorgesetzten was er zwischenzeitlich Neues über die beiden herausgefunden hatte. „Und wenn es stimmt, dass sich die beiden für ein paar Jahre nach Rom verdrückt haben – ich muss das noch verifizieren –, dann zähle ich die beiden ebenso zu dem italienischen Sumpf, den Sie eben anzitiert haben. Womit wir noch drei lebende Vertreter dieses

Sumpfs direkt vor der Nase hätten: Bertone, der Fahrer des Bischofs, und eben die beiden Patres."

„Vielleicht kommen ja noch ein paar hinzu", orakelte Hagenkötter. Zu diesem Zeitpunkt konnte der Hauptkommissar nicht wissen, wie recht er haben sollte.

Gefragt – gesagt

Dienstag, 4. September

Die Unwetter der beiden Vortage hatten sich über Nacht weiter nach Osten verzogen. Die Mitarbeiter aus dem Bauhof der Stadt schwärmten aus und beseitigten abgerissene Äste, hie und da zersplitterte Ziegel, die der Wind von den Dächern gefegt hatte. Die orangefarbenen, kastenförmigen Kehrmaschinen mit ihren voluminösen Bäuchen und rotierenden Bürsten holten so manche Überreste kleiner Schlammlawinen aus den Ecken der Bordsteine. Bamberg war auf sieben Hügeln gebaut, da war einiges an Dreck in die Altstadt heruntergespült worden.

Nun zeigte der Himmel wieder ein gesundes Blau und die Sonne trieb die Temperaturen auf angenehme 26 Grad. Franziska saß an diesem Dienstagmorgen mal wieder im luxuriös ausgestatteten Büro ihres Chefs. Doch dieses Mal hatte sie um einen Termin gebeten. Sie hatte ein Anliegen.

Hühnertod war sichtlich aufgebracht. „Und seit wann recherchierst du auf eigene Faust? Warum weiß ich nichts davon?" Seine Kritik wirkte aufgesetzt, irgendwie gekünstelt.

„Ist doch egal", hielt ihm Franziska entgegen. „Sie sind es doch, der ständig nach auflagenträchtigen Schlagzeilen schreit. Von nichts kommt nichts. Wie wäre es, wenn wir in Kürze berichten könnten: *Fränkischer Tag-Reporterin hilft bei der Aufklärung des Bischofmords?* Sicher ein Grund, unsere Zeitung zu kaufen oder nicht?"

„Und du bist dir ganz sicher, dass es schon ein drittes Mordopfer gibt?"

„So sicher wie das Amen in der Kirche. Dank meiner exzellenten Beziehungen zu den hiesigen Polizeibehörden", setzte sie spöttisch hinzu.

„Warum gibt es dann noch keine offizielle Verlautbarung?"

„Die Kripo hat aus ermittlungstechnischen Gründen Nachrichtensperre verhängt. Am Tatort soll es Hinweise dafür geben, dass die katholische Kirche in die Mordfälle verwickelt ist, wenn nicht direkt, dann zumindest indirekt."

„Die Katholische Kirche!" Hühnertod war wach geworden. „Welche Hinweise?"

„Hinweise auf Exorzismen im Meditationszentrum von Santi-Figli-di-Dio am Paradiesweg."

Franziskas Chef hatte den Köder geschluckt. „Das wäre ja ein Ding! Okay, Franziska, du kriegst deine tägliche Kolumne. Wir ziehen die Sache ganz groß auf. Du bekommst freie Hand. Wie willst du die Kolumne nennen?"

„*Gefragt – gesagt*."

„In Ordnung. Unter einer Bedingung." Hühnertod hob einen fleischigen Zeigefinger. „Bevor die Entwicklung des Falls eskaliert, will ich rechtzeitig eingebunden werden."

„Ich verstehe – wegen der Schlagzeilen. Und der Auflagenquote. Versprochen."

*

Vom Tod Lignellis hatte Franziska von Tina erfahren. Die Kriminalerin hatte ihre Freundin noch am Montagabend auf dem Heimweg besucht. Zu viel war inzwischen passiert und am Telefon hatten sich beide nicht darüber austauschen wollen, diese eiserne Regel hatten sie von Anbeginn ihrer Zusammenarbeit fest vereinbart.

Nun mussten sie sich nur noch überlegen, wie Tina ihrem Vorgesetzten Hagenkötter etwas kommunizieren konnte, das Franziska herausgefunden hatte und das die Polizei noch nicht wusste. Die Sache mit Georg Stallhuber war so ein Ding. Er hatte Franziska den Namen Maria Ludwig von Sensheim genannt. Tina war überzeugt, dass der Diözesanrat als die rätselhafte Person infrage kommen könnte, die den ermordeten Bischof während seines Aufenthalts in Bamberg betreut hatte. Vor allem, nachdem sie den Namen auch bei Max Sonnleitners Telefonkontakten gefunden hatte. Sie glaubte einfach nicht an Zufälle. Der Hinweis von Stallhuber auf Exorzismus deckte sich mit den Funden, die Hagenkötters Team in der Villa gemacht hatte, die schiere Menge an Büchern zu diesem Thema sprach eine eindeutige Sprache. „Ich kann mich ja schlecht vor meinem Chef hinstellen und ihm sagen: Übrigens, Herr Hagenkötter, meine Freundin Franziska Berger – ihres Zeichens Reporterin – hat etwas herausgefunden, dem wir mal nachgehen sollten." Tina hatte den Kopf geschüttelt. „Sie müssen wissen, Franziska und ich haben eine Art Zusammenarbeit vereinbart – nennen wir es Gedankenaustausch über jede legale Grenze der Polizeiarbeit hinweg."

Franziska hatte Tina recht geben müssen. So waren sie auf die Idee mit der Tageskolumne *Gefragt – gesagt* gekommen.

„Alles Wichtige, was ich herausfinde, packe ich in diese Kolumne. Ich werde keine direkten Aussagen treffen. Eher schreibe ich im Konjunktiv oder lasse Fragen offen. Wir treffen uns ja weiter, da gebe ich dir dann die klaren Fakten. Deinem Chef musst du eben weismachen, dass du hervorragend zwischen den Zeilen lesen und richtig interpretieren kannst. Jedenfalls kannst du den Beitrag immer zum Anlass nehmen, um darüber mit deinem Chef und deinen Kollegen zu diskutieren."

„Was nimmst du als Aufhänger für die neue Kolumne? So ein regelmäßiger Text kann ja nicht nur auf aktuellen Mordfällen fußen", hatte Tina noch wissen wollen.

„Na, offiziell Aktuelles in und um Bamberg ohne Themenbeschränkung und die Meinungen von Leuten aus der Bürgerschaft, die ich zu den jeweiligen Themen interviewe. Natürlich sind die aktuellen Mordfälle zurzeit das heißeste Thema. Ich werde Hühnertod andeuten, dass ich in den Mordfällen auf eigene Faust recherchiert habe und auch weiter selbst ermitteln möchte. Idealerweise kann ich ihn sofort davon überzeugen, dass es von Vorteil wäre, wenn ich über Leute berichte, die zu den Mordfällen eine eigene

Meinung haben. Als ersten Gesprächspartner versuche ich den Diözesanrat von Sensheim zu bekommen. Mal sehen, ob es klappt."

„Und du meinst du kannst deinen Chef morgen wirklich davon überzeugen, dass du die Kolumne kriegst?"

„Ich weiß genau wie ich Hühnertod heiß machen kann. Auflagenquote ist das Zauberwort."

„Und wann würde der erste Beitrag erscheinen?"

„Wenn ich von Hühnertod das Okay bekommen habe, würde ich gleich von Sensheim anrufen. Kommt darauf an, wann er Zeit für mich hat. Geschrieben wäre das Ganze flott, am Tag nach dem Gespräch könntest du alles bei uns im *Fränkischen Tag* lesen. Und wenn an von Sensheim nicht gleich ranzukommen ist ... dann muss ich mir etwas anderes überlegen. Vielleicht ein Interview mit Dr. Sieber?"

⋆

Franziska hatte sich längst die Telefonnummer von Maria Ludwig von Sensheim, dem Ersten Vorsitzenden des Diözesanrates im Erzbistum Bamberg, besorgt. Das war gar nicht so einfach gewesen und hatte den Einsatz einer gehörigen Portion Charme bei diversen Mitarbeitern der Diözese erfordert. Nun tickerte der Verbindungsaufbau ihres Mobiltelefons. Dann ertönte das Freizeichen. Nach dem vierten Läuten meldete sich eine tiefe, samtene Bassstimme: „Von Sensheim, guten Tag."

„Guten Morgen, Herr von Sensheim, hier spricht Franziska Berger vom *Fränkischen Tag*. Entschuldigen Sie bitte, falls ich Sie gerade störe. Der Grund meines Anrufs ist, dass ich Sie hiermit höflichst um einen Interviewtermin bitten möchte."

„Worum geht es?"

„Wir planen in unserer Tageszeitung eine neue Kolumne, die sich mit aktuellen Themen in und um Bamberg befasst. Und wir wollen dazu Stimmen bedeutender Bamberger Einwohner einfangen. Derzeit spricht man ja fast ausschließlich über die Morde der letzten Tage. Das prominenteste Opfer ist natürlich der vatikanische

Kurienbischof, womit auch die heilige katholische Kirche schmerzlich betroffen ist. Sie haben mein tief empfundenes Beileid." Franziska war sich kurz unsicher, ob sie hier nicht zu dick auftrug, aber wenn es half, den Herrn Diözesanrat zu einem Gespräch zu bewegen, wollte sie es nicht an falschem Mitgefühl mangeln lassen. Am anderen Ende der Leitung herrschte Stille, also sprach sie schnell weiter: „In teils unwürdigem Schreibstil, wie ich finde, haben gewisse Kollegen von mir schon ihre wildesten Spekulationen und Vermutungen in die Welt gesetzt. Ich bin keine Freundin solcher Halbwahrheiten und unser verantwortlicher Redakteur denkt da gleich. Deshalb haben wir vom *Fränkischen Tag* beschlossen, diesem Wust aus halben Fake News eine starke Wahrheit entgegenzusetzen – aus dem Mund von honorablen Leuten, die nicht unmittelbar mit der Sache zu tun haben, aber genug Sachkenntnis und Lebenserfahrung mitbringen, um das jeweilige Thema aus ihrer Sicht eindrücklich beurteilen zu können. Sie wären unzweifelhaft unsere erste Wahl als Gesprächspartner in der tragischen Causa Eposito. Der Bamberger Öffentlichkeit sind Sie durchaus bekannt und genießen eine einwandfreie Reputation. Dazu kommt natürlich ihr Amt in der katholischen Kirche ... was meinen Sie, Herr von Sensheim?"

„Unter welchem Titel wollen Sie Ihre Kolumne denn veröffentlichen?", kam es nach einigen Sekunden weich aus Franziskas Mobiltelefon.

„Nun, der Fokus liegt, wie gesagt, auf den Interviews, also steht der Titel *Gefragt – gesagt* im Raum. In unserem Fall würde das wohl um den Untertitel *Morde in Bamberg* ergänzt werden."

Franziska spürte, wie von Sensheim am anderen Ende der Leitung mit sich rang. Sie wollte es schon mit noch mehr honigsüßen Worten zur Bedeutsamkeit seiner Person versuchen, da räusperte sich der Diözesanrat: „Also gut, ich erkläre mich dazu bereit, aber dann müsste es sehr kurzfristig mit einem Termin klappen, am besten noch heute. Morgen früh befinde ich mich bereits auf dem Weg zu meinem Weingut am Gardasee. Sie müssen wissen, ich bin Hobbywinzer und habe mir vor Jahren ein paar Hektar oberhalb von Bardolino gekauft." Sein sonorer Bass gewann bei diesem schnellen Themawechsel noch an wohliger Samtigkeit. „Nun geht es ja bald auf die Erntezeit zu und da muss ich mich einfach vor Ort mal umsehen und einige Dinge organisieren."

Franziska atmete erleichtert durch. „Das verstehe ich, Herr von Sensheim. Also von mir aus können wir uns gerne heute noch treffen. Sagen Sie mir eine Uhrzeit und einen Treffpunkt."

„Was halten Sie von 15 Uhr am Dom? Ich habe heute Nachmittag noch einmal im Erzbistum zu tun, müsste aber bis dahin fertig sein. Sitzungen, Sitzungen, Sitzungen", klagte von Sensheim. „Schon gestern den ganzen Tag! Also: 15 Uhr am Fürstenportal?"

„Perfekt, Herr von Sensheim, ich werde pünktlich da sein. Und vielen Dank."

Der Mann hätte Franziska gar keinen größeren Gefallen tun können. Ein Interview gleich heute noch, aber mit ein paar Stunden Luft, sodass sie noch genügend Zeit hatte, sich auf das Treffen vorzubereiten. Sie jubilierte innerlich. Und Hühnertod, der ihr tatsächlich auf den Leim gegangen war, hätte sicher auch seine Freude am Ergebnis ihrer Arbeit. Auflagenquote!

Die Sonnleitners

Dienstag, 5. September

Kommissar Frank und sein Team von der Spurensicherung hatten die Villa am Paradiesweg erst gegen 20 Uhr verlassen. Zu ergiebig war die Ausbeute an Fingerabdrücken und anderen Funden gewesen. Selbst dort, wo der Maschendrahtzaun durchschnitten worden war, hatten sie minimale Reste von Kunstfasern gefunden, die, vom Regen durchweicht, an einem scharfkantigen Stück des aufgeschnittenen Zauns geklebt hatten. So spät noch in die Wohnung von Marco Lignelli zu fahren, um dort mit der Arbeit zu beginnen, hatte keinen Sinn mehr gemacht.

Dafür standen sie allesamt am Dienstag, früh um acht Uhr, ausgeruht und motiviert in der Färbergasse, packten ihre Metallkoffer aus den Dienstfahrzeugen und öffneten Lignellis Wohnungstür. „Puh, hier drinnen stinkt's wie in einem Pumakäfig", kommentierte der Leiter der SpuSi, als er den ersten Schritt in die Wohnung setzte. „Leute, macht die Fenster auf."

Auch Kriminalkommissar Ludwig Zahn und seine Leute von der KTU konnten sich nicht über zu wenig Arbeit beklagen. Gerhard Franks Team hatte sie mit Material regelrecht zugeschüttet. Jetzt galt es vorrangig, Fingerabdrücke zu identifizieren und mit Dateien abzugleichen.

Kommissar Schmuck saß schon wieder im Wagen und fuhr zum Paradiesweg. Gestern hatte er den Schneiders Willi und seinen Sohn, den Toni, nicht mehr angetroffen.

Professor Franziskus Stich war in Erlangen noch mit der Fertigstellung des endgültigen „Obduktionsbericht Lignelli" beschäftigt. Stich schätzte den Todeszeitpunkt auf Montagabend zwischen sieben und acht Uhr 30.

Pünktlich um neun Uhr trafen Johanna Sonnleitners Eltern in der Kriminalpolizeiinspektion ein. Beide waren in Schwarz gekleidet. Irmgard Sonnleitner trug ein einfaches, ärmelloses Sommerkleid, das wie ein Sack an ihr hing. Ihre rotgeweinten Augen hatte sie hinter einer dunklen Sonnenbrille verborgen. Ihr Mann Max trug eine Jeans, dazu ein kurzärmliges Hemd. Sie sahen deutlich mitgenommen aus. Das war auch durchaus verständlich. Es gab kaum etwas Schlimmeres, als wenn Eltern ihr eigenes Kind zu Grabe tragen mussten.

Tina führte das Ehepaar in ein Vernehmungszimmer und versorgte sie mit Getränken. Im Raum auf der anderen Seite des Einwegspiegels stand Hauptkommissar Hagenkötter. Er wollte sich ein erstes Bild der Sonnleitners machen, ohne selbst gesehen zu werden. Er studierte das Ehepaar. Wie war ihr Auftreten? Wirkten sie nervös, ängstlich, unsicher, trauerten sie tatsächlich um ihr Kind oder steckten hinter dem Gram noch ganz andere Gefühle? Würden sie im Gespräch versuchen, ihm etwas vorzulügen, oder wären sie kooperationsbereit und mit der Wahrheit unterwegs? Er war sicher, er würde es schnell herausfinden.

Je länger er den beiden zusah, wie sie auf Tina mit den Getränken warteten, dabei an ihrer Kleidung nestelten und dann hastig, fast tollpatschig die ersten Schlucke Wasser tranken, desto klarer wurde sein Eindruck: Die Sonnleitners waren unsicher, sogar sehr nervös. Besonders Irmgard Sonnleitner. Sie schien das Selbstbewusstsein einer Feldmaus zu haben, über der ein Schwarm Habichte kreist. Man sah es ihrer Gestik an, aber auch ihrer Körperhaltung, wie sie zusammengekauert, mit hängenden Schultern auf ihrem Stuhl hockte. Das war mehr als nur Trauer. War das Ehepaar durch Dr. Sieber auf das Gespräch vorbereitet worden? Hatte er sie instruiert? Wie standen sie zu ihm? Was sie nicht wussten, war, dass das Bewegungsprofil des Mobiltelefons von Max Sonnleitner sie im Falle einer Lüge schnell verraten würde.

Um neun Uhr und zehn Minuten betrat der Hauptkommissar das Vernehmungszimmer und setzte sich neben Tina. „Sehr verehrte Familie Sonnleitner", begann er, „ich möchte Ihnen zuallererst unser Beileid zum Tod ihrer Tochter Johanna übermitteln. Auch uns trifft es immer wieder hart, wenn wir den gewaltsamen Tod eines so jungen Menschen aufklären müssen. Solche Fälle erschüttern uns tief. Ich weiß, Ihre Tochter hatte eine schwere, seltene Krankheit, aber umso wichtiger ist es, einem solchen Kind alle erdenkliche Liebe und Hilfe angedeihen zu lassen."

Die Sonnleitners nickten und unter der Sonnenbrille von Johannas Mutter rannen ein paar Tränen hervor.

„Nun, es ist das erste Mal, dass wir uns persönlich kennenlernen. Sehr spät, wie ich finde, aber wir mussten die Entscheidung ihres Arztes natürlich respektieren. Es freut mich, dass sich Ihre physische wie psychische Situation zwischenzeitlich wieder so stabilisiert hat, dass Sie uns ein paar Fragen beantworten können. Wir werden Sie in Ihrer Trauer auch nicht über Gebühr behelligen. Wenn es Ihnen zu viel wird, müssen Sie uns nur Bescheid geben." Hagenkötter setzte sich zurecht. „Ich weiß, dass Sie, Herr Sonnleitner, sich am 28. August kurz bei uns telefonisch gemeldet und die Identität von Johanna bestätigt haben."

„Ja, das habe ich." Max Sonnleitner flüsterte fast. Irmgard Sonnleitner schluchzte kurz auf.

„Glauben Sie uns bitte, wir haben Verständnis für ihre Trauer", bekräftigte Hagenkötter noch einmal ruhig. „Es muss schlimm sein, gerade erst einen Familienangehörigen zu Grabe getragen zu haben, nur um wenige Tage später vom Tod der eigenen Tochter zu erfahren. Das Schicksal ist oft ungerecht."

Johannas Mutter legte ihre Brille ab und fixierte mit ihrem Blick einen imaginären Punkt auf dem Fußboden. Ihre Hände hatte sie auf ihrem Schoß ineinander gefaltet und dicke Tränen kullerten ihr über die bleichen, eingefallenen Wangen. Sie ließ es einfach geschehen.

„Beginnen Sie, Herr Hauptkommissar", sagte ihr Ehemann mit monotoner, leiser Stimme, „stellen Sie Ihre Fragen. Aber vorher muss ich erklären, dass wir ausschließlich um unsere Tochter trauern. Es gibt keinen Trauerfall in unserer Verwandtschaft. Gottseidank nicht. Wir waren auch nicht in Graz, wie wir Herrn Dr. Sieber glaubhaft gemacht haben. Wir waren in Wien."

„Wie das?", fasste Hagenkötter nach und gab sich überrascht. Auch Tina hatte nicht mit dieser Aussage gerechnet.

„Wir planten, Johanna von der Schule zu nehmen und möglicherweise wieder nach Österreich zurückzukehren. Das wollten wir dem Schulleiter der Santi-Figli-di-Dio-Schule natürlich nicht auf die Nase binden und erfanden die Geschichte mit dem Trauerfall."

„Darf ich nachfragen, warum Sie Ihre Tochter von der Schule nehmen wollten?", schaltete Tina sich in das Gespräch ein.

„Johanna wollte nicht mehr." Max Sonnleitner seufzte. „Um der Wahrheit die Ehre zu geben, wollte sie schon eine lange Zeit nicht mehr. Schon sehr früh im Schuljahr hat sie uns gesagt, dass sie wieder nach Österreich zurück möchte."

„Hat sie Ihnen auch mitgeteilt warum?"

„Nicht wirklich, nein. Wir haben sie beruhigt, sie war ja erst ein paar Wochen bei Santi-Figli-di-Dio, wir waren der festen Überzeugung, das wären die üblichen Schwierigkeiten der Eingewöhnung an einem neuen Ort. Heute denken wir, dass es schwerwiegendere

Gründe gewesen sein müssen. Anfangs konnten wir Johanna noch gut überzeugen, abzuwarten. Wir sprachen mit Dr. Sieber. Der erklärte uns, dass sich unsere Tochter ganz toll in das Schulleben eingefügt hätte und auch überzeugende schulische Leistungen erbringen würde."

„War das für Sie nachvollziehbar?"

„Das mit den guten Noten und Beurteilungen stimmte. Zumindest was die erste Hälfte des Schuljahres anging. Johanna machte sich so viel besser als auf ihrer alten Schule. Alle unsere Gespräche mit ihren Lehrern waren gut –"

„Aber Johannas Abneigung gegen die Schule wurde immer stärker", unterbrach Irmgard Sonnleitner ihren Mann. Der sah sie nur kurz stumm an und sprach dann an Hagenkötter gewandt weiter: „Wir verstanden die Welt nicht mehr und drängten Johanna immer wieder, uns den Grund zu nennen. Aber wir kamen einfach nicht zu ihr durch. Sie verschloss sich, ließ uns nicht an sich heran. Und wenn sie doch einmal mit uns geredet hat, hatten wir immer das Gefühl, dass sie uns nicht die volle Wahrheit erzählte."

„Hatten Sie denn noch durchgehenden Kontakt mit Ihrer Tochter?", interessierte sich Hagenkötter.

„Am Anfang des Schuljahres häufiger. Wir merkten, dass Johanna einfach einige Zeit brauchte, sich einzugewöhnen. Als sie uns dann mit ihren schulischen Leistungen positiv überrascht hat, nahmen wir an, dass sie sich in ihr neues Umfeld erfolgreich eingelebt hatte, sich nicht mehr so fremd fühlte. Wir dachten, es wäre sogar besser, sie nicht mehr so oft nach Hause zu holen. Zum Schluss war sie nur noch einmal im Monat daheim. Was für eine Fehleinschätzung. Bis dahin hatte sie sich schon so stark verändert", gab Max Sonnleitner zu. „Irgendwie hatten wir sie verloren. Johanna wirkte meist komplett geistesabwesend. Dann hatten wir manchmal das Gefühl, als ob sie irgendetwas Spezielles vor uns verheimlichte, sich für irgendetwas schämte. Wir wurden aus ihr einfach nicht schlau – bis wir Georg Stallhuber kennenlernten."

„Wer ist das?", wollte Tina wissen und beglückwünschte sich im Stillen zu ihrer Zusammenarbeit mit Franziska, die den Musiker schon gesprochen hatte. „Und wie haben sie den Mann kennengelernt?“

„Da müsste ich etwas ausholen“, erklärte Max Sonnleitner.

„Tun Sie sich keinen Zwang an“, forderte ihn Hagenkötter auf, „wir haben Zeit.“

„Also“, Sonnleitner nahm einen Schluck Wasser. „Meine Frau und ich sind gläubige Katholiken. Wir waren glücklich, unsere Tochter auf dem katholischen Internat der Santi-Figli-di-Dio endlich in guter Obhut zu wissen. Als Johanna aber nicht aufhörte, uns zu bitten, sie wieder heim nach Österreich zu holen und von der Schule zu nehmen, holten wir uns kirchlichen Rat ein. Nicht hier in Bamberg, sondern in der Erzdiözese Wien. Schließlich wurde uns dort vor über einem Jahr der Schulwechsel nach Bamberg empfohlen.“ Johannas Vater fuhr sich hektisch mit einer Hand durch die Haare. „Wir hätten seinerzeit kritischer sein und uns umfangreicher über die Santi-Figli-di-Dio informieren müssen. Dieses Versäumnis müssen wir uns vorwerfen lassen. Wir hofften, in Wien eine ehrlichere Aussage zur Organisation und zu ihrer Schule zu bekommen.“

„Das heißt, Sie waren die ganze vorletzte Augustwoche in Wien“, hielt Tina fest.

„Genau.“

„Und wie kommt da nun der Herr ... Stall –“, setzte Hagenkötter nach.

„Stallhuber. Georg Stallhuber. Ich komme gleich darauf. Nun, bevor wir beschlossen, Johanna an der Santi-Figli-di-Dio-Schule anzumelden und von Österreich nach Strullendorf umzuziehen, gab es schon einige Gespräche mit der Diözese. Man hat uns die Schule in höchsten Tönen angepriesen. Wir glauben auch zu wissen, dass der Wiener Diözesanrat mit seinem Kollegen in Bamberg gesprochen und für Johanna ein gutes Wort eingelegt hat. Es war für uns fast selbstverständlich, erneuten Kontakt mit dem Bistum in Wien aufzunehmen, als wir uns mit dem ernsthaften Gedanken auseinandersetzten, in unsere österreichische Heimat zurückzukehren. Das war zunächst telefonisch.“

„Wann genau hatten Sie denn den ernsthaften Gedanken?“, wollte Hagenkötter wissen.

„Ich meine, das war Ende Juli. Jedenfalls erhielten wir aus Wien den telefonischen Rat, mit Herrn Georg Stallhuber in Bamberg ein Gespräch zu führen. Als Experte vor Ort, sozusagen. Bis dahin wussten wir gar nicht, dass es eine Päpstliche Kommission für den Schutz von Minderjährigen gibt und dass Herr Stallhuber Mitglied dieser Kommission ist. Wir fassten neuen Mut, kontaktierten Herrn Stallhuber und trafen uns mit ihm. Tja ...“ Max Sonnleitner machte eine kraftlose Handbewegung. „Umso überraschter waren wir, als uns der nette Herr seine Meinung über die Santi-Figli-di-Dio-Schule verriet. In Wien musste man ihn und seine Geisteshaltung offensichtlich völlig falsch eingeschätzt haben. Er ließ kein gutes Haar an der Schule in Bamberg. Von mittelalterlichen Erziehungsmethoden war die Rede. Er sprach von körperlichen Züchtigungen, konnte uns das aber nicht unmittelbar beweisen.“

„Haben Sie ihm geglaubt?“, hakte Tina nach.

„Nun ja. Wir waren ehrlich schockiert. Der Mann wirkte glaubhaft – aber was er da erzählte ... Er nannte eine Reihe von Lehrkräften, die mit fragwürdigen Methoden arbeiten sollten, und hob zwei Patres hervor, die schon wegen früheren Beziehungen zu Schutzbefohlenen mit dem Gesetz in Konflikt geraten waren. Wir waren regelrecht aus dem Häuschen. Herr Stallhuber sprach da vom Verdacht sexueller Verfehlungen. Offenbar wurden die beiden nie verurteilt, aber natürlich macht man sich so seine Gedanken.“

Frau Sonnleitner vergrub bei den Worten ihres Manns das Gesicht in ihren Händen und verharrte dann wieder reglos.

„Erinnern Sie sich, wann genau Sie mit Herrn Stallhuber gesprochen haben?“

„Erst nur per Telefon, am ersten August. Getroffen haben wir ihn drei Tage später in der Stadt. Insgesamt war das Gespräch für uns Bestätigung und Anlass genug, hier in Bamberg unsere Zelte kurzfristig wieder abzubrechen. Aber wir wollten endgültige Sicherheit für unsere Entscheidung. Also beschlossen wir, nach

Wien zu fahren. Wir wollten beide Seiten zu ihrem Recht kommen lassen und uns persönlich versichern, dass wir dieses Mal die richtige Entscheidung treffen, was Johannas Zukunft angeht."

„Und dafür haben Sie gleich eine ganze Woche angesetzt?" Hagenkötter schaute skeptisch.

„Nicht nur dafür. Ich wollte die Gelegenheit auch nutzen, mich bei verschiedenen Firmen zu bewerben und den einen oder andern Vorstellungstermin wahrzunehmen. Vor allem aber ging es uns um Johanna. Wir erhofften uns professionellen geistlichen Rat. Ein persönliches Gespräch ist immer besser als ein Telefonat, dachten wir uns."

„Und, haben Sie den bekommen, den geistlichen Rat?"

„Nun, nicht so richtig, zumindest nicht das, was wir uns erhofft hatten. Wenn ich ganz ehrlich bin: Wir waren ziemlich enttäuscht. Fast hatten wir den Eindruck, dass man es uns dort übelnahm, dass wir von der Santi-Figli-di-Dio-Schule wieder wegwollten."

„Wozu hat man Ihnen also geraten?"

Max Sonnleitner atmete tief durch, er musste sich sammeln. „Der Wiener Diözesanrat, einer unserer Gesprächspartner, kam ziemlich rasch auf den Punkt: Ob wir uns schon einmal ernsthaft gefragt hätten, woher die Krankheit unserer Tochter tatsächlich käme. Dann fing er wieder mit seiner alten Leier an, sprach vom Bösen, das in der Welt immer wildere Umtriebe veranstalte, von Luzifer, dem Teufel und vom ständigen Kampf der katholischen Kirche gegen satanische Besessenheit. Schließlich riet er uns, es mit einem Großen Exorzismus zu versuchen, und zählte viele erfolgreiche Beispiele auf."

„Wie haben Sie darauf reagiert?" Tina hatte sich in ihrem Stuhl kerzengerade aufgerichtet und Hagenkötter griff sich zum ersten Mal an diesem Tag aufgewühlt in seinen Schnauzer.

„Also ... wir haben natürlich zugehört. Wir wollten ja einen aufrichtigen Rat und das war es aus Sicht des Diözesanrats sicher. Am Ende des Gesprächs gab er uns die Telefonnummer seines Bamberger Kollegen, eines Maria Ludwig von Sensheim, bei dem wir uns zusätzlichen Rat einholen könnten."

„Haben Sie mit Herrn von Sensheim gesprochen?“, hakte Tina erneut ein.

„Ich habe ihn gleich von Wien aus angerufen, aber er hatte wenig Zeit. Ich solle mich bei ihm melden, wenn wir wieder in Bamberg zurück wären. Auch er war der Meinung, Probleme besprächen sich besser persönlich als am Telefon.“

„Erinnern Sie sich, Herr Sonnleitner, an welchem Tag genau Sie mit Herrn von Sensheim telefoniert haben?“, wollte die Kriminalerin nun wissen.

„Das war am 26. August, dem Tag, als unsere Tochter Johanna tot in der Regnitz gefunden wurde. Was für eine Ironie des Schicksals.“ Irmgard Sonnleitner war es, die den Kopf gehoben und gesprochen hatte.

„Um es kurz zu machen“, ergänzte ihr Mann, „es blieb dabei: Man schlug uns ernsthaft vor, es mit Exorzismen zu versuchen, um unsere Tochter zu heilen. Nun können Sie sich sicherlich vorstellen, warum wir so enttäuscht waren.“

„Herr Sonnleitner, wie kam es, dass Sie ihre Tochter bereits am 19. August zur Schule brachten, obwohl Sie erst am 23. nach Wien fuhren?“ Harald Hagenkötter wechselte das Thema.

„Ganz einfach: Wir wollten ursprünglich am 20. August fahren, aber Irmgard erlitt einen ihrer Migräneanfälle.“

„Setzt Ihnen das öfter zu?“, wagte Tina eine direkt an Frau Sonnleitner gerichtete Frage. Die nickte nur matt.

„Wussten Sie, dass für die anwesenden Schüler ein Ausflug in die Fränkische Schweiz anstand?“, setzte nun Hagenkötter nach. „Spielte das vielleicht auch eine Rolle?“

„Sie meinen den Ausflug, den die Patres Rieder und Klein organisiert haben?“

„Ja genau.“

„Nein, das spielte überhaupt keine Rolle.“ Johannas Vater schüttelte bekräftigend den Kopf. „Von dem Ausflug haben wir erst erfahren, als wir Johanna an der Schule abgegeben haben. Im Gegenteil, wir haben Dr. Sieber sogar noch schnell gebeten, Johanna von dem Ausflug zu entbinden. Wir hätten sie sonst doch mit auf die Reise nach Österreich genommen. Auch wenn das bedeutet hätte, dass nur einer von uns sich mit den Verantwortlichen der Diözese hätte treffen können und der andere sich derweil um Johanna kümmert."

„Niemals ... niemals wäre unsere Johanna mit diesen beiden mitgefahren." Irmgard Sonnleitner spuckte die Worte regelrecht hinaus.

Die beiden Kommissare wandten ihre Aufmerksamkeit sofort der Frau zu. „Wissen Sie mehr über die beiden Patres, als Sie uns bisher gesagt haben, Frau Sonnleitner?", wollte Tina wissen.

Doch Johannas Mutter war schon wieder in einen tranceähnlichen Zustand verfallen. Die nächsten Tränen quollen aus ihren Augen.

„Sollen wir vielleicht eine Pause machen?", fragte Tina sanft, aber Max Sonnleitner winkte ab. „Wir wollen das hier hinter uns bringen. Eine Pause macht es nicht leichter. Meine Frau ist der Meinung, dass die beiden Patres der eigentliche Grund dafür sind, warum Johanna von der Schule wegwollte."

„Welche Anhaltspunkte gibt es dafür?"

„Wir haben keine Konkreten. So sehr wir Johanna auch drängten, uns ihre Sorgen und Ängste mitzuteilen – wir haben ja schon gesagt, dass sie fast von Anfang an nur gemauert hat. Und das wurde mit der Zeit immer schlimmer. Sie hat sich in dem Jahr an der Schule sehr verändert. Die ersten Wochen war sie meist regelrecht euphorisch, wenn wir sie freitags von der Schule abholten, voller Tatendrang. Aber schon da wurde sie sehr offen traurig, je näher der Montag rückte. Später dann verfiel sie in regelrecht depressive Zustände, am Schluss war sie so extrem schnell gereizt, teils aber auch völlig apathisch", beschrieb Max Sonnleitner die Zustände seiner Tochter. „Sie wollte nicht zurück in die Schule. Wir haben das viel zu lange für etwas eigentlich Normales gehalten, haben gedacht, das wären die ersten Anzeichen der Pubertät, dieser Unwille zur Schule zu gehen und zu lernen ..." Er legte beide Hände vor sich auf den Tisch und schwieg kurz. „Irgendwann wollte sie an den Wochenenden nicht mehr mit uns kommen. Sie lehnte die Schule immer noch ab, aber zuhause war sie auch nicht glücklich. Sie wollte unsere Gesellschaft nicht."

„Wie sind sie damit umgegangen?"

„Wir waren verletzt, wir haben sie doch eh nur noch so selten gesehen. An den Montagmorgen konnte sie es manchmal kaum erwarten, bis wir sie wieder zur Schule zurückbrachten. Sie war ... wie soll ich es ausdrücken ... mit einem Mal regelrecht süchtig nach diesem Ort. Wir meinten fast, sie flieht vor uns. Und dann bat sie wieder inständig darum, nach Österreich zurück zu dürfen. Das verstanden wir einfach nicht. Johanna gab uns völlig unterschiedliche Signale."

„Und was hat dieses sonderbare Verhalten ihrer Tochter nun mit den beiden Patres zu tun?", führte Hagenkötter Max Sonnleitner wieder auf den Punkt zurück.

„Das ist es ja, was meine Frau und auch mich stutzig gemacht hat: Am Freitagnachmittag steigerte sich Johanna noch in ihre Wut auf genau diese beiden Lehrkräfte hinein, schimpfte auf Pater Friedhelm und Pater Ferdinand, wollte nie mehr in die Schule zurück. Und am Montagmorgen konnte sie es kaum erwarten, in die erste Unterrichtsstunde von einem der beiden zu kommen – und war dabei so wortkarg, mürrisch, abweisend, depressiv ... Wir waren überfordert, kannten uns nicht mehr aus."

Irmgard Sonnleitner meldete sich plötzlich wieder zu Wort: „Sie war so dünn geworden. Nur noch Haut und Knochen. Und sie hatte Augenringe, fast dunkelviolett. Ich habe immer gesagt, sie soll doch aufpassen, dass sie mehr schläft. Zuhause habe ich sie noch selbst ins Bett gebracht ..." Schon wieder rollten dicke Tränen.

„Ja", bestätigte ihr Mann. „Johanna sah zuletzt furchtbar aus. Aber die schlimme körperliche Veränderung haben wir auch erst gesehen, als es schon zu spät war ..."

„Sie haben davon gesprochen, dass Ihnen ein Exorzismus für Johanna empfohlen worden war", warf Tina ein. „Sie meinten, Sie wären davon enttäuscht gewesen. Haben Sie trotzdem die Erlaubnis erteilt, Johanna den Teufel auszutreiben?"

„Um Himmels willen, nein", fuhr Max Sonnleitner auf.

„Hat man Ihnen gesagt, wer so etwas durchführen könnte?"

„Nein! Und wir haben auch nicht danach gefragt!"

„Obwohl Sie der Diözese Wien so eng verbunden sind? Sie haben den Zuständigen ja schon in Sachen Santi-Figli-di-Dio recht blind vertraut." Hagenkötter fixierte das Ehepaar mit strengem Blick. Die beiden schwiegen und zum ersten Mal griff Max Sonnleitner nach der Hand seiner Frau.

Tina sah, dass sie bei allem Elend der Eltern jetzt nicht lockerlassen durften. „Hat Johanna jemals erkennen lassen, dass die Patres sexuell etwas von ihr verlangten?"

Irmgard Sonnleitner hob ruckartig den Kopf und ihre Augen weiteten sich. „Wurde unser Kind missbraucht?", schrie sie die Kommissare an. Sie musste selbst schon unter dem Gedanken gelitten haben. „Sagen Sie, dass es nicht so war!" Sie hatte offensichtlich Angst vor der Antwort, zitterte sogar am ganzen Körper.

Hagenkötter hatte Erfahrung mit dieser Art von Gesprächen und sah, dass sie hier auf einen kritischen Punkt zusteuerten. Druck in allen Ehren, aber zu viel davon brachte ihnen auch keine Informationen ein. Er musste die Problematik aus der Diskussion nehmen, Irmgard Sonnleitner stand offensichtlich kurz vor einem Nervenzusammenbruch.

„Herr und Frau Sonnleitner, wir müssen uns Johannas Zimmer ansehen. Wann können wir bei Ihnen zuhause vorbeikommen?", warf er ein.

„Wir haben es noch nicht betreten, seit wir aus Wien zurück sind, Herr Hauptkommissar", stellte Max Sonnleitner klar. „Tun Sie Ihre Pflicht, wir können sie im Grunde jederzeit empfangen."

„Danke, das gebe ich an den Kollegen Frank von der Spurensicherung weiter, er wird sich mit Ihnen in Verbindung setzen." Dann schlug Hagenkötter seinen sanftesten Tonfall an: „Wir können Sie leider noch nicht entlassen", machte er klar. „Bitte wappnen Sie sich. Ein Ermittlungsergebnis zum Tod ihrer Tochter hat auch uns erschreckt – wir müssen es dennoch mit Ihnen abklären."

Irmgard Sonnleitner brach in Tränen aus und an der Schulter ihres Manns zusammen.

Heraus mit der Sprache, Herr Hauptkommissar. Ich will endlich Klarheit. Ich bin es leid, ständig darüber nachzudenken, warum unsere Tochter ermordet wurde. Diese Ungewissheit frisst mich auf. Sehen Sie doch meine Frau an, wie Sie leidet."

„Gut. Der Obduktionsbericht hat ergeben, dass Johanna über einen längeren Zeitraum Drogen konsumiert hat. Haben Sie jemals –"

„Nein!" Der klagende Schrei Irmgard Sonnleitners schnitt Hagenkötter das Wort ab. „Ich halte das nicht mehr aus."

„Ich denke, wir legen jetzt doch eine Pause ein, Herr Sonnleitner", entschied Hagenkötter. „Ich kann das Ihrer Frau gegenüber nicht mehr verantworten. Sie braucht dringend ärztlichen Beistand. Frau Meisel, können Sie das telefonisch veranlassen?"

„Sicher." Tina hielt bereits ihr Mobiltelefon in der Hand.

„Wenn meine Frau sich in ärztlicher Obhut befindet, können wir dann trotzdem ohne sie weitermachen?", wollte Max Sonnleitner wissen.

„Nur, wenn Sie darauf bestehen."

„Ich bestehe darauf. Ich will das endlich hinter mich bringen."

*

„Was meinten Sie vorhin damit, dass Johanna Rauschgift genommen hat?", nahm Max Sonnleitner zehn Minuten später das Gespräch auf. Seine Frau hatte zwischenzeitlich in Begleitung einer Polizeipsychologin den Vernehmungsraum verlassen.

Hagenkötter räusperte sich. „Also gut, Herr Sonnleitner, medizinische Untersuchungen haben zweifelsfrei ergeben, dass Johanna über einen längeren Zeitraum Crystal Meth zu sich genommen hat. Zum jetzigen Zeitpunkt gehen wir allerdings davon aus, dass ihr die Droge von Dritten verabreicht wurde."

„Wer?" Die beiden Beamten konnten den Hass hinter dem knappen Wort förmlich spüren.

„Ehrlich gesagt, wir wissen es nicht – noch nicht", gestand Hagenkötter, „aber: Die Tatsache, dass ihre Tochter tatsächlich auch sexuell missbraucht wurde, lässt vermuten, dass der Missbrauch und der Drogenkonsum in einem direkten Zusammenhang stehen. Dies erklärt auch, wie extrem sich Ihre Tochter verändert hat, körperlich und vor allem psychisch. Denken Sie an ihr Verhalten nach den Wochenenden bei Ihnen und Ihrer Frau, wie es sie zur Schule zurückzog, obwohl sie den Ort hassen musste. Sie war süchtig nach dem Rauschgift, abhängig. Ihr Körper verlangte nach dem Stoff."

„Stallhuber hatte mit seinen Vermutungen recht", murmelte Max Sonnleitner und die Verzweiflung stand ihm ins Gesicht geschrieben. „Das erklärt wahrscheinlich tatsächlich Johannas seltsames Verhalten während der Wochenenden. Hätte sie sich uns offenbart ... ich weiß nicht genau, wie wir reagiert hätten. Wir lehnen Drogen strikt ab, auch Alkohol. Ihr muss klar gewesen sein, dass wir Crystal Meth niemals akzeptiert hätten. Aber wir hätten ihr doch da rausgeholfen!"

„Wirklich?", wagte Tina einen Vorstoß. „Vielleicht hat Johanna befürchtet, dass Sie ihr nicht geglaubt hätten, dass sie nichts außer Zurückweisung erfahren hätte. Sie standen doch bislang immer auf Seiten der Schule und haben ihr Kind gezielt in dieses Internat gesteckt, wo ihr alles Schlimme widerfahren ist – Sie haben Johanna gewissermaßen weggegeben. Auch wenn es ihrer Krankheit wegen gewesen ist. Vielleicht hatte Johanna einfach Angst, von ihren Eltern ganz verstoßen zu werden."

„Nein! Der Wechsel an die Schule in Bamberg war nur zu ihrem Besten. Wir hätten Sie doch niemals verstoßen! Wie können Sie es wagen?"

„Herr Sonnleitner", ergriff Hagenkötter noch einmal das Wort. „niemand beschuldigt Sie und Ihre Frau. Meine Kollegin macht nur ihre Arbeit und stellt sich verschiedene Szenarien vor. Wir wollen Ihnen doch helfen. – Auf jeden Fall wurde ihre Tochter zum Konsum der Droge verleitet oder gezwungen. Ich denke, dass der oder die Täter die Abhängigkeit ihrer Tochter auch als starkes Druckmittel eingesetzt haben. Johanna erlitt während der Wochenenden zuhause eine Art kleinen Entzug. Sie wollte am Montagmorgen wieder zur Schule, weil sie ganz genau wusste, dass sie dort mit Crystal Meth versorgt wird."

„Aber sie wusste auch, dass ihr möglicherweise so manche widerliche Stunde des sexuellen Missbrauchs bevorstand", ergänzte Tina und kassierte einen scharfen Seitenblick Hagenkötters ob dieser unsensiblen, wenn auch zutreffenden Aussage.

„Diese Zwiespältigkeit, gepaart mit den Symptomen ihrer Krankheit, muss für Ihre Tochter die Hölle gewesen sein, Herr Sonnleitner", endete der Hauptkommissar. „Wer weiß, vielleicht hatte man Ihrer Tochter für die Wochenenden ja auch kleinere Mengen von dem Teufelszeug mitgegeben, die sie rudimentär über Wasser halten sollten. Vielleicht finden wir ja Hinweise auf Crystal Meth, wenn wir Johannas Zimmer unter die Lupe nehmen." Er stand auf. „Vielen Dank nochmal, Herr Sonnleitner, ich weiß Ihr Durchhaltevermögen sehr zu schätzen. Sie haben uns heute sehr geholfen."

„Die Schule." Johannas Vater brauchte einige Zeit, um seine Gedanken zu sammeln – daraus Schlüsse zu ziehen –, dann sah er zu Hagenkötter auf. „Diese Bastarde", flüsterte er, „ich bring sie alle um."

„Sie werden gar nichts tun, Herr Sonnleitner", wies ihn Hagenkötter zurecht, „den Mörder Ihrer Tochter zu finden, das überlassen Sie bitteschön uns."

Wer einmal lügt ...

Dienstag, 5. September

„Wenn Sie nichts dagegen haben, würde ich unser heutiges Gespräch gerne auf Band aufnehmen, Herr Dr. Sieber?", begann Hauptkommissar Hagenkötter.

„Warum das?", wunderte sich der Schulleiter.

„Oh, im Grunde macht es uns allen das Leben leichter. Es ist klarer, was gesprochen wurde, als wenn wir ein Protokoll anfertigen, das Sie dann widerum unterschreiben müssten. Natürlich können

Sie auch einen Anwalt Ihres Vertrauens hinzuziehen", setzte der Kripobeamte hinzu.

„Ich habe mir nichts vorzuwerfen", antwortete der Schulleiter, sichtlich verärgert, „also schalten Sie ihr Mikrofon ruhig ein. Ob Sie heute aber auf meine volle Kooperation setzen können, dass muss ich mir noch überlegen."

„Wie das, Herr Dr. Sieber?", wunderte sich Hagenkötter.

„Na, hören Sie mal", erklärte sich Sieber mit langsam röter werdendem Teint, „da beordern Sie mich zu einer festen Uhrzeit in Ihr Büro, damit ich Sie bei Ihren Ermittlungen unterstütze, und was passiert? Ich sitze rum, werde vertröstet und komme mir vor wie ein Affe. Ja glauben Sie denn, ich habe meine Zeit gestohlen? Seit einer Viertelstunde warten die Lehrkräfte meiner Schule auf mich, um den Lehrplan für das kommende Schuljahres mit mir abzustimmen."

„Das tut uns sehr leid, Herr Dr. Sieber", entschuldigte sich Hagenkötter halbherzig, „aber auch wir stehen immer wieder unter Zeitdruck und nicht immer lassen sich Gesprächstermine in idealer Weise zeitlich genau abstimmen."

„So wie mit den Sonnleitners?", warf Sieber ein. „Habe ich die nicht gerade aus Ihrem Zimmer kommen sehen?"

„Das tut nichts zur Sache", würgte Hagenkötter den echauffierten Schulleiter ab. „Kommen wir doch zu unseren eigenen Themen. Wir haben da noch einigen Klärungsbedarf. Frau Meisel?"

„Warum haben Sie uns am 30. August angelogen, als wir Sie danach fragten, ob Sie Bischof Eposito kannten, Herr Dr. Sieber", begann Tina und sah den Schulleiter vorwurfsvoll an.

Ihre Hoffnung, den Mann gleich ins Schlingern zu bringen, erfüllte sich allerdings nicht. Sieber hatte seinen Blutdruck wieder im Griff und war eiskalt. „Naja, das ist relativ einfach erklärt: Ich wollte, dass unsere Schule nicht mit dem Mord an Bischof Eposito in Verbindung gebracht wird. Sie wissen doch selbst, wie schnell die Presse falsche Rückschlüsse zieht und schon hat man unberechtigterweise den Schwarzen Peter an der Backe – den man nie wieder los wird! Vor allem wollte ich unsere Organisation Santi-Figli-di-Dio aus den Schlagzeilen heraushalten. Das ist mir leider nicht ganz gelungen."

Tina schob das Kinn vor. „Das erklärt Ihre Lüge doch nur teilweise, wenn überhaupt. Sie können doch nicht davon ausgehen, dass wir vertrauliche Informationen aus einem polizeilichen Interview frisch an die Presse weiterreichen?“ Kurz dachte sie an Franziska und spürte einen kleinen Stich des schlechten Gewissens, ließ sich aber nichts anmerken.

„Ich bitte Sie, so weit habe ich doch gar nicht gedacht. Es reicht schon, dass ich mir vorwerfen lassen muss, dass die junge Sonnleitner spurlos von unserer Schule verschwunden und offensichtlich ihrem Mörder direkt in die Arme gelaufen ist. Ich kann das immer noch nicht fassen.“

„Wie haben Sie das denn den Eltern von Johanna eigentlich erklärt?“ Hagenkötter hatte beide Unterarme verschränkt auf dem Tisch abgelegt und studierte sein Gegenüber.

Kein Muskel in Siebers Gesicht zuckte. Er schien von der Frage keineswegs überrascht. „Erklären? Ich konnte das überhaupt nicht erklären. Es ist einfach geschehen. Ein sehr bedauerlicher Vorfall, aber wir können dafür keine Verantwortung übernehmen. In unseren Statuten steht ganz eindeutig, dass jeder Schüler, jede Schülerin, die sich vom Schulgelände entfernen möchte, sich zwangsweise vorher bei ihrer Lehrkraft oder im Direktorat abzumelden hat. Dies ist leider nicht geschehen.“

„So einfach ist das, Herr Dr. Sieber?“, warf Tina ein. „Entschuldigen Sie, aber für mich klingt Ihre Begründung mehr als nur gefühllos. Ich glaube, wir haben Sie noch gar nicht gefragt wann Sie denn Johanna das letzte Mal lebend gesehen haben?“

„Das war am Tag, nachdem ihre Eltern sie bei uns vorbeigebracht haben, also am 20. August. Am nächsten Tag stand ja der Ausflug in die Fränkische Schweiz an.“

„Ein Ausflug, an dem Johanna unter der Leitung von Pater Friedhelm und Pater Ferdinand unbedingt teilnehmen sollte?“

„Sie sagen es, gute Frau.“

Die Kommissarin wäre dem Schulleiter am liebsten an die Gurgel gegangen. „Nun machen Sie aber mal einen Punkt, Herr Dr. Sieber“, wurde sie laut. „Es fällt mir sehr schwer, Ihnen zu glauben. Wie gehen davon aus, dass Johanna niemals freiwillig mit Ihren Patres weggefahren wäre. Die Eltern des ermordeten Mädchens haben uns das gerade bestätigt. Und wahrscheinlich wissen auch Sie das sehr wohl." Siebers Augen verengten sich zu Schlitzen und Tina fühlte sich bestätigt: „Dass Pater Ferdinand und Pater Friedhelm in der Vergangenheit wegen sexueller Übergriffe wiederholt aufgefallen sind, dürfte Ihnen ja nicht ganz unbekannt sein!"

„Holla die Waldfee", brauste der Schulleiter nun auf, „was wollen Sie damit andeuten? Was ist denn das plötzlich für ein ruppiger Ton? Das muss ich mir nicht gefallen lassen! Sie wissen sicher auch, dass weder Pater Ferdinand noch Pater Friedhelm je verurteilt wurden. Jede der ehemals gegen sie gerichteten Beschuldigungen ist in sich zusammengebrochen wie ein Heuschober im Sturm, meist noch bevor die Angelegenheiten vor Gericht gingen. Das Einzige, was immer übrigblieb, waren haltlose Verleumdungen. Und dass dieses unselige Kind an der Brandenburger Mädchenschule von ihrem eigenen Vater geschwängert wurde, dürfte Ihnen auch nicht entgangen sein. Außerdem", lächelte Sieber genüsslich, „muss ich Ihnen wohl nicht sagen, dass in unserem Rechtsstaat immer noch das Prinzip der Unschuldsvermutung gilt."

„Herr Dr. Sieber", wechselte Hagenkötter das Thema, ohne auf die Tirade einzugehen, „der ermordete Kurienbischof hat Sie unseren Informationen nach am Nachmittag des 18. August, kurz nach seiner Ankunft in Bamberg aufgesucht?"

„Wenn Sie das so sagen."

„Es war der Tag, bevor die Sonnleitners ihre Tochter vorbeibrachten", fuhr der Kripobeamte unbeirrt fort. „Sie erinnern sich sicherlich, wer den Bischof an diesem Tag begleitete?"

„Begleitete? Wieso begleitete? Sein Fahrer hat ihn gebracht. Ich habe das Fahrzeug ja schon von meinem Büro aus vorfahren sehen und habe mich gleich auf den Weg nach unten gemacht, um Carlo Eposito am Schuleingang zu begrüßen."

„Das meine ich nicht." Hagenkötter blieb die Ruhe in Person. „Ich möchte wissen, wer vom Erzbistum ihn begleitet hat?"

„Machen Sie Witze, Herr Hauptkommissar? Eposito brauchte kein Kindermädchen. Wir kannten uns schon lange genug."

„Dann kennen Sie sicherlich auch seinen langjährigen Fahrer Giuseppe Bertone?"

„Natürlich. Carlo hat mir erzählt, dass er Bertone vor Jahrzehnten von der Straße geholt hat."

„Das ist seltsam, Herr Dr. Sieber. Wir haben Bertone befragt. Er hat ausgesagt, seinen Kurienbischof am 18. August nicht zur Schule gebracht zu haben. Sein Dienstherr hätte ihm nämlich nach der langen Anreise frei gegeben."

Es war das erste Mal, dass der Schulleiter um eine schnelle Antwort verlegen schien. Kleine Schweißperlen bildeten sich an seinem Haaransatz.

„Herr Dr. Sieber? Hat es Ihnen die Sprache verschlagen?", frotzelte Hagenkötter.

Aber schon hatte sich Sieber wieder im Griff. „Was machen Sie denn für ein Tohuwabohu um diese Lappalie?", giftete er den Hauptkommissar an. „Irgendein schwarzer Mercedes fuhr auf das Schulgelände. Als ich unten in der Aula ankam, stand Eposito vor mir. Die Limousine war da schon wieder weg. Woher soll ich wissen, wer den Bischof gebracht hat? Ich musste ja annehmen, dass es Bertone war."

„Sie lügen uns schon wieder an, Herr Dr. Sieber. Ich frage mich nur warum? Was ist so verwerflich und schlimm daran zuzugeben, dass Sie selbst es waren, der den Bischof von seinem Hotel abgeholt hat?" Hagenkötter strich sich langsam über seinen Schnauzer. „Ihre beiden Patres warteten an der Schule doch schon auf Sie und den Bischof. Was gab es denn anschließend Aufregendes zu besprechen? Das würde mich wirklich interessieren."

Endlich merkte Sieber, dass er Gefahr lief, sich um Kopf und Kragen zu reden. Sein Mund trocknete aus. Er konnte kaum noch sprechen. „Haben Sie ein Glas Wasser für mich?", krächzte er. Dann machte er die Schotten dicht. Seine Lässigkeit und Redegewandtheit waren auf einmal wie weggeblasen.

Hagenkötter reichte ihm das gewünschte Glas mit stillem Wasser und fixierte den Mann stumm. Auch Tina hatte sich im Stuhl zurückgelehnt, die Arme verschränkt und ließ Sieber in der immer dicker werdenden Stille des Raums schmoren.

„Sie beide verdrehen einem das Wort im Mund“, stieß der Schulleiter endlich hervor. Sein Gesicht war eine hässliche Fratze. „Ohne einen Rechtsbeistand sage ich gar nichts mehr!“

„So ist das nun einmal, Herr Dr. Sieber. Wer einmal lügt ... Sie können für heute gehen, aber verlassen Sie die Stadt nicht. Wir sehen uns bestimmt bald wieder. Dann mit Ihrem Rechtsbeistand. Ob der Ihnen aber helfen kann, muss sich erst erweisen.“

Beim Schneiders Willi

Dienstag, 5. September

Der Dienstag hatte es in sich. Während Hauptkommissar Hagenkötter und Tina Meisel ihre Zeit dem Ehepaar Sonnleitner widmeten, um sich anschließend mit Dr. Sieber herumzuärgern, verbrachte die Spurensicherung mehr als den halben Tag in der Gartenstadt, um die Wohnung von Marco Lignelli auf den Kopf zu stellen. Die Kollegen von der KTU werteten Fingerabdrücke und DNA-Spuren aus und bemühten sich, das Passwort für Lignellis Laptop herauszufinden.

Kommissar Schmuck war froh, dass er der Polizeiinspektion in der Schildstraße hatte entfliehen können. Es war zugegangen wie in einem Tollhaus. Auf dem Weg zu Wilhelm Schneider und seinem Sohn Toni machte er sich zwar nicht allzu viel Hoffnung auf neue Erkenntnisse, aber vielleicht fiel den beiden doch noch etwas zu der mysteriösen Nachbarschaft, der Villa und ihren sonderbaren Gästen, ein.

„Ham S’ scho was rauskricht, Herr Kommissar?“, empfing ihn der Schneiders Willi freundlich. Vater und Sohn arbeiteten in ihrem Garten. Während der Toni mit einer riesigen Axt vorgesägte Holzstämme in kleine Teile spaltete, sammelte sein Vater die Scheite ein und schichtete sie an einer überdachten Scheunenwand auf.

„Wozu genau, Herr Schneider?“, wollte Franz Schmuck wissen.

„Na gestern, der Mord an dem Hausverwalter. Sie warn doch a do. Ham S' den Mörder scho?“

„Woher wissen Sie denn, dass der Hausverwalter gestern umgebracht wurde? Das ist von der Presse doch noch gar nicht berichtet worden?“

„Presse“, schnaubte Willi Schneider verächtlich. „Gehn S', Herr Kommissar, da brauch mer doch ka Zeitung net dazu. Dafür ham mir doch Augn im Kopf. Su was spricht si doch rum. Wenn mer fränkisch redn kann, dann waß mer a, was passiert is. Gell, Toni?“

„Stimmt, Papa, mir wissn alles“, scheckerte der Toni. Dann sauste das Beil wieder durch die Luft und teilte das knorrige Stück eines Lärchenstamms mit roher Gewalt. Toni Schneider wischte sich mit den Hemdsärmeln den Schweiß von beiden Schläfen.

„Da brauchst doch bloß die Leichnfledderer zu fragen, die den Totn abgholt ham und sowieso hier bei uns vorbeikumma“, erklärte sein Vater. „A klaans Pläuschla am Gardnzaun und a Schnäpsla dazu, mehr braucht's doch net, Herr Kommissar. Dazu brauch ich doch ka andere Leit, um des rauszukriegn. Fremde moch ich sowieso net. Die meistn Nummern, die ich auf meim Handy abgspeichert hab, hab ich bloß deswegn abgspeichert, damit ich waß, bei wem ich net abhebn soll, wenn's klingelt.“

„Wenn Sie so viel wissen, Herr Schneider, dann wäre es wirklich sehr nett von Ihnen, wenn Sie uns etwas helfen und unterstützen könnten.“

„Und wie soll des geh?“, raunzte der Schneiders Willi und schaute etwas skeptisch.

„Indem Sie mir alles erzählen, was Sie von der Villa, ihren Besuchern oder dem Hausverwalter wissen. Und wenn es nur Kleinigkeiten sind. Vielleicht lässt mich ihr Sohn Toni auch nochmal in seine Aufzeichnungen sehen? Sie wissen schon, die mit den Kfz-Kennzeichen – vielleicht über den Zeitraum des letzten halben Jahres?“

„Woll mer dem Kommissar nochmal behilflich sei, Toni?“, richtete der Vater das Wort an seinen Sohn.

„Sen mer so freindlich“, antwortete der und stellte seine Axt beiseite.

„Dann hol amol deine Aufzeichnunga ausm Haus. Mögn S' auch a Schnäpsla probiern, Herr Kommissar?“, bot der Schneiders Willi Schmuck an. „An selberbrenntn Willi vo unserer Streuobstwiesn? Ka so a Glump wie ausm Supermarkt.“

„Das ist sehr freundlich von Ihnen, Herr Schneider, aber Sie wissen doch ... ich bin im Dienst.“

„Aber aner geht doch, Herr Kommissar?“

„Nein, nein, vielen Dank.“

„Des hat der Hausverwalter, der Lignelli, a gsacht. Der wollt a kann Willi probiern. Etz is er tot. Aber sei Freindin, die blöde Sulln, hat mer die halbe Flaschn leer gsuffn. Reserl haßt s'. Aus Wolfratshausn kummt s'. Naja, die Oberbayern sen sowieso a recht versuffns Volk.“

„Moment Herr Schneider, Sie haben privat mit dem Ermordeten gesprochen?“

„Des hab ich net gsacht. Der wollt ja gar net mit mir redn. Bloß mit dem Reserl hab ich gred.“

„Mit der *blöden Sulln*?“

„Richtig! A ganz unangenehme Weibsperson.“

„Und warum empfanden Sie das Reserl als unangenehm?“

„Na, weil s' mer mei halbe Schnapsflaschn leer gsuffn hat, sabaralott numal nei.“

„Papa, Papa!“ Der Toni war aus dem Haus zurückgekehrt und wedelte freudig mit einem Aktenordner, den er in der linken Hand hielt. Rechts balancierte er geschickt ein kleines Tablett mit einer Flasche und drei Schnapsgläsern.

„Brav, mei Bu“, lobte ihn sein Vater, dann griff er fröhlich zu der Schnapsflasche, schenkte sich ein und stürzte den ersten honiggelben Williams-Christ-Birnenbrand in sich hinein – ein doppelter, versteht sich. „Aaaah“, gab er wohlig von sich. „Der schmeggd. Naturtrüb. Da schmeckst die Birn halt so richtig raus. Toni, magst aa an? Gib dein Ordner dem Kommissar.“

„Ich trink auch an Willi, Papa!“

„So is recht, mei Bu. Dei Vadder trinkt a no an mit. Auf an Ba steht mer halt net, gell? Wenn S' wolln, Herr Kommissar, könna Sie sich den ganzn Ordner abfotografiern, was manst, Toni?"

Kommissar Schmuck griff sich den halb gefüllten Aktenordner und begann zu blättern. Willi und Toni Schneider schenkten sich den nächsten Brand ein.

„Sagen Sie mal, Herr Schneider, hatte Toni nicht letztes Mal ein Notizbuch, in dem er die Autokennzeichnen aufgeschrieben hat? Das war so ein kleines, rotes Heft?"

„Scho, Herr Kommissar, aber Sie wolln doch die Nummern vom letztn halbn Joahr. Da langt doch so a klans Heftla net. Der Toni hat da sei eigns System: Die Nummern tippt er in sein Combjuder nei, druckt s' aus und sammelt s' in seim großn Ordner. Schlau, gell?"

Während der Kripobeamte mit seinem Handy zu fotografieren begann, erzählte Vater Schneider seinem Sohn einen Witz: „Kummt a Fra in an Gemüseladn und fracht die Verkäuferin: Habter an Dildo? Sagt di: Hä? – Na, habter an Dildo? – Na, su was ham mer net. – Schad, ich wollert heit nämli an Gurgnsalad machen und tät dazu a weng an Dill brauchn."

Der Toni prustete vor Lachen, wieherte wie ein Pferd und klopfte sich mit beiden Händen auf die Oberschenkel. Kommissar Schmuck verstand die Pointe nicht und guckte recht belämmert drein.

„Wissn S', Herr Kommissar, mei Bu liebt Witz, aa wenn er s' manchmal net versteht. Aber er lacht immer, wenn ich an erzähl. Do freit er si immer", erklärte Willi Schneider.

„Nu an Willi!", forderte der Toni seinen Vater auf. Eigentlich wollte Franz Schmuck noch etwas mehr über die *blöde Sulln* erfahren, aber aufgrund der aktuellen Entwicklung am Paradiesweg – Vater und Sohn schenkten sich bereits den nächsten Schnaps ein – hegte er größte Zweifel, dass daraus noch etwas Vernünftiges werden würde.

„Der Kommissar soll a an Willi mitdrinkn, Papa, sunst darf er net in meim Ordner fotografiern", meldete sich nun der Toni mit ungewohnter Strenge im Tonfall.

Sein Vater prustete vor Vergnügen. „Ja, so is er halt, mei Bu, hat immer a soziale Ader, liebt Kinder und is a guter Katholik. Also, Herr Kommissar, ham S' ghört, was der Toni entschieden hat?"

Das Interview

Dienstag, 5. September

Auch Franziska Berger hatte heute noch viel vor. Sie wollte sich nicht blamieren und hatte sich ausgiebig mit den Amtsaufgaben eines Diözesanrates beschäftigt. Zehn Minuten vor der vereinbarten Zeit stand sie am Fürstenportal des Bamberger Doms. Sie sah hinauf zum halbkreisförmigen Bogenfeld über einem der Eingänge, dem sogenannten Tympanon. Schon einmal hatte sie vor dieser gewaltigen Kirchentür gestanden. Vor langer Zeit. Erinnerungsfetzen zuckten ihr durch den Kopf: 4. Klasse Grundschule, Heimat- und Sachkundeunterricht, Klassenlehrer Manfred Kern erklärte: „Im Zentrum seht ihr Jesus Christus als Weltenrichter. Zu Füßen des Erlösers knien Maria und der Apostel Johannes. Tote steigen aus ihren Särgen und warten auf den Richtspruch des Weltgerichts. Auch ein Teufel mit Kette ist zu sehen. Er wartet nur darauf, die Verurteilten in die ewige Verdammnis zu führen. So wie dich, Franziska, wenn du jetzt nicht sofort das Schwätzen einstellst."

„Sind Sie Frau Franziska Berger vom Fränkischen Tag? Warten Sie schon lange? Entschuldigen Sie, dass ich mich leicht verspätet habe. Darf ich mich vorstellen? Maria Ludwig von Sensheim." Ein sportlich schlanker Mitfünfziger stand vor Franziska. Dunkelblaue, eng geschnittene Jeans, kurzärmeliges, blau-gelbes Hemd von Hilfiger, über den Schultern einen leichten Kaschmirpulli in zitronengelb arrangiert. Die wohl nackten Füße steckten in dunkelroten Sneakers. Das schmale, sympathische Gesicht war sonnengebräunt und die kurz geschnittenen, gescheitelten Haare glänzten in einem frischen Silbergrau. An einer Gürtelschleife der Jeans hing ein Autoschlüssel der Marke BMW und am linken Handgelenk drehte der Sekundenzeiger einer Rolex seine Runden.

„Grüß Gott, Herr von Sensheim“, grüßte Franziska, nachdem sie ihren kurzen Check von Kopf bis Fuß abgeschlossen hatte. „Ja, ich bin der Quälgeist, der Sie um ein Interview gebeten hat – so kurz vor Ihrer Abreise nach Italien.“

„Ein sehr attraktiver und sympathischer Quälgeist, wenn ich das so sagen darf“, antwortete der Diözesanrat charmant. „Und Sie sind sicher, dass Sie mit mir den richtigen Ansprechpartner für ein Interview zu diesem grässlichen Mord haben?“

„Vollkommen sicher“, lächelte Franziska. „Sie sind Vorsitzender des hiesigen Diözesanrats, einem eigenständigen Gremium des Laienapostolats. Wenn ich mich richtig informiert habe, kommen die Mitglieder dieses Rats aus den Dekanats- und Pfarrgemeinden, aber auch aus den katholischen Verbänden, Organisationen und Initiativen und sind sowohl Kleriker als auch theologische Laien wie Sie. Worauf ich hinaus will: Sie und Ihre Kollegen haben Ihre Finger am Puls des Erzbistums, wissen, was die Gläubigen draußen in den Gemeinden denken, was sie sagen und wie sie fühlen. Sie arbeiten mit eigener Stimme am Wirken der Kirche in der Gesellschaft und der Welt mit. Und genau diese eigene Stimme wollen wir unseren Lesern präsentieren.“

„Na, dann.“ Von Sensheim sah ein wenig geschmeichelt aus. „Wollen wir hier stehen bleiben oder darf ich Sie auf einen Kaffee ins Domcafé einladen?“

„Ach, vielen Dank“, flötete Franziska, „wie nett. Da sage ich nicht nein.“

„Na, dann wollen wir mal. Ist ja gleich um die Ecke. – Ich kenne natürlich die Gerüchte, die einige ihrer Kollegen gerade in die Welt setzen“, meinte der Diözesanrat, während sie sich in Bewegung setzten, „halte aber überhaupt nichts davon. Da geht es nur um Schlagzeilenhascherei und um die Höhe der Auflage. Das Ganze grenzt schon an das Geschäft mit den Fake News. Das hat mit seriöser Berichterstattung nichts zu tun.“

Am Domkranz brachte ein Bamberger Stadtführer gerade einer Horde Touristen einen Teil der Stadtgeschichte näher. Von Sensheim blieb amüsiert stehen und hörte kurz zu: „Hier stehen wir am sogenannten Domkranz und können jetzt entweder über die Adams- oder über die Gnadenpforte die Kirche betreten. Bevor wir aber hineingehen, beachten Sie bitte auch die beiden großen, halbverwitterten Steinskulpturen. Hierbei handelt es sich um die Domkröten. Dazu gibt es eine nette Geschichte: Als der Dom errichtet wurde, machten die Bauarbeiten gehörigen Fortschritt. Das ärgerte den Teufel. So schickte er zwei Tiere, halb Kröten, halb Löwen, die während der Nachtzeit den Bau des christlichen Werks untergraben sollten. Man wurde der Tiere aber Herr und sie versteinerten. Natürlich gehört die Geschichte in den Bereich der Sagen. Unsrere beiden Skulpturen hier sind die Überbleibsel zweier ursprünglicher Steinlöwen. Ihren Namen haben sie eigentlich vom Volksmund, der die Bezeichnung für die Domstufen – die wurden nämlich auch Domgreden genann – einfach auf die zwei Skulpturen übertragen hat. – Wir gehen nun über die Adamspforte in die Kirche. Bitte verhalten Sie sich der Örtlichkeit angemessen ruhig. Fotografieren ist erlaubt."

„Schön, nicht wahr?", wandte sich der Diözesanrat an Franziska.

„Was meinen Sie?"

„Dass die Leute nicht nur wegen Schäufele und Rauchbier nach Bamberg kommen. Und dass unserem katholischen Dom noch der nötige Respekt entgegengebracht wird. Apropos Respekt – den lassen Ihre Kollegen in meinen Augen wirklich deutlich vermissen. Nehmen wir die unsäglichen Gerüchte um die Schule des getöteten Mädchens, Santi-Figli-di-Dio: Ich kenne die römische Personalprälatur Santi-Figli-di-Dio. Dabei handelt es sich keineswegs um eine Hokuspokus-Einrichtung, sondern um eine Wohltätigkeitsorganisation zu Gunsten minderjähriger und behinderter Kinder, mit dem Ziel dem Vorbild Jesu Christi zu folgen. Es geht um Weiterbildung, persönliche Entwicklung im Glauben, um Liebe, Hoffnung, den Dienst am Nächsten und natürlich um die Verkündigung des Glaubens. Und genau wie die Aufgaben des Diözesanrates orientieren sich die Aufgaben von Santi-Figli-di-Dio an den Leitlinien des Zweiten Vatikanischen Konzils. Und jetzt schauen Sie sich einmal an, welche kruden Verleumdungen in den letzten Tagen in der Presse zu lesen waren ..."

„Wie erklären Sie sich dann, dass die Aufregung um Santi-Figli-di-Dio so groß ist? Meinen Sie nicht, dass etwas Bestimmtes an dieser Organisation die Spekulationen erst so richtig ins Rollen gebracht hat?"

„Das ist ganz einfach, Frau Berger: Kaum jemand wusste bisher, dass der Vatikan eine Schule dieser Personalprälatur ausgerechnet bei uns in Bamberg unterhält. Das geschah bewusst. Die Existenz der Schule sollte als einziges Pilotprojekt außerhalb Italiens nicht an die große Glocke gehängt werden. Man will Felderfahrung am praktischen Beispiel gewinnen. Außerdem: Die Schule braucht keine Werbung. Sie platzt zwischenzeitlich aus allen Nähten, man musste ersten Anwärtern auf einen Platz im Internat, soweit ich weiß, sogar schon absagen. Es ist ein großes Unglück, dass mit Johanna Sonnleitner ausgerechnet eine Schülerin der Santi-Figli-di-Dio ihr Leben verlor. Leider darf man sich unter diesen Umständen nicht wundern, dass schnell alle möglichen unhaltbaren Gerüchte ins Kraut geschossen sind. Ärgern aber schon." Von Sensheim zeigte Franzika ein blitzendes Lächeln. „Aber das wollen Sie, liebe Frau Berger, ja nun wieder geraderücken. Und sobald die Kripo den Fall aufgeklärt hat, wird schnell Gras über die Sache wachsen und alles wird sich wieder beruhigen. Da bin ich mir sicher."

Die beiden waren am Domcafé angekommen.

„Wollen wir reingehen?", fragte Maria Ludwig von Sensheim. „Es sieht schon wieder nach Regen aus."

„Gerne."

„Guten Tag, Herr Diözesanrat. Guten Tag, Frau Berger", wurden sie freundlich begrüßt.

„Ich sehe, Sie sind hier auch nicht ganz unbekannt", stellte von Sensheim etwas überrascht fest. „Wollen wir in der Ecke dort Platz nehmen? Da sind wir etwas ungestörter. Ich gehe schon mal voraus, wenn es Ihnen recht ist."

Der Diözesanrat rückte Franziska den Stuhl zurecht, bevor er sich selbst setzte und lässig die Beine übereinanderschlug. „Ein Blick in die Karte erübrigt sich wohl, wenn Sie auch zu den Stammgästen zählen?"

Franziska nickte und gab ihre Bestellung auf. Sie wartete noch kurz, bis die Bedienung sich ein paar Schritte vom Tisch entfernt hatte, und beschloss, dass es nun an der Zeit war, etwas am geschmeidigen Lack des Diözesanrats zu kratzen: „Herr von Sensheim, was halten Sie von den ersten aufkommenden Vorwürfen, Bischof Esposito hätte etwas mit Exorzismus zu tun gehabt?"

„Also, davon habe ich noch nichts gelesen. Ich weiß aber, dass ein paar der üblichen Verdächtigen aus der Riege der Weltverbesserer und Verschwörungstheoretiker so etwas behaupten. Da gibt es auch bei den Bamberger Symphonikern so einen Burschen. Vergessen wir es am besten gleich wieder."

„Ach so?" Franziska setzte ein unschuldiges Lächeln auf. „Die Schule der Santi-Figli-di-Dio soll auch in solche Teufelsaustreibungen verwickelt sein."

„Da kann ich nur darüber lachen. Ich glaube, viele Menschen haben beim Thema Exorzismus immer noch die Bilder aus dem Film *Der Exorzist* im Kopf – mit schwebenden, vom Teufel besessenen Opfern, an denen schlimmster Hokuspokus betrieben wird. Ich denke, man muss die ganze Angelegenheit nüchtern betrachten: Dass in unserer modernen Zeit, auf den letzten Metern hin zur vollkommenen Digitalisierung, begleitet von ständigem Leistungsdruck, politischen Unruhen und Besorgnis erregenden Terrorattacken, die seelischen Erkrankungen zugenommen haben, steht außer Zweifel. Therapeuten haben heute krisenfeste Jobs." Von Sensheim schmunzelte selbst über seinen kleinen Scherz. „Doch einige dieser Erkrankungen liegen sicherlich auch in einem Bereich, der in unser religiöses Ressort fällt. Die katholische Kirche kümmert sich schließlich um die unsterbliche Seele der Menschen. Wenn man das entsprechende seelische Leiden richtig erkennt, kann ein enger religiöser Beistand nicht falsch sein."

Die Bedienung brachte einen doppelten Espresso samt einem Glas Wasser und für Franziska einen Cappuccino an den Tisch. Kurz drohte ein Kampf um den Zuckerstreuer, aber von Sensheim ließ Franziska den Vortritt.

„Verstehe ich das richtig: Sie halten Exorzismus ernsthaft für ein probates Mittel, seelische Erkrankungen zu heilen?", hakte sie nach, während sie in ihrem Kaffee rührte.

„Sehen Sie, deshalb finde ich es lachhaft, wenn – entschuldigen Sie, nicht persönlich gemeint – weltliche Presseleute, die wahrscheinlich noch feucht hinter den Ohren sind, in ihren Artikeln so ein Fass aufmachen. Die Öffentlichkeit versteht es nicht und reagiert fassungslos – wie Sie gerade."

„Geben Sie mir die Chance, es zu verstehen: War Carlo Eposito der gleichen Meinung wie Sie? Hat sich der ermordete Kurienbischof mit seiner Kraft und seinem Glauben für die Heilung psychisch und seelisch Kranker durch ... die Methoden der katholischen Kirche eingesetzt?", ließ Franziska nicht locker.

„So muss man das sehen." Von Sensheim lächelte milde.

„Kannten Sie ihn persönlich näher?"

„Carlo Eposito und ich waren gute Freunde."

„Haben Sie selbst schon einmal an Exorzismen teilgenommen?" Franziska meinte, den Diözesanrat kurz zucken gesehen zu haben, aber dann führte er nur seine Espressotasse zum Mund und antwortete ruhig: „Gelegentlich."

„Wie darf ich das verstehen: gelegentlich? Finden hier bei uns in Bamberg also doch Exorzismen statt?"

„Sicher nicht, wie Sie sich das wahrscheinlich gerade vorstellen, Frau Berger", antwortete von Sensheim ausweichend.

„Wie muss ich mir das denn vorstellen?"

Von Sensheim gestikulierte vage. „Nun, ich erinnere mich an einen Fall: Eine junge Frau – alleinerziehend mit zwei Kindern, fünf und sieben Jahre alt, und berufstätig – fürchtete, ihren Arbeitsplatz zu verlieren. Ihre Ausfälle hatten sich zu sehr gehäuft, krankheitsbedingt und natürlich wegen der Kinder. Das blieb ihrem Vorgesetzten nicht verborgen. Er sprach deutliche Worte. Wollen Sie das Ergebnis wissen? Die junge Frau geriet in Panik. Der Druck, real und selbstauferlegt, wuchs und wuchs. Schließlich versank sie hilflos in einem tiefen Loch aus Schuld. Es war dieses Schuldgefühl, das sich in ihr einnistete, sich breit machte, sie wie ein Dämon besessen hat und sie selbst keinen klaren Gedanken mehr fassen ließ." Der Diözesanrat griff nach seinem Wasserglas und nahm einen großen Schluck. „Sie kam zu mir und bat um Hilfe. Gemeinsam mit einem Geistlichen der Diözese führten wir zu dritt ein erlösendes Gespräch. Natürlich beteten wir dabei auch lange und eindringlich zu Gott und baten um seinen Beistand. Die Frau wirkte danach wie erlöst. Ich frage Sie, kann man hier von Exorzismus im Sinne einer archaischen, schrecklichen Teufelsaustreibung sprechen? Sicherlich nicht. Allerdings würden wir das, was wir mit dieser jungen Frau gemeinsam erleben durften, offiziell als Exorzismus bezeichnen."

„Ich verstehe, danke", zeigte sich Franziska zufrieden, zückte einen kleinen Notizblock samt Kugelschreiber und wechselte dann das Thema: „Herr von Sensheim, haben Sie eine Vermutung, warum Bischof Eposito ermordet wurde?"

„Nein", von Sensheim räusperte sich, „ich habe keine Ahnung. Carlo hatte keine Feinde, zumindest nicht in klerikalen Kreisen."

„Und in weltlichen?"

„Ich möchte auch hier sagen: nein."

„Wann haben Sie ihn das letzte Mal getroffen?"

„Ich war auch zu dem Abendessen eingeladen, das der Oberbürgermeister ihm zu Ehren ausgerichtet hat."

„Können Sie mir dazu etwas mehr erzählen: Wer war noch alles anwesend? Ist an dem Abend vielleicht irgendetwas Besonderes vorgefallen?"

„Nun, seitens der Politik waren neben dem OB unser Landrat und ein Mitglied des Landtags anwesend, natürlich auch hochrangige Kleriker unserer Diözese."

„Auch der Erzbischof?"

„Namen tun hier wirklich nichts zur Sache, Frau Berger", wich von Sensheim aus. „So eine Veranstaltung ist doch nicht mehr als ein Akt der Höflichkeit. Natürlich hat Carlo etwas aus dem Nähkästchen geplaudert. Aber da ging es um interne Vorgänge im Vatikan und die Rolle von Papst Franziskus, wenn Sie verstehen, was ich meine. Ansonsten haben wir noch über die Migrationspolitik der deutschen Regierung diskutiert, um das Thema kommt man ja nicht mehr herum. Nichts Aufregendes also."

„Gar nichts Aufregendes?"

„Nein. Vielleicht nur noch ein paar private Dinge, Frau Berger, die nicht in die Öffentlichkeit gehören."

Franziska nickte etwas widerwillig. „Vorletzte Frage, Herr von Sensheim: Kennen Sie die Villa am Paradiesweg, die angeblich Santi-Figli-di-Dio gehören soll?"

„Sie meinen das Meditationszentrum der Personalprälatur? Selbstverständlich kenne ich sie. Ich war zu offiziellen Anlässen gelegentlich dort. – Und nun zu Ihrer letzten Frage?" Die anfängliche Höflichkeit des Diözesanrats schien mittlerweile komplett verflogen zu sein. Sein Gesichtsausdruck hatte sich im Laufe des Gesprächs von freundlich interessiert in ennerviert und ablehnend gewandelt.

Franziska war das nicht nur aufgefallen, es war ihr auch herzlich egal. „Vielleicht doch noch etwas Privates, Herr von Sensheim, aber von anderer Natur", wechselte sie auf den letzten Metern noch einmal die Tonart. „Nun geht es in den Urlaub an den Gardasee? Wobei Urlaub wahrscheinlich nicht ganz zutrifft. Sie haben mir ja am Telefon verraten, dass Sie stolzer Eigentümer eines Weinguts bei Bardolino sind." Sie bemerkte das Blitzen in seinen Augen.

„In der Tat", strahlte er sie wieder an. „Vor vielen Jahren habe ich mir dort ein kleines Weingut gekauft. Nur fünf Hektar. Aber ich bin mein eigener Winzer. Ich liebe den Rotwein aus dieser Gegend. Er ist so gehaltvoll, einfach gut und süffig und hat einen Hauch von Oliven in seinem Bukett."

„Dann sprechen Sie sicherlich auch Italienisch, könnte ich mir vorstellen?"

„Ziemlich gut sogar. Ich genieße es, wenn ich unten bin, immer wieder, Ausflüge in die nähere Umgebung zu unternehmen. Die Uferstraße weiter nach Malcesine, Lazise, Sirmione, rüber auf die Westseite des Sees nach Saló oder Limone ... Wenn Sie die Einheimischen in ihrer Landessprache anreden, haben Sie gleich einen ganz anderen Zugang zu ihnen, einfach persönlicher. Das merkt man sofort."

„Sie sind zu beneiden. Gerade jetzt, Anfang September, muss die Gegend um den Gardasee wunderschön sein."

„Ja", nickte der Diözesanrat, „die Saison neigt sich dem Ende zu, die meisten Touristen sind schon weg und in den flachen Hängen rund um Bardolino reift der Rotwein heran. Ich freue mich schon sehr auf die paar Tage. Am 13. bin ich ja schon wieder zurück."

„Herr von Sensheim, ich danke Ihnen für dieses Interview und wünsche Ihnen eine gute Fahrt und vor allem eine gesunde Rückkehr." Franziska packte Block und Stift wieder ein.

„Es war mir ein Vergnügen", log von Sensheim. Dann stand er auf und deutete eine kurze Verneigung an. „Ich hoffe, Sie schreiben nicht zu schändlich über mich. Vielleicht sieht man sich ja bald wieder."

Als der Diözesanrat das Café verlassen hatte, ließ Franziska das von ihm benutzte Wasserglas mit spitzen Fingern in eine kleine Plastiktüte gleiten.

Das Telefonat

Dienstag, 5. September

Es war Viertel nach acht. Der Wetterbericht der Tagesschau war gerade vorbei und hatte für die nächsten Tage angenehmes, spätsommerliches Wetter versprochen. Die zuletzt angekündigte Regenfront hatte sich verflüchtigt und war nördlich an Oberfranken vorübergezogen. In den Nächten jedoch sollten die Temperaturen jetzt deutlich abfallen. Kein Wunder, 30 Kilometer südlich von Bamberg, in Mittelfranken, entlang dem Unter- und Mittellauf der Aisch und in einigen Teilen Oberfrankens hatte die Karpfensaison begonnen. Der Herbst klopfte an die Tür. Ende des Monats würden die meisten fränkischen Bierkeller ihren Ausschank bis zum Mai des nächsten Jahres einstellen.

Harald Hagenkötter war heute ausnahmsweise einmal pünktlich nach Hause gegangen. Der Tag hatte ihm gereicht. Zuerst die Sonnleitners, dann der verlogene Schulleiter. Kaum war der zur Tür hinaus, hatte einmal wieder der Polizeipräsident Oberfrankens aus Bayreuth angerufen und nach Ergebnissen gefragt. Dabei waren weder SpuSi noch KTU mit ihrer Arbeit fertig. Schließlich hatte sich auch noch Kommissar Schmuck gemeldet und ihm konfuses Zeugs von irgendeiner Reserl erzählt und einen Witz, in dem ein Dildo eine Rolle spielte. Schmuck hatte am Telefon eine seltsame Stimme gehabt. Irgendwie schwer und belegt. Das läge an dem Naturtrüben, hatte er auf Nachfrage zu erklären versucht. Hagenkötter hatte ihn trotzdem nicht verstanden.

Egal. Heute wollte er nur noch einen ruhigen Fernsehabend verbringen. Auch wenn er sowieso wieder vor dem Scheißkasten einschlafen würde. Das war so sicher wie das Amen in der Kirche. Im Nachhinein verstand er fast, dass seine Frau ihn vor fünf Jahren verlassen hatte. Er war ein Opfer seines Berufes. Zu viele Überstunden. Zu wenig daheim. Zu engagiert der Karriere wegen, die, wenn sie tatsächlich gelang, dennoch beschissen bezahlt wurde. Was soll's, das Leben ist selten gerecht. Man kann sich nicht immer nur beklagen. Er sowieso nicht. Die Scheidung war glimpflich an ihm vorbeigegangen. Kinder waren keine dagewesen und seine Ex hatte schon immer gutes eigenes Geld bei einer Versicherungsgesellschaft verdient. Finanziell brauchte er sich wirklich keine Sorgen zu machen. Er kam mit seinem Einkommen gut aus und die Anlageform seiner privaten Altersvorsorge, in die er monatlich einzahlte, verlief bis jetzt auch ganz vielversprechend. Er würde sich auch später noch so manchen gebackenen Aischgründer Spiegelkarpfen mit Bamberger Kellerbier oder einem hervorragenden Schoppen Frankenwein leisten können.

Zuhause konnte sich Hagenkötter trotz Feierabend geistig nicht so richtig von den Mordfällen lösen. Kurz bevor er das Büro verlassen hatte, hatte er Pressesprecher Grandjean noch beauftragt, die Medien über den dritten Mordfall zu informieren – aber kurz und knapp! Es kursierten bereits Gerüchte, da mussten sie gegensteuern.

Er hing noch seinen Gedanken nach, als er plötzlich zusammenzuckte. Das Telefon schepperte wie ein alter Wecker. Er sah auf die Uhr. Dreiviertel neun. Welcher Idiot rief denn um diese Uhrzeit noch bei ihm an?

„Ja, hallo?“, grunzte er unfreundlich in den Telefonhörer.

„Hagenkötter?“, vernahm er eine ihm vertraute Stimme. „Hier ist Stich. Entschuldigen Sie den späten Anruf, aber ich bin da auf etwas gestoßen, das lässt mir einfach keine Ruhe.“

„Mensch, Stich“, röhrte der Hauptkommissar, „Sie können wohl auch nicht abschalten? Was gibt es denn so Dringendes?“

„Es ist der Mord an der jungen Sonnleitner. Ich habe mir die Ergebnisse der Autopsie jetzt zum zehnten Mal durchgelesen, weil ich schon von Anfang an das Gefühl hatte, etwas übersehen zu haben.“

„Und?“

„Wissen Sie, ich hatte immer das Gefühl, dass das Mädchen zwei Mal umgebracht worden ist.“

Hagenkötter wurde hellhörig. „Wie das?“

„Die Würgemale an ihrem Hals. Es sind die gottverdammten Würgemale. Sie sind unterschiedlich. Ich meine, zeitlich unterschiedlich. Ich war mir lange nicht sicher, aber ich denke jetzt doch, dass sie zwei Mal gewürgt wurde. Die Zeit und das Wasser haben mir einen Streich gespielt.“

„Wie meinen Sie das genau, Doc?“ Hagenkötter verstand nicht sofort, was der Rechtsmediziner eigentlich sagen wollte.

„Ich will sagen, dass ich zwischenzeitlich davon überzeugt bin – felsenfest, um ehrlich zu sein –, dass es zwei zeitlich versetzte Attacken auf das Kind gab. Der erste Würgeangriff auf Johanna hatte schon Einblutungen in den Halsweichteilen zur Folge, war aber nicht tödlich. Wahrscheinlich war sie anhaltend bewusstlos, aber Johannas Kopf wurde durch die Arterien noch immer mit Blut versorgt. Erst eine zweite, länger anhaltende und später ausgeführte Würgeattacke führte dazu, dass das Zungenbein und der Kehlkopf des Mädchens gebrochen wurden. Dadurch hat sich dann die Luftröhre endgültig verschlossen. Ich muss zugeben, dass ich das nicht sofort erkannt habe.“ Stich klang ehrlich zerknirscht. „Das tut mir außerordentlich leid. Die Leiche lag einfach zu lange im Wasser und die Würgemale waren überlagert. Aber bevor Sie mich jetzt unterbrechen, hören Sie mir erst weiter zu.“

Am anderen Ende der Leitung schloss Hagenkötter atemlos, aber folgsam den Mund.

„Eine weitere Frage hat mich beschäftigt: Wann genau wurde Johanna umgebracht? Wir wissen, dass die Leiche zwischen sieben und zehn Tagen in der Regnitz trieb, das ist aber natürlich alles andere als genau. Uns fehlten zur exakteren Eingrenzung des Todeszeitpunkts einfach notwendige Informationen. Mir hat das keine Ruhe gelassen, also habe ich mich deswegen umgetan – und Sie werden es nicht glauben: Ich bin tatsächlich auf einen Salzburger Kollegen gestoßen, der gerade an einer neuen Untersuchungsmethode experimentiert." Stich machte eine kurze, bedeutungsschwangere Pause. „Langweile ich Sie? Soll ich lieber morgen nochmal anrufen?"

„Um Himmels Willen, nein!", stieß Hagenkötter ins Telefon. Offenbar hatte er seinen Einsatz zur gewünschten lobenden Rückmeldung verpasst. „Fahren Sie fort!"

„Gern. Ich versuche, mich kurz und trotzdem verständlich auszudrücken. Wir alle wissen, dass eine verlässliche Bestimmung des Todeszeitpunkts 36 Stunden nach dem Ableben schwierig wird. Rund zehn Tagen später wird es erst wieder einfacher, weil man dann aufgrund des Insektenbefalls entsprechende Rückschlüsse ziehen kann. Aber unsere Leiche trieb ja im Wasser. Das bringt mich zum Salzburger Kollegen: Wie gesagt, er experimentiert an einer neuen Methode, die – es mag makaber klingen – aus der Fleischwirtschaft kommt. Dort wird ermittelt, wie lange Fleisch abhängen muss, bis die Cathepsin-Enzyme Muskelfaserstrukturen zersetzen. Den Namen müssen Sie sich nicht merken, Hagenkötter, aber auch in Ihrem Körper sind diese Kerlchen am Werk. Wenn Teile Ihrer Zellen überaltern, übernehmen sie quasi die Arbeit einer Abrissbirne."

„Ganz toll, Doc." Hagenkötter bekam bei dieser Beschreibung ein ungutes Gefühl in der Magengrube.

„Auf dieses Prinzip setzt jetzt auch der Mann aus Salzburg. Sie müssen wissen, Skelettmuskeln bestehen aus sehr großen Proteinen. Titin etwa besteht aus mehr als 30.000 Aminosäuren.

Hinzu kommt, dass Eiweiße im Muskelgewebe länger erhalten bleiben als in Nervenzellen. Was also passiert, wenn man den Abbau verschiedener, ausgewählter Proteine untersucht, vom Todeszeitpunkt an bis 240 Stunden später? Das war die Idee des Experiments. Können Sie mir folgen?"

„Ja, ja, ich verstehe durchaus. Wie geht die Geschichte weiter?"

„Nun, der Salzburger Entomologe stellte fest, dass zwei Spaltprodukte entstehen, wenn sich Proteine abbauen. Und jetzt kommt das Wesentliche: Der Spaltvorgang passiert immer im gleichen Zeitraum. Das Protein Desmin zum Beispiel baut sich immer zwischen 36 und 60 Stunden nach Eintritt des Todes ab. Insgesamt sieben Proteine hat der Kollege für diesen Untersuchungsprozess ausgewählt."

„Aber das hieße ja wirklich", unterbrach Hagenkötter den Rechtsmediziner, „dass man auch einen länger zurückliegenden Todeszeitpunkt unabhängig von diesen unappetitlichen Madenkolonien einigermaßen verlässlich bestimmen könnte – vorausgesetzt diese Spaltphasen finden tatsächlich immer zum gleichen Zeitpunkt statt?"

„Sie haben den Nagel auf den Kopf getroffen", freute sich Professor Dr. Stich.

„Dann könnten wir Ihren Salzburger Kollegen doch kontaktieren und ihn fragen, ob er uns weiterhelfen kann?", drängte der Kripobeamte und malträtierte seinen Schnauzbart.

„Hagenkötter, Sie beleidigen mich. Ich habe heute – kurz vor Feierabend, wie ich betonen möchte – schon die Untersuchungsergebnisse aus Salzburg erhalten. Deshalb rufe ich doch auch so spät an: Johanna Sonnleitner ist zwischen dem 18. und 20. August verstorben. Das müsste Ihre Ermittlungsergebnisse doch ganz wunderbar stützen."

„Doc?"

„Hagenkötter?"

„Mir ist da gerade etwas eingefallen. Sie haben doch bei Johanna Fremd-DNA gefunden?"

„Richtig, unter den Fingernägeln."

„Und der Bischof hatte am Hals frisch verheilte Kratzspuren?"

„Sie meinen ...?“

„Ich meine gar nichts und will auch nicht die Sau durchs Dorf scheuchen. Ich habe nur so eine Ahnung.“

„Das Erste, was ich morgen früh tun werde, ist ein DNA-Abgleich. Versprochen.“

„Sie sind ein Schatz.“

Die erste Kolumne

Mittwoch, 6. September

Gefragt – gesagt

Zwei Mordopfer innerhalb weniger Tage in unserer wunderschönen Stadt. Dabei wollten wir Bamberger an diesen Tagen eigentlich unsere Sandkerwa feiern. Es sollte nicht sein (wir berichteten). Dafür beschieden uns diese Spätsommertage gleich zwei Tote: eine unschuldige Schülerin und einen vatikanischen Kurienbischof. Beide wurden ermordet. Viel wurde darüber geschrieben und noch viel mehr spekuliert. Für die meiste Aufregung sorgt aber vor allem eine der brisanten Spuren: Was verbindet die römisch-katholische Kirche mit den beiden Mordfällen? Diese Frage haben wir dem Vorsitzenden des hiesigen Diözesanrates, Herrn Maria Ludwig von Sensheim, gestellt.

Von einer geheimnisvollen, gar mysteriösen kirchlichen Organisation namens Santi-Figli-di-Dio (Heilige Kinder Gottes) war in verschiedenen Medien zuletzt im Zusammenhang mit den Morden die Rede. Eine Schule und ein Meditationszentrum sollen sie auf Bamberger Stadtgebiet unterhalten. Über geheime nächtliche Exzesse und Exorzismen wurde spekuliert. Sind die beiden Mordfälle also Zeichen eines wütenden Gottes?
„Alles Humbug“, meint Diözesanrat Maria Ludwig von Sensheim. Und er muss es wissen. Kein anderer Laie im Erzbistum Bamberg ist der Kirche so nah wie er. „Santi-Figli-di-Dio ist ein Produkt des Zweiten Vatikanischen Konzils“, klärt er im Interview auf. „Die Organisation soll Minderjährigen christliche Grundwerte vermitteln. Vor allem aber soll Santi-

Figli-di-Dio den Kindern, den schutzbedürftigsten Geschöpfen Gottes, durch eine exzellente Weiterbildung einen guten Lebensweg in einer Gemeinschaft aufzeigen, die von Nächstenliebe, einem Leben in der Nachfolge Jesu Christi und einem insgesamt christlichen Menschenbild geprägt ist." Das Meditationszentrum am Paradiesweg sei ein einzigartiger Ort der Stille und der geistlichen Einkehr, verriet uns der Kirchenexperte. Schließlich habe auch er sich dort schon bei mehreren Gelegenheiten aufhalten und umsehen dürfen.

Warum Bischof Carlo Eposito, der ebenfalls den Santi-Figli-di-Dio eng verbunden war, einem Mord zum Opfer fiel, ist dem Bamberger Diözesanrat unbegreiflich. „Bischof Eposito und ich waren gute Freunde. Wir haben uns erst kürzlich in Bamberg getroffen. Dass er nun tot ist, trifft mich tief." Gerade Bischof Eposito habe den Kindern seine ganze Kraft und Aufmerksamkeit geschenkt, berichtete uns Herr von Sensheim.

Zuletzt geisterte ein Wort durch die Gerüchteküche, das die meisten von uns nur an mittelalterlichen Aberglauben und mittelmäßige Horrorfilme denken lässt: Exorzismus. Stimmt es, dass solche längst überkommen geglaubten Riten noch immer praktiziert werden? Und das sogar hier bei uns im Bamberg, auf dem Grund und Boden der Santi-Figli-di-Dio? Wir haben Herrn von Sensheim damit konfrontiert. Was Exorzismus angeht, müsse die Öffentlichkeit umdenken, ist dazu der Standpunkt unseres Diözesanrates. Zu viele unklare und archaische Vorstellungen, was Exorzismus überhaupt sei, würden für schlechte Publicity sorgen. In der modernen Auslegung sei der Exorzismus mit dem Besuch beim Psychiater vergleichbar und diene der seelischen Heilung. Er selbst habe gelegentlich schon an solchen Sitzungen teilgenommen. „Völlig harmlos und in manchen Fällen sehr hilfreich", ist von Sensheim überzeugt und schilderte ein praktisches Beispiel, bei dem die seelische Heilung im ruhigen Gespräch und gemeinsamen Gebet gelungen war. Mit einer „Teufelsaustreibung" habe das nichts mehr zu tun.

Nun hat sich Herr von Sensheim für einige Tage in sein Urlaubsdomizil am Gardasee zurückgezogen. Wie er uns erzählte, nennt er ein kleines

Weingut oberhalb des Städtchens Bardolino sein Eigen. Der als rhetorisch versiert bekannte Diözesanrat wird auch im schönen Oberitalien keine Kommunikationsschwierigkeiten haben, spricht er doch fließend Italienisch.

Neuigkeiten

Mittwoch, 6. September

„Deine Kolumne hat eingeschlagen wie eine Bombe“, wusste Bernd Hühnertod zu berichten. „Und es gehen immer noch Leserbriefe ein.“

Franziska saß an diesem Mittwochmorgen einmal wieder ihrem Chef gegenüber. „Und? Wie ist der Tenor?“

„Auflagenträchtig.“ Der Wolfenbütteler strahlte wie ein Honigkuchenpferd. „Und es gibt völlig konträre Meinungen“, setzte er hinzu. „Das werden noch heiße Diskussionen.“

„Was sagen unsere Leser denn konkret?“

„Wie schon gesagt, es gibt völlig unterschiedliche Reaktionen. Der von Sensheim kommt dabei gar nicht gut weg: *Dampfplauderer, bischöflicher Arschkriecher, Tunichtgut* sind die noch etwas harmloseren Bezeichnungen. *Lügner, Blender* und *Vorstadthippie* liegen etwa in der mittleren Kategorie. Wobei ich mir wirklich nicht vorstellen kann, wie jemand bei dem von Sensheim an einen Hippie denken kann ...“

„Und die Top-Beschimpfungen?“

„Die fangen bei *Kinderschänder* an, gehen mit *Teufelsaustreiber* weiter und enden bei *Antichrist*. Da haben ein paar Kirchengegner ordentlich Luft abgelassen.“ Hühnertod guckte auf einen Spickzettel. „In mehr als der Hälfte der bisher eingegangenen Leserbriefe wird der Vorsitzende des Diözesanrats als nicht glaubwürdig betitelt. Wusstest du, dass der Mann einen Spitznamen hat? *Der Playboy vom Domberg*.“ Franziskas Chef lachte dreckig. „In Bardolino soll er sich eine Geliebte halten, 20 Jahre jünger als er. Nimm das doch mal als Aufhänger für deinen nächsten Artikel!“ Hühnertod schnappte nach Luft, um in seiner Begeisterung fortzufahren, als sich das Telefon auf seinem Mahagoni-Schreibtisch meldete und Alexandra, seine Sekretärin, ihren Kopf ins Büro steckte. „Der Generalvikar", raunte sie und deutete mit dem rechten Zeigefinger auf das ratternde Telefon.

„Ich übernehme", raunte Hühnertod zurück und nahm Haltung an. „Einen wunderschönen guten Morgen, Herr Generalvikar", meldete er sich jovial, „was verschafft mir die Ehre? Was kann ich für Sie tun?" Dann hörte er eine Zeitlang nur zu. „Ach so ... ja, ja ... das verstehe ich ... Nein, das wäre peinlich, nicht gut für die Kirche, da stimme ich Ihnen völlig zu ... Ja, Frau Berger ist da. Sie sitzt mir gerade zufällig gegenüber ... wir haben intern über die Angelegenheit gesprochen ... Selbstverständlich, Frau Berger wird sich sogleich auf den Weg zu Ihnen begeben ... Sagen wir, in rund 30 Minuten? Selbstverständlich bringen wir den Artikel in der morgigen Ausgabe ... Ja, Herr Generalvikar, gerne ... das ist doch klar, keine Ursache ... Ihnen auch und vielen Dank für den Anruf. Ja, auf Wiedersehen."

Hühnertod legte auf, schrie laut „Yeah!" und schlug mit der rechten Faust in seine linke Handfläche, dass es nur so klatschte. „Das gibt Schlagzeilen!", rief er begeistert. „Franziska, mach dich auf den Weg zum Erzbistum. Der Generalvikar hat deine Kolumne gelesen und will sich von den Aussagen des Diözesanrats distanzieren. Er hat eine Stellungnahme vorbereiten lassen, die er und der Pressesprecher des Erzbistums inhaltlich mit dir abstimmen wollen. Ich hab ihm zugesagt, dass wir die Stellungnahme in der morgigen Ausgabe bringen."

„Aha." Franziskas Begeisterung hielt sich in Grenzen. Die vorgestanzten Botschaften dieses hohen Tiers möglichst kritikfrei abzutippen, dafür war sie sich eigentlich zu schade. Vielleicht ergab sich wenigstens eine gute Gelegenheit, in Sachen der Mordfälle weiterzuschnüffeln. „Und was ist seine Kernbotschaft?"

„Er will endgültig klarstellen, dass der ermordete Kurienbischof nicht Gast des Erzbistums war."

„Sondern?"

„Keine Ahnung. Das hab ich ihn nicht gefragt. Das wirst du ja dann hören."

„Ach, Chef", seufzte Franziska und dachte bei sich: *Du stellst dich blöder an als der Hund beim Scheißen.* „Okay, ich mach mich auf den Weg."

Sie schnappte sich ihre Handtasche, ihre Fahrradschlüssel und schwang sich Minuten später in den Sattel. Gerade als sie in die Pedale treten wollte, meldete sich aus dem Innern ihrer Tasche Wolfgang Petri und stellte die Frage: *Wahnsinn – warum schickst du mich in die Hölle?* Franziska musste über ihre abgespeicherte Anrufmelodie lachen, wollte sie doch gerade zum Domberg aufbrechen. Sie griff sich ihr Mobiltelefon und meldete sich: „Franziska Berger, guten Tag."

„Hier spricht Georg Stallhuber. Grüß Gott, Frau Berger. Sie erinnern sich?"

„Aber natürlich, Herr Stallhuber, hallo. Bamberger Symphoniker, ehemaliges Mitglied der Päpstlichen Kommission für den Schutz von Minderjährigen und früherer Regensburger Domspatz ..."

„Ich habe Ihre Kolumne gelesen", schnitt er ihr das Wort ab. „Ein einziger Hohn, was da geschrieben steht. Wie konnten Sie diesem Schleimbeutel nur so auf den Leim gehen?"

„Was meinen sie konkret damit, Herr Stallhuber?"

„Okay, passen Sie auf und hören Sie mir zu. Sie haben doch etwas Zeit?"

„Um ehrlich zu sein, nein, die habe ich im Moment definitiv nicht. Ich bin nämlich auf dem Weg zum Erzbistum."

„Gut, wie lange brauchen Sie dort?"

„Keine Ahnung. Vielleicht eine, vielleicht eineinhalb Stunden."

„Dann treffen wir uns in zwei Stunden im Rosengarten! Bis dann, Frau Berger."

„Hören Sie –" Doch Georg Stallhuber hatte bereits aufgelegt.

*

Um elf Uhr 30 schlenderte Franziska durch den Haupteingang der Neuen Residenz. Ihr Gespräch mit dem Generalvikar und seinem Pressesprecher war umständlich, kompliziert und nervig gewesen. Wie befürchtet war es ihren Gesprächspartnern ausschließlich darum gegangen, das Ansehen des Erzbistums sauber zu halten. Bei ihrer mehrfachen Nachfrage, wessen Einladung der Kurienbischof denn nun gefolgt sei, wenn nicht einer des Erzbistums, hatten die zwei sich wie Regenwürmer am Angelhaken gewunden. Schließlich hatten beide genickt, als Franziska die Personalprälatur Santi-Figli-di-Dio in den Raum geworfen hatte.

„Stimmt es, dass Maria Ludwig von Sensheim den Kurienbischof maßgeblich während dessen Besuchs in Bamberg betreut hat?" Auch das Ergebnis dieser Frage war ein langes Winden, gefolgt von einer noch längeren Diskussion gewesen. Schließlich hatte man sich auf die Wortwahl geeinigt, dass Herr von Sensheim wohl den vatikanischen Bischof maßgeblich betreut habe, allerdings nicht in seiner Eigenschaft als Vorsitzender des Diözesanrats des Erzbistums, sondern als persönlicher, langjähriger Freund. Woher die langjährigen, freundschaftlichen Verbindungen herrührten, könne man nicht mit letzter Sicherheit sagen. Eine diesbezügliche persönliche Verbindung über die Personalprälatur Santi-Figli-di-Dio wäre unter Umständen denkbar. Genaues wisse man aber nicht. Den Wunsch von Herrn von Sensheim, ihm gelegentlich einen Wagen nebst Fahrer aus dem erzbischöflichen Fuhrpark zur Verfügung zu stellen, habe man, des guten Verhältnisses wegen und aus Gründen der Gastfreundschaft gegenüber dem vatikanischen Bischof, entsprochen. Ja, mit Fahrer. Der Name des Fahrers? Ob das sein müsse, man wäre ja hier nicht im Verhör? Nun gut, Max Müller, wohnhaft in Memmelsdorf.

Am Ende des Gesprächs war Franziska doch hochzufrieden gegangen, denn sie hatte jetzt eine beidseitige, auch vom Generalvikar abgezeichnete Version des „Interviews" in der Tasche, mit dem sie selbst weiterkommen und auch Tina zuarbeiten konnte.

Nun hielt sie nach Georg Stallhuber Ausschau. Der Rosengarten war mit Touristen gefüllt. Viele von ihnen irrten fröhlich zwischen den 70 Rosenbeeten herum und rochen mal hier, mal da an einer der rund 4.500 Blüten.

Ein älteres Ehepaar studierte geschichtliche Hinweisschilder. „Aha, 1733 ... schon wieder der Fürstbischof von Schönborn ... Gundula, hat der nicht auch das Schloss Weissenstein in Pommersfelden ...?"

„Nein, Oskar, du Dummchen", wurde der betagte Rentner von seiner Frau unterbrochen, „das war doch der Kurfürst Lothar Franz von Schönborn, nicht der Fürstbischof Friedrich Karl von Schönborn, wie es hier steht."

„Aber der Balthasar Neumann ...", begehrte Oskar auf.

„Der war doch in Pommersfelden gar nicht mit dabei", belehrte ihn seine Frau. „Der Neumann hat sich dort doch nur das Treppenhaus für die Residenz in Würzburg abgeguckt."

„Und die Dientzenhofer-Brüder?", ließ Oskar nicht locker.

„Die auch nicht!"

„Du mit deiner ständigen Besserwisserei."

Franziska musste lächeln und hielt Ausschau nach dem Bamberger Symphoniker. Allmählich arbeitete sie sich zur Mauerbrüstung vor. Viele Touristen genossen von hier aus den Blick auf das ehemalige Benediktinerkloster St. Michael und seinen südwärts abfallenden Hang, den Camerathen, der schon im 12. Jahrhundert als Weinberg genutzt worden war. Dann sah sie den ausgestreckten Arm. Georg Stallhuber saß auf der hintersten Bank und nuckelte an einer Zigarette. Sie machte sich auf den Weg.

„Hallo", begrüßte er sie, „es war gar nicht so leicht, den Sitzplatz zu verteidigen. Wie geht's Ihnen?"

„Danke der Nachfrage, gut – und selbst?"

„Nachdem ich heute Morgen Ihre Kolumne gelesen habe, wäre mir fast das Kotzen gekommen."

„Wieso das? Was ist Ihnen denn so sehr in den falschen Hals gerutscht?"

„Da ist nichts falsch gerutscht, außer dass Sie den Mist, den Ihnen dieser Blender erzählt hat, publiziert haben. Ungefiltert! Das kann man so nicht stehen lassen!"

„Nur zu, Herr Stallhuber, auch Sie haben die Möglichkeit, in meiner Kolumne zu Wort zu kommen, die erscheint jetzt nämlich regelmäßig. Aber wenn ich mich an unser erstes Treffen erinnere, dann waren Sie das, der größtenteils Andeutungen machte und namentlich nicht zitiert werden wollte."

„Das ändern wir hiermit, Frau Berger. Hören Sie mir gut zu, welche Neuigkeiten ich Ihnen zu erzählen habe ..."

Neues aus der Presse

Donnerstag, 7. September

Die Tageszeitungen in ganz Nordbayern überschlugen sich mit Artikeln zu den neuesten Entwicklungen in Bamberg. Allen voran der *Fränkische Tag*. „Mord Nr. 3" lautete die reißerische Schlagzeile der Donnerstagsausgabe:

Die Morde in Bamberg reißen nicht ab. Wie die Kripo Bamberg informiert, wurde bereits am Montag, den 4. September, die Leiche eines weiteren Mordopfers entdeckt. Bei dem Toten handelt es sich um den italienischen Staatsbürger Marco L., der schon seit mehr als zehn Jahren in der Stadt lebte. Marco L. war Verwalter des Meditationszentrums der Santi-Figli-di-Dio im Stadtteil Bug, einer vatikanischen Wohltätigkeitsorganisation für minderjährige Jugendliche. Wie bereits berichtet, unterhält die institutionelle Einrichtung der katholischen Kirche auch eine Schule in der Stadt. Auffällig sind die Verbindungen: Der ermordete Kurienbischof Carlo Eposito war Mitglied dieser Institution, das erste Opfer der Mordserie, die am 26. August in der Regnitz aufgefundene zehnjährige Johanna S., war Schülerin an der Santi-Figli-di-Dio. Hängen alle drei Morde zusammen? Der Verdacht liegt nahe. „Wir sind noch immer mit der Auswertung der gefundenen Spuren beschäftigt", heißt es dazu aus der Presseabteilung der Kripo. Gefunden wurde der Leichnam von Marco L. im Meditationszentrum von Santi-Figli-di-Dio am Paradiesweg. Auch Marco L. soll mit einem Stahlseil erdrosselt worden sein.

Die offenen Fragen bleiben und sind mannigfaltig: Was hat die katholische Kirche mit den Mordfällen zu tun? Warum hält die Polizei einen aktuellen Mordfall solange zurück? Was verheimlicht uns der Vatikan? Wann kommt die Wahrheit ans Licht? Ist unsere Polizei überfordert?

Auf Seite zwei, im Innern der Zeitung, ließ es sich das Erzbistum Bamberg nicht nehmen, eine Stellungnahme abzugeben: „Ihr Erzbistum klärt auf", hieß es dort:

Liebe katholische Glaubensbrüder und -schwestern, liebe Christen,

seit nunmehr knapp zwei Wochen erschüttern ungeheuerliche Mordfälle unser Erzbistum. Auch ein enger Glaubensbruder, der römische Kurienbischof Carlo Eposito wurde Opfer eines hinterhältigen Mordanschlags. Wir sind tief betroffen und bitten Gott, ihn in sein Reich aufzunehmen.

Immer wieder wurde in den Medien darüber spekuliert, was Carlo Eposito nach Bamberg gebracht hatte. Fälschlicherweise wurde er oft als Gast des Erzbistums betitelt und somit unser Wirken in der Domstadt mit seinem tragischen Tod in Zusammenhang gebracht. Wir sehen uns daher veranlasst, eine eignene Stellungnahme zu veröffentlichen: Der vatikanische Kurienbischof war nicht Gast unserer Erzdiözese, es wurde gegenüber Carlo Eposito zu keinem Zeitpunkt eine Einladung ausgesprochen. Einer verbindlichen Äußerung, auf wessen Einladung Kurienbischof Eposito anreiste, möchten wir uns enthalten.

Allen aufgekommenen Gerüchten , nach denen in unserem Erzbistum und mit unserer Beteiligung Exorzismen abgehalten werden, widersprechen wir hiermit auch auf das Heftigste. Die von Diözesanrat Maria Ludwig von Sensheim hierzu getroffenen Aussagen, müssen als rein private Äußerungen angesehen werden, sie geben in keiner Weise die Einstellung des Erzbistums wider. Aufgrund des bekannten tragischen Unfalls von Anneliese Michel während der Durchführuung eines Exorzismus in den 1970er Jahren, werden seitdem bundesweit keine Exorzismen von deutschen katholischen Bischöfen genehmigt.

Liebe Glaubensbrüder und -schwestern, wir bitten Sie, falls Sie noch Fragen haben, sich direkt an das Erzbistum zu wenden. Wir freuen uns auf die Gespräche mit Ihnen, Ihr Erzbistum Bamberg

Die eigentliche „Bombe“ des Tages folgte aber auf Seite zwölf, im Regionalteil. Es war Franziska Bergers zweite Kolumne:

Gefragt – gesagt
Heute mit Georg Stallhuber von den Bamberger Symphonikern

Wer hätte gedacht, dass unsere neue Kolumne bei Ihnen, der verehrten Leserschaft, auf ein so breites Echo stößt? Vielleicht lag es ja auch an unserem ersten Gesprächspartner, dem Diözesanrat Maria Ludwig von Sensheim, der viele meinungsstarke Reaktionen hervorgerufen hat? Ganz sicher aber hatte das derzeit brisanteste Thema unserer Stadt seinen Anteil daran, Ihr großes Interesse zu wecken: die ungelösten Morde, zwischenzeitlich summieren sie sich auf drei Fälle.

Auch Georg Stallhuber, Musiker der Bamberger Symphoniker und ehemaliges Mitglied der Päpstlichen Kommission für den Schutz von Minderjährigen, zählt zu den vielen Lesern, die der gestrigen Kolumne noch etwas hinzuzufügen haben. Doch das ist nicht alles. Georg Stallhuber war als Kind Mitglied der Regensburger Domspatzen und hat in jungen Jahren den Missbrauch durch katholische Geistliche am eigenen Leib erlebt. Er erhebt schwere Vorwürfe gegen den Vorsitzenden des erzbischöflichen Diözesanrates Maria Ludwig von Sensheim und die vatikanische Personalprälatur Santi-Figli-di-Dio. Dabei geht Stallhuber sogar so weit, die vatikanische Einrichtung der Durchführung von Exorzismen zu bezichtigen; die Öffentlichkeit würde über den angeblichen Wohltätigkeitsauftrag der Prälatur getäuscht.

Dass regelmäßig Exorzismen in Hinterzimmern der religiösen Einrichtung stattfinden, ist für den Musiker eindeutig. Auch sogenannte Große Exorzismen sollen hier von jedermann gebucht werden können, die sich der Abfolge von Gebeten, Psalmen, Evangelientexten, Symbolhandlungen und dem Befehl des Exorzisten an den vermeintlichen Teufel, aus dem Körper auszufahren, aussetzen wollen. Georg Stallhuber zeigt ein tiefes Wissen um den Vorgang des Exorzismus: „Solche Sitzungen können eine mehrjährige Zeitperiode in Anspruch nehmen und sind eine exzellente

Basis für ein langfristiges, einträgliches Geschäft." Lauert also hinter der frommen Fassade die reine Geldgier? „In Italien steht Santi-Figli-di-Dio schon länger unter Verdacht, routiniert Exorzismen durchzuführen und sich diese ordentlich vergüten zu lassen", so Stallhuber.

Zum Schluss kommt der Bamberger Symphoniker nochmals auf Maria Ludwig von Sensheim zu sprechen: „Er ist ein Wolf im Schafspelz", warnt Stallhuber, „trauen Sie ihm nicht über den Weg." Wie gestern berichtet, befindet sich der so Beschuldigte derzeit zu einem Kurzurlaub am Gardasee. Man darf gespannt sein, wie er und die vatikanische Privatprälatur Santi-Figli-di-Dio auf die erhobenen Anschuldigungen reagieren werden.

Neue Erkenntnisse

Donnerstag, 7. September

Sie saßen im kleineren Kreis zusammen: Hauptkommissar Hagenkötter, Professor Stich, Gerhard Frank von der Spurensicherung, der KTUler Ludwig Zahn sowie die Kommissare Schmuck und Meisel.

„Haben Sie heute schon die Zeitung gelesen?", warf Hagenkötter in die Runde, nachdem er alle begrüßt hatte. „Diese Frau Berger vom *Fränkischen Tag* gefällt mir. Die stellt den richtigen Leuten die richtigen Fragen und provoziert an den richtigen Stellen. Wenn die wüsste, wie sehr sie uns mit ihren Beiträgen entgegenkommt ..."

Sie weiß es, Chef, sie weiß es, ging es Tina durch den Kopf.

„Und auch die Verantwortlichen vom Domberg scheinen geläutert zu sein", fuhr Hagenkötter fort. „Frei nach dem Motto: Jeder rettet seinen Arsch jetzt selbst. Herr Schmuck, mit diesem Max Müller reden Sie noch?"

„Klar, Chef, sobald wir hier fertig sind, fahre ich nach Memmelsdorf."

„Tun Sie das. Ansonsten, glaube ich, war die Spurensicherung die letzten beiden Tage sehr erfolgreich unterwegs. Gratuliere, Kollege Frank. Gute Arbeit. Aber zunächst möchte ich Professor Stich zu Wort kommen lassen. Bei ihm drängt die Zeit, die nächste Leiche wartet schon. Gott sei Dank diesmal nicht aus Bamberg. Herr Professor, Sie haben das Wort."

„Danke, Herr Hagenkötter." Dann wandte er sich an das ganze Team Die meisten von ihnen hatten ein fragendes Stirnrunzeln aufgelegt. „Ihr Chef hatte die zündende Idee", begann Stich. „Vor zwei Tagen habe ich Ihren Chef angerufen, weil mir zu Johanna Sonnleitners Tod noch ein paar Auffälligkeiten durch den Kopf gingen. Wir waren schon fast fertig, da kam er noch einmal auf die Fremd-DNA unter Johannas Fingernägeln zu sprechen. Denken Sie an die Kratzspuren am Hals des zweiten Mordofers, Bischof Eposito! Ich habe das Ganze verglichen und ..." Stich machte eine Kunstpause. „Die DNA stammt eindeutig von Eposito. Johanna war es, die den Bischof am Hals verletzt hat." Stich lächelte und ließ seine Aussage wirken.

„Phänomenal!", ließ sich Kommissar Zahn hören, dann fingen alle an, durcheinander zu sprechen. Professor Stich hob beschwichtigend die Hände. Nachdem sich die Anwesenden wieder etwas beruhigt hatten, berichtete er über seine neuesten Erkenntnisse zu Johannas gewaltsamem Tod.

„Ich muss zu meiner Schande gestehen, dass es mir wirklich nicht sofort aufgefallen ist", beichtete der Professor. „Wer denkt denn auch daran, dass das Mädchen zwei Mal gewürgt worden ist, zudem zu unterschiedlichen Zeitpunkten. Ich bin überzeugt, dass der Tod des Mädchens erst durch das zweite Würgen eingetreten ist. Die erste Misshandlung führte lediglich zu einer Bewusstlosigkeit. Ich weiß, das wirft neue Fragen auf, aber so lauten die Fakten. Es tut mir leid, dass ich erst auf den zweiten Wurf dahintergekommen bin. Die Leiche kann ich jetzt übrigens zur Bestattung freigegeben."

„Das war für uns sehr aufschlussreich, Herr Professor", bedankte sich Hagenkötter. „Wer macht weiter?", fragte er dann und blickte in die Runde.

„Kollege Zahn und ich", meldete sich Kommissar Frank von der SpuSi. „Zunächst zu Johanna Sonnleitners Zimmer zuhause bei ihren Eltern: Ich würde mal zusammenfassend sagen: zweckmäßig, rational, modern, aber kaum persönlich, nicht gerade kindgerecht.

Man merkt den Einrichtungsgegenständen an, dass sie nicht billg waren. Himmelbett, Kommode, Schrank und Schreibtisch aus dem Holz der Wildkirsche. Das Feinste vom Feinen. Eine eigene Sitzecke, bestehend aus einem Zweisitzersofa mit Couchtisch. Ich glaube nicht, dass Johanna sich die Möbel selbst ausgesucht hat. Da waren die Eltern am Werk. Was ich völlig vermisst habe, waren Bilder an der Wand. Von Freunden, von Tieren, von Popstars. Als unsere Tochter in dem Alter war, klebten überall Poster mit Katzen darauf und Tokio Hotel, fast lebensgroß über dem Bett. Also ich bezweifle, dass sich eine Zehnjährige in so einem sterilen Zimmer wirklich wohlfühlen kann. Aber vielleicht sehe ich das auch falsch. Ludwig, übernimmst du?"

„Klar. Voranstellen möchte ich, dass wir in einer Schublade von Johannas Schreibtisch Spuren von Crystal Meth festgestellt haben. Winzige Reste, aber eindeutig. Das hat mich schon überrascht. Aber der Hammer kommt erst noch." Dann griff Kommissar Zahn nach seinen Unterlagen und zog zwei DIN-A4-Seiten hervor. Es handelte sich um unlinierte, weiße Blätter aus einem Zeichenblock, die einseitig mit Buntstiften bemalt waren. Zahn hob sie hoch und schwenkte sie nach allen Seiten. Dann gab er sie in Umlauf: „Schaut euch das mal an. Die beiden Zeichnungen hat die SpuSi in Johannas Zimmer gefunden. Sie waren mit Tesafilm unter ihre Schreibtischplatte geklebt."

Alle Anwesenden, inklusive Professor Stich, besahen sich die dargestellten Szenen genau. Man konnte die Bilder nicht gerade als künstlerisch wertvoll oder wenigstens zeichnerisch gelungen bezeichnen, aber welche Dramatik sie zum Ausdruck brachten, war allen sofort klar: Auf dem ersten Bild lag ein nacktes Mädchen in einem Bett. Blaue Tränen liefen ihr aus den Augen und tränkten das Bettzeug. An der Wand hing ein großes Kreuz, an das eine Jesusfigur genagelt war. Der Christus trug eine pechschwarze Krone, gespickt mit spitzen Dornen. Aus seinem Oberkörper und aus seinen Beinen flossen kleine Blutbäche nach unten und färbten die Bettwäsche rot. Vor dem Bett standen zwei männliche Figuren, eine schlank und groß, die andere eher klein und mit einem mächtigen

Bauch. Beide waren komplett schwarz gezeichnet, mit harten Konturen und keinen erkennbaren Einzelheiten wie Augen oder Haaren. Aus ihren Unterkörpern wuchs je ein mächtiger Penis, beide zeigten in die Richtung des Mädchens. Auch ein Fenster war über dem Bett zu sehen. Die Scheiben waren, bis auf die Sichel eines gelben Monds und eines einsamen Sterns, schwarz bemalt.

Als die beiden Zeichenblätter Tina erreichten, hob sie die erste Seite noch einmal für die Runde in die Höhe. Die beiden gezeichneten Männer blieben nicht anonym. Sie hießen Ferdinand und Friedhelm. „Damit haben wir die Patres. Habt ihr die Namen gesehen? Roter Buntschrift, fahrige Kinderhandschrift – Johanna hat uns ihre Peiniger damit einwandfrei benannt."

Auf der zweiten Zeichnung waren zwei Szenen je im Hochkantformat dargestellt. Die linke Hälfte des Blatts zeigte ein prächtiges, großes Haus. Ins Auge aller Betrachter stachen sofort der Kreis über der Tür auf der Giebelseite und das überdimensionierte Kreuz darin. Vor dem Haus stand ein blaues Auto. Auf der rechten Hälfte sah man ein Zimmer, sorgfältig quadratisch von Wänden eingerahmt. In einer Ecke stand eine Art braunes Sofa, davor ein ebenfalls brauner Stuhl. Die Wand dahinter war mit vielen kleinen und größeren Kästchen gefüllt: Bilder. In der Mitte des Raums saß ein Mädchen mit langen blonden Haaren. Sie war nackt und aus ihren blauen Augen kullerten Tränen, die sich auf dem Fußboden zu einem kleinen blauen See sammelten. Links neben dem Mädchen stand ein kleiner, dicklicher Mann, rechts davon ein langer, dürrer. Wieder waren sie komplett schwarz gezeichnet und ausgefüllt und wieder ragten zwischen den Beinen ihre abstehenden Geschlechtsteile heraus.

„Kollegin Meisel hat es gesagt: Das dürfte eindeutig sein", kommentierte Kommissar Frank, nachdem jeder die Details der Bilder aufgenommen hatte.

„Wir müssen die beiden sofort verhaften", schlug Kommissar Schmuck sichtlich erregt und erzürnt vor.

„Langsam, langsam", beruhigte Hagenkötter die Gemüter und spielte seine Erfahrung aus. „Ich gebe Ihnen recht, die dargestellten

Szenen sind eindeutig, aber mit Zeichnungen ist es so eine Sache. Beweisstücke, die vor Gericht mit Sicherheit bestehen, sind die beiden Kunstwerke noch lange nicht. Ein gewiefter Strafverteidiger verweist sofort auf die kindliche Fantasie und konstruiert daraus eine ganz andere Geschichte als wir sie sehen. Ich schlage vor, wir halten die Blätter noch zurück, konfrontieren gegebenenfalls die Patres persönlich damit und sammeln uns so mehr und vor allem unanzweifelbare Beweise zusammen. – Aber weiter im Text. So wie ich die Herren Zahn und Frank kenne, haben die beiden noch mehr auf Lager."

„Da haben Sie recht, Chef", bestätigte Zahn und übernahm erneut die Wortführung. „Die einzigen Fingerabdrücke, die wir auf den Bildern sichern konnten, waren übrigens die von Johanna. Ihre Eltern hatten die Zeichnungen demnach nie in der Hand. Und jetzt zu den Spuren, die wir in der Villa gefunden haben: Jede Menge Fingerabdrücke. Nachweisen können wir derzeit, dass Johanna Sonnleitner, Bischof Eposito, Marco Lignelli und der Schulleiter Dr. Johannes Sieber sich kürzlich dort aufgehalten haben."

„Moment", schritt Hagenkötter ein, „woher wissen wir, dass sich auch Sieber dort herumgetrieben hat?"

„Die Kollegin Meisel hat uns ein Trinkglas überlassen, auf dem sich seine Prints befanden", sagte Gerhard Frank.

„Das Glas Wasser, worum Sieber zu Ende unseres letzten Gesprächs mit ihm gebeten hatte ... Sie erinnern sich, Chef?", erklärte Tina.

„Raffiniert", meinte Hagenkötter anerkennend und forderte Zahn auf, weiter zu berichten.

„Wir haben noch Dutzende anderer Fingerabdrücke sichergestellt, die wir bisher keiner weiteren Person zuordnen können.", begann Kommissar Zahn.

„Aber das ist noch nicht alles", unterbrach ihn der Kollege Frank. „Auf der Platte des Küchentischs muss es hoch hergegangen sein. Ludwig?"

„Ja, wir haben auf der Platte winzige Reste eines weißen Pülverchens gefunden. Eindeutig Heroin. Crystal Meth wurde dort ebenfalls verkonsumiert oder für den Konsum vorbereitet."

„Eine einzige Tablette von dem Teufelszeug lag unter einem der Küchenschränke", fiel schon wieder Kommissar Frank ein. „Wir vermuten, dass sie aus Versehen dorthin gekullert ist. Von wegen kirchliches Meditationszentrum! – Ach ja, die Flusen am aufgeschnittenen Maschendrahtzaun stammen von einer Jacke des toten Verwalters Marco Lignelli. Die hing bei ihm zuhause im Garderobenschrank und hatte noch die kleinen Löcher, die die Zaunkanten gerissen haben."

„Weiter hinten im Garten der Villa haben wir eine große Feuerschale gefunden. Darin wurde Kleidung verbrannt."

„Genau – und kaum zu glauben, dass nach dem heftigen Regen aus dem Aschenmatsch überhaupt noch etwas harauszufiltern war!" Ludwig Zahn warf einen amüsierten Seitenblick auf Gerhard Frank. „Entscheidend sind wahrscheinlich die Funde im Zimmer Erdgeschoss hinten links, ich nenne es mal salopp Exorzismuslabor – da weisen diverse Bücher darauf hin, dazu Katechumöl und unzählige Kruzifixe. Wir haben gleich auf mehreren Oberflächen DNA von Johanna gefunden. Hauptsächlich auf dem einzelnen Stuhl. Die vielen Hautschuppen lassen vermuten, dass sie an dem Möbel mit Armen und Beinen fixiert wurde. Es gibt auch entsprechende Abriebspuren am Stuhl selbst." Zahn schwieg.

„Und das", fasste Frank zusammen, „sind die wesentlichsten Ergebnisse, die wir aus der Untersuchung der Villa ziehen konnten."

„Gut." Hagenkötter sah etwas grimmig, aber zufrieden drein. „Erkenntnisse zum Mörder von Lignelli gibt es noch keine?"

Zahn wiegte den Kopf. „Wir haben sowohl an Lignellis Leiche als auch in den Räumen der Villa Hautpartikel gefunden, die auch am Leichnam des Bischofs gesichert wurden. Leider keine Übereinstimmung mit einer uns bekannten Person."

„Aber das bestätigt unsere Vermutung, dass sowohl der Bischof als auch Lignelli von ein und demselben Täter umgebracht wurden", erklärte Gerhard Frank. „Und es bedeutet, dass sich dieser Täter auch im Meditationszentrum aufgehalten haben muss."

„Ein Mitglied von Santi-Figli-di-Dio!", platzte Kommissar Schmuck heraus.

„Langsam", schritt Hagenkötter ein. „Wir wissen, dass auch Externe zu Gast in der Villa waren. Herr Zahn, wie steht es mit Einbruchspuren an der Villa?"

„Was mögliche Spuren im Außenbereich angeht", fuhr Zahn fort, „sieht es ziemlich mau aus. Nichts, was auf ein gewaltsames Eindringen hindeutet. Eventuelle sonstige Hinterlassenschaften des Eindringlings wurden vom Regen weggewaschen."

„Wie viele Zugänge hat die Villa?", wollte Tina wissen.

„Zwei", antwortete Kommissar Frank, „neben dem Haupteingang gibt es im hinteren Bereich des Gebäudes noch einen Kellerzugang, der aber verschlossen war. Ein ziemlich einfaches, konventionelles Schloss, aber – wie gesagt – verschlossen und keinerlei Fingerabdrücke am Türblatt, Türrahmen oder am Schloss selbst. Die Fenster haben wir übrigens auch gecheckt, eine Heidenarbeit, ich sag's euch. Aber auch da: Fehlanzeige, alles sauber, alles heil."

„Okay, machen wir weiter. Was gibt es zur Wohnung von Marco Lignelli zu berichten?" Hagenkötter war gespannt.

„Eine ganze Menge", begann Ludwig Zahn. „Außer den Fingerabdrücken des Ermordeten haben zwei weitere Personen ihre Prints hinterlassen. Ein Mann und vermutlich eine Frau."

„Wie kommen Sie darauf? Hat man das den Fingerabdrücken sofort angesehen, von wem sie stammen?" Hagenkötter war etwas verdutzt.

„Das nicht, aber wir haben einen davon identifizieren können. Den des Mannes."

„Mensch, Zahn, machen Sie es nicht so spannend!"

„Wir haben seine Abdrücke nur in der Küche gefunden", erklärte der Beamte in stoischer Ruhe weiter, „auf ungespültem Besteck, das in der Maschine geschlummert hat. Lignelli ist wohl nicht mehr dazugekommen, die Maschine einzuschalten. Aber jetzt kommt's, sie gehören einem gewissen Luca di Rossi, Mitglied der kalabrischen Mafiaorganisation 'Ndrangheta."

Die Aussage schlug ein wie eine Bombe. Für einen kurzen Moment war es mucksmäuschenstill im Besprechungszimmer. Man hätte die vielzitierte Nadel fallen hören.

Hagenkötter fand als erster seine Sprache wieder. „Nicht auch das noch“, stöhnte er. „Sind Sie sich sicher? Da gibt es keinen Zweifel?“

„Sicher“, bestätigte Zahn. „Wir haben seine Fingerabdrücke durch die ECRIS-Datei gejagt. Für diejenigen Kollegen, die damit nichts anfangen können: ECRIS ist Teil des Europäischen Justiz-Portals. Da sind unter anderem die internationlen Fahndungen verzeichnet. Und di Rossi ist mit sage und schreibe 14 Morden dabei.“ Ein Raunen ging durch die Stuhlreihe. „In Sachen der Abdrücke der zweiten Person: Wir vermuten, dass es sich bei diesen noch nicht identifizierten Fingerabdrücken um die einer Frau handelt, weil sie wesentlich kleiner und dazu in in der ganzen Wohnung verteilt waren. Außerdem haben wir Damenunterwäsche gefunden. In Schlafzimmerschränken wie auch im Waschkorb im Badezimmer. Lignelli muss eine Beziehung unterhalten haben. Wir haben auch die zweiten Prints mit allen möglichen Datenbanken verglichen, sind aber nicht fündig geworden.“

Sieh an, das Reserl, ging es Hagenkötter durch den Kopf und er sah dabei Kommissar Schmuck ins Gesicht.

„Nun zu Lignelli selbst“, berichtete Zahn weiter. „Der Italiener muss ein großer Liebhaber von Tic Tac-Lutschdragées gewesen sein. Überall lagen diese Dinger in rauen Mengen herum. Fresh Mint, Fresh Orange, Strawberry Mix, Apple Mix. In der Küche haben wir ein regelrechtes Lager von diesen Pastillen gefunden, ganze Kartons von Großpackungen. Und aufgepasst: Auch in der Villa am Paradiesweg sind wir auf diese Dinger gestoßen.“

„Tic Tacs, aha ...“ bemerkte Hagenkötter. „Naja, jedem das Seine. Was ist mit Unterlagen, Laptop, Handy? Irgendetwas, aus dem wir schlauer werden könnten?“

„Handy und Laptop haben wir sichergestellt wie auch diverse andere Unterlagen“, bestätigte Kommissar Frank. „Die werfen leider eher weitere Fragen auf. Aber der Reihe nach: Der Computer gibt nicht viel her. Der stand so gut wie unbenutzt im Schlafzimmer herum. Nur wenige, unverfängliche Dateien sind da drauf, keinerlei Fotos. Und die Suchhistorie von Google ist kaum erwähnenswert. Lignelli ging haupsächlich ins Netz, um sich Seiten italienischer

Tageszeitungen anzusehen. Harmloses Zeugs. Ansonsten: kein E-mail-Account, kein Facebook, keine heruntergeladenen Apps, mit Ausnahme von *Wetter.com*."

„Was an sich schon verdächtig ist", meinte Hagenkötter und strich sich über seinen Schnauzer.

„Was ist mit Mobiltelefon, USB-Sticks, Kamera?", warf Franz Schmuck ein.

„Mobiltelefon – ja, aber Fotoapparat und Memory-Sticks – nada. Auf seinem Handy, einem uralten Motorola-Modell aus dem Jahr 2007, sind nur ein paar wenige Telefonnummern gespeichert. Darunter auch die von Dr. Sieber und Maria Ludwig von Sensheim."

„Auch die Nummer des Diözesanrats?", wunderte sich Tina.

„Warum nicht", kommentierte Schmuck. „Angeblich war der Herr doch öfter im Umfeld der Villa von den Santi-Figli-di-Dio unterwegs. Steht zumindest in der Zeitung."

„Schon", meinte Tina, „aber warum sollte der mit einem einfachen Hausverwalter telefonieren?"

„Nicht ausgeschlossen", brummelte Hagenkötter. „Da haben wir sowieso noch Handlungsbedarf. Den Herrn von Sensheim werden wir uns noch vornehmen müssen. Es kann doch nicht angehen, dass die hiesigen Pressefritzen schneller mit so einer wichtigen Person Interviews führen als wir. Sobald der von seinem Ausflug an den Gardasee zurück ist", bestimmte er und sah dabei Tina an.

„Schon notiert, Chef", antwortete die und legte ihren Kugelschreiber beiseite.

„Kann ich meinen Bericht zu Ende bringen, bevor wir uns in Einzeldiskussionen verlieren?", fiel Kommissar Zahn ein. Keiner protestierte und Hagenkötter machte eine auffordernde Handbewegung: „Bitte, nur zu."

„Also, wir waren bei Lignellis Handy stehengeblieben. Darauf ist auch eine Festnetznummer aus Wolfratshausen gespeichert. Sie gehört einer Theresa Wimmerl. Natürlich haben wir versucht, sie zu erreichen. Leider ohne Erfolg. Wenigstens hatte der Anrufbeantworter die Information für uns, dass sie erst am 14. September wieder von ihrem Wanderurlaub auf Mallorca zurück ist.

Einen Providervertrag gibt es für Lignellis Handy übrigens nicht. Es ist mit einer Tchibo-Prepaid-SIM-Karte bestückt. Der letzte eingegangene Anruf datiert vom 2. September und kam von einer öffentlichen Telefonzelle in Kalabrien."

„Kalabrien?", fuhr Hagenkötter auf.

„Ja. Kurz darauf rief Lignelli eine italienische Mobiltelefonnummer an. Das Gerät seines Gesprächspartners war in einer Funkzelle im Nordosten Bambergs eingeloggt, im Gewerbegebiet Kramersfeld. Das Gespräch war sehr kurz."

„Kennen wir den Besitzer dieses Geräts?"

„Leider nein. Das war's dann auch schon zu seinen telefonischen Kontakten. Was wir aber noch sagen können, ist, wer die Kosten für Lignellis Wohnungsmiete, die Kfz-Steuer und -Versicherung übernommen hat: die Santi-Figli-di-Dio-Schule. Das haben uns der Vermieter der Wohnung und die Versicherungsgesellschaft verraten. Unterlagen dazu haben wir in der Wohnung des Ermordeten nicht gefunden. Aber Kontoauszüge der örtlichen Commerzbank, die ebenfalls noch Klärungsbedarf haben."

„Lassen Sie hören", grummelte Hagenkötter.

„Lignelli hatte ein Girokonto bei der Bank. Seit Jahren gehen dort allmonatlich 2.500 Euro ein, ohne dass erkennbar ist, woher das Geld kommt."

„Bitte nochmal: Wie hoch ist der monatliche Zahlungseingang?", platzte es aus Hagenkötter heraus.

„2.500 Euro", bestätigte Zahn.

„Scheiße, Scheiße, Scheiße!" Hagenkötter zog wie wild an seinem Schnurrbart. „Entschuldigt meine Ausdrucksweise, Leute", setzte er dann hinzu, „aber so einen Zufall kann es gar nicht geben." Dann rief er lautstark „Bömmelmann!" in den Raum.

Hagenkötters Mitarbeiter sahen sich gegenseitig fragend an.

„Bömmelmann", wiederholte ihr Chef und starrte dabei wie entrückt zur Decke. „Ihr kennt ihn alle", fuhr er dann fort. „Lukas Bömmelmann, der Leiter des Kommissariats K3, Vermögens- und Wirtschaftskriminalität. Ich hab ihn letztens getroffen, als es mal wieder später im Büro geworden ist und wir sind per Zufall im

Treppenhaus zusammengestoßen. Den Bömmelmann kenne ich schon lange, wir kamen an dem Abend ins Gespräch und sind noch spontan ums Eck auf ein Feierabendbier gegangen. Da hat er mir dann von einem aktuellen Fall erzählt: Unsere Staatsanwaltschaft ist offenbar von den italienischen Kollegen in Rom kontaktiert worden. Es ging um Geldwäscherei, in die die kalabrische 'Ndrangheta und die Vatikanbank verwickelt sein sollen. Und das international, also auch auf deutschem Boden. Bömmelmann hat noch gejammert, dass er jetzt den Misthaufen auf seinem Schreibtisch liegen hätte." Hagenkötter drangsalierte seinen Schnauzer heftig. „Ich hab ihm zwar nur mit halbem Ohr zugehört - wir haben ja selbst genug unglöste Probleme am Hals -, aber eines ist mir im Gedächtnis haften geblieben: Bömmelmann hat die hiesige Commerzbank erwähnt und von einem konkreten Beispiel gesprochen, bei dem seit Jahren exakt 2.500 Euro monatlich auf irgendein Privatkonto abgezwackt werden."

„Ich dachte, die Vatikanbank sei mittlerweilen clean?", warf Kommissar Schmuck ein.

„Die Frage habe ich Bömmelmann auch gestellt. Es soll wohl innerhalb der römischen Kurie erhebliche Widerstände gegen die Anstrengungen von Papst Franziskus geben, das *Instituto per le Opere di Religione* transparenter zu organisieren. Da unten ist der kriminelle Sumpf noch längst nicht ausgetrocknet. Bömmelmann meinte, dass die Mafia auch kräftig ihre Finger mit im Spiel haben soll. Mann, Mann, Mann ... Kollegen, wir machen eine zehnminütige Zigarettenpause. Und ich muss unbedingt sofort mit Bömmi sprechen. Hoffentlich ist er da. Wir machen weiter, wenn ich zurück bin." Zum ersten Mal seit Tagen fühlte sich Hagenkötter der Lösung des Falls deutlich näher. Er stand auf.

„Ich muss", meldete sich Professor Stich und streckte dem Hauptkommisar zum Abschied die Hand entgegen, „obwohl ich lieber bleiben würde. Jetzt, wo es gerade so richtig spannend wird."

*

Nach zehn Minuten ging es weiter. Hagenkötter hatte Bömmelmann wirklich in seinem Büro erwischt und kam sichtlich aufgeregt zurück. Seine Mitarbeiter hatten zwischenzeitlich heftig diskutiert und die wildesten Spekulationen angestellt.

„Also, machen wir weiter", eröffnete der Hauptkommisar die zweite Runde, als jeder wieder seinen Platz eingenommen hatte. „Die Kollegen von der Wirtschaftskriminalität waren nicht untätig. Der Fall ist zwischenzeitlich heißer als dem Teufel sein Hintern. Die Kollegen haben sich die Commerzbank vorgenommen."

„Und das Bankgeheimnis?", warf Tina ein.

„Genau das ist der Punkt", machte Hagenkötter weiter und malträtierte erneut seinen Schnauzbart. „Da kommen Paragraf 2 des Geldwäschegesetzes und Paragraf 161a der Strafprozessordnung zum Einsatz. Es gibt genügend stichhaltige Verdachtsmomente, dass die Bundesanstalt für Finanzdienstleistungsaufsicht unseren Ermittlern die Genehmigung erteilt hat, sich über das Kontenabrufverfahren Sicherheit zu verschaffen. Und nun haltet euch fest: Die Spuren führen unter anderem zu einer italienischen Pension namens *Bella Calabria* im Nordosten Bambergs." Der Hauptkommissar sah in die Runde. „Ab morgen wird der Laden überwacht, Bömmelmann hat das schon in die Wege geleitet. Wir müssen wissen, wer da ein und aus geht."

Am Hollergraben

Donnerstag, 7. September

„Und wir hatten doch recht", triumphierte Tina. „Unser Gefühl, dass der italienische Sumpf tiefer geht, war goldrichtig, die Mafia steckt da mit drin." Dann begann sie zu erzählen.

Tina war einfach auf gut Glück bei ihrer Freundin vorbeigekommen. Wenn Franziska nicht daheim gewesen wäre, hätte sie ihr einen Zettel in den Briefkasten geworfen. Heute war einfach zu viel passiert. Ihr qualmte regelrecht der Kopf. Und dann Franziskas zwei Kolumnen!

Hagenkötter hatte den Kreis der Verdächtigen sofort erweitert. Grundsätzlich hielt er an seiner Theorie fest, dass nur ein Italienisch sprechender Täter infrage komme. Da war nun die Auswahl beträchtlich: Hatten sie bisher nur den bischöflichen Fahrer Bertone und die beiden Patres mit ihrem langen Aufenthalt in Rom auf ihrem Schirm gehabt, kamen nun noch Maria Ludwig von Sensheim, der nach Bardolino entschwundene Diözesanrat, und Georg Stallhuber, der enttäuschte und frustrierte Kämpfer gegen den Filz in der katholischen Kirche infrage; allein sein Studium in Rom machte ihn verdächtig. Und jetzt auch noch die Mafia, deren mögliche Beteiligung zwar noch völlig unklar war, aber immer wahrscheinlicher wurde. Alleine bei dem Namen Luca di Rossi mussten schon alle Alarmglocken läuten. Und wer weiß, wer oder was genau sich noch hinter dem *Bella Calabria* verbarg.

„Du vergisst Dr. Sieber“, ergänzte Franziska, nachdem sie sich den Bericht Tinas angehört hatte. „Nimm den unbedingt mit auf eure Liste. Übrigens: Ich war auch nicht untätig und hab mich mal detailliert auf der Homepage der Schule getummelt. Dabei bin ich auf die Biografien aller Lehrkräfte gestoßen. Der Sieber kann eine beeindruckende Vita nachweisen. Neben Theologie hat er auch Italo-Romanistik studiert und dabei während seines Studiums zwei Auslandssemester an der Uni Mailand verbracht. Der spricht die Sprache perfekt. Da beißt die Maus keinen Faden ab. Außerdem: Die Santi-Figli-di-Dio-Schule bietet einen, wie sie es nennen, Europäischen Zweig an. Da kannst du auf dem Weg zum Abitur bis zu vier Sprachen erlernen. Italienisch ab der 10. Klasse. Und jetzt rate, wer das Fach unterrichtet?“

„Sieber.“ Tina wunderte sich über nichts mehr, war aber trotzdem zerknirscht. „Diesen Hintergrund hätten wir schon längst recherchieren sollen.“

„Es war nicht ganz einfach, an die Vita von Sieber ranzukommen. Die Homepage der Schule ist furchtbar aufgebaut. Sobald es über die Startseite mit schönen Heile-Welt-Texten und -Bildern hinausgeht, wird es komplett chaotisch. Aber über die Angaben zu den unterschiedlichen Lernzweigen – mehr auf Sprachen oder mehr auf

Naturwissenschaften ausgerichtet – bin ich bei den Viten einiger Lehrkräfte gelandet, darunter eben auch Sieber."

„Dann hätten wir sie ja alle zusammen", nickte Tina.

„Oh, bevor ich es vergesse", warf Franziska ein, stand auf und verschwand für einen kurzen Moment in der Küche. Als sie wieder neben Tina Platz nahm, hielt sie eine kleine Plastiktüte hoch. Ihre Freundin sah sie fragend an.

„Ein Trinkglas mit den Fingerabdrücken von Maria Ludwig von Sensheim", verkündete Franziska nicht ohne Stolz. „Hab ich im Domcafé mitgehen lassen, nachdem ich ihn interviewt hatte."

„Du Schlange", kommentierte Tina.

„Selber Schlange. Und was machen wir jetzt? Was habt ihr beschlossen?"

„Wir werden ab sofort das *Bella Calabria* beobachten. Wenn gleich mehrere Spuren in diese Pension führen, stinkt das zum Himmel."

„Wem gehört eigentlich der Schuppen?", wollte Franziska wissen.

„Das ist aktuell eine der offenen Fragen, aber es dauert wahrscheinlich keine zwei Telefonate mehr, bis wir das morgen herausfinden. Bertone, der Fahrer des ermordeten Bischofs, hat sich übrigens auch in diese Pension verzogen. Das wäre bei uns fast untergegangen, wenn sich nicht der Kollege Schmuck daran erinnert hätte. Bertone hat ihm diese Adresse angegeben, als er aus dem Hotel *Brudermühle* ausgezogen ist. Das dürfte auch nicht von ungefähr kommen. Und jetzt noch die monatlichen Zahlungen vom Konto der Pension an Lignelli."

„Du denkst, dass Bertone doch eine wichtige Figur in dem ganzen Spiel ist?", wunderte sich Franziska.

„Ich kann mir schwer vorstellen, dass er Mitglied der 'Ndrangheta ist, aber denk an das Sprichwort mit den Pferden vor der Apotheke!"

„Hmm ... Was ist eigentlich mit dieser italienschen Mobilnummer, die Lignelli kurz vor seinem Tod angerufen hat? Die im Nordosten Bambergs, du weißt schon?"

„Wir konnten sie noch nicht zuordnen", antwortete Tina. „Auch ein Punkt, der uns noch Magenschmerzen bereitet."

„Du meinst, weil sie vielleicht diesem 'Ndrangheta-Mann gehören könnte? Diesem Auftragsmörder? Wo ist der eigentlich abgeblieben?"

„Wenn wir das wüssten."

„Vielleicht auch im *Bella Calabria*?"

„Du meinst ....?"

„Warum nicht? Pack liebt sich, Pack trifft sich. Und die dubiosen Italiener versammeln sich in Bamberg scheint's in dieser Pension."

Beide Frauen sahen für einen Moment stumm überlegend ins Leere.

„Aber vergessen wir nicht: Wir brauchen immer noch ein Motiv", fing Tina die Diskussion wieder an. „Für alle drei Morde! Kern- und Knackpunkt ist für mich nach wie vor der Tod von Johanna. Warum musste sie sterben? Am deutlichsten sticht ihr Missbrauch hervor, sexuell und mit Rauschgift. Ich stelle mir immer wieder dieselbe Frage: Haben die Patres das Mädchen umgebracht, damit sie sie nicht an uns verraten konnte?"

„Johanna muss über einen längeren Zeitraum missbraucht worden sein", argumentierte Franziska. „Vielleicht hat sie zuletzt tatsächlich damit gedroht, es irgendeiner Vertrauensperson zu erzählen, etwa ihren Eltern. Dass die Patres so ein starkes Motiv hätten, Johanna aus dem Weg zu schaffen, leuchtet mir ein."

„Ja. Und dass alle drei Morde einen Zusammenhang haben, dürfte zwischenzeitlich unbestritten sein."

„Nur: Wie kommen Ferdinand und Friedhelm bei Eposito und Lignelli ins Spiel? Habt ihr die Alibis der beiden für die Tatzeiten schon eingeholt?"

„Natürlich. Der Bischof wurde am 28. August ermordet. An diesem Tag waren die beiden Patres mit ihren Schülern in der Fränkischen Schweiz unterwegs. Wenn sie es darauf angelegt hätten, wären beide mit einem Mietwagen schnell hier in Bamberg gewesen. In welchem Hotel der Bischof übernachtete, wussten sie auch. Sie hätten ihm auflauern können. Theoretisch. Praktisch haben die Patres an diesem Abend aber für ihre Schüler eine Grillfeier organisiert. Das wurde uns vom Leiter der Jugendherberge in

Gößweinstein versichert. Beide, Friedhelm und Ferdinand, waren bis nach Mitternacht vor Ort. Ein felsenfestes Alibi." Tina zuckte die Schultern. „Und Lignelli hat am 4. September der Tod ereilt. Zu dem Zeitpunkt waren die beiden, zusammen mit ihren anderen Lehramtskollegen in einer Besprechung. Dr. Sieber hatte alle Lehrer eingeladen, um die Lehrpläne für das neue, bevorstehende Schuljahr durchzugehen."

„Mist. Wasserdicht." Franziska überlegte. „Können wir aus den Exorzismen in der Villa am Paradiesweg etwas lernen? Wenn ich das richtig verstanden habe, hat doch dein Kollege Schmuck mit der vollständigen Kfz-Kennzeichenliste von diesem Anton Schneider eine umfassende Übersicht über alle Besucher des letzten halben Jahres. Habt ihr diese Liste schon ausgewertet? Wer sind die Wageninhaber?"

„Franziska, das ist ein unfassbar großer Berg an Arbeit", stöhnte die Kripobeamtin, „und der Tag hat nur 24 Stunden. Schmuck ist dran und ich werd morgen gleich als erstes anbieten, ihm zu helfen, damit es schneller geht. Soweit ich bisher gesehen habe, sind etliche Wagen aus Speyer, Würzburg und Eichstätt darunter."

„Alles Bistümer, die zum Erzbistum Bamberg gehören", kommentierte Franziska.

„Was willst du machen, wenn ich dir die dazugehörigen Namen geben kann?", fragte Tina.

„Ich würde die Exorzismus-Spur weiterverfolgen. Jeder der Besucher könnte ein potenzieller Beteiligter an diesen Ritualen sein, ich würde versuchen, die dubiosesten Kandidaten ausfindig zu machen und mehr Informationen herauszubekommen."

„Das heißt, du willst diese Leute besuchen und befragen? Und wie willst du ihnen erklären, warum du genau auf ihre Spur gestoßen bist?"

„Das heißt es", bestätigte Franziska, „und da lasse ich mir dann schon etwas einfallen. Mit einem Presseausweis öffnet sich so manche Tür, im Zweifel sage ich einfach, dass ich für einen Artikel recherchiere, der dann aber später – leider, leider – nie erscheint. Also nur her mit der Namensliste. Dabei fällt mir ein: Kannst du dir auch eine Liste aller Schüler und Schülerinnen der Santi-Figli-di-Dio-Schule besorgen?"

„Da hab ich auch schon daran gedacht. Wir sollten dringend überprüfen, ob noch andere Kinder Opfer der beiden Patres geworden sind. Aber was willst du denn damit? Ich meine, mit der Liste?"

„Ich will mir einen Überblick verschaffen, woher die Schüler kommen, vor allem die Kinder, die dauerhaft im Internat leben. Ob auch Schüler aus den Landkreisen Speyer, Würzburg oder Eichstätt dabei sind. Und noch eines, Tina: Wir müssen versuchen, diese angebliche Freundin von Marco Lignelli zu finden, diese Reserl aus Wolfratshausen."

„Schon geschehen. Wir haben ihre Adresse und Schmuck hat schon bei ihr angerufen: Theresa Wimmerl ist derzeit auf Mallorca unterwegs, Wanderurlaub", gab Tina preis „und nicht vor dem 14. dieses Monats zurück. Und ich muss noch einmal auf die Mafia zurückkommen", fuhr sie fort. „Auch wenn du dich mehr auf Santi-Figli-di-Dio konzentrierst, müssen wir da weiterkommen. Mir wird ganz anders, beim Gedanken, in welches Wespennest wir da stechen könnten. Wo können wir beide ansetzen, um herauszufinden, ob und welche Rolle die 'Ndrangheta in unseren Mordfällen spielt?"

„Da hab ich mir schon etwas einfallen lassen", antwortete Franziska geheimnisvoll.

Bei Max Müller

Freitag, 8. September

Am Vortag hatte Kommissar Schmuck den Fahrer Max Müller nicht mehr besuchen können. Der war mit dem Erzbischof nach Würzburg unterwegs gewesen und sollte erst am späten Abend wieder zurückkehren. Heute sah es besser aus: Max Müller hatte sich den Tag freigenommen.

Schmuck verließ also am Morgen die Stadt über die Memmelsdorfer Straße, überquerte mit seinem Audi wenig später die A73 und fuhr auf der Staatsstraße 2190 weiter. Nach wenigen Kilometern passierte er rechterhand das stattliche Schloss Seehof – die ehemalige Sommerresidenz und das Jagdschloss der Bamberger Fürstbischöfe, erbaut im späten 17. Jahrhundert. Die vier goldenen Ecktürme der quadratischen Schlossanlage glänzten in der milden Morgensonne. Letztes Frühjahr hatte Schmuck mit seiner Frau einen Ausflug nach Schloss Seehof unternommen und war von der Schönheit und Eleganz der öffentlich zugänglichen Innenräume begeistert gewesen. Auch die Wasserspiele der wiederhergestellten Kaskaden hatten es ihm angetan. Der Blick auf den Hauptsmoorwald und die davorliegenden Karpfenteiche war herrlich gewesen. Natur pur.

Jetzt lag Memmelsdorf schon direkt vor ihm. Es war nicht mehr weit bis in die Filzgasse und zum Wohnhaus von Max Müller. Mit Schrecken dachte er an seine letzte Dienstfahrt, als er seinen Audi am Paradiesweg hatte zurücklassen und mit dem Taxi nach Hause fahren müssen. Das erste Glas des selbstgebrannten Williams-Christ von Tonis Vater hatte ihn noch nicht in Bedrängnis gebracht. Aber dann ... „Auf an Ba steht mer net“, hatte der Schneiders Willi verkündet und erneut drei große Schnapsgläser für den Kommissar, seinen Sohn und sich selbst gefüllt. „A Doppelter“, hatte er erklärt, während er Schmuck das schon leicht klebrige Schnapsglas in die Hand gedrückt hatte, „etz is wenigstens die Flaschn gleich leer. Ich hol noch a Volle.“ Aber das Teufelszeug schmeckte auch wirklich hervorragend. Allein die honigbraun-trübe Farbe des Schnapses ließ schon einiges erwarten, aber ein so birnenfruchtiges Aroma hätte er niemals erwartet. „Des nächste Mal probiern mer den selberbrennten Haselnuss“, hatte der Schneiders Willi gedroht, als auch die zweite Flasche Willi nur noch gähnende Leere auswies. Kommissar Schmuck hatte sich geschworen, die beiden Schneiders nie mehr zu besuchen.

Als er seinen Wagen in der Filzstraße geparkt hatte, fiel ihm sofort der groß gewachsene Mann auf, der in einem handtuchgroßen Vorgarten eines Reihenhauses seinen Rasen mähte.

Der sah auf, während Schmuck ausstieg. Auch Max Müller schien ein Gespür für Menschen zu haben. „Sie sen bestimmt der

Kriminaler vo der Bamberger Kripo?", rief er Schmuck über den frisch gestrichenen Jägerzaun zu. „Kumma S' rei, hock mer uns auf die Terrassn. Wolln S' was trinkn? A Bierla oder a Schnäpsla vielleicht? An gutn Willi hätt ich auch do."

Schmucks Magen schlug Purzelbäume. „Hätten Sie vielleicht auch ein Glas Mineralwasser griffbereit?", hörte er sich fragen und sein Großhirn öffnete schon wieder die Erinnerungsschublade an den letzten Mittwochmorgen – kurz nach dem Aufwachen –, als ähnlich eines Tsunamis Schmerzwelle nach Schmerzwelle von links nach rechts durch sein Gehirn geschwappt und schmerzhaft ausstrahlend gegen das Innere seiner Schädeldecke gedonnert war.

„Was gibt's denn?", wollte der Fahrer der Erzdiözese wissen, als er und Schmuck es sich in zwei Plastikstühlen auf der winzigen Terrasse bequem gemacht hatten. Olga, die schneeweiße Türkische Angorakatze von Max Müller, hatte sofort ein Faible für den Kommissar und sprang auf seinen Schoß, wo sie sich schnurrend niederließ. „Des is a Halblanghaar-Katz", erklärte der Hausherr, „die moch Sie, des merkt mer sofort."

Als ob Olga ihren Besitzer verstanden hätte, wandte sie den Kopf und sah Schmuck aus ihren himmelblauen Schlitzaugen voll ins Gesicht. Dass es sich bei Olga um eine Halblanghaar-Katze handelte, hatte der Kommissar längst selbst bemerkt. Seine schwarze Jeans war über und über mit weißen Katzenhaaren übersät.

„Zurzeit haart s' a weng", erklärte der Gastgeber, „aber ansonsten is a ganz Liebe. Gell, Olga? Ja, derfst scho beim Kommissar hockn bleibn."

In dem Moment nahm Franz Schmuck das Prickeln in der Nase wahr. Augenblicke später rebellierte seine Schleimhaut. Es folgte ein dreifaches lautes Niesen und schon tropfte ihm der Rotz aus der Nase, schlimmer als bei einem undichten Wasserhahn. Dann fühlte er den Reiz in beiden Augen.

Max Müller sah überrascht zu, wie die Augen des Kommissars innerhalb von Sekunden zuschwollen und sich das Weiß des Augapfels in ein ungesund aussehendes Rot verwandelte. Wie ein Zombie starrte der Kriminaler auf Olga, die ihm liebevoll den

Handrücken schleckte und zufrieden schnurrte. „Ham Sie vielleicht a Katznallergie?", riet der Chauffeur fachkundig. „Mein Gott, Sie schaua ja aus wie Dracula himself. Soll mer die Katz net besser vo Ihna runter tun?", schlug er halbherzig vor. „Net, dass no schlimmer wird."

Schmuck indessen kam aus dem Niesen nicht mehr heraus und konnte nicht mehr richtig sehen. Seine zugeschwollenen Augen tränten wie zwei Wasserfälle, auf seinem Handrücken, wo Olga ihn voller Zuneigung abgeschleckt hatte, blühte ein roter Fleck, der beim Zuschauen größer wurde. Na sauber. Und er hatte noch keine einzige Frage gestellt.

„Des is bloß a harmloser Ausschlag", tröstete ihn Max Müller, „der vergeht widder vo alla. Ich man aber, des werd nix mehr mit unserm Gespräch heut?", prognostizierte er dann treffsicher. „Kumma S' halt a anders Mal widder. Ich denk, es is besser, wenn mer etz abbrechn. Fahrn S' lieber ham und kuriern Sie sich erscht amol aus."

Das war zwar gut gemeint, aber nicht praktikabel. Kommissar Schmuck war nicht mehr fahrtüchtig. Wie auch? Er war quasi blind. Und langsam wurde es auch schwer, Luft zu bekommen. Wie sehr sehnte er sich an den Paradiesweg, zu Willi Schneider und dem naturtrüben Williamsschnaps zurück, als das Taxi vorfuhr.

„Ihre Hose ist ja voller weißer Haare", erkannte der Taxifahrer richtigerweise, „so können Sie fei nicht ins Fahrzeug steigen."

Ratloser Mafioso

Freitag, 8. September

Lorenzo de Simione, der umgetaufte Luca di Rossi, saß beim Frühstück in der Pension *Bella Calabria* und nippte unzufrieden an seinem Cappuccino. Seine Stimmung hatte einen Tiefpunkt erreicht. Dass Lignelli quasi vor seinen Augen ermordet worden war, hatte seinen Chef Francesco Nirta gar nicht amüsiert. Er hatte sich Einiges anhören müssen. Andererseits hatte Nirta ihm da eine richtige

Bruchbude zugemutet. Gleich am Tag seiner Ankunft hatte er sich den Eigentümer des *Bella Calabria* zur Brust genommen. Von wegen *bella.* Seitdem bekam er ein Spezialfrühstück und auch sein Zimmer wurde wenigstens ordentlich gereinigt.

Durch Lignelli wusste de Simione über den Mord an Eposito zwar mehr als die lokale Polizei, war aber trotzdem noch ziemlich ratlos. Zwei Tage bevor auch er umgebracht worden war hatte ihm Marco Lignelli erzählt, was Sache war. Aber es half de Simione nicht wirklich weiter, brachte ihn nicht näher an Epositos Mörder heran, der vermutlich auch Lignelli auf dem Gewissen hatte.

Es war zum Haare raufen. Die deutschen Mitglieder von Santi-Figli-di-Dio hatten sich selten blöd angestellt, vor allem die beiden geilen Patres, die ihre perversen Fantasien an Minderjährigen auslebten. Er würde ihnen noch kräftig auf die Füße steigen müssen. Diese Idioten gefährdeten mit ihrem Verhalten das ganze einträgliche Geschäft mit dem Exorzismus. Und auch den Schulleiter würde er sich vorknöpfen müssen. Völlig ungeeignet. Kaum vorzustellen, was der sich geleistet hatte und welche Gefahr er immer noch für die Organisation darstellte. Haarsträubende Dinge, die im Lignelli da gesteckt hatte. Die deutsche Kripo war Sieber auch schon auf den Fersen, hatte der Hausverwalter gemeint.

Und dann war da noch dieser Adelige, der vor lauter Sucht nach Bewunderung und Anerkennung nicht geradeaus laufen konnte und sich im Moment auf sein Weingut am Gardasee verzogen hatte. De Simione kannte ihn nicht persönlich, doch das, was ihm Lignelli über den hohen Herrn berichtet hatte, kam ihm bekannt vor. Er kannte diesen Typ Mann und musste sich unbedingt mit seinem Chef Francesco Nirta abstimmen, was zu tun sei.

Dann war da noch dieser einfältige Bertone, der ihm in der Pension über den Weg gelaufen war und ihm nur die ganze Zeit etwas über den Tod seines Bischofs vorgeheult hatte. Offensichtlich ein nie zu überwindender Verlust für den Fahrer. De Simione hatte begonnen, an der Sozialkompetenz des ermordeten Kurienbischofs zu zweifeln. Wie hatte der nur so einen Waschlappen als Fahrer verpflichten können? Er hatte Bertone am Vorabend auf sein Zimmer beordert, um ihm Informationen zu entlocken, die ihn weiterbringen könnten. Unglaublich, dass der Mann einmal Mitglied einer kriminellen Jugendgang gewesen war. Sein Job als Fahrer eines ältlichen Bischofs musste ihn völlig verdorben haben. Schade um die Zeit, die er mit Bertone verbracht hatte. Sollte der ebenfalls auf der Gehaltsliste der Familie stehen – was er entsetzt bestritten hatte –, würde de Simione mit Nirta mal ein ernstes Wort reden müssen. Ein echter Parasit. Und ganz ohne hilfreiches Wissen, was den Fall betraf. Zumindest passte das Wenige, das er hatte erzählen können, zu den Aussagen Lignellis.

Nicht erst seit Lignelli so dumm gewesen war, sich umbringen zu lassen, hatte de Simione auch bei dem Hausverwalter kein so gutes Gefühl mehr gehabt. Der Kerl war ihm ordentlich auf den Sack gegangen mit seinem dauernden Rumgelutsche. Irgendetwas musste ihm der Hausverwalter verschwiegen haben. Das spürte er ganz einfach. Das sagte ihm seine Erfahrung. Etwas sehr Wichtiges. Er kannte seine Pappenheimer. Wie sie sprachen, wie sie sich gaben, wenn sie redeten. Ihre Körpersprache, ihre Gestik und vor allem ihre Augen verrieten sie, wenn sie logen oder wesentliche Informationen für sich behielten. Lignelli war auch so einer gewesen. Nach außen hin kooperationsbereit mit vorgetäuschter Kumpanei. De Simione hatte es regelrecht gerochen. Lignelli hatte eine besondere Art Angstschweiß verströmt. Eine regelrechte Duftmarke, die immer unterschwellig in der Luft gelegen hatte. De Simione hatte es kurzzeitig toleriert, den Mann reden lassen, was er wollte. Er hätte ihm die Heimlichtuerei schon noch ausgetrieben. Das war zumindest der Plan gewesen. Wer hatte schon ahnen können, dass ihm ein Mörder zuvorkam? Wenn hier einer Leute umbrachte, dann war das er selbst! Tja.

Über sich selbst hatte Lignelli so gut wie gar nichts verraten. Das wurmte den Süditaliener im Nachhinein. Aber sei's drum. De Simione war ein sehr guter Beobachter. Dass Lignelli um das rechte Handgelenk ein fein gearbeitetes Namensgoldkettchen getragen hatte, war ihm sofort aufgefallen. *Reserl* stand dort eingraviert zu lesen. Ein Frauenname, wie man ihn gern im Süden Deutschlands benutzte. De Simione hatte keine Ahnung, wie Lignelli zu dieser *Reserl* stand, eine lose Beziehung oder etwas Ernsthaftes? War die Frau eng genug in Lignellis Leben eingebunden, dass sie über die genaue Natur seiner Arbeit Bescheid wusste? Er wollte es herausfinden, dazu musste er aber dieses Frauenzimmer erst finden. Es blieb ihm wohl nichts anderes übrig, als demnächst in Lignellis Wohnung einzusteigen und nach Hinweisen zu suchen, auch auf die Gefahr hin, dass die deutsche Kripo dort schon alles leergeräumt hatte. Sein Chef erwartete Ergebnisse.

De Simione nahm noch einen Schluck Kaffee und sah aus dem Fenster. An diesem Freitagmorgen stand ein dunkelgrauer VW Passat auf der gegenüberliegenden Straßenseite seiner Pension. Zwei verhaute Typen lümmelten auf den Vordersitzen herum und beobachteten recht offensichtlich den Eingang zum *Bella Calabria.* Ein Rothaariger und ein Blonder, beide Ende 20, vielleicht Anfang 30, Arme tätowiert, Ringe in den Ohrläppchen und jeweils mit Rauschebart. Sie konnten ihn nicht täuschen: eindeutig Bullen. De Simione hatte seinen Alfa Romeo vorsichtigerweise weit von der Pension entfernt abgestellt. In sein Mobiltelefon hatte er längst eine neue SIM-Karte eingelegt.

Wie waren die deutschen Bullen auf ihn aufmerksam geworden? Hatte er in Lignellis Wohnung Spuren hinterlassen? Er war sich nicht hundertprozentig sicher und ging in Gedanken noch einmal jeden seiner Schritte, seiner Handgriffe durch. „*Merda!*“ Das Besteck, mit dem er die Pasta gegessen hatte. Lignelli, dieser Trottel hatte Geschirr und Besteck zwar in die Spülmaschine gestellt, aber was, wenn er die gar nicht eingeschaltet hatte? Der Mafioso hätte sich am liebsten die Haare gerauft. So ein Fehler war ihm schon lange nicht mehr unterlaufen. Aber das erklärte noch lange nicht, dass vor dem *Bella Calabria* ein Wagen mit zwei deutschen Bullen stand. Er überlegte weiter.

Das Telefonat! Natürlich! Lignelli hatte ihn angerufen. Es gab keine andere Erklärung. War das Telefon Lignellis überwacht worden? Das war wohl die Spur, der sie gefolgt waren. Aber sie hatten noch keine Ahnung, wer er war. Da war er sich ziemlich sicher, ansonsten wären sie schon mit geballter Macht in der Pension aufgetaucht. Er musste unerkannt an ihnen vorbei, wenn er zu Lignellis Wohnung wollte, und er wusste auch schon wie.

De Simione biss in sein Marmeladebrot und legte die düsteren Gedanken für einen Moment beiseite. Stattdessen dachte er an den heißen Feger aus Düsseldorf, der heute Morgen am Empfang eingecheckt hatte. Ein Superweib. Genau seine Kragenweite. Groß, schätzungsweise gut über einen Meter 70, schlank, aber mit ordentlich Holz vor der Hütte, ein hübsches Gesicht mit kleiner Stupsnase und weiter unten ein Knackarsch, der in einer engen Jeans steckte. Er war auf dem Weg zum Frühstücksraum an der Rezeption vorbeigekommen, als sie gerade ihren Schlüssel entgegengenommen hatte. Dann hatte sie gelacht und dabei ihre blonde Tina Turner-Mähne geschüttelt und er hatte gemeint, die Sonne Kalabriens über dem Ionischen Meer aufgehen zu sehen.

Sie hatte drei Übernachtungen gebucht, war mit der Deutschen Bahn angekommen und wollte sich, als Studentin für Architektur, die UNESCO-Weltkulturerbestadt intensiv ansehen – ihre Masterarbeit würde sie nämlich gern über den Bamberger Dom schreiben. Das hatte sie Nino vom Empfang verraten, dann das Anmeldeformular unterschrieben und gleich im Voraus bar bezahlt, während de Simione gelauscht hatte. Franziska, was für ein hübscher Name.

Er nahm sich mit seinem letzten Schluck Kaffee vor, sie unbedingt kennenzulernen. Doch zuerst musste er den beiden Idioten draußen in ihrem Passat ein Schnippchen schlagen.

*

Dass eine Pension auch einen Hinterausgang haben könnte, daraufschienen die beiden Trottel in ihrem Observationswagen nicht gekommen zu sein. *Anfänger*, dachte sich de Simione. Schnell war er um ein paar Ecken verschwunden und auf dem Weg in die Färbergasse. Noch einmal zwei Querstraßen weiter hielt er ein zufällig vorbeikommendes Taxi an und ließ sich zum Hotel *Best Western* in die Luitpoldstraße fahren. Er hatte sich von Nino einen Stadtplan ausgeliehen und sich orientiert. Vom Hotel war es nicht mehr weit bis zu Lignellis Wohnung.

Zwanzig Minuten später war er schon am Hotel. Sie waren gut vorangekommen. Der Fahrer hatte de Simione offenbar sympathisch gefunden und jeden Schleichweg genommen, den er kannte. Als das Taxi weg war, schlenderte der Italiener in die Hotelhalle, nahm auf einem Sessel Platz und studierte nochmals den Stadtplan. Dann machte er sich auf den kurzen Weg. Unterwegs musterte er die Passanten, die in den Straßen unterwegs waren, blieb hin und wieder vor einem Schaufenster stehen und beobachtete sein Umfeld. Er wurde nicht verfolgt. Beruhigt ging er weiter, aber ohne in seiner Aufmerksamkeit nachzulassen.

Als er Lignellis ehemaliges Wohnhaus sehen konnte, machte er kurz halt, zündete sich eine Marlboro an und beobachtete. Er konnte keine Leute in parkenden Autos ausmachen, keine Typen, die auffällig herumstanden oder sich sonst irgendwie verdächtig verhielten. Auch Videokameras gab es hier nicht. Überhaupt machte die enge Gasse auf ihn den Eindruck einer verschlafenen Dorfstraße. Langsam schlenderte er auf das alte Haus zu. In seiner Hosentasche fühlte er den Picklock Einsteiger-Dietrich. Das Schloss zu Lignellis Wohnhaus war ein Witz. Das hatte er sofort registriert, als ihn der nun ermordete Landsmann zum Pastaessen in seine Wohnung geführt hatte. Vielleicht war sogar noch Zeit für eine zweite Zigarette, bevor er sich an die Arbeit machte.

Er hatte sie gerade aufgeraucht und wollte sich unauffällig an der Eingangstür zu schaffen machen, als sie ihm fast ins Gesicht geschlagen wurde. Ein älterer Herr trat heraus beziehungsweise wurde eher von seinem Silver Retriever in Freie gezerrt und quetschte sich an de Simione mit entschuldigendem Blick vorbei. Bevor die Tür wieder ins Schloss fallen konnte, war der Mafioso im Innern des Hauses verschwunden.

Schnell war er in seine dünnen Handschuhe aus feinstem Ziegenleder geschlüpft. Dann nahm er die wenigen Stufen bis zu Lignellis Wohnung mit Siebenmeilenstiefel-Schritten. Vor der Wohnungstür angekommen legte er sein rechtes Ohr an das Türblatt. Drinnen war alles ruhig. Kein einziger Laut. Schon hatte er seinen Dietrich in der Rechten. „Du hälst mich hier nicht auf“, murmelte er und riss das Polizeisiegel weg, das ihm den Eintritt verbot. Es gab ein leises *Klack*-Geräusch, de Simione öffnete die Tür, trat schnell ein und schloss sie wieder geräuschlos. Er hatte schon die ersten Schritte in die Wohnung gesetzt, als er sich noch einmal umdrehte. War da nicht etwas gewesen? An der Innenseite der Tür saß etwa auf Hüfthöhe ein dicker Riegel, offensichtlich nachträglich angebracht. Und unverschlossen. Da hatte wohl ein Mitglied des Bamberger Ermittlerteams geschlafen. Ha! Die Polizei, dein Freund und Helfer.

De Simione begab sich auf die Suche. Er brauchte einen Hinweis auf diese Reserl, von der er nichts wusste, außer dass Lignelli sie auf einem Armkettchen verewigt hatte. Als er den Wäschekorb im Badezimmer durchstöberte, stieß er auf die erste Spur der Frau. Ein schwarzer Slip und ein gleichfarbener BH lagen unter zwei Handtüchern. Der Auftragsmörder roch daran. Eindeutig getragen. Im Schlafzimmer dursuchte er alle Schubladen. Auch dort fand er Unterwäsche und das Baumwollnachthemd einer Frau. Beides duftete nach frischer Wäsche. De Simione war sich nun sicher, dass Lignelli und sein Reserl nicht nur eine oberflächliche Beziehung pflegten. Aber wo war die Frau? Er brauchte ihre Kontaktadresse. Das war es, wonach er eigentlich suchte. Er baute darauf, dass sie ihm mehr über Lignelli und seine Arbeit erzählen konnte. Sie würde ihm alles verraten, was sie wusste, nachdem er sich ausgiebig mit ihr beschäftigt hatte. Und wer weiß, vielleicht war Reserl ja nett und gutaussehend und stand auf Italiener. Nach dem Verlust von Lignelli musste die Frau doch getröstet werden.

De Simione betrat das Wohnzimmer. In den offenen Fächern der Schrankwand, vermutlich Eiche, stand viel Nippes herum. Nicht sein Geschmack. Nach einigen Sekunden blieb sein Blick am Porträtfoto einer sympathisch aussehenden Frau hängen, das in einem schmalen Holzrahmen steckte: eine blonde Enddreißigerin, so schätzte er, die in die Kamera strahlte. Gesunde Gesichtsfarbe, vom letzten Urlaub noch gut gebräunt. Um ihre strahlend blauen

Augen zeichneten sich Lachfältchen ab, die sie nur noch sympathischer machten. Das Foto war vor einem Gebirgsmassiv aufgenommen worden, auf dessen Gipfel Schnee glänzte. Lorenzo nahm es aus dem Holzrahmen. *Dein Reserl vor dem Massiv der Zugspitze im Juli 2017*, las er auf der Rückseite des Bilds, *Bussi*. Dann steckte er es in seine Jackentasche.

Reserl hatte ein Gesicht bekommen. Er würde sie finden. Zum Schluss seines Rundgangs stand de Simione in der Küche und sah sich um. An der Kühlschranktür klebte zwischen Einkaufszetteln, halbvergilbten Rechnungen und Werbeflyern für diverse Lieferdienste ein gelber Post-it-Zettel. Darauf stand in schier unleserlicher Handschrift der Name Reserl, gefolgt von einer Telefonnummer, die mit 08171 begann. De Simione klappte die Tür der Spülmaschine auf. Sie war mit schmutzigem Geschirr und Besteck beladen. Die beiden Teller mit dem roten Rand erkannte er sofort wieder. Die Reste der Tomatensauce waren längst getrocknet und sahen mehr als unappetitlich aus.

Keine halbe Stunde nachdem er das Haus betreten hatte, verließ der Mafioso es unbemerkt wieder.

Der frühe Vogel

Samstag, 9. September

Zurück im *Bella Calabria* hatte de Simione sich eine schöne, heiße Dusche gegönnt, es sich dann im Bett gemütlich gemacht und nachgedacht. Ein erster Erfolg war zu verbuchen gewesen: Diese Reserl war schon so gut wie gefunden. Am nächsten Tag würde er die Telefonnummer testen und die Sache ins Rollen bringen. Davor aber, fand er, hatte er sich eine kleine Belohnung verdient. Es war an der Zeit, sich um seinen aktuellen Testosteronspiegel zu kümmern.

Die halbe Nacht hatte er darüber nachgedacht, wie er die Düsseldorfer Studentin, die auch in der kleinen Frühstückspension abgestiegen war, in die Kiste bekommen konnte. *Der frühe Vogel fängt den Wurm.* Das war die Strategie, die er sich zurechtgelegt hatte. Ab sieben Uhr gab es Frühstück in der Pension. Um sechs Uhr war Lorenzo aufgestanden. Er wollte die hübsche Studentin auf keinen Fall verpassen. So gut er im Lesen von Gestik und Mimik war – man konnte einfach nicht in die Menschen hineinsehen, ob sie Früh- oder Spätaufsteher waren. Bereits am Abend vorher hatte er Nino beauftragt, eine Flasche vom besten Prosecco kaltzustellen. Als der Wecker geklingelt hatte, war er quasi vom Bett aus in die Dusche gesprungen, hatte sich seine parfümierte Seife gegriffen und sich unter dem heißen Wasserstrahl von oben bis unten damit eingerieben. Seiner pechschwarzen Zottelmähne hatte er ein zusätzliches intensives Schaumvergnügen mit einem Produkt aus dem Hause Hoffmann-La Roche gegönnt.

Als er, mit einem Badetuch um seine Lenden, jetzt vor dem Spiegel stand und die Kanten seines Dreitagebarts sauber ausrasierte, dachte er immer noch nur an die blonde Studentin. Mit dem Duft seines herb riechenden Parfüms übertrieb er es allerdings etwas. Pünktlich um sieben Uhr stand er an der Rezeption und unterhielt sich mit Nino. Wann würde sie kommen? Egal, er würde auf seine Prinzessin warten und wenn sie die schlimmste Langschläferin ganz Bambergs wäre.

Draußen auf der Straße fuhr ein Passat weg und de Simione verfolgte ihn aus den Augenwinkeln, bis das Fahrzeug im Verkehr untergetaucht war. Auch Tina hatte gesehen, wie die Kollegen Schröder und Ballmann aus dem Kommissariat Wirtschaftsverbrechen ausgeschert waren. Schnell steuerte sie ihren Ford C-Max in die freigewordene Parkfläche am Straßenrand und machte sich auf eine längere Wartezeit gefasst. Von hier aus konnte sie den Eingang des *Bella Calabria* gut einsehen.

*

De Simione wurde nervös. Die Zeiger seiner Breitling bewegten sich langsam auf neun Uhr zu. Sein Magen rebellierte bereits seit einer Stunde.

Dann sah er sie die Treppe herunterkommen. Ein graziöser Traum. Ihre langen Beine steckten in einer weißen Röhrenjeans. Dazu trug sie eine himmelblaue, kurzärmelige Bluse, die mit der Farbe ihrer Augen harmonierte. Stufe für Stufe, die sie nahm, wogte ihre Brust auf und ab. Seine Hände schwitzten plötzlich. Das war ihm noch nie passiert.

Seine Augen verfolgten sie in den Frühstücksraum, wo sie sich an einem freien Tisch niederließ und ihr Mobiltelefon ablegte. De Simione gab Nino einen Wink und flüsterte ihm „Prosecco" zu, dann gab er sich einen Ruck und betrat ebenfalls den Frühstücksraum. Nur wenige Gäste waren noch zwischen dem Buffet und ihren verbröselten Tellern aktiv.

Franziska sah ihn aus den Augenwinkeln kommen. Auch wenn das Foto aus dem Europol-System EIS, das ihr Tina gezeigt hatte, schon etwas älteren Datums gewesen war und sich darauf noch keine Narbe über sein Gesicht gezogen hatte, meinte sie, den Mafioso sofort zu erkennen. Er steuerte direkt auf ihren Tisch zu.

„*Buongiorno, bella donna*", begrüßte der Mafioso die vorgebliche Düsseldorfer Studentin überschwänglich. „Was für ein Glanz in diesem Haus. Heller als tausend Sonnen", setzte er hinzu und deutete mit einer leichten Verbeugung seiner Bewunderung an. „*Scusa*, ist es erlaubt, Ihnen Gesellschaft zu leisten? Mein Name ist Lorenzo de Simione aus dem wunderschönen *Calabria*. Sie sitzen hier so einsam und allein. Da sagt mein Herz, dass das nicht sein darf."

Franziska hatte sich gerade Kaffee aus der Warmhaltekanne an ihrem Tisch eingegossen und genoss jetzt den ersten Schluck des heißen, dunklen Getränks, bevor sie sich etwas von der Kondensmilch nahm und eine kleine Pille aus dem Süßstoffspender in ihre Tasse hinterherwarf. Dann musterte sie den großen Italiener genauer, der wie festgefroren und mit einem breiten Lächeln vor ihr stand. „Wer schon am frühen Morgen so galante Komplimente verteilt, darf mir gerne Gesellschaft leisten", flötete sie schließlich mit einem schamhaften Blick. „Sind Sie auch Gast des Hauses? Lassen Sie mich raten: Die schöne Stadt Bamberg hat Sie hergelockt?"

„Leider nicht“, antwortete der vierzehnfache Mörder und ließ sich dabei an Franziskas Tisch nieder. „Geschäfte ... leider. Tourismusbranche. Ich mache Werbung für *desiderabile Calabria* und treffe mich hier mit einigen Partnern. Aber, offen gesagt, sind Sie *molto,* wie sagt man, noch viel begehrenswerter als *Calabria*. Darf ich Ihnen etwas vom Buffet holen? Etwas von den Tramezzini oder Mortadella, Salame, Coppa, Prosciutto Crudo, Cocktail di Gamberi? Den *Caciocavallo Silano* kann ich empfehlen. Das ist ein Schnittkäse aus *Calabria*. Dazu ein Glas trockener Prosecco. Regt den Kreislauf an.“

„Das würden Sie für mich tun?“, freute sich Franziska mit einem Augenaufschlag, der ihn sofort von seinem Stuhl in die Höhe schnellen ließ. „Übrigens, ich heiße Franziska.“

„Franziska, *che bel nome*“, schwärmte er. „Und ich würde alles tun für Sie“, gestand er, bevor er auf das offene Buffet zusteuerte.

Während Lorenzo de Simione einen Frühstücksteller belud, trat Nino vom Empfang an Franziskas Tisch, zwei Sektgläser und eine Flasche Prosecco in den Händen. „*Scusa*“, hauchte er und füllte die beiden Kelche.

„Ist *bastante*? Ist das genug?“, fragte der zurückkehrende Mafioso und hielt Franziska einen überquellenden Teller hin.

„Viel zu viel“, stöhnte die angebliche Studentin, lachte aber.

„Macht nix, Franziska. Essen Sie, was Sie wollen. Probieren wir den Prosecco? *Salute!* – Wenn Sie erlauben, hole ich mir auch Frühstück vom Buffet“, erbat er, nachdem beide vom wohltemperierten Schaumwein gekostet hatten.

„Nur zu, nur zu“, forderte sie ihn auf.

Der Italiener brauchte keine halbe Minute. Sein Teller nahm sich neben dem von Franziska regelrecht spartanisch aus. „Was macht so eine hübsche Frau wie du in Bamberg?“, wollte er wissen, als er wieder Platz genommen hatte.

Dass der Italiener mit der auffälligen Narbe nahtlos zum Du übergegangen war, ließ Franziska unkommentiert. Der Mann war auf das von ihr inszenierte Spiel eingegangen und nun war es an ihr, die Geschichte voranzutreiben. So erzählte sie ihm ihre kleine erfundene Vita von der Düsseldorfer Studentin der Architektur, die über den Bamberger Dom ihre Abschlussarbeit schreiben und dazu – mit Unterbrechung – bis Montag in der Stadt bleiben wolle.

„Was meinst du mit Unterbrechung?“, wollte er wissen.

„Mein Professor an der Uni Düsseldorf lebt eigentlich in Nürnberg“, log sie, „auch eine sehr berühmte, geschichtsträchtige Stadt. Er hat mich eingeladen und will mir morgen seine Stadt zeigen. Er benotet später meine Arbeit, da kann ich nicht nein sagen. Du verstehst, was ich meine?“

„*Si*, ich verstehe. Ich fahre dich nach Nürnberg“, bot er sofort an.

„Das ist sehr lieb von dir, aber mein Professor holt mich heute Nachmittag hier am Dom ab. Das haben wir schon so vereinbart.“

„Wann kommst du zurück hierher?“

„Im Lauf des Montagmorgens.“

„Aber du hast schon alles bezahlt, im Voraus?“

Oha, dachte Franziska und arbeitete sich weiter tapfer durch ihren gewaltigen Frühstücksteller. *Da hat aber einer schon meine ersten Schritte hier im Haus genau verfolgt.* „Ja, das ist richtig. Aber in Nürnberg gibt es keine freien Hotels mehr. Messezeit“, fügte sie erklärend hinzu.

„Wo übernachtest du dann in Nürnberg?“

„Mein Professor hat ein Gästezimmer.“

„Und *professore* hat keine schlechten Gedanken?“, wollte der Mafioso wissen.

So wie du?, dachte sich Franziska und antwortete: „Ganz sicher nicht. Er geht schon auf die 70 zu.“

Ihr Gegenüber sah nicht überzeugt aus. Offenbar hatte er selbst vor, auch mit 70 noch den schönen blonden Mädchen nachzustellen. „Kann ich dich dann einladen für den Montagabend? Ins *Pane e Vino*? Das ist ein sehr gutes *ristorante italiano* in Bamberg. Ausgezeichnetes Essen und wenn das Wetter schön ist, kann man draußen sitzen. Ist 19 Uhr für dich okay?“

„Das passt mir sehr gut“, bestätigte Franziska. „Dann komme ich direkt dorthin.“

„Das *ristorante* ist in der Straße Schranne 8. Du findest den Weg?“, sorgte sich de Simione.

„Schranne 8, kann man sich leicht merken. Kein Problem.“ Franziska zückte ihr Smartphone uns fixierte den Italiener mit einem strahlenden Lächeln. „Kann ich von uns beiden ein Selfie machen? Dass ich dich bis Montag nicht vergesse“, schmeichelte sie.

Franziska merkte sofort, wie die Stimmung abkühlte. Der Mann mit dem Narbengesicht schaute mit einem Mal alles andere als freundlich drein, zögerte und überlegte.

„Wenn du zu mir rüberkommst und den Arm um mich legst, müsste das ganz gut klappen“, ließ sie nicht locker.

„Nein –“, setzte er an. „Aber ich wollte so gern meine beste Freundin neidisch machen ...“ Franziska schürzte die Lippen, sah mit großen Augen zu ihm auf und kam sich dabei vor wie die schlechteste Schauspielerin der Welt. „Wenn ich schon einmal einen so gutaussenden Mann kennenlerne. Und dann noch aus Italien – nein, aus Kalabrien!“

Er strahlte sie an. Sie hatte gewonnen. Der Italiener kam auf ihre Tischseite und nahm rechts neben ihr platz. Dann legte er seinen linken Arm um ihre Schultern, rückte noch näher und neigte seinen Kopf zu ihr hin. Franziska tat es ihm gleich. Dann nahm sie ihr Handy in die linke Hand und streckte diese umständlich weit von sich. „Mein Arm ist zu kurz“, beklagte sie sich. „So wird das nichts. Kannst du das Foto bitte machen?“, forderte sie ihn auf und drückte ihm das Mobiltelefon in seine freie rechte Hand.

Kurz sah es so aus, als würde de Simione es sich noch einmal überlegen und einen Rückzieher machen, aber dann tat er, wie ihm geheißen. Er hielt seinen Arm weit von sich. Dann machte es *Klack*.

„Noch eins“, jubelte Franziska begeistert, „jetzt ein Hochkantfoto! – Darauf müssen wir ein Gläschen trinken.“ Und sie füllte die beiden Sektkelche bis zum Rand.

*

Eine halbe Stunde nach dem gemeinsamen Frühstück verließ Franziska gut gelaunt das *Bella Calabria*. Der zivile Fahndungswagen der Kripo Bamberg mit Tina Meisel am Steuer scherte nahezu zeitgleich aus seiner Parkbucht aus. Mit drei Straßen Sicherheitsabstand und längst nicht mehr im Blickfeld der italienischen Frühstückspension hielt er mit laufendem Motor am Straßenrand an. Tina sah ihre Freundin im Rückspiegel kommen. Kurz darauf wurde die Beifahrertür aufgerissen und Franziska ließ sich jauchzend auf den Sitz plumpsen. „Ich hab's", frohlockte sie, „Fotos und Fingerabdrücke" und hielt eine kleine Plastiktüte hoch, in der sich ihr Mobiltelefon befand. „Fahr los, ich erzähl dir alles unterwegs."

Strategiebesprechung

Samstag, 9. September

Tina und Franziska waren von ihrem Coup immer noch euphorisch berauscht, als sie auf ihrer Rückfahrt in die Innenstadt bei Feinkost Geigenberger am Troppauplatz haltmachten. Sie hatten beschlossen, den Tag mit einem gemeinsamen deftigen Abendessen ausklingen zu lassen.

Nun wussten sie mit Sicherheit, dass sich der gesuchte Mafioso im *Bella Calabria* aufhielt und auf jeden Fall bis einschließlich Montag, bis zum Rendevous, dortbleiben würde. Wie sie ihn aber dingfest machen sollten, das bereitete ihnen noch Kopfschmerzen. „Das müssen wir unbedingt so anstellen, dass wir deinem Chef gegenüber nicht in Erklärungsnot kommen", stellte Franziska fest. Bei Hackbraten mit Kartoffelpüree und ein paar Gläschen Wein diskutierte es sich hervorragend über das weitere Vorgehen der beiden.

Es wurde ein langer Abend, an dem ordentlich gefeiert und viel gelacht wurde. Tina lernte, dass Kartoffelpüree mit handgerebeltem Majoran wirklich ein Gedicht war. Dazu zauberte Franziska eine Rahmsauce, die man am liebsten vom Teller geschleckt hätte. Als die dritte Bocksbeutelflasche des 2015er Burgunders aus den Ipsheimer Weinhängen leer auf dem Esstisch stand, hatten sie aber immer noch keine gute Lösung gefunden, wie sie di Rossi – oder de Simione, wie er sich nannte – schnellstmöglich hinter Schloss und Riegel bringen könnten.

„Können wir nicht drauf bauen, dass deine Kollegen, die das *Bella Calabria* observieren, diesen Mafioso früher oder später identifizieren?", fragte Franziska. „Die kennen doch auch das Foto von dieser internationalen Fahndungsliste."

„Theoretisch ja. Aber praktisch geht di Rossi denen bisher sehr erfolgreich aus dem Weg, der Mann ist ja nicht dumm. Nein, das dauert mir viel zu lange. Am Montag will er sich ja schon mit dir treffen."

„Und wenn du in offizieller Funktion an der Pension vorbeischaust und ihn ‚zufällig' erkennst?"

Tina schüttelte den Kopf. „Da stehen die Kollegen von der Wirtschaft vor der Tür, nicht meine Abteilung. Und selbst wenn ich mich einfach zu denen in den Wagen setze: Di Rossi läuft sicher nicht gerade dann hofrecht an uns vorbei."

Ein letztes Glas Wein musste für beide noch sein.

„Morgen ist auch noch ein Tag", meinte Tina dann und gähnte herzhaft.

Auf dem Weg zum Hollergraben hatten sie kurz an der Wohnung der Polizistin gehalten und sie hatte schnell Waschzeug, einen Schlafanzug und frische Unterwäsche eingesammelt. Morgen, am Sonntag, wollten sie sich am Linken Regnitzarm umtun, in der Hoffnung herauszufinden, wo exakt die Leiche der kleinen Johanna ins Wasser geschmissen worden war.

Kurz nach Mitternacht krochen beide Frauen weinselig in Franziskas geräumiges Bett und kuschelten sich aneinander.

*

Der Sonntag wurde ein trüber Tag. Ein breites graues Wolkenband hatte sich über der Stadt ausgebreitet. Nur hie und da gelang es der Sonne, wenige müde Strahlen durch ein paar kleine Löcher zu schicken. Franziska war eine halbe Stunde vor Tina aufgestanden und hatte das Frühstück vorbereitet. Nun saßen die beiden Freundinnen leicht verkatert, aber gut gelaunt am Tisch.

„Puh, ich bin ja noch von gestern Abend so voll", stöhnte Tina.

„Ein Ei und eine Scheibe Toast, das wirst du noch schaffen", meinte Franziska, nahm ihren Eierschalensollbruchstellenverursacher zur Hand und setzte seine Clack-Kappe auf ihr Fünf-Minuten-Ei. Dann schob sie die massive Schlagkugel nach oben und ließ sie los. Es gab, wie gewünscht, einen lauten Schlag, Edelstahl knallte auf Edelstahl. Franziska griff zu ihrem Frühstücksmesser und hob damit die an den Sollbruchstellen sauber durchtrennte Ei-Kappe ab.

Tina hatte die ganze Prozedur interessiert beobachtet. „Was ist das denn für eine Höllenmaschine?", wollte sie wissen.

„Ein Eierschalensollbruchstellenverursacher."

„Langsam, ein Eierschalen... was?"

„ ...sollbruchstellenverursacher", ergänzte Franziska.

„Nee", äußerte Tina, „du willst mich verarschen."

„Keineswegs. Probier es doch selbst", forderte Franziska ihre Freundin auf. „Klar, das ist nur ein Spielzeug, aber es funktioniert einwandfrei."

„Und wo kann man diesen Dingsbums-Verursacher kaufen?" Tina griff sich das abenteuerliche Gerät, setzte es auf ihr Frühstücks--ei und tat es Franziska gleich. Wieder sauste die Kugel nach unten und es gab einen kurzen, satten Schlag.

„Bei uns im Fachhandel, in der Altstadt", erklärte Franziska, während sie ein Stück Brot ins flüssige Eigelb tauchte.

Tina untersuchte ihr gekochtes Ei. „Die Eierschale ist rundum sauber und glatt durch", verkündete sie begeistert. „Wie bist du denn auf so was Verrücktes gekommen?"

„Bauer sucht Frau", antwortete Franziska.

„Ich versteh nur Bahnhof", meinte Tina und vermutete einen Scherz ihrer Freundin.

„Kennst du die Sendung *Bauer sucht Frau* nicht?"

„Ja, schon, aber so einen Schmarrn schau ich mir normalerweise nicht an."

„Ich auch nicht. Aber vor Jahren haben die Verantwortlichen der Sendung versucht, ein selten krasses Pärchen zu verkuppeln: den oberfränkischen Hühnerbauer Jürgen aus der Nähe von Bamberg und seine blonde Anja aus Schwaben. Ich sag dir, ein Paar wie aus Frankensteins Gruselkabinett. Jedenfalls hat sich die Anja schwergetan, ein Frühstücksei auf konventionelle Art und Weise sauber zu öffnen, also haben die zwei einen Ausflug in die Bamberger Altstadt unternommen und haben was gekauft?"

„Einen Eierschalensollbruchstellenverursacher", johlte Tina.

„Die Kandidatin erhält 99 Punkte", lachte Franziska zurück.

„Übrigens, mir ist gestern im Bett noch etwas eingefallen", merkte Tina an. „Eine Möglichkeit, wie wir dem Mafioso Handschellen verpassen können."

„Lass hören!"

„Ich denke daran, meine beiden Brüder einzuspannen. Ich weiß, es ist keine grandiose Idee und absolut keine saubere Lösung. Vor allem nicht aus der Sicht einer Polizistin. Wenn Hagenkötter Wind davon bekäme, würde ich in ernsthafte Schwierigkeiten schlittern. Aber etwas Besseres habe ich momentan nicht zu bieten. Hör zu, meine beiden Brüder sind dieses Wochenende hier in Bamberg, weil Axel letzte Woche Geburtstag hatte ..."

Einige Minuten sprach Tina eindringlich auf ihre Freundin ein, unterlegt mit häufigem Schulterzucken und dem wilden Gestikulieren mit einem Eierlöffel.

„... und du meinst, deine Brüder machen da mit?"

„Wenn ich sie nett darum bitte, wahrscheinlich schon."

„Dein Plan hat nur einen Schwachpunkt."

„Nur einen? Ich sehe da sogar mehrere, aber welchen genau meinst du?", wollte Tina wissen.

„Wie willst du Hagenkötter erklären, dass du wusstest, dass di Rossi morgen um genau 19 Uhr zum *Pane e Vino* kommt? Wobei die morgen übrigens geschlossen haben. Ruhetag. Ich hab's gegoogelt. Das wusste der Mafioso nur nicht, als er mich eingeladen hat."

„Ruhetag? Dieser Idiot", kicherte die Kommissarin. „Zu blöd, um ein Rendezvous zu organisieren." Dann wurde sie sofort wieder ernst. „Für unseren Plan bedeutet das aber nichts Gutes. Was, wenn er inzwischen in dem Restaurant angerufen hat, um einen Tisch zu reservieren, und jetzt weiß, dass er am Montag vor verschlossenen Türen steht?"

„Darüber würde ich mir keine großen Sorgen machen." Franziska lächelte. „Ich hab ihm nämlich meine Telefonnummer nicht gegeben. Wir sind direkt am Restaurant verabredet. Er könnte natürlich versuchen, mich in der Pension abzufangen, aber wenn ich da nicht auftauche, muss er zum Lokal kommen, wenn er mich wirklich wiedersehen will."

„Dann lassen wir's also drauf ankommen?"

„Ja, das lassen wir", sagte Franziska bestimmt. „Aber was ist jetzt mit deinem Chef? Wie willst du ihm die Aktion servieren?"

„Zufall", sagte Tina und hob die Augenbrauen. „Du würdest staunen, wie oft uns der Zufall in die Ermittlungen reinspielt. Also: Wir tun so, als ob Axel Johannes und mich zur Feier seines Geburtstags in die Weinstube *Schwarze Katz* eingeladen hat. Die liegt ja gleich neben dem *Pane e Vino.* Was kann ich denn dafür, dass mich dieser Süditaliener auf dem Weg zum Lokal anpöbelt? Ich hab ihn nicht provoziert, das können meine Brüder bezeugen. Was die aber gar nicht abkönnen, ist, wenn ihre Schwester von einem Wildfremden rüde angegangen wird. Besonders Axel nicht." Tina blickte unschuldig wie ein Lamm.

Franziska klatschte in die Hände. „Na gut. Auch wenn mir wirklich nicht ganz wohl bei dem Gedanken ist, dass deine Brüder es mit einem Profikiller zu tun bekommen." Sie zog die Augenbrauen zusammen. „Hauptsache er taucht überhaupt auf."

„Du hast schon recht, es ist seine einzige Chance, dich wiederzusehen. Er erhofft sich doch sicher, dass du ihn morgen erhörst. Der hat mit dir etwas vor."

„Aber ich nicht mit ihm", grinste Franziska. „Zumindest das nicht!"

„Ich ruf gleich Johannes und Axel an. Der muss dann für morgen Abend noch drei Plätze in der *Schwarzen Katz* reservieren. Dann haben wir auch ein Alibi, sollte jemand nachforschen. So, und jetzt machen wir deine Küche sauber. Ich kann das ganze Durcheinander nicht mehr sehen, das wir gestern hinterlassen haben."

Bürgerpark Hain

Sonntag, 10. September

Punkt zwölf Uhr mittags standen Franziska und Tina vor der Tür des Hauses Am Hollergraben.

„Siehst du auch nur die geringste Chance, dass wir wirklich die Stelle finden, an der Johanna in die Regnitz geworfen wurde? Da ist jetzt einiges an Zeit vergangen, alle möglichen Spuren könnten längst verschwunden sein", zweifelte Tina. „Hand aufs Herz."

„Wenn du mich schon so fragst: ehrlich gesagt, nein. Aber wir sollten es zumindest versuchen. Wir haben doch nichts zu verlieren. Oder willst du dir vorwerfen lassen, gar nichts vor Ort unternommen zu haben? Du bist doch die Polizistin. Ich hab mich eh schon gewundert, dass noch kein Suchtrupp von euch das Ufer abgegrast hat. Außerdem, ein Spaziergang kann uns nicht schaden. Schau, die Sonne ist auch wieder hinter den Wolken hervorgekrochen."

Tinas Blick folgte Franziskas nach oben ausgestreckter Hand. „Du hast ja recht. Also: Welche Route würdest du vorschlagen?", fragte die Kommissarin.

„Wir halten uns links, gehen immer am Fluss entlang bis zur Buger Spitze, dann wechseln wir auf die andere Seite des Linken Regnitzarms."

Sie marschierten los. Viele andere Spaziergänger nutzten die angenehmen Temperaturen und waren zuhauf entlang des Flusses unterwegs. Kinder tobten herum und sammelten von den Bäumen abgefallene Zweige. Fahrradfahrer zwängten sich vorsichtig zwischen ihnen hindurch und Hunde warteten schon ungeduldig darauf, dass ihnen die Leinen abgenommen wurden. Die untersten Äste der mächtigen Bäume und Büsche am Ufer des Theresienhains ragten so weit hinab, dass sie fast die Wasseroberfläche berührten. Erste herbstfarbene, vertrocknete Blätter fielen auf das Wasser und wurden davongetragen. Still floss die Regnitz dahin, doch ihre ruhige Oberfläche war trügerisch. An manchen Stellen bildeten sich kleine Strudel und ließen ein paar der Blätter wie Derwische auf kleinen Wellen tanzen. Der Fluss konnte tückisch sein, Hinweisschilder warnten vor der Gefahr: *Achtung gefährliche Strömung, Schwimmen verboten.*

„Schau, das Hainbad liegt schon vor uns", meinte Franziska und zeigte nach vorn. „Wenn man bedenkt, dass es im Jahr 1935 angelegt wurde und heute immer noch von den Bambergern geliebt wird, ist das wirklich eine Erfolgsstory." Sie blieb stehen und die Journalistin überlegte. „Hier sind beim Bau des Bads so viele Holzpfähle in den Grund gerammt worden, da kann ein ins Wasser geworfener Körper schon längere Zeit hängen bleiben. Ein kleines Stück aufwärts gibt es außerdem eine sehr starke Seerosenpopulation. Und wer weiß schon, was für andere Hindernisse dort unten noch existieren."

Sie liefen eine gute Strecke weiter. Ein Eichhörnchen mit nahezu schwarzem Fell sprang in einem riesigen Haselnussstrauch von Ast zu Ast und erregte kurz ihre Aufmerksamkeit.

„Was ist denn das da vorne für ein Bau?", wollte Tina wissen, „Das Gebäude, das da fast unter der Brücke steht. Also hier war ich ja noch nie. Über das Hainbad bin ich nie hinausgekommen."

„Schäm dich", wies Franziska sie zurecht. „Das ist ein Monopteros aus dem Jahr 1804 und der stand ursprünglich auf dem Gelände von Schloss Seehof in Memmelsdorf. Als man den Bürgerpark Hain ab 1803 neu angelegt hat – also heute heißt das Theresien- und Luisenhain –, hat man überall Pavillons und Skulpturen aufgestellt, weil man dem Stil englischer Gärten nacheifern wollte. Aber ehrlich, dass der Monopteros heute fast unter der Brücke der B22 steht … ich weiß nicht … sieht das nicht etwas bescheuert aus? Die teilt übrigens den Bürgerpark Hain in den Theresien- und den Luisenhain."

„Die Brücke?"

„Mhm."

„Dann betreten wir jetzt den Luisenhain?", folgerte Tina.

„Die Kandidatin erhält schon wieder 99 Punkte."

„Steht hier nicht auch das E.T.A.-Hoffmann-Denkmal? Ich glaube, mich dunkel erinnern zu können."

„Wir kommen bald dran vorbei. Schande über dein Haupt, Tina, wir waren beide am E.T.A.-Hoffmann-Gymnasium …"

„Der Mann hat mich damals schon nicht interessiert“, rechtfertigte sich die Kriminalbeamtin. „Das Einzige, was bei mir über diesen Dichter hängen geblieben ist, ist die Tatsache, dass er ab und zu gerne einen über den Durst getrunken hat ...“

„... und dabei den sprechenden Hund Berganza getroffen hat“, ergänzte Franziska. „Das war gleich da vorne, als er von seiner Lieblingsgaststätte in Bug heimgegangen ist, wo er damals – wie man ihm nachsagt – einen Bocksbeutel zu viel geleert hatte.“

„Wenn ich gestern Abend noch einen Hund getroffen hätte“, kicherte Tina, „dann hätte ich den auch sprechen hören.“

Die beiden Frauen sahen sich an, dann prusteten sie gleichzeitig los. Ihre plötzlichen Lachsalven irritierten zwei fettleibige Jogger, jeder weit über 100 Kilo auf den Rippen, die sie gerade mit knallroten Köpfen und nach Luft ringend überholten und dabei absolut keine gute Figur machten.

„Hast die Weiber gsehgn?“, gab der eine schwitzend von sich, als sie außer Höhrweite waren. „Wie die glacht ham. Bestimmt zwaa Lesbn.“

„Des sicht mer doch scho auf hunnert Meter“, meinte der andere zustimmend und wischte sich den Schweiß aus dem Gesicht.

„Und wie kam der Trunkenbold an das andere Ufer, rüber nach Bug?“, überlegte Tina, ohne sich um die Möchtegernsportler zu kümmern. „Gab es damals schon eine Brücke?“

„Das nicht, aber vorne an der Buger Spitze gab es eine Fähre, mit der man übersetzten konnte. Man konnte sogar von weiter oben flussaufwärts, von Mühlwörth, mit dem Haindampferla über das Hainbad bis nach Bug fahren. Heute macht da das Hochwassersperrtor dicht. Wir werden es nachher überqueren, um auf die andere Seite zu kommen. Ich glaube, es wurde erst 1964 errichtet.“

„Woher weißt du das eigentlich alles?“

„Ich gehe hier oft spazieren und drüben in Bug sind Informationstafeln aufgestellt, da steht das alles drauf. Wir biegen allerdings nicht nach Bug ab, sondern gehen rechts über den Oberen Leinritt wieder Richtung Stadtmitte zurück. Dann heißt es aufpassen!“

„Hast du eigentlich eine Theorie?", wollte Tina wissen.

„Schon."

„Und die lautet?"

„Von dem, was du mir alles erzählt hast, und von dem, was ich dazu recherchiert hab, bin ich mir ziemlich sicher, dass Johanna in der Villa am Paradiesweg getötet und ihre Leiche anschließend in den Linken Regnitzarm geworfen wurde."

„Volle Zustimmung. So weit sind wir Profis auch."

„Ja – und zum genauen Wo sind wir jetzt unterwegs. Vom Oberen Leinritt bis zur Schleuse 100 ist es nicht weit, maximal zweieinhalb, drei Kilometer. Die Regnitz ist zwar kein Gebirgsfluss, aber die Strömung ist dennoch beachtlich. Das liegt hauptsächlich daran, dass der Linke Regnitzarm im Spätmittelalter vertieft und begradigt worden ist. Zwischen Stadtmitte und Bug mussten nämlich 42 Mühlräder angetrieben werden, das hätte die ursprünglich träge Regnitz nicht geschafft. Menschen haben also aus einem Flachlandfluss einen deutlich schnelleren Flusslauf gemacht."

„So schnell und sogar reißend, dass schwer erklärbar ist, wie Johanna so lange im Wasser lag und nur einen so kurzen Weg zurückgelegt hat. Also ist der Körper irgendwo zwischen hier und der Schleuse 100 unter Wasser festgehalten worden."

„Wenn ich an die Worte von eurem Professor Stich denke, was Verwesungs- und Gärungsprozesse einer Wasserleiche anbelangt, hätte Johannas Leiche wirklich frühestens im Main auftauchen dürfen. Vielleicht hat der Mörder ja ähnlich gedacht. Wahrscheinlich hat er gar kein Risiko gesehen, dass Johanna noch innerhalb des Stadtgebiets wieder auftauchen könnte und sie deshalb einfach in den Fluss geschmissen. Es wäre perfekt, zu wissen, wo genau das passiert ist und wie der Täter die Leiche dorthin transportiert hat." Franziska blieb stehen, beschattete sich die Augen gegen die gerade durch die Wolken brechende Sonne und sah mit gerunzelter Stirn das Regnitzufer hinab. „Schau, Tina, auf der linken Seite des Wegs verlaufen noch Maschendrahtzäune und es geht durch den Wald steil bergauf. Hier kam der Mörder sicherlich nicht herunter, um die Leiche in den Fluss zu werfen. Ein

Stück weiter vorne endet aber der Zaun und und es führt ein Weg nach oben. Von dort ist es nicht mehr weit zur Villa und ein Mädchenkörper wiegt nicht viel. Vor allem, wenn er so abgemagert ist, wie der von Johanna zuletzt. Ein einigermaßen kräftiger Mann schafft das zu Fuß."

„Dann muss er von da oben gekommen sein", sagte Tina und zeigte auf den bewaldeten Hang.

Sie gingen schweigend auf dem Oberen Leinritt weiter. Es war ein schöner, naturbelassener Pfad, auf dem sie unterwegs waren. Links der Wald, rechts der Fluss. Überall wucherten Sträucher und Büsche, dazwischen das unvermeidliche Unkraut in rauen Mengen. Konzentriert blickte jede nach allen Seiten.

Nach wenigen Minuten stieß Tina ihre Freundin an und meinte: „Schau, da vorne steht ein weißes Schild, genau da, wo der Zaun endet. Es zeigt nach links oben, den Berg hinauf."

„Richtung Villa? Kannst du von hier aus schon lesen, was da draufsteht?"

„Nein, ist noch zu weit weg." Unbewusst beschleunigten die beiden Frauen ihre Schritte.

Auf der Mitte der Regnitz glitt lautlos ein schlankes Vierer-Ruderboot vorbei. Nur die Ruderblätter verursachten ein leises, gleichmäßiges, schmatzendes Geräusch, wenn sie die Wasseroberfläche durchbrachen. Franziska und Tina schenkten dem Boot keinerlei Beachtung. Zu sehr waren ihre Blicke auf das weiße Hinweisschild fixiert.

„Obst- und Gartenbauverein Kaulberg", vermeldeten beide fast gleichzeitig.

„Tja, schade", meinte Franziska enttäuscht.

„Jetzt tritt mich aber ein Pferd", wurde Tina laut. „Das ist gar nicht schade, das muss nämlich ganz in der Nähe der Villa sein! Mein Kollege Schmuck hat den Gartenbauverein erwähnt."

„Was, ehrlich? Aber dann lass uns hier doch gleich das Flussufer genauer untersuchen", schlug Franziska vor.

„Fünf Meter in der Breite", schlug Tina vor, „du links, ich rechts. Aber pass auf, das Ufer ist abschüssig und rutschig."

Die Suche, nach was auch immer, gestaltete sich nicht leicht. Der Baumbestand reichte bis dicht an den Fluss heran. Dazwischen hatten sich Büsche verschiedener Arten ausgebreitet, Haselnüsse, Wacholder, selbst eine Waigelie gierte nach Licht von oben. Am Boden wuchs alles durcheinander: Löwenzahn, Waldanemonen, Walderdbeeren, Klee und so manches andere Unkraut. Dazwischen wimmelte es von Schnecken, Asseln, Spinnen, Ameisen und Käfern. Tina und Franziska turnten in der Hocke herum, guckten unter Blätter, schoben Grasbüschel zur Seite, scheuten selbst vor hochwachsenden Brennnesseln nicht zurück und wussten dabei noch nicht einmal genau, was sie hier eigentlich suchten. Jede menschliche Hinterlassenschaft konnte verdächtig sein – und keine. Dass der Leichenfund mittlerweile schon über zwei Wochen her war, machte die Sache dazu nicht einfacher.

Die zwei übergewichtigen Jogger von vorhin kamen ihnen nun entgegen und liefen grußlos vorbei. Ihre Köpfe leuchteten wie Tomaten, ihr Atem rasselte wie der früherer Bierbrauereipferde kurz nach Feierabend und die Fleischmassen wabbelten auf und ab.

„Des woarn doch widder die zwa Lesben?", meinte der eine und fing vor lauter Atemnot prompt das Husten an. „Wonach die wohl suchn?"

„Woahrscheinli den gestrichn Tooch", gab der andere zurück und wischte sich mit einem patschnassen Frotteearmband über die Stirn.

„Das gibt's doch nicht!", rief Franziska erstaunt und brachte die beiden Jogger mit ihrem Ausbruch fast ins Straucheln.

„Hast du was entdeckt?", war Tina hellhörig geworden.

„Schau doch nur, hier wächst eine wunderbare Marone, mitten zwischen zwei Farnen."

„Ach so, nur ein Pilz", meinte Tina enttäuscht.

„Den nehme ich mit", freute sich Franziska, „kann ich gut für eine Rouladenfüllung gebrauchen."

Sie ging in die Hocke und schob mit den Händen Moos und Heidelbeersträucher zur Seite, um möglichst tief an den Stilansatz des Pilzes heranzukommen. Dann sah sie die kleine Spendierdose aus Plastik.

„Tina!"

Die Kommissarin war schon ein paar Schritte weitergegangen und drehte sich nur halbinteressiert um. „Schon wieder ein Pilz?"

„Ich weiß, wer Johanna genau hier in die Regnitz geworfen hat!"

„Du machst Witze."

„Keineswegs. Es war Marco Lignelli. Der Hausverwalter. Hast du einen Spurensicherungsbeutel dabei?"

„In meiner Handtasche." Tina kniete sich atemlos neben Franziska auf den Boden. „Was hast du gefunden?"

„Sieh selbst!", bekam sie zur Antwort.

Franziska hielt immer noch den entscheidenden Ast eines Heidelbeerstauchs zur Seite und Tina beugte sich vor, um besser sehen zu können.

„Eine Tic Tac-Box, Fresh Mint", flüsterte sie.

Verhaftung

Montag, 11. September

De Simione hätte sich am liebsten in den Arsch gebissen. Nach dem Frühstück hatte er beim *Pane e Vino* angerufen. Er wollte für sich und die hübsche Franziska einen Tisch reservieren, bevorzugt einen romantischen in irgendeiner Nische. Schon beim ersten Klingeln hatte sich eine Stimme vom Band gemeldet und ihn informierte, dass heute Ruhetag sei. Er hatte es ungerührt weiterklingeln lassen.

Es hatte zwar eine Ewigkeit gedauert, aber dann hatte sich wirklich jemand vom Küchenpersonal gemeldet und ihm bestätigt, dass das Restaurant erst wieder morgen für seine Gäste geöffnet würde. „Wenn Sie unbedingt heute Italienisch speisen wollen, dann gehen Sie doch ins *Piccola Roma* in der Luitpoldstraße", hatte der Aushilfskoch de Simione noch geraten.

„*Vaffanculo!*" Aber alles Schimpfen hatte nichts geholfen, also hatte er im *Piccola Roma* angerufen. Den ganzen restlichen Tag über war er wie auf heißen Kohlen gesessen, bevor er sich um halb sieben zum Hinterausgang aus der Pension geschlichen hatte, in ein Taxi gestiegen war und sich zur Schranne 8 hatte fahren lassen.

Dort angekommen stieg de Simione aus und wies den Taxifahrer an, zu warten. Seine Freundin müsse gleich kommen, teilte er dem Mann hinter dem Steuer mit, und dann sollte es in die Luitpoldstraße weitergehen. Damit Franziska ihn gleich sah, wenn sie ankam, ging er die paar Schritte auf den dunklen Eingang des *Pane e Vino* zu und baute sich im Türrahmen auf. Weder im Erdgeschoss, noch in den oberen Stockwerken brannte Licht. Dafür hing an der Eingangstür ein großes Schild: *Lunedì, giorno di riposo* verkündete es für jedermann, der eintreten wollte. Auch an den Tischen vor dem Restaurant herrschte gähnende Leere, die dazugehörigen Stühle waren an der Hauswand aufgestapelt und angekettet. Letzte Woche, als de Simione hier zu Abend gegessen hatte, hatte hier ein wildes Remmidemmi geherrscht, gerade dass er noch einen freien Tisch hatte ergattern können.

Er sah auf seine Breitling. Fünf Minuten vor 19 Uhr. Noch Zeit für eine schnelle Zigarette. Hoffentlich kam sie pünktlich. Er würde sich bei ihr für die Panne entschuldigen müssen.

Als er den Stummel seiner Marlboro wegschnippte, schlug es vom Dom her sieben Mal. Von Franziska war weit und breit nichts zu sehen und auch sonst waren keine Passanten unterwegs. Nur der laufende Motor des Taxis brummelte zwanzig Meter die Straße runter vor sich hin. Langsam wurde er nervös. Am besten noch eine Zigarette.

Während er gerade die ersten Rauchschwaden in die Luft blies, tauchte eine kleine Gruppe von Leuten am Ende der Straße auf. Eine Frau und zwei Männer, Franziska war nicht dabei. De Simione warf ihnen einen längeren Blick zu und hielt dann wieder nach seiner Verabredung Ausschau.

Tina stieß ihren Bruder Axel in die Seite. „Da drüben steht er", flüsterte sie. „Mit der glühenden Zigarette."

Auch aus dem offenen Fenster des wartenden Taxis stieg Zigarettenrauch.

„Wie wollen wir es machen?", fragte Johannes.

„Hat jemand von euch eine Zigarette?", wollte Tina wissen. „Komm schon, Johannes, ich weiß, dass du noch heimlich rauchst. Her damit, ich verrat's auch deiner Frau nicht. Ihr bleibt bitte beide in meiner Nähe. Wenn ich zu schreien anfange, schlagt ihr ihn zu Boden, bevor er weiß, wie ihm geschieht, kapiert?"

Axel und Johannes nickten.

De Simione sah auf, als die drei die Straßenseite wechselten und langsam auf ihn zukamen. Die Frau unterhielt sich mit einem der Männer und lachte laut. Dann kramte sie in ihrer Handtasche und fragte ihre Begleiter irgendwas. Die schüttelten beide den Kopf. Die Frau sah sich kurz um, bevor ihr Blick an dem Italiener hängenblieb. Sie löste sich von ihren männlichen Begleitern und kam lächelnd auf ihn zu, während sie ihm mit ihrer Linken eine Zigarette entgegenstreckte und mit der rechten Hand eine Bewegung machte, als würde sie ein imaginäres Feuerzeug anknipsen.

Dem Taxifahrer war es unterdessen langweilig geworden. Er war aus seinem Wagen ausgestiegen, um sich die Beine zu vertreten und beobachtete die Szene. War das die Bekannte von dem Spaghettifresser? Konnte es endlich weitergehen? Hoffentlich machte der Kerl keine Zicken, wenn er für die Wartezeit bezahlen musste.

Gerade wollte er sich wieder abwenden und zurück in den Wagen steigen, als die Situation drüben eskalierte. Der Italiener machte mit ausgestreckter Hand eine schnelle Bewegung auf die Frau zu. Da begann die, wie eine Furie zu kreischen: „Sie Schwein!", schrie sie aus vollem Hals. „Lassen Sie das! Axel, Johannes, Hilfe!" Ihre zwei Begleiter, die keine zwei Schritte hinter ihr gestanden hatten, stürzten auf den Italiener zu. Einer der beiden verpasste dem Ausländer erst einen fast perfekten Lowkick auf den Oberschenkel, dann wehte er ihn mit einem Fußfeger komplett aus den Latschen. Darauf warf sich der andere Mann mit seinem ganzen Gewicht auf den gestürzten Italiener und zwang ihn zu Boden. Die Frau, die so laut um Hilfe gerufen hatte, griff an ihren Hosengürtel und schon schlossen sich zwei Handschellen um die Gelenke des wild fluchenden und sich windenden Südländers.

„Sie sind vorläufig festgenommen“, hörte der Taxifahrer die Frau sagen. „Wegen unsittlicher Annäherung mit Tatfolge. Ich werfe Ihnen vor, mich in eindeutiger Art und Weise sexuell belästigt zu haben. Sie werden gleich abgeführt und auf unser Kommissariat gebracht. Dort werden Sie erkennungsdienstlich erfasst und verhört. Alles, was Sie ab jetzt sagen, kann gegen Sie verwendet werden. Haben Sie das verstanden?“

Donnerwetter, dachte sich der Taxifahrer, *da ist der Spaghetti gerade an die Richtige geraten.* Dann setzte er sich neugierig in Bewegung.

„Nehma Sie den etz mit?“, sprach er die Frau an, die gerade ein Telefonat mit ihrem mobilen Gerät beendet hatte.

„Der wird gleich von zwei Streifenkollegen abgeholt“, antwortete sie. „Kriminalkommissarin Tina Meisel“, stellte sie sich dann vor und hielt ihm ihren Dienstausweis unter die Nase. „Haben Sie gesehen, wie der Mann mir an die Brust gegriffen hat?“

„Ja, scho. Sie ham ja auch laut gnuch gschria. Und wer bezahlt mir etz meine Rechnung?“

„War der Verhaftete Ihr Fahrgast?“

„Frali, den hab ich doch aus der Nordstadt bis hierher gfahrn.“

„Dann müsste ich auch Ihre Personalien aufnehmen. Einen Moment bitte, ich habe etwas zu Schreiben in meiner Tasche.“

„Am hellichtn Tooch greifn s' etz scho die Frauen an“, wunderte sich der Taxifahrer. „Der woar mir scho net geheier, als der in mei Taxi gstiegn is. Abber da is er bei Ihna ja an die Richtige gratn, gell?“

Der sonst so aufbrausende Lorenzo de Simione war wie paralysiert. Er hatte noch immer nicht ganz umrissen, was gerade geschehen war. Warum hatte die Frau plötzlich zu schreien begonnen? Er hatte sie doch gar nicht berührt, geschweige denn an ihre Brust gefasst. Die kleine Rothaarige war doch gar nicht sein Typ!

Erst als er wenige Minuten später in den Streifenwagen gezwungen wurde, hatte er sich einigermaßen gefasst und ließ schlimme italienische Flüche von sich.

„Halt etz deine Fressn, sonst gibt's ane aufs Maul“, fuhr ihn der Fahrer des Streifenwagens an.

Vernehmung

Dienstag, 12. September

Als Harald Hagenkötter am Dienstagmorgen ins Büro kam, hatte seine Mitarbeiterin Tina Meisel eine handfeste Überraschung für ihn. Mit den protokollierten Aussagen ihrer Brüder und der des Taxifahrers wartete sie bereits auf ihren Chef und präsentierte ihm Luca di Rossi, Auftragskiller der 'Ndrangheta mit 14 Morden auf dem Kerbholz und aus ebenso undurchsichtigen wie dubiosen Gründen derzeit in Bamberg unterwegs, quasi als schön verschnürtes Päckchen.

Die Verhaftung des Italieners vor dem *Pane e Vino* hatte einigen Wirbel verursacht. Natürlich hatten sich vorbeikommende Passanten innerhalb von wenigen Minuten zu einer kleinen Menschentraube versammelt und den Abtransport des Manns im Streifenwagen neugierig beobachtet. Einige hatten sich ihre Smartphones gegriffen und zu fotografieren begonnen. Tina hatte ihren Bruder Axel lautstark angewiesen, schnell zur *Schwarze Katz* rüberzulaufen und den reservierten Tisch wieder zu stornieren. Axel hatte innerlich darüber lachen müssen, dass er jetzt auch noch seine schauspielerischen Fähigkeiten einem breiten Publikum vorführen durfte. Er, Tina und Johannes hatten im Vorfeld längst im Detail abgesprochen, was zu tun wäre, sobald der Mafioso überwältigt am Boden läge. Während Axel davonmarschiert war, hatte sich Johannes mit grandios gespielter Besorgnis seiner Schwester zugewandt und sich lautstark nach ihrem Befinden nach dem schlimmen sexuellen Übergriff durch diesen „fremden Kerl" erkundigt.

„Ihr müsst jetzt leider mit ins Kommissariat kommen", hatte Tina ihre Brüder wissen lassen, nachdem Axel sich wieder zu ihnen gesellt hatte „und eure Aussagen zu Protokoll geben. Alles muss seine Ordnung haben." Dann hatte sie sich an den Taxifahrer gewandt: „Herr Fleischer, das gilt leider auch für Sie."

„Und wer zahlt mer mei Rechnung?", hatte der noch einmal wissen wollen.

Hagenkötter ließ sich von Tina alles bis ins Detail erzählen und las parallel die Protokolle.

„Wir sagen ja immer, dass es keine Zufälle gibt", fasste er zusammen und zog an seinem Schnauzer, „aber manchmal ist so ein Zufall doch das Beste, was uns passieren kann. Was hat den bloß geritten, sich an dem Abend an der ersten Frau zu vergreifen, die ihn um Feuer bittet?", schüttelte der Hauptkommisar seinen Kopf. „Und es steht ohne Zweifel fest, dass es sich bei dem Verhafteten um di Rossi handelt?"

„So sicher wie das Amen in der Kirche", versicherte ihm Tina. „Die Kollegen haben mir das bestätigt. Und um ganz sicher zu sein, läuft gerade noch der Abgleich mit den italienischen Behörden."

„Den warten wir noch ab", bestimmte ihr Chef, „dann sehen wir uns den Burschen mal genauer an."

*

Die Vernehmung di Rossis dauerte bereits zwei Stunden an, ohne dass Hagenkötter und Tina schlauer geworden wären. Der Mafioso behauptete immer wieder, dass er nur nach Bamberg gekommen war, um Bischof Espositos Mörder zu finden. Auf die Nachfrage, was ihn oder die 'Ndrangheta allgemein mit dem Kurienbischof verbinde, gab er erst keine Antwort. Dann beteuerte er, mit der Mafia nichts, aber auch rein gar nichts zu tun zu haben. Er sei Privatdetektiv. Seine Bamberger Nachforschungen wären der Privatauftrag eines einflussreichen Geldgebers. Die deutsche Polizei sei dazu nicht fähig. Und nein, den Namen seines Auftraggebers könnte er unter keinen Umständen nennen und überhaupt erwarte er, dass er unverzüglich auf freien Fuß gesetzt werde.

Hagenkötter zog schon seit einer Viertelstunde wie wild an seinem Schnurrbart herum und auch Tinas Geduld war am Ende. Di Rossi starrte sie feindselig über den Tisch im Vernehmungszimmer hinweg an.

„Was sagt Ihnen der Name Marco Lignelli?", wollte der Hauptkommissar wissen.

„Wer ist das?“, fragte der Festgenommene dreist zurück.

„Sagen Sie mal, für wie blöd halten Sie uns eigentlich? Das war ihr Landsmann, in dessen Küche wir Ihre Fingerabdrücke gefunden haben.“ Tinas Stimme klang gereizt. „Kurz nachdem Sie sich in seiner Wohnung aufgehalten haben, ist er tot. Warum haben Sie ihn mit einem Stahlseil erdrosselt und nicht mit ihrer Pistole erschossen? Unsere Kollegen haben die 08 Astra in ihrer Frühstückspension gefunden.“

„Mit einem Drahtseil, genau wie Bischof Eposito“, fügte Hagenkötter hinzu. „Sie wollen uns glaubhaft machen, dass Sie den Mörder des Kurienbischofs finden wollen, dabei haben Sie ihn vielleicht sogar selbst umgebracht. Mord scheint Ihnen sowieso wenig auszumachen. Da brauchen wir nur ins ECRIS reinzuschauen ... das Europäische Strafregisterinformations-System – ist Ihnen sicher bekannt, schließlich sind Sie da ja auch verzeichnet. Und im EIS, dem Europol-Informations-System. Was glauben Sie, was da alles über Sie drinsteht? Wie kommen Sie eigentlich damit klar, dass Sie mit ihren letzten Bamberger Eskapaden schon 16 Menschenleben auf dem Gewissen haben?“

„Vergessen Sie, dass Sie jemals wieder aus dem Gefängnis herauskommen werden. Zuerst wandern Sie in Deutschland für mindestens 15 Jahre wegen Mord in den Knast. Sollten Sie das überleben, werden Sie an die Staatsanwaltschaft in Rom überstellt“, drohte Tina.

„Ich habe den Bischof nicht umgebracht“, schrie di Rossi wütend heraus, „und auch nicht Lignelli“.

„Ich dachte, Sie kannten Lignelli gar nicht? Das waren doch Ihre Worte“, nagelte der Hauptkommissar den Mafioso fest. „Jetzt also doch? Übrigens: Giuseppe Bertone werden wir dazu auch noch befragen.“

„Wer ist das schon wieder?“, stellte sich der Mafioso dumm.

„Das wissen Sie ganz genau.“ Tina war nun sichtlich wütend. „Was glauben Sie, was passiert, wenn wir ihm erzählen, dass Sie seinen geliebten Bischof umgebracht haben? Der wird alles tun, um Sie hinter Schloss und Riegel zu bringen.“

Hagenkötter kam eine Idee. Er schaltete das Aufnahmegerät aus. „Bertone würde jeden Meineid schwören, nur damit Sie Ihrer gerechten Strafe zugeführt würden. Uns wäre das nur recht, wir hätten ein Problem weniger. Es träfe eh keinen Falschen."

Der Hauptkommissar schaltete das Gerät wieder ein, schwieg und betrachtete grinsend den Mafiakiller. Di Rossi schien von seiner anfänglichen Selbstsicherheit mittlerweile meilenweit entfernt zu sein. Schweißperlen standen ihm dicht an dicht auf der Stirn. Er kratzte sich am Kinn, fasste sich ans linke Ohrläppchen und schien einen inneren Kampf auszutragen.

„Frau Meisel", wandte sich Hagenkötter an seine Mitarbeiterin, „ich habe eigentlich nicht mehr die geringste Lust, meine wertvolle Zeit hier totzuschlagen. Morgen ist auch noch ein Tag."

„Und übermorgen und überübermorgen auch, Chef. Hören wir für heute auf und bieten dem kooperativen Herrn der Mafia doch eines unserer luxuriösen Einzelzimmer an. Darin hat er Zeit zum Nachdenken."

„Das ist eine gute Idee. Wenn ich aber recht überlege, bin ich mir gar nicht so sicher, ob ich morgen schon Zeit oder Lust habe, mit diesem Blödsinn fortzufahren."

„Macht doch nichts, dann hat er eben länger Zeit, sich seine Situation durch den Kopf gehen zu lassen. Er läuft uns ja nicht davon, in seinem netten Einzelzimmer."

Beide Kriminaler standen auf und schoben geräuschvoll ihre Stühle vom Tisch weg.

„Wartet!" Di Rossi hatte eine Hand gehoben und suchte nun nach den passenden Worten. „Also gut ... ich erzähle, was ich von Marco Lignelli erfahren habe." Er stockte kurz. „Aber ich habe den Bischof nicht ermordet. In Bamberg bin ich erst am *ultimo agosto* angekommen."

Hagenkötter funkelte den Mafioso entschlossen an. „Das klingt vernünftig", zischte er. „Wenn Sie aber versuchen, uns wieder eine Märchenstunde aufzutischen, brechen wir sofort ab und ich lasse Sie in den nächsten Tagen in Ihrer Zelle schmoren, bis Sie sich kooperativ verhalten. Ich sage das nur einmal – und nun fangen Sie an."

„Kann ich einen Kaffee haben? Und ein Glas Wasser dazu und vielleicht eine Zigarette?“

„Also gut. Frau Meisel, veranlassen Sie bitte, dass Herrn di Rossi gebracht wird, worum er gebeten hat. Wir machen in zehn Minuten weiter.“

Die Wut des Diözesanrates

Dienstag, 12. September

Die Nachrichten, die tröpfchenweise aus der Heimat in Bardolino ankamen, hatten Maria Ludwig von Sensheim den Kurzurlaub gründlich verdorben. Allen voran hätte er diesen Stallhuber am liebsten ungespitzt in den Boden gerammt. Und dann diese Journalistin Franziska Berger! Wie konnte diese Krampfhenne nur so eine Kolumne veröffentlichen, in der sich dieser mickrige Posaunist dermaßen auslassen dufte?

Aber das war noch nicht alles, worüber er sich erzürnte. Sieber hatte ihn telefonisch informiert, dass die Bamberger Kripo ihre Nase immer tiefer in die Angelegenheiten der Santi-Figli-di-Dio steckte. Diese Schnüffler. Zusätzlich war auch noch das Erzbistum auf Distanz zu ihm gegangen. Und vor einer Viertelstunde – er hatte eben den Brennerpass in Richtung Innsbruck passiert – hatte ihn Thomas Michl angerufen, der Vater von Dagmar, einer Internatsschülerin. Der Würzburger hatte ihn wutentbrannt angeschnauzt, ob er etwas von einer Bamberger Journalistin wisse, die im Umfeld der Schule recherchiere und unbescholtene Bürger wie ihn dabei ausfragen wolle. „Was gehen denn die Tussi die Teufelsaustreibungen in Bamberg an?“, hatte Michl aufgebracht wissen wollen. „Dass unserer Dagmar des Böse ausgetrieben wird, geht die Habergaaß schon gar nix an. Wenn das nicht aufhört, müssen wir unsere Dagmar wieder von der Schule nehmen und uns anderweitig umsehen.“

Was ging da vor? Steckte schon wieder diese Franziska Berger dahinter? Mit Sicherheit. Es wurde Zeit, dass er wieder nach Bamberg zurückkehrte.

Direkt vor seiner Abreise hatte ihn noch sein Kollege vom Erzbistum Wien darüber informiert, dass Johannas Vater eine gehörige Portion Wut auf Santi-Figli-di-Dio angehäuft hatte und drohte, ihr inmitten von Pressemikrofonen freien Lauf zu lassen. Lauter Baustellen, die er im Moment gar nicht brauchen konnte.

Doch das Allerschlimmste, was den Diözesanrat regelrecht umgehauen hatte, war die Nachricht von Lignellis Tod gewesen, der schon zwei Tage vor seinem Aufbruch nach Bardolino umgebracht worden war. Die Polizei, diese Affen, hatten eine Nachrichtensperre verhängt. Doch Sieber hatte ihn auf dem Laufenden gehalten.

Von Sensheim machte sich nichts vor: Die Kripo würde so schnell keine Ruhe geben. Sie alle mussten höllisch aufpassen und dichthalten. Bloß nicht nervös werden.

Er war ja dabei gewesen, in jener Nacht vom 19. auf den 20. August im Meditationszentrum am Paradiesweg, als der Bischof sich auf die junge Johanna Sonnleitner gestürzt und ihr die Gurgel zugedrückt hatte. Sie alle hatten die Sache unterschätzt. Dabei hatten sie sich so eine perfekte Argumentationskette aufgebaut, Sieber und er. Wer hatte denn damit rechnen können, dass Johannas Leiche nur wenige Kilometer von der Villa entfernt plötzlich von der Regnitz freigegeben werden würde? Eine schöne Scheiße.

Natürlich musste die Polizei darauf stoßen, dass Johanna missbraucht worden war, auch eine Wasserleiche trug noch entsprechende Spuren. Ferdinand und Friedhelm, diese Idioten mit ihren Sexspielchen, hatten ernsthaft geglaubt, die Kleine gefügig halten zu können, wenn sie sie nur mit genug Crystal Meth vollpumpten. Eine Zeit lang sah es so aus, als würde die Abhängigkeit Johanna still halten, aber das Mädchen litt so sehr an dem Missbrauch. Physisch und psychisch. Das sah man ihr an. Es hätte nicht mehr lange gedauert und sie hätte alles ihren Eltern erzählt. Und Sieber bekam seine Patres einfach nicht in den Griff! Na, dann wäre die Kacke erst am Dampfen gewesen und das schöne Geschäft mit den Teufelsaustreibungen wahrscheinlich auch dahin.

Von Sensheim überlegte: Eposito, Lignelli und die Kleine waren tot. Jetzt wussten in Bamberg außer ihm nur noch drei

Personen Bescheid. Und die würden dichthalten, weil sie selbst ihre Haut retten mussten. Die Kripo würde sich an ihnen die Zähne ausbeißen. Indizien hin, Indizien her. Es gab keine Beweise. Tief durchatmen.

Von Sensheim trat das Gaspedal bis zum Anschlag durch, konzentrierte sich auf die Straße. Dann stieg er ebenso abrupt wieder vom Pedal, ließ den Wagen ausrollen und lenkte ihn auf den nächsten Rastplatz. Bei laufendem Motor blieb er lange sitzen, fuhr sich mit der Hand ans Kinn und strich über seine kaum vorhandenen Bartstoppeln.

Eine Frage beunruhigte ihn, machte ihm Angst: Wer zum Teufel hatte Eposito und Lignelli umgebracht? Hatte die 'Ndrangheta etwas von dem Missbrauch mitbekommen? Das wäre fatal. Mit der Mafia wollte er sich es auf keinen Fall verscherzen. Das könnte tatsächlich gefährlich werden. Aber es war doch nicht seine Schuld – der verfluchte Sieber war Schulleiter der Santi-Figli-di-Dio und nicht er! Oder steckte die Mafia schon hinter den Morden? Nein, das konnte er auch nicht glauben. Aber wer, verdammt, hatte dann den Bischof und Lignelli auf dem Gewissen?

Unterwegs in Würzburg

Dienstag, 12. September

Franziska hatte die Bundesautobahn A3 an der Anschlussstelle Randersacker verlassen, war auf der Staatsstraße 2449 weitergefahren und befand sich nun auf der Bundesstraße 19. Sobald sie von der Autobahn abgefahren war, stiegen zu ihrer Rechten die Weinhänge Mainfrankens empor und stießen an einen tiefblauen, fast wolkenlosen unterfränkischen Himmel, der sich ihr in Bamberg noch grau und düster präsentiert hatte. Als sie die ewige Baustelle bei Geiselwind hinter sich gelassen hatte und ihrem Mini Cooper wieder die Sporen geben konnte, riss die Wolkendecke von Kilometer zu Kilometer weiter auf und die Septembersonne strahlte mit all ihrer noch verbliebenen Kraft auf die Rebstöcke entlang des Mains.

Ihr erstes Ziel war in Würzburg die Familie Höfer, die in der Hofstraße wohnte, unweit der Residenz. Jan, das einzige Kind von Marianne und Bertfried Höfer, besuchte die 9. Klasse der Santi-Figli-di-Dio-Schule in Bamberg – ebenso wie Dagmar, die gleichaltrige Tochter von Erika und Thomas Michel, wohnhaft in der linksmainischen Zeller Straße, gleich gegenüber des Würzburger Deutschhaus-Gymnasiums.

Am Sonntagabend, als Franziska mit Tina von ihrem gemeinsamen Ausflug in den Bürgerpark Hain und an den Oberen Leinritt zurückgekommen war, hatte sie sich noch die Schülerliste zu Gemüte geführt, die Tina ihr mitgebracht hatte. Auffällig viele Schüler kamen aus den Einzugsgebieten von Würzburg, Eichstätt und Speyer. Würzburg war von Bamberg aus am schnellsten zu erreichen, also hatte sie sich entschieden, in der Stadt mit dem Regierungssitz Unterfrankens anzufangen, und zum Telefonhörer ihres Festnetzanschlusses gegriffen. Marianne Höfer war die fünfte Mutter, die sie erreichte, und die erste, die einem kurzfristigen Treffen positiv gegenüberstand.

„Ich hab kein Problem damit, mit Ihna darüber zu reden", willigte Frau Höfer ein. „Kommen S' halt am Dienstach so gegen zehna bei uns vorbei."

Punkt zehn Uhr stand Franziska vor dem dreistöckigen Mietshaus und drückte den Klingelknopf. Marianne Höfer schien bereits auf sie gewartet zu haben. Der Türsummer meldete sich augenblicklich.

„Im zweitn Stock sen mer daham", drang eine weibliche Stimme von oben herab. Franziska drückte gegen die Tür und trat ein.

Sie zählte 21 Stufen, dann streckte ihr eine füllige Frau Mitte 40 mit strähnigen, halblangen, kastanienrot gefärbten Haaren ihre fleischige Hand entgegen. Ihren Karpfenmund hatte sie dick mit einem leuchtend roten Lippenstift verziert. „Mei Mo is auf Arbeit und der Jan is bei an Freund", erklärte Marianne Höfer. „Gehen S' zu, kommen S' rein. A Tässla Kaffe?"

„Nur wenn es keine Umstände macht, Frau Höfer." Franziska sah sich im Wohnzimmer um, während die Hausfrau in der Küche nebenan herumhantierte. Eine Menge Nippes stand auf Schränkchen, Tischchen und Fensterbänken herum. Die meisten der Gegenstände hatten einen religiösen Bezug: gerahmte Bildchen von Papst Franziskus, ein pausbäckiger Engel, eine Marienstatue mit dem Jesuskind auf dem Arm, in einer Schale ein Rosenkranz. Unter der Decke hing in einer Zimmerecke ein Holzkreuz mit dem gekreuzigten Jesus, die Dornenkrone auf dem Haupt. Eine Holztafel neben der Wohnzimmertür verkündete den Spruch: *Lasset euer Licht leuchten vor den Leuten, damit sie eure guten Werke sehen und den Vater im Himmel preisen.*

Marianne Höfer trat aus der Küche, ein mächtiges Tablett in den Händen. Darauf standen Tassen, Unterteller, Milchkännchen, Zuckerdose und eine Isolierkanne. Sie stellte alles auf den Couchtisch und ließ sich in einen Sessel plumpsen. „Möchten S' vielleicht a Stück Zwetschgenkuchen dazu?", offerierte die Hausfrau. „Selberbackn."

„Nein danke, sehr freundlich, Frau Höfer", lehnte Franziska ab.

„Ich hoff, Sie ham nix dagegen, wenn ich mir a klans Stückla genehmich?"

„Aber ich bitte Sie, Frau Höfer, tun Sie sich keinen Zwang an."

Der Sessel ächzte, als sich die Gastgeberin wieder erhob und erneut in der Küche verschwand, um kurz darauf mit einer Schüssel geschlagener Sahne und einem Teller zurückzukehren, der in seinen Ausmaßen eher einer Kreuzung zwischen Backblech und Wurstplatte ähnelte. „Hab heut kaum was gfrühgstückt", erklärte sie und klatschte sich mit einem Schöpflöffel eine Portion Sahne auf ihren Kuchen, dass der verbleibende Inhalt der Schüssel aus dem letzten Loch pfiff. Dann stopfte sich Marianne Höfer ein riesiges Stück Kuchen in den Mund, das ihre Backen fast zum Bersten füllte. Als etwa die Hälfte des Speisebreis seinen Weg durch die entsprechende Röhre gefunden hatte, würgte sie, noch immer kauend, zwischen Kuchenteig, Steinobst und Streuseln ihre Frage hervor: „Sie wolln also vo mier hörn, ob wir mit der Schul in Bamberg zufriedn sind und ob wir scho amol mit dem Thema Exorzismus konfrontiert wordn sind?"

Franziska konnte angesichts des unglaublichen Schauspiels der Backwarenvernichtung nur stumm nicken und schauen.

Frau Höfer schob sich die nächste Fuhre Kuchen mit Sahne in ihr rotes Karpfenmaul und begann erneut zu kauen. Es dauerte eine Weile, bis sie fortfuhr: „Da müsst ich Ihna zuerscht was über unsern Jan erzähln, damit Sie mei Antwort verstehn."

„Ja, gerne, Frau Höfer", antwortete Franziska höflich.

„Also. Unser Jan is a richtiger Gnobbern, a richtigs Früchtla, wie wir Frankn sagn, a Tunichtgut halt. Macht alles, was er net machn soll, und macht nix, was er machn sollert. Wir, mei Mo und ich, sen nimmer Herr mit ihm worn. Drum ham wir beschlossn, dass des so nimmer weitergeh kann. *Der muss in a Internat*, hat mei Bertfried gsacht, *in a strenges, wo ihm Maniern beibracht wern und wo er auch des Betn lernt.* Sie müssn wissen, Frau Berger, mei Mo und ich sen gläubige Katholiken. Jedenfalls hat uns unser Gemeindepfarrer die Santi-Figli-di-Dio-Schul in Bamberg empfohln."

Marianne Höfer seufzte und machte sich daran, der zweiten Hälfte ihres Kuchen-Sahne-Bergs den Kampf anzusagen. Franziska griff derweil zu ihrem treuen Notizblock samt Kugelschreiber.

„Ungefähr a halbs Jahr hat's dauert", schmatzte die Gastgeberin zwischen zwei Bissen, „dann hat uns der Schulleiter besucht. Oh je, ham wir denkt, was isn etz scho wieder los? Was hat der Jan scho wieder angstellt? *In dem Jan steckt das Böse,* hat uns der Doktor Sieber dann erklärt – und dass sei Seel endgültig verlorn sei, wenn mer nix dagegen tut. *Weil der Jan is vom Bösen besessen,* hat er gsacht, *da hilft nur eine Austreibung.* Daraufhin ham wir uns bei unserm Pfarrer befracht."

„Der Ihnen die Schule empfohlen hatte?"

„Genau der. *Ein Exorzismus ist eine im Namen Gottes vorgenommene Vertreibung böser Mächte,* hat uns der erklärt. *Des kann aber lang dauern. Mit einem Mal is des net getan.* Und dann hat er gmeint, des sei wie bei einer Kur. Da braucht mer ja auch mehrere Anwendungen, bis sich der Körper wieder regeneriert. Des hat uns dann überzeucht." Frau Höfer schob sich das letzte Stück Zwetschgenkuchen in den Mund und ließ sich Zeit beim Kauen.

Franziska rutschte unruhig auf ihrem Platz hin und her. „Sie haben also einen Exorzismus in Auftrag gegeben?"

„Na, net glei. Ham Sie a Ahnung, wie teuer des is? *Nein, die Krankenkasse zahlt das nicht,* hat uns der Schulleiter gsagt. Die Anwendungen müssten wir schon selber zahln. Aber was tut mer net für sei eigenes Kind, gell?"

„Hat Ihnen denn Dr. Sieber auch erklärt, wer diese Anwendungen, also diese Exorzismussitzungen, ausführt?"

„Freilich. Nur erfahrene Teufelsaustreiber. Die sen alle an der Päpstlichen Hochschul in Rom – *Regina Apostolorum* haßt die – ausgebildet worn. Von dem Professor Paolo Morocutti. Der is selber Exorzist in Siena und Dozent an der Päpstlichen Uni *Gregoriana* in Rom. Also, wenn aner des Böse austreibn kann, dann der. Außerdem, die Santi-Figli-di-Dio in Bamberg halten ja selber ständich zusätzliche Weiterbildungsseminare ab. Vor knapp vier Wochn, ich glaab am 19. August, war wieder so ein Seminar, des hat uns unser Pfarrer gsacht. Der war nämlich auch dort. Da is extra ein römischer Kurienbischof aus Rom angereist. Also, die machen scho was. Da derf mer sich net beschwern. Des is net so wie in der katholischn Kergn in Deutschland. Da reden die Kardinäle ja davon, dass der Teifl in der Glaubenslehre der Katholiken net wichtig sei. A so a Schmarrn. Jesus selber hat doch dauernd von ihm gsprochn und auch Papst Franziskus warnt doch immer vorm Teifl. Also, ich versteh des net, dass die meistn deutschn Bischöf die Teiflsaustreibung net zulassen. Des is doch verantwortungslos, auch wenn's an ganz schen Batzn Geld kost. Aber für unsern Jan machen wir des gern."

Rund eine Stunde verbrachte Franziska in der Hofstraße und ihre Notizen füllten am Schluss fast 10 Seiten. Jetzt war sie gespannt, ob Erika Michl ebenso auskunftsbereit sein würde wie Marianne Höfer.

*

„Unsere Tochter ist ein sehr ängstliches Kind", eröffnete Erika Michl das Gespräch. „Ihr Selbstwertgefühl geht quasi gegen Null."

„Wir haben keine Ahnung, woher das kommen könnte", setzte ihr Mann Thomas hinzu und war hörbar bemüht, Franziska gegenüber einwandfreies Hochdeutsch zu sprechen, „obwohl ich sie intensiv unter meine Fittiche genommen habe. Dagmar ist unser Nesthäkchen, müssen Sie wissen. Als ich vor zwei Jahren meinen Ruhestand angetreten habe – ich war Gruppenleiter bei Siemens – habe ich mich ausschließlich um sie gekümmert." Dass Thomas Michl ganz und gar nicht von der Anwesenheit einer Journalistin in seinem Haus begeistert war und seiner Frau die Gesprächszusage übelnahm, zeigten sein Tonfall und seine Körpersprache überdeutlich.

„Vielleicht warst du doch etwas zu streng mit ihr, Thomas", wagte seine Frau anzumerken. „Dagmar ist ein sehr sensibles Kind."

„Ach, papperlapapp – sensibel, dass ich nicht lache. Davon verstehst du nichts, Frau. Menschenführung ist eine Kunst. Ich hatte 25 Mitarbeiter zu leiten! Da brauchst du ab und zu schon eine etwas autoritäre Hand, sonst tanzen sie dir doch nur auf der Nase herum."

„Aber es gab doch auch immer wieder Beschwerden, was deine Führungskompetenz anging", begehrte Erika Michl auf und erhielt einen vernichtenden Blick ihres Mannes als Antwort, der sie in ihrem Stuhl zusammensacken ließ.

„Jetzt mach aber einen Punkt! Willst du mir auch noch in den Rücken fallen? Gott sei Dank habe ich noch rechtzeitig bemerkt, dass deine Erziehungsmethoden dazu geführt haben, dass sich im Laufe der Zeit ein Dämon in Dagmar festgesetzt und ausgebreitet hat. Also, um es kurz zu machen, Frau Berger", Thomas Michl richtete seine Aufmerksamkeit wieder auf die Journalistin, „ich bin fest davon überzeugt, dass das Böse überall lauert und nur darauf wartet, von uns Besitz zu ergreifen. Deshalb habe ich beschlossen, Dagmar in die Hände erfahrener Exorzisten zu geben. Das kostet mich zwar eine Stange Geld, aber meine Siemens-Pension ... wenn Sie verstehen, was ich meine. Dafür muss sich halt meine Frau finanziell etwas einschränken, aber das macht sie ja gerne, nicht wahr Erika? Ferner, was die Privatprälatur Santi-Figli-di-Dio in Bamberg anbelangt ... also, besser hätten wir es gar nicht treffen können. Ich habe mich persönlich überzeugt." Herr Michl hob einen autoritären Zeigefinger. „Egal, ob Diözesanrat von Sensheim oder der Schulleiter Dr. Sieber: Alle machen einen hervorragenden und kompetenten Eindruck. Auch die Lehrkräfte wie Pater Friedhelm und Pater Ferdinand, die beide jahrzehntelange Erfahrung im Umgang mit minderjährigen Schülern mitbringen, die mit persönlichen Problemen zu kämpfen haben. Einfach klasse."

„Und ihre Tochter Dagmar kommt mit den Exorzismen gut zurecht?" Franziska warf Frau Michl einen Seitenblick zu, aber die rührte sich nicht mehr.

„Ich denke, die Frage stellt sich gar nicht, Frau Berger", dröhnte ihr Mann stattdessen. „Die Lehrkräfte und Teufelsaustreiber sind ein Werkzeug Gottes. Wie kann man sich in Gottes Nähe unwohl fühlen?"

„Sind die Exorzismen denn erfolgreich? Haben Sie an Ihrer Tochter schon Fortschritte feststellen können?"

„Das ist doch ein langer Prozess", wich Thomas Michl aus, „das geht nicht von heute auf morgen. Ungeduld darf da nicht aufkommen. Gut Ding will eben Weile haben. Ich sehe es ja an Roberta, dem Patenkind meiner Frau. Was da alles schiefgehen kann, wenn man nicht rechtzeitig reagiert! Den Vergleich will man ja eigentlich gar nicht anstellen ..." Offensichtlich genoss es Thomas Michl aber doch sehr: „Roberta ist ein Jahr jünger als unsere Dagmar und lebt mit ihrer alleinerziehenden Mutter in Veitshöchheim. Der Vater ist vor drei Jahren mit einer jüngeren Frau durchgebrannt. Meine Schwägerin kann sich gegen ihre Tochter nicht mehr durchsetzen. Roberta klaut, ist stinkfaul, nimmt mit Sicherheit Rauschgift und in welchen Klamotten die rumläuft: ganz in schwarz, zerrissene Strumpfhosen, kaputte Schuhe. Dann noch ein Piercing in der Zunge und in der Augenbraue und im Gesicht angemalt wie der Tod von Forchheim. Fürchterlich! Man könnte meinen, der Leibhaftige selbst kommt daher. Gegen die Roberta ist unsere Dagmar ein Goldstück. Man merkt eben sofort, dass bei Roberta die ordnende Hand des Vaters fehlt."

*

„Dieser Thomas Michl ist ein echter Kotzbrocken", berichtete Franziska, als sie wieder in Bamberg zurück war. Sie hatte sich mit Tina um 19:30 Uhr im Klosterbräu zum Abendessen verabredet. „Aber eines ist klar geworden: Die Prälatur Santi-Figli-di-Dio betreibt Exorzismen im großen Stil und lässt sich das auch ordentlich bezahlen. Anscheinend haben die jede Menge Priester, Ordensleute und sogar Laien an der Hand, die in Rom zu Exorzisten ausgebildet worden sind, und jetzt, an der hiesigen Kirche vorbei, ihre Sitzungen abhalten."

„Kaum zu glauben", meinte Tina, „aber nach unserer Strafgesetzgebung wäre das zunächst einmal kein Straftatbestand."

„Das ist mir schon klar, Tina. Es stellt sich nur die Frage, ob dieses obskure – nennen wir es ruhig Geschäft – nicht zu Straftaten führen kann. Bewusst oder unbewusst."

„Wie meinst du das genau?"

„Für mich sind diese Exorzismen nichts anderes als Hokuspokus. Da wird Leuten mit allem möglichen kirchlichen Schabernack Geld aus der Tasche gezogen. Die werden gemolken wie die Kühe. Was, wenn die dahinterkommen und merken, dass sie übers Ohr gehauen wurden? Dass diese Teufelsaustreiberei gar nichts bringt?"

„Und wenn sie aber wirklich etwas bringt? Also, wenn die Leute sich wirklich von einem Dämon befreit fühlen. Gibt es bei Exorzismen den Placebo-Effekt?"

„Was weiß ich, vielleicht schon? Aber sicher nicht bei Kindern, die selbst gar nicht an diesen ganzen Schmarrn glauben und nur von ihren Eltern dazu gezwungen werden."

„Und du meinst, dass diese Eltern dann merken, dass ihre Kinder trotz exzessiver Teufelsaustreibung dieselben echten oder ihnen angedichteten Probleme mit sich herumtragen wie eh und je?"

„Ja."

„Und dann denken sie an das viele Geld, das sie der Organisation in den Rachen geschmissen haben, werden gewalttätig und spielen den Racheengel?"

„Könnte doch sein", folgerte Franziska.

„Das hieße im Umkehrschluss, jemand ist auf die Idee gekommen, mit Exorzismen im großen Stil schnelles Geld zu machen. Eine Art organisierter Trickbetrug, bei dem tiefgläubige oder durch ihren Glauben verblendete Menschen am Ende die Quittung bezahlen."

„Du denkst an kriminelle Banden?"

„Beispielsweise", meinte die Polizistin. „Vielleicht hat ja jemand dieses Geschäft neu für sich entdeckt."

„Du meinst die Idioten von der Santi-Figli-di-Dio-Schule? Denen würde ich das absolut nicht zutrauen", zweifelte Franziska. „Die sind für so etwas doch viel zu blöd und verbohrt."

„Mhm, die vielleicht schon. Aber die Privatprälatur hat ihren Sitz in Rom und außerdem frage ich mich schon die ganze Zeit, wie die 'Ndrangheta da mitreinspielt. Stell dir mal vor, die hätten das Drogengeschäft auf religiöse Abhängigkeit erweitert ... Zugegebenermaßen, das ist nur eine Theorie und die hat noch einen Haken."

„Und wo liegt der Haken?", wollte Franziska wissen.

„Die ganzen Priester, Kleriker und Laien, die zu Exorzisten ausgebildet wurden", zweifelte Tina, „wie passen die ins Bild? Warum sollten die mit der Mafia zusammenarbeiten?"

„Die passen da ganz hervorragend rein, Tina. Wenn dein Glaube nur extrem genug ist, arbeitest du doch mit jedem zusammen, der es dir ermöglicht, ihn voll auszuleben – inklusive Exorzismus. Außerdem: Der einzelne Teufelsaustreiber muss doch nicht unbedingt wissen, wer im Hintergrund die Fäden zieht. Der ist doch nur froh, überhaupt mit seinen Dämonen kämpfen zu dürfen."

Franziska legte beide Ellenbogen auf den Tisch und fixierte ihre Freundin. „Lass uns laut überlegen: Die Deutsche Bischofskonferenz hat sich vor Jahren gegen Exorzismen entschieden. Jeder in Deutschland beantragte Exorzismus muss vom Bischof persönlich genehmigt werden und hat kaum Aussichten auf einen positiven Bescheid. Die Nachfrage nach diesem religiösen Hokuspokus ist aber nicht nur in anderen Ländern vorhanden, sondern auch bei uns in Deutschland. Um diese Marktlücke zu schließen, gründet man eine kirchliche Institution, die vom Vatikan unterstützt wird, verleiht ihr einen wohltätigen Charakter und lässt in Rom parallel Exorzisten ausbilden. Unter dem Siegel der Verschwiegenheit und vorbei an den deutschen Bistümern. Zudem getarnt als Institution, die dem Wohl der Schwächsten unserer Gesellschaft, den Kindern, dient. Da betreibt der Vatikan kirchlichen Hokuspokus im großen Stil", endete Franziska.

„Und damit sich auch der finanzielle Erfolg möglichst positiv entwickelt und jemand ein schützendes Auge auf die Organisation wirft, bindet man die Mafia mit ein", fuhr Tina fort. „Die schmiert im Zweifel vielleicht auch noch die ein oder andere kirchliche wie weltliche Stelle, die dem Exorzismusspektakel einen Riegel vorschieben will."

„Doch dann passiert etwas, das den Plan stört", spann Franziska die Geschichte weiter: „Zwei Lehrkräfte – unsere beiden Patres – vergehen sich an Schülern und verabreichen ihnen auch noch Drogen – so wie es aussieht, protegiert vom eigenen Schulleiter und allgemein von einer Kirche, die lieber vertuscht als aufzuklären und die Verbrecher endlich dingfest zu machen. Aber ein Kind, Johanna, will sich aus der Rolle des passiven und stummen Opfers befreien, sie droht, es ihren Eltern zu sagen, zur Polizei zu gehen. Da wäre aber zusammen mit dem Missbrauch herauskommen, dass an Johanna Exorzismen durchgeführt wurden. Ihre Eltern haben doch ausgesagt, nie zugestimmt zu haben, dass Johanna der Teufel ausgetrieben wird oder? Also: Die Sache eskaliert und Johanna wird getötet. So könnte es sich doch abgespielt haben?"

Tina schüttelte langsam den Kopf. „Wir müssen aufpassen, dass wir uns nicht verrennen. Da sind noch zu viele Fragen offen, um deiner Theorie vorbehaltlos zuzustimmen. Wer trägt die enormen Ausbildungskosten für die Exorzisten? Wie werden die rekrutiert? Wie genau läuft das Geschäft? Rentiert es sich wirklich oder führt die Mafia hier schon Racheaktionen aus, weil sie viel zu viel investiert hat und sich von der katholischen Kirche über den Tisch gezogen fühlt?“ Sie nahm einen tiefen Zug aus ihrem Glas. „Dass Johanna getötet wurde, weil sie den Missbrauch ans Tageslicht bringen wollte, halte ich für sehr wahrscheinlich. Vielleicht hätte sie aber auch weiter geschwiegen und die letzte Untat der Patres an den Mädchen lief einfach komplett aus dem Ruder – bis zum Tod ihres Opfers. Aber, Franziska, es genügt nicht zu sagen: Die Sache eskaliert und Johanna wird getötet. Wir brauchen Beweise, die vor Gericht bestehen. Das Gleiche gilt für unseren toten Kurienbischof. Musste er sterben, weil ein Exorzismus schiefging? Weil jemand sein Geld zurückwollte? Weil er sich mit der Mafia überworfen hat? Wir haben das Motiv fast zum Greifen nah, scheitern aber an einem Mangel an handfesten Beweisen. Sicher ist nur: Die Mafia hat irgendwie ihre Hände mit im Spiel. Wenn ich allein schon an die beiden italienischen Botschaften denke, die wir bei Eposito und Lignelli gefunden haben ...“

„Die Mafia“, wiederholte Franziska nachdenklich. „Plötzlich wird einer ihrer Teufelsaustreiber ermordet. Was glaubst du, wie die Mafia reagiert?“

„Wenn sie es nicht selbst waren? Die wollen wissen, warum – und vor allem wer es war. Deshalb schicken sie einen ihrer Leute nach Bamberg. Di Rossi. Der soll herausfinden, wer Bischof Eposito umgebracht hat, und dann wieder für Ruhe an der Front sorgen. Aber dann läuft diesem testosterongesteuerten Mafioso im paradiesischen Bamberg eine langbeinige, blonde Oberfränkin über den Weg, listig und heimtückisch wie eine nordbayerische Speikobra ...“

„Das mit der Speikobra nimmst du augenblicklich zurück“, begehrte Franziska auf.

„... eine Oberfränkin, attraktiv und intelligent zugleich, und enttarnt ihn als vierzehnfachen Mörder“, wiederholte die Kommissarin amüsiert.

„Woraufhin die in Verbrecherkreisen gefürchtete rothaarige Jägerin aller Tunichtgute Tina Meisel ihn verhaftet“, fuhr Franziska fort, „und ihm, mittels ihrer raffinierten Verhörmethoden, so manches tödliche Geheimnis entlockt.“

„Ach, was sind wir gut", jubelte Tina.

„Psst, nicht so laut", warnte Franziska und sah sich im Restaurant um, ob Tinas Jubelschrei an den Nachbartischen nicht für Verstörung gesorgt hatte.

Ein paar Tische weiter saßen zwei sehr füllige männliche Gäste, die zusammen mindestens 250 Kilogramm auf die Waage brachten. Vor jedem stand die mittlerweile dritte Maß Kellerbier aus der hauseigenen Brauerei sowie jeweils ein dampfendes Eisbein mit Sauerkraut. „Sen des net scho wieder die zwa Lesben vo neulich?", merkte der eine an. „Mer könnt grad vermuten, die verfolgen uns."

„Aber Spaß beiseite, Tina", fuhr Franziska mit gedämpfter Stimme fort, „ich glaube, dass es so oder so ähnlich tatsächlich gelaufen ist. Ich denke, wir sind von der Wahrheit gar nicht so weit entfernt. Hat di Rossi eigentlich schon etwas gestanden? Ich meine, was er hier in Bamberg konkret wollte? Warum hat man ihn geschickt?"

„Der ist ein harter Knochen. Wir hatten ihn heute fast so weit, aber kurz bevor er anfangen wollte, zu reden, hat er es sich bei einer Zigarette doch noch anders überlegt. Morgen früh machen wir mit dem Verhör weiter. Mal sehen, wie ihm die erste Nacht in seiner Zelle bekommen ist." Tina lächelte maliziös. „Er behauptet, dass er mit der Mafia überhaupt nichts zu tun hat und nur als Privatdetektiv nach Bamberg gekommen sei, um Espositos Mörder zu finden. Seinen Auftraggeber kann er natürlich nicht nennen, Verschwiegenheitsversprechen und so weiter. Aber du wirst lachen –ich kann mir gut vorstellen, dass dieser ominöse Auftrag, den Mörder zu suchen, sogar stimmt und di Rossi von einem hohen Tier der Mafia geschickt wurde. Nur, dann frage ich mich: Wer hat den Bischof umgebracht, wenn weder die 'Ndrangheta noch jemand aus der Riege von Santi-Figli-di-Dio dafür infrage kommt? Ich meine, die ermorden doch nicht einen ihrer eigenen Star-Exorzisten. Aber das haben wir ja schon diskutiert."

„Da fällt mir ad hoc auch nur Georg Stallhuber ein", warf Franziska ein.

„Hat der ein Motiv?"

„Na ja, als ehemaliges Missbrauchsopfer der Regensburger Domspatzen, enttäuschtes Mitglied der Päpstlichen Kommission zum Schutz Minderjähriger und mit einem gewissen Insiderwissen was die Santi-Figli-di-Dio-Schule anbelangt – da kann ich mir schon vorstellen, dass er nicht besonders gut auf den Kurienbischof zu sprechen war. Wer weiß, was sich sonst noch alles bei ihm aufgestaut hat."

„Andererseits wäre da auch Max Sonnleitner", überlegte Tina. „Nachdem er von uns bestätigt bekommen hat, dass seine Tochter an der Schule missbraucht wurde und man ihr sogar Rauschgift verabreicht hat, war seine aggressive Wut auf die Privatprälatur mit Händen greifbar. Vielleicht hat ja davor schon der Verdacht gereicht, um ihn zum Mörder werden zu lassen. Für ihn würde ich meine Hand auch nicht ins Feuer legen."

Mafia und Vatikan

Mittwoch, 13. September

Seit zehn Minuten saß Hagenkötter in seinem Büro. Die Kaffeemaschine gurgelte im Hintergrund und der Hauptkommissar freute sich auf seine zweite Tasse. Der *Fränkische Tag* lag auf seinem Schreibtisch. Noch Zeit genug, ein paar Blicke auf die Schlagzeilen des Tages zu werfen, bevor er von der Hektik des Tags eingeholt wurde.

Jemand klopfte an die Tür und Professor Stich steckte seinen Kopf in den Raum.

„Doc? Hab ich etwas versäumt? Haben wir einen Termin?"

„Nein, nein", wehrte der Rechtsmediziner ab, „meine fränkischen Kollegen und ich waren gestern zu einem Seminar in Coburg eingeladen mit anschließendem Netzwerken am Abend. Es ging um Insektenbefall von Leichen. Da habe ich mir gedacht, schau doch auf der Rückfahrt nach Erlangen mal beim Hagenkötter vorbei."

„Herein, herein" forderte der ihn auf, weil Stich immer noch zwischen Tür und Angel stand. „Nehmen Sie doch Platz, der Kaffee ist gerade fertig." Hagenkötter angelte sich ein leeres Kaffeehaferl, das in den Tiefen eines Sideboards ruhte und füllte es mit dem frisch aufgebrühten Kaffee. „Milch, Zucker?"

„Schwarz – wie die Nacht finster." Stich betrachtete seine Tasse. „Gilt der Spruch mir?"

„Spruch?"

„Na, hier auf der Kaffeetasse: *Kaffee trinkt der Zweibeiner, manchmal schmeckt auch Bier feiner.*"

„Ach so. Die Kollegen kaufen manchmal solche ulkigen Tassen. Und verehren sie dann dem Chef zu Weihnachten." Hagenkötter streckte sich nochmals zum Sideboard hin und nahm eine grüne Tasse heraus. „Wäre Ihnen dieser Spruch lieber?"

„*Unter der kleinsten Steppdeckn, kann der größte Depp steckn*", las der Professor vor.

„Nach solchen Scherzen steht mir momentan nicht der Sinn", gab der Hauptkommissar zu. Dann erzählte er Stich knapp den derzeitigen Stand der Ermittlungen. „Natürlich erhalten wir von der Staatsanwaltschaft in Rom volle Unterstützung, seit sie wissen, dass wir di Rossi geschnappt haben. Genauso von der *Direzione Investigativa Antimafia* – die wurde in den frühen Neunzigern ins Leben gerufen. Aber wir als Kripo Bamberg tun uns trotzdem schwer. Wir sind eben keine erfahrenen Mafiajäger. Vor allem wissen wir viel zu wenig über die Verflechtungen zwischen der Mafia und dem Vatikan , ob es zum Beispiel heute noch kriminelle Verbindungen zwischen den beiden Organisationen gibt und falls ja, welche."

„Da wäre Andreas Englisch der richtige Mann für Sie."

„Wer ist das?"

„Andreas Englisch ist ein deutscher Journalist, der seit 1987 in Rom lebt und sich auf die Berichterstattung aus dem Vatikan spezialisiert hat. Zehn Jahre lang hat er das Korrespondentenbüro des Axel-Springer-Verlags geleitet, hat sich mit dem Missbrauchsthema auseinandergesetzt und begleitet seit 1995 die Päpste auf ihren Flugreisen. Im ZDF hat er die deutsche Öffentlichkeit über den Fall Giuseppe Pino Gulotta informiert."

„Sagt mir nichts."

„Ein Justizskandal. Gulotta war ein angebliches Mitglied der ’Ndrangheta und soll Mitte der Siebziger zwei junge Carabinieri im Schlaf erschossen haben. Ein grandioser Irrtum. 22 Jahre lang saß er unschuldig im Gefängnis, bevor er rehabilitiert wurde. Aber ich schweife ab. Ich wollte eigentlich nur sagen, dass kaum ein anderer Deutscher so tiefe Einblicke in den Vatikan und seine Vernetzungen hat wie Andreas Englisch.“

„Hmm, ich fürchte, für unsere Bedürfnisse sitzt der Mann noch nicht lange genug in Rom“, meinte Hagenkötter. „Wir haben da einen Verdacht.“

„Nämlich?“

„Nämlich, dass die ’Ndrangheta ihre Finger im Spiel hatte, als im Jahr 1963 die Privatprälatur Santi-Figli-di-Dio gegründet wurde. Und dass sie heute diese vatikanische Einrichtung dazu nutzt, mit Exorzismen Geschäfte im großen Stil zu machen.“

„Auweia“, entfuhr es Stich, „das ist ja ein heißes Eisen.“

„An dem wir uns die Finger verbrennen, wenn wir keine stichfesten Beweise aufbieten können.“

„Und? Könnt ihr?“

„Bis jetzt schweigt der Mafioso, den meine Leute verhaftet haben.“

„Und die Leute von der Santi-Figli-di-Dio-Schule?“

„Die stecken da selbst mit drinnen, da sind wir uns sicher, aber bis auf Indizien ...“ Der Hauptkommissar ließ den Satz offen. „Das ist unser Dilemma.“

„Da sind Sie wirklich nicht zu beneiden“, stellte Stich fest.

„Ein potenzielles Ass haben wir noch im Ärmel: Theresa Wimmerl.“

„Und wer ist das?“

„Anscheinend die Freundin von dem ermordeten Lignelli. Sie landet heute Nachmittag am Nürnberger Flughafen. War zum Wandern auf Mallorca. Vielleicht weiß sie ja etwas, vor allem, was die genauen Aufgaben ihres toten Freunds bei Santi-Figli-di-Dio angeht. Da ist etwas nicht in Ordnung. Das signalisieren uns auch die italienischen Behörden. Von Geheimniskrämerei, dubiosen

Geschäftsmethoden, undurchschaubaren Vorgängen und Strohmännern ist die Rede. Außerdem soll Santi-Figli-di-Dio mit einer anderen mysteriösen Organisation der Kirche in engem Kontakt stehen. Haben Sie schon mal was von den *Legionären Christi* gehört?"

„Wer soll das schon wieder sein?" Professor Stich schien sichtlich verwirrt.

„Eine römisch-katholische Kongregation päpstlichen Rechts von Priestern und Brüdern, die vorwiegend in der Kinder-, Jugend- und Familienseelsorge und im katholischen Bildungswesen arbeitet. Das klingt doch sehr ähnlich oder? Gegründet wurden die Legionäre in Mexiko von einem gewissen Marcial Maciel während des Zweiten Weltkriegs. 1965 haben sie von Papst Paul VI irgendein wichtiges Dekret erhalten. Der Einfluss dieser Legionäre Christi reichte damals schon bis in das Kardinalskollegium. In Deutschland ist der Orden seit – lassen Sie mich kurz nachsehen ..." Hagenkötter blätterte in ein paar Notizzetteln. „... seit 1988 ansässig und im Schuljahr 2008/09 wurde in Bad Münstereifel eine ihrer weltweit 20 Apostolischen Schulen eröffnet. Ich will ja nicht unken, aber um den Gründer Marciel Maciel ranken sich dieselben Skandale, auf die man auch bei den Santi-Figli-di-Dio stößt. Da geht es um Drogenabhängigkeit und sexuellen Missbrauch von Seminaristen."

„Eine verdorbene, scheinheilige Welt – die katholische Kirche", kommentierte Stich. „Wie soll da Papst Franziskus jemals Zucht und Ordnung reinbekommen? Ich bin ja überhaupt kein Experte, was den Vatikan angeht, aber die Skandale sind immer wieder gewaltig, auch wenn es mal nicht um körperlichen Missbrauch Schutzbefohlener geht: An das Jahr 1982 erinnere ich mich ganz deutlich."

„Was war da?"

„Sagt Ihnen die Ambrosiano-Bank noch etwas?"

„Ganz dunkel", wog Hagenkötter ab.

„Eine Mailänder Bank", erzählte Stich. „Damals war ein gewisser Roberto Calvi für die Geschäftsführung verantwortlich. Er betrieb Geldwäsche in großem Umfang. Hauptaktionär war seit den 1970er Jahren die Vatikanbank. Na, jedenfalls ging die Ambrosiano-Bank pleite. Die Schadenssumme lag bei rund drei Milliarden US-Dollar.

Calvi tauchte unter, aber im Juni 1982 hing seine Leiche an einem Strick über einer Londoner Brücke, die Taschen voller Ziegelsteine. Und am gleichen Tag stürzte seine Sekretärin aus einem Fenster der Bank in Mailand zu Tode."

„Mafia?"

„Der Fall wurde nie aufgeklärt, aber wenn Sie mich fragen: ganz bestimmt. Die Vatikanbank selbst hatte ja damals rund 30.000 Konten. Auf mindestens 1.000 davon wurde eindeutig Schwarzgeld in Höhe von rund 300 Millionen Euro gebunkert. Erinnern Sie sich? Als Ettore Gotti Tedesci den Auftrag erhielt, die Vatikanbank zu reformieren, ist er gleich mit dem mächtigen Kardinalstaatssekretär Taccisio Bertone aneinandergeraten. Letztendlich musste er seinen Hut nehmen, er hat angeblich sogar um sein Leben gefürchtet. Für viele Medien war damit klar, dass die Vatikanbank den Auftrag hatte, das Vermögen der katholischen Kirche zu verschleiern. Ich würde dem zustimmen."

„Und das auf den schwarzen Konten der Ehrenwerten Gesellschaft ...", ergänzte der Hauptkommissar.

„Klar, in den Jahren von Silvio Berlusconi ist die Mafia doch längst zu einem Teil des globalisierten Geschäfts geworden. Vor allem die Piromalli-Brüder haben die 'Ndrangheta groß gemacht, haben ihr Zugang zu öffentlichen Aufträgen verschafft. Außerdem sind sie ins Drogengeschäft eingestiegen."

„Sie sind ja ein regelrechter Mafiaexperte, Doc", merkte Hagenkötter bewundernd an. „Das hätte ich jetzt nicht erwartet."

„Nun ja. Den ein oder anderen Artikel habe ich sicher gelesen. Ist ja auch ein spannendes Thema. Vor allem, wenn auch noch der Vatikan mitmischt. Wenn man zum Beispiel bedenkt, dass wirtschaftliche Finanzzentren im Vatikan existierten, die sich wirklich für kaum ein Geschäft zu schade waren. Auch heute noch gehen Kirche und Mafia in Kalabrien Hand in Hand."

„Tja, die Mafiosi sind gute Katholiken."

„Genau. Sie finanzieren zum Beispiel die Prozessionen zu Fronleichnam und wenn der Zug an den Häusern der Clanchefs vorbeikommt, wird schon mal angehalten und die Marienstatue verneigt sich vor den Wohnsitzen der Mafiabosse. Letztens kam erst ein Bericht darüber, wie im kalabrischen Flüchtlingszentrum Isola Capo Rizzuto Kirche und 'Ndrangheta heute noch zusammenarbeiten. Das wird natürlich nicht an die große Glocke gehängt, ist aber wohl hinlänglich bekannt."

Hagenkötter strich sich den Schnauzer. „Umso höher ist es zu bewerten, dass unser Papst Franziskus es gewagt hat, die Mitglieder der 'Ndrangheta zu exkommunizieren und von den Sakramenten auszuschließen. Das war erst vor ein paar Jahren."

„Schon", gab der Rechtsmediziner zu, „aber der Papst hat auch viele Feinde in der römischen Kurie ..." Stich sah auf seine Uhr. „Jetzt habe ich Ihnen aber eine ordentliche Portion von Ihrer kostbaren Zeit gestohlen, Hagenkötter."

„Das geht schon in Ordnung, Doc. Schön, dass Sie vorbeigekommen sind und dass Sie sich meine Sorgen angehört haben. Manchmal braucht man so ein Gespräch. Das befreit und sorgt wieder für einen klaren Kopf. Oder bringt einen sogar auf neue Ideen."

„Machen Sie's gut, Hagenkötter, ich wünsche ihnen viel Glück und dass diese Theresa Wimmerl einiges Neues zu erzählen hat." Mit diesen Worten erhob sich Professor Stich von seinem Stuhl und ließ den Hauptkommissar in seinem Elend zurück.

Reserls Rückkehr

Mittwoch, 13. September

Mit rund 30-minütiger Verspätung schwebte der Flug Niki 7569, aus Mallorca kommend, von Osten her über dem Nürnberger Flughafen ein. Vor wenigen Minuten hatte der Airbus A321 noch eine weite Schleife über die Hersbrucker Schweiz gedreht, bevor er seine endgültige Landeerlaubnis erhalten hatte. Theresa Wimmerl saß auf Sitz 22 A und sah hinunter auf das Flughafengebäude, das immer näher kam. Die 40-jährige Fleischfachverkäuferin war unruhig, besorgt und konnte es kaum erwarten, wieder festen Boden unter den Füßen zu haben.

Gestern hatte sie versucht, von Palma aus Marco ans Telefon zu bekommen. Das erste Mal hatte sich eine weibliche Stimme gemeldet, die sie nicht kannte. Erschrocken hatte sie das Gespräch weggedrückt. Verwählt? Doch auch beim zweiten Versuch hatte dieselbe Stimme geantwortet. „Hallo, wer spricht dort bitte?", hatte Theresa Wimmerl wissen wollen, während langsam Eifersucht in ihr hochgekocht war. Da war sie nur für ein paar Tage ausgeflogen und hatte sich zur besseren Erholung selbst eine Telefon- und sonstige Kommunikationssperre auferlegt und schon hatte sich Marco eine andere angelacht. Italiener! Sie hatte es immer gewusst! Aber da hatte Theresa Wimmerl falsch gelegen.

„Hier spricht Tina Meisel von der Kriminalpolizei Bamberg. Sind Sie Theresa Wimmerl, die Bekannte von Marco Lignelli?"

„Ja, das bin ich. Ich möchte gerne mit Marco sprechen. Was ist los? Ist etwas passiert?"

„Hören Sie, Frau Wimmerl, wir versuchen schon seit einigen Tagen, Sie zu erreichen. Wir müssen Sie dringend sprechen, ich kann und darf Ihnen über das Warum aber leider nicht am Telefon Auskunft geben. Soweit wir wissen, kommen Sie morgen nach Deutschland zurück? Wenn Sie mir die Uhrzeit Ihres Rückflugs geben, würden wir Sie gleich am Flughafen abholen."

„Was ist passiert?" Theresa Wimmerl geriet in Panik. „So sagen Sie doch, was geschehen ist!"

„Frau Wimmerl, das kann ich Ihnen am Telefon nicht sagen ..."

Das Reserl hatte also eine unruhige Nacht durchlebt, einen unruhigen Flug schwerlich überstanden und bereitete sich jetzt bei ihrer Ankunft am Flughafen Nürnberg geistig auf das Schlimmste vor – wobei ihre äußerste Vorstellungskraft damit endete, dass ihr Freund möglicherweise in einen schweren Verkehrsunfall verwickelt worden war. Details des Telefonats mit der Polizeibeamtin hatte sie schon nach dem Auflegen sofort wieder vergessen, sie war viel zu aufgeregt gewesen. Dass sie mit einer Beamtin der Bamberger Kripo und nicht der Verkehrspolizei gesprochen hatte, war ihr gar nicht aufgefallen.

Theresa hielt es nicht mehr auf ihrem Sitz. Noch als der Airbus die letzten Meter rollte, löste sie den Sicherheitsgurt und sprang auf. „Bitte nehmen Sie wieder Platz und schnallen Sie sich an!“, wurde sie von einer Stewardess zurechtgewiesen.

Auf dem Weg zur Gepäckabfertigung in der Ankunftshalle drängelte sie sich durch die anderen Passagiere und erntete lautstarken Unmut. „He, alte Dolln, kannst net wartn? Dir wird scho nix davolafn“, schimpfte eine ältere Dame mit einer lila Kurzhaarfrisur und einem Sonnenbrand im Gesicht, der sich gewaschen hatte. Reste von Nivea-Creme hatten sich in ihren Gesichtsfalten gesammelt und glänzten wie Frühstücksspeck in der Tropensonne. Das Reserl kümmerte sich nicht um die Alte und hastete weiter.

Atemlos stieg sie die Treppen hinab, wo eine elektronische Anzeige sie darüber informierte, dass sie sich zum Band 3 begeben sollte. Es dauerte etwa zehn Minuten, bis ein Loch in der Wand ihren roten Backpacker-Rucksack ausspuckte und sich das Gepäck auf einem verschlungenen Förderband langsam auf sie zubewegte. Als sie es gerade vom Band nehmen wollte, wurde sie von einer jungen rothaarigen Frau angesprochen: „Frau Theresa Wimmerl?“

Sie fuhr aufgeregt herum. „Ja!?“

„Mein Name ist Tina Meisel von der Kripo Bamberg. Wir haben gestern am Telefon miteinander gesprochen. Folgen Sie mir bitte.“

Die junge Frau orientierte sich nicht in Richtung Ausgang, sondern öffnete eine der vielen Türen in der Wand gegenüber von den Gepäckbändern und hielt sie für Theresa Wimmerl offen. Beide verschwanden im Innern des Flughafengebäudes. Nach wenigen Metern einen kahlen Flur entlang, schloss die Polizistin eine weitere Tür mit der Aufschrift *VIP-Gäste* auf und bat das Reserl, einzutreten.

Ein Mann, etwas untersetzt, saß auf einem grauen Ledersofa und zupfte an seinem Schnauzer herum. Als die Frauen eingetreten waren, erhob er sich, reichte Theresa Wimmerl seine Rechte und stellte sich vor: „Grüß Gott, Frau Wimmerl, ich bin Hauptkommissar Harald Hagenkötter von der Kriminalpolizei Bamberg.“

„Kriminalpolizei?“, wiederholte das Reserl. „Um Himmels willen, was ist denn passiert?“

„Frau Wimmerl, ich muss Sie leider darüber informieren, dass auf Ihren Bekannten, Marco Lignelli, vor wenigen Tagen ein Mordanschlag verübt wurde."

Theresa Wimmerl hatte Hagenkötters Worte zwar gehört und verstanden, aber keinesfalls voll registriert und schon gar nicht verarbeitet. Sie stand nur da, regungslos und stumm, ihren Rucksack auf dem Rücken.

Erst nach langen zehn Sekunden kam wieder Leben in ihren Körper. „Sagen Sie, dass das nicht stimmt", forderte sie den Kriminalbeamten auf. „Das ist nur ein übler Scherz."

„Leider nicht, Frau Wimmerl. Es tut mir sehr leid."

Die Frau starrte mit leerem Blick an den Kommissaren vorbei.

„Frau Wimmerl, wir müssen schnellstmöglich mit Ihnen reden. Wir verstehen, dass diese Nachricht ein Schock für Sie ist, aber wir brauchen Ihre Aussage, wenn wir den Mörder von Marco Lignelli überführen wollen."

Nur allmählich drang die volle Bedeutung dessen, was der Beamte ihr gerade offenbart hatte, zu Theresa Wimmerl durch. Ihre Augen füllten sich mit Tränen. Stumm liefen sie ihr über die Wangen und tropften vom Kinn auf ihre Treckinghose. Tina reichte ihr ein Päckchen Taschentücher und nahm sie nach kurzem Zögern schweigend in die Arme. Hagenkötter zupfte an seinem Schnurrbart und verfluchte den Mörder mit dem Stahlseil.

*

„Sind Sie sich sicher, dass Sie jetzt sofort ihren Freund identifizieren möchten?" Tina hatte Zweifel. Sie, Hagenkötter und Theresa Wimmerl hatten vor wenigen Minuten den Flughafen Nürnberg verlassen und fuhren gerade auf der B 4 in Richtung Erlangen. Im Wageninneren herrschte Grabesstimmung. Frau Wimmerl auf dem Rücksitz starrte auf ihre Hände. Langsam bewegten sich ihre Lippen: „Es wird schon gehen. Ich möchte Gewissheit haben."

Hagenkötter griff zu seinem Mobiltelefon und rief den Rechtsmediziner Stich an. „In 20 Minuten sind wir da", bestätigte er.

Die Identifizierung ihres Freundes setzte Theresa Wimmerl ordentlich zu. Professor Stich und der Hauptkommissar mussten die Frau stützen, als Stichs Mitarbeiterin das Tuch über dem Kopf des Mordopfers zurückschlug und Reserl einen Blick auf das wächserne Gesicht Marco Lignellis warf.

„Wer hat dir das angetan?", flüsterte sie tonlos und mit versteinertem Gesicht.

Sie saßen wieder im Polizeifahrzeug, als auf dem halben Weg nach Bamberg plötzlich Leben in Theresa Wimmerl kam. „Santi-Figli-di-Dio", murmelte sie und wiederholte dann lauter: „Das waren die Leute von Santi-Figli-di-Dio."

Hagenkötter und Tina sahen sich mit großen Augen an und fixierten dann das Reserl auf dem Rücksitz. Draußen auf der A 73 rauschte gerade die Ausfahrt Möhrendorf vorüber.

„Frau Wimmerl", brach Hagenkötter die Stille, „meinen Sie, dass diese Leute eine Bedrohung für Ihren Freund gewesen sind? Können Sie uns mehr zur Organisation Santi-Figli-di-Dio sagen?"

„Ich weiß es nicht", antwortete sie leise. „Marco war immer so distanziert, wenn ich nach seiner Arbeit gefragt hab. Nur einmal – da hatten wir einiges zusammen getrunken – hat er gemeint, dass die Prälatur nicht ihren eigentlichen Aufgaben nachkommt, aber ohne Details zu nennen. Oder ich hab die Details gleich wieder vergessen, wir hatten wirklich ordentlich gebechert." Sie schnaufte kurz durch. „Ich weiß, dass er seine Aufgaben als Hausverwalter gern gemacht hat, aber mit den Menschen, die in dem Meditationszentrum ein- und ausgingen, wollte er am liebsten nichts zu tun haben. Wenn er sich doch mal über eine Arbeit geärgert hat oder wenn er richtig viel Stress hatte, hat er die Leute Kriminelle geschimpft. Ich dachte immer, da hätte er sich nur Luft gemacht."

„Wissen Sie, ob Marco Lignelli Kontakte zur Mafia hatte?"

„Was? Nur weil er Italiener war?" Zwischen den Augenbrauen von Theresa Wimmerl erschien eine tiefe Zornesfalte.

Hagenkötter gestikulierte beruhigend. „Bitte, Frau Wimmerl, wir müssen das fragen. Es gibt da bestimmte Anhaltspunkte, die wir prüfen möchten."

„Keine Ahnung, Marco war sicherlich kein Verbrecher, er wollte ein geordnetes Leben führen. Wir wollten das", setzte sie hinzu. „Kriminelle Energie hasste er. Genauso wie unvorhersehbare Ereignisse."

„Erzählen sie uns doch von sich und Ihrem Freund", forderte Tina Frau Wimmerl mit einem Blick in den Rückspiegel auf und nahm das Lenkrad fester in die Hände.

„Wir kennen uns seit fünf Jahren", begann Theresa Wimmerl. „Ich hab Marco während der Landesgartenschau in Bamberg kennengelernt. Das war im Juli 2012, als ich für eine Woche nach Bamberg gekommen bin. Wissen Sie, ich bin gebürtige Münchnerin und wohne immer noch in Wolfratshausen. Die Wochenenden hab ich das letzte Jahr über aber fast immer bei Marco in Bamberg verbracht. Es ist so schön hier. Die Stadt hat mich damals schon gereizt mit ihren ganzen kulturellen und historischen Höhepunkten. Da war die Gartenschau ein willkommener Anlass, endlich mal hinzufahren. Ich weiß noch genau, wie ich vom ERBA-Gelände der Gartenschau zu Fuß in die Altstadt laufen wollte, immer an der Regnitz entlang. Unterwegs hab ich dann Marco getroffen. Er stand einfach da, lächelte mich an und hat sich angeboten, mich ein Stück zu begleiten. Ich war erst skeptisch, aber er hat mir die Touristin an der Nasenspitze angesehen und war einfach so charmant. Wir kamen ins Gespräch und die Zeit verflog nur so. Am Ende des Tages sind wir auf dem Oberen Stephansberg gelandet und haben vom Spezial-Keller den Blick auf die Stadt genossen. So fing das damals an mit uns." Ihre Augen füllten sich mit Tränen. „Marco war kein typischer Italiener. Er war eher still und zurückhaltend. Wir verstanden uns von Anfang an sehr gut, hatten nie einen ernsthaften Streit. Und jeder hat dem anderen seine Eigenständigkeit zugestanden. So wie bei meinem Urlaub. Marco hatte keine Lust, auf Mallorca wandern zu gehen, also bin ich allein dorthin geflogen. Im Herbst wollte er mir seine kalabrische Heimat zeigen. Jetzt ist er tot."

Hagenkötter kramte in seiner Jacke nach Nachschub für die Taschentücher, die Theresa Wimmerl mit ihren Tränen füllte. „Sagen Sie, Frau Wimmerl, wissen Sie, wie lange Herr Lignelli schon für die Prälatur Santi-Figli-di-Dio gearbeitet hat?"

„Genau weiß ich das nicht, jedenfalls schon mehrere Jahre. Aber in letzter Zeit hat er mir immer wieder angedeutet, dass ihm seine Arbeit nicht mehr denselben Spaß wie früher bereitet hat."

„Hat er gesagt warum? Suchte er nach einer neuen Arbeitsstelle?"

„Warum kann ich Ihnen nicht sagen. Marco hat nie über seine Arbeit sprechen wollen. *Das gehört nicht in den Privatbereich,* hat er immer gesagt. Ich glaub aber nicht, dass er sich nach einer neuen Arbeitsstelle umgesehen hat. Irgendwann hat er nämlich mal etwas Seltsames von so einem Gelübde erwähnt, das ihn an die Santi-Figli-di-Dio bindet. Ich hab nicht genau verstanden, was er damit gemeint hat, und er wollte nicht mehr dazu verraten."

„Wer war denn sein Arbeitgeber?"

„Na, diese kirchliche Wohltätigkeitsorganisation natürlich."

„Nein, ich meine: Gab es eine bestimmte Person – vielleicht den Leiter der örtlichen Santi-Figli-di-Dio-Schule –, der sein direkter Chef war? Von wem hat er seine Arbeitsanweisungen bekommen?"

„Das weiß ich nicht."

„Und wie kamen Sie jetzt vorhin auf die Idee, dass Santi-Figli-di-Dio etwas mit dem Tod von Marco Lignelli zu tun haben könnte? Allein aufgrund der Andeutungen ihres Freunds oder haben sie einen konkreten Verdacht?"

„Ja, die Andeutungen, aber ... es ist nur ein Gefühl. Ich kann es nicht begründen. Aber Marco war in letzter Zeit wirklich sehr unzufrieden mit seinem Job und ich glaube, dass er sich deswegen verändert hatte."

„Inwiefern?", hakte Tina nach.

„Er war nicht mehr der lockere Typ, so wie früher. Seine Arbeit hat immer mehr von ihm verlangt und die Belastung hat Marco zu schaffen gemacht. Dann war er immer öfter gereizt, irgendwie dünnhäutig. Ich dachte, er hat einfach zu viel Stress. Die haben ihn ja auch immer wieder spätabends in die Villa hinausbestellt. Das hat auch meine Geduld ganz schön strapaziert, wenn sein Handy geläutet hat und er einfach vom Essen aufgestanden und gegangen ist. *Bin doch gleich wieder da,* hat er immer gesagt. Heimgekommen ist er aber erst Stunden später."

„Wissen Sie, was für Arbeiten er da nachts ausgeführt hat?"

„Nein, ich hab mich auch gar nicht mehr getraut zu fragen, weil er so giftig reagiert hat. Er war auch plötzlich fürchterlich schreckhaft geworden. Kurz vor meinem Urlaub sind wir noch einmal an der Regnitz entlangspaziert, da hat er sich dauernd umgesehen, gerade so, als ob ihm jemand folgen würde. Ich hab ihn gefragt, wovor er Angst hätte, aber er meinte nur, dass alles in Ordnung sei und ich mir das nur einbilde."

„Aha." Hagenkötter malträtierte schon seit Minuten seinen Schnauzer. „Hat er oft von seiner kalabrischen Heimat gesprochen?"

„Schon. Wie schön es dort unten an der Stiefelspitze Italiens sei. Wie rau und wild das Gebirge wäre, wie arm und bescheiden die Menschen seien und wie herrlich die Natur und die Sonnenuntergänge über dem Ionischen Meer."

„Und die Mafia? Die 'Ndrangheta?"

„Die hat er nur einmal die Geißel Gottes genannt und dann nie wieder erwähnt, aber ich bin ja auch nicht gerade blöde, ich weiß, dass die Mafia dort allgegenwärtig ist."

„Wissen Sie, ob Herr Lignelli noch Verwandtschaft in Italien hatte?"

„Seine Mutter dürfte noch in der Ortschaft Plati leben, ich hab aber keinen Kontakt von ihr. Und bevor Sie fragen: Plati hab ich mal gegoogelt, auch eine Mafia-Hochburg."

Zwischenzeitlich war Tina von der A 73 auf die Ausfahrt Bamberg-Süd abgebogen und steuerte nun auf das Stadtzentrum zu.

„Wir haben für Sie ein Hotelzimmer gebucht, Frau Wimmerl", erklärte Hagenkötter. „Herrn Lignellis Wohnung ist noch nicht freigegeben. Wir bringen Sie in den Gasthof *Wilde Rose*, in die Keßlerstraße. Dort können Sie bis zum Wochenende bleiben. Die Übernachtungen übernehmen wir. Morgen früh um neun Uhr holen wir Sie für weitere Gespräche am Hotel ab."

Lignellis Vermächtnis

Donnerstag, 14. September 2017

Der Arbeitstag von Tina und ihrem Chef begann völlig anders als geplant. Als beide am Vorabend Theresa Wimmerl an der *Wilden Rose* abgeliefert und nochmal im Büro vorbeigefahren waren, hatte eine gehörige Überraschung auf die beiden gewartet. Ungewöhnliche Post war angekommen: Frau Dr. Birgit Keiner, ihres Zeichens Notarin in Bamberg – an der edlen Adresse Am Kranen –, hatte sie für den nächsten Tag um neun Uhr „in Sachen Marco Lignelli" in ihr Notariat gebeten. Der Hauptkommissar und seine Mitarbeiterin waren nicht schlecht erstaunt und konnten sich keinen Reim auf die Einladung von Frau Dr. Keiner machen.

Man hatte vereinbart, sich am nächsten Tag direkt vor Ort zu treffen und das offizielle Gespräch mit Theresa Wimmerl im Präsidium um ein, zwei Stündchen zu verschieben. Tina konnte vor Neugierde die halbe Nacht nicht schlafen. Schon eine halbe Stunde vor dem angesetzten Termin stand sie vor dem Haus auf dem historischen Platz. Die Regnitz rauschte vorbei und die ersten Touristenschiffe legten an. Von hier, an der Ostseite der Unteren Brücke, genoss man herrliche Blicke auf das Alte Rathaus, den Dom und das ehemalige Kloster St. Michael. Der Große Eisenkran aus dem Jahr 1864 stand wie immer stumm an seinem Platz, unweit vom Alten Schlachthaus, dem Sandsteinquaderbau aus der Mitte des 18. Jahrhunderts. Noch im 19. Jahrhundert hatten hier im alten Stadthafen die Schiffe zum Be- und Entladen angelegt. Tina ging ein paar Schritte zum in der Nähe plätschernden Trinkwasserbrunnen „Fischbrünnlein".

Fünf Minuten vor neun tauchte Hagenkötter auf. Die linke Hand steckte in der Hosentasche, die rechte zupfte am Schnurrbart. „Guten Morgen", grüßte er gut gelaunt. „Schon lange hier?"

„Eine knappe halbe Stunde."

„Ich bin ja auch gespannt wie ein alter Indianerbogen, was das hier werden soll. Ist mir in meiner ganzen Laufbahn noch nicht passiert, dass ich in einem Mordfall von einem Notar vorgeladen werde."

„Haben Sie eine Ahnung?"

„Überhaupt nicht."

Eine Minute vor neun Uhr drückten sie den Klingelknopf und ein dumpfes Summen gab die Tür in das Innere des Altbaus frei. Einen Aufzug gab es nicht. Also quälten sich die beiden Beamten über 45 Stufen in das dritte Stockwerk hoch.

Oben angelangt wurden sie bereits erwartet. „Herr Hauptkommissar Hagenkötter, Frau Kommissarin Meisel – von der Kriminalpolizei Bamberg?", empfing sie eine junge Frau in weißer Bluse und schwarzem Rock.

Sie wurden in ein kleines Besprechungszimmer geführt. „Kaffee, Tee, Wasser?", wollte die Bürokraft wissen.

„Kaffee", brummte Hagenkötter, „schwarz, ohne alles."

„Wenn Sie für mich vielleicht einen schwarzen Tee hätten?", bat Tina. „Und dazu etwas Zitrone und Zucker?"

„Kommt sofort. Bitte bedienen Sie sich", meinte Frau Dr. Keiners Angestellte und deutete dabei auf einen Teller mit Nussplätzchen, der auf dem Tisch stand. „Ach ja ... darf ich bitte Ihre Dienstausweise sehen und mir davon eine Kopie machen? Danke. Frau Dr. Keiner steht Ihnen sofort zur Verfügung."

Hagenkötter und Tina saßen bald vor ihren dampfenden Tassen, die die nette Büroangestellte gebracht hatte. Das Angebot auf dem Plätzchenteller war rachitisch geschrumpft, als die Chefin des Hauses den Raum betrat, ein braunes, aus Packpapier bestehendes und mit einer Schnur umwickeltes Kuvert unter dem Arm. Frau Dr. Keiner war eine beeindruckende Frau: Mitte 30, elegant in einen dunklen, schmal gestreiften Hosenanzug gekleidet, der ihre sportliche Figur betonte. Ihre feinen Gesichtszüge mit einer scharf geschnittenen Nase und wachen grünen Augen strahlten Sicherheit und Kompetenz aus und Tina merkte sofort, dass ihr Chef von dieser Frau vom ersten Moment an hingerissen war.

„Entschuldigen Sie bitte, dass ich mich leicht verspätet habe. Ich hoffe, Sie wurden in der Zwischenzeit gut betreut?"

„Sehr gut", stammelte Hagenkötter und nippte an seiner Kaffeetasse.

„Ja, dann kommen wir gleich zur Sache“, legte Frau Dr. Keiner los, setzte sich und schlug schwungvoll die Beine übereinander. „Eine sonderbare Angelegenheit, wie ich sie auch nicht alle Tage erlebe. Aber ich erzähle am besten von Anfang an: Am Dienstag, den 29. August besuchte mich ein italienischer Staatsbürger namens Marco Lignelli, seit mehr als zehn Jahren in Bamberg wohnhaft. Dokumente wie Pass und Anmeldeformular der Stadtbehörden wurden vorgelegt und von mir später überprüft. Ich kann Ihnen versichern: Alles hat seine Ordnung. Sein Anliegen war allerdings alles andere als ordentliche Normalität. Er übergab mir ein verschlossenes DIN-A4-Kuvert, welches Sie hier sehen, adressiert an ...“ Sie drehte das Kuvert in Leserichtung der beiden Kommissare und deutete mit einem wohlmanikürten Finger auf die entsprechende Stelle. *„Die Kriminalpolizei Bamberg, zu Händen Herrn Hauptkommissar Harald Hagenkötter.* Das Kuvert wurde von Herrn Lignelli an jeder Kante mit Tesafilm verklebt. Es wurde selbstverständlich nicht geöffnet, ich habe keine Ahnung, was sich darin befindet. Sein Auftrag an mich lautete, das Kuvert ausschließlich persönlich an den angegebenen Adressaten zu übergeben – für den Fall, dass er eines unnatürlichen Todes sterben sollte. Die Berechtigung, das Kuvert, zu jedem Zeitpunkt vor Eintreten des Todesfalls wieder zurückzufordern, hat er sich dazu ausbedungen.“

Dr. Keiner sah beide Kommissare eindringlich an, es herrschte angespannte Stille.

„Das ist alles, was ich Ihnen sagen kann. Meine Mitarbeiterin hat Ihre Dienstausweise mittlerweile sicher überprüft und ich habe ein kurzes Übergabeprotokoll vorbereitet, worauf Sie mir bitte per Unterschriften den Erhalt des ungeöffneten Kuverts sowie den nicht natürlichen Tod von Marco Lignelli bestätigen möchten.“ Mit diesen Worten überreichte die Notarin dem Hauptkommissar das Kuvert und schob dazu das von ihr vorbereitete Protokoll über den Tisch.

„Hat Herr Lignelli für den Fall seines unnatürlichen Tods eigentlich auch ein eigenes Testament hinterlassen?“, interessierte sich Tina.

„Darüber darf ich Ihnen keine Auskunft erteilen.“

„Ich frage nicht nach den Erben, ich frage nur, ob …"

„Na gut … gehen Sie davon aus, dass es einen benannten rechtmäßigen Erben gibt. Das ist das Äußerste, was ich Ihnen sagen kann."

„Haben Sie Frau Theresa Wimmerl schon über die Testamentseröffnung informiert?"

Die Notarin musste lachen. „Nein, der oder die Erbin sind noch nicht informiert. Das hängt auch mit dem Kuvert zusammen, das ich Ihnen gerade übergeben habe."

„Wie das?", hakte die Kommissarin nach. Ihr Chef hielt immer noch das besagte Kuvert in Händen, sah aber nur regungslos Frau Dr. Keiner an und schien gerade nicht in der Lage zu sein, weiter nachzufragen.

„Nun, theoretisch könnte der Inhalt des Kuverts, über welches Sie nun verfügen, den Antritt des Erbes aus gewissen Gründen verhindern. Deshalb möchte ich Sie bitten, nachdem Sie den Inhalt des Kuverts geprüft haben, mir Bescheid zu geben, ob aus Ihrer Sicht Gründe vorliegen, die den Antritt des Erbes von Herrn Lignelli nicht erlauben."

„Das geht in Ordnung", fand Hagenkötter seine Sprache wieder und erhob sich umständlich von seinem Stuhl.

Kaum eine Minute später standen beide wieder Am Kranen und rätselten über den Inhalt des Kuverts. „Da ist auch etwas Festes drin", meinte der Hauptkommissar und drückte auf dem Umschlag herum.

„Wollen wir nicht gleich nachschauen?" Tina sprühte vor Neugierde.

„Nein wir fahren jetzt ins Büro, trommeln alle Kollegen zusammen und öffnen den Umschlag im Beisein aller. Einen großen Fortschritt bei der Aufklärung der Mordfälle sollen alle mitbekommen, da wurden bisher zu viele Überstunden geleistet, als das ich ihnen das vorenthalten will."

Tina sah ihren Chef überrascht an. „Sie glauben, dass die Auflösung der Mordfälle in dem Kuvert steckt?"

„Das habe ich nicht gesagt, aber ich habe so eine Ahnung, dass uns der Inhalt einen großen Schritt voranbringen wird. Ich kann mir gut vorstellen, dass Lignelli sein Gewissen erleichtern wollte."

Lignellis Geständnis

Donnerstag, 14. September

Schnell wie der Blitz hatte es sich in der Schildstraße 81 herumgesprochen, dass möglicherweise eine Sensation in der Luft lag. Selbst Oberstaatsanwalt Dr. Jochen Vogel, dessen Büro am Wilhelmsplatz lag, hatte Wind davon bekommen, dass sein ehemaliger Klassenkamerad Hagenkötter für elf Uhr eine Sondersitzung mit möglicherweise spektakulärem Inhalt angeordnet hatte.

„Grüß dich, Jochen, woher weißt jetzt du schon wieder davon?", nuschelte Hagenkötter in seinem Büro in den Telefonhörer.

„Die Buschtrommeln, Harald. Sie reichen von der Schildstraße bis zu uns. Muss ich mich da einbringen? Du weißt, ich habe dich bis jetzt in Ruhe und selbständig arbeiten lassen, aber du weißt auch, wenn so ein heißer Fall kurz vor der erfolgreichen Aufklärung steht, kommen alle eigentlich Unbeteiligten, Wichtigtuer und Klugscheißer aus ihren Löchern gekrochen und beanspruchen einen Teil der Lorbeeren für sich."

„Ist mir schon klar, Jochen, aber außer einer Vermutung gibt es noch nichts Konkretes." Dann erzählte er seinem langjährigen Freund in groben Zügen vom derzeitigen Stand der Ermittlungen.

Oberstaatsanwalt Vogel hörte genau zu. Er kannte Harald Hagenkötter viele Jahre und war durchaus fähig, genau zu analysieren, was der Hauptkommissar sagte und was er nicht sagte. Er las zwischen den Worten wie in einem offenen Buch. „Harald, ich komme", entschied er mit Nachdruck.

„Das freut mich, Jochen. Wann kannst du hier sein?"

„Ich schaffe es wahrscheinlich nicht vor elf Uhr 20."

„Kein Problem", meinte Hagenkötter. „Wir verschieben den Termin um eine halbe Stunde. Und Jochen, überleg dir in der Zwischenzeit, wann du mal wieder Lust und vor allem Zeit hast, zum Karpfenessen zu gehen. Ich hab da einen Geheimtipp im Mittelfränkischen."

*

Das große Besprechungszimmer im ersten Obergeschoss war bis auf den letzten Platz belegt. Alle waren sie gekommen, die fleißigen Ameisen von der SpuSi, von der KTU, selbst Professor Stich hatte es noch rechtzeitig geschafft. Oberstaatsanwalt Dr. Jochen Vogel saß neben Harald Hagenkötter auf einem erhöhten Podium. „Wir fangen an", verkündete der Hauptkommissar.

Dann erzählte er von der Landung Theresa Wimmerls am Nürnberger Flughafen und von dem überraschenden Notariatstermin.

„So sieht es aus, das Kuvert, das uns heute Morgen übergeben wurde." Er hielt das besagte Stück hoch und drehte es in seiner rechten Hand. „Mag sein, dass wir vom Inhalt enttäuscht sein werden. Mag sein, dass es uns in unseren Ermittlungen einen gewaltigen Schritt voranbringt. Wir werden es gleich wissen. Bevor ich das Kuvert öffne, möchte ich Ihnen bei dieser Gelegenheit Herrn Oberstaatsanwalt Dr. Jochen Vogel vorstellen – hier zu meiner Linken –, der vom Wilhelmsplatz zu uns herübergeeilt ist."

Vogel nickte in die Runde und Hagenkötters Team grüßte freundlich zurück, alle Augen waren aber sofort wieder auf das Kuvert gerichtet. Der Hauptkommissar entnahm jetzt seiner Hosentasche ein Schweizer Offiziersmesser und klappte die schlanke, rasiermesserscharfe Klinge auf, hielt sie an die rückwärtige Seite des Kuverts und durchtrennte butterweich die dort befindlichen Tesafilmstreifen samt der Schnüre, die das kleine Paket zusammenhielten. Er steckte vorsichtig seine Hand in den Umschlag und zog drei in sauberer Handschrift mit Tinte beschriebene DIN-A4-Seiten heraus. Zu guter Letzt kullerte noch ein USB-Stick mit 16 Gigabyte Speicherkapazität auf die Tischplatte.

„So", meinte Hagenkötter aufgeräumt uns sah in die Runde. „Haben wir einen Laptop, einen Beamer und eine Leinwand verfügbar?" Dann warf er einen kurzen Blick auf die erste der drei Seiten.

Hektik brach aus, technische Geräte wurden verschoben, Kabel aus- und wieder eingesteckt, Rollos geschlossen und Stühle gerückt. Wenige Minuten später, als ein Laptop vor ihm stand und betriebsbereit mit einem Beamer verbunden war, ergriff Hagenkötter abermals das Wort: „Die drei Seiten, die ich in Händen halte, scheinen eine persönliche Botschaft von Marco Lignelli, dem dritten Mordopfer, zu sein. Gezielt an uns gerichtet im Fall seines unnatürlichen Ablebens. Sie alle haben mit großem Einsatz an der Aufklärung der Mordfälle mitgearbeitet. Deshalb habe ich entschieden und halte es für absolut richtig, dass Sie alle bei dieser Veranstaltung dabei sind und live von den neuesten Entwicklungen erfahren."

Ein kurzer Beifall brandete durch das Besprechungszimmer, dann kehrte abrupt Totenstille ein. Spannung zum Schneiden lag in der Luft. Jeder hing an den Lippen des Hauptkommissars.

„Bevor wir uns den Daten auf dem Stick widmen, würde ich gern die persönlichen Zeilen Lignellis angehen. Der Mann hatte zum Glück eine angenehme Handschrift. Ich lese jetzt vor:

Mein Name ist Marco Lignelli, ich bin gebürtiger Italiener und lebe seit rund zehn Jahren in Bamberg. Geboren wurde ich in der kleinen Ortschaft Plati in der Provinz Kalabrien an der Stiefelspitze Italiens, welche heutzutage berühmt ist, da dort die 'Ndrangheta, eine der mächtigsten Mafiaorganisationen der Welt, beheimatet ist. Um es sofort klarzustellen: Ich bin kein Mitglied der Mafia. Ich wurde aber unfreiwillig zu einem ihrer Helfer.

Wenn Sie diese Zeilen lesen, bin ich bereits tot. Mein Mörder kann ein Mann der 'Ndrangheta sein. Er kommt aber wahrscheinlich aus den Reihen von Santi-Figli-di-Dio. Beide Organisationen arbeiten eng zusammen.

Als die vatikanische Organisation Santi-Figli-di-Dio in Bamberg eine Schule eröffnete, war ich gerade arbeitslos und bewarb mich als Hausmeister. Mit der Stelle wurde es nichts, aber man bot mir eine andere Arbeit an. Ich wurde Verwalter des Meditationszentrums von Santi-Figli-di-Dio am Paradiesweg.

Leider musste ich im Laufe der Jahre feststellen, dass die vatikanische Privatprälatur nicht die Wohltätigkeitsinstitution ist, als welche sie sich noch immer ausgibt. Die Santi-Figli-di-Dio wurde immer mehr zu einer Organisation, welche von der 'Ndrangheta beherrscht und gesteuert wird. Die Fäden laufen in Rom zusammen. Nicht alle Verantwortlichen im Vatikan sind dem Papst gegenüber loyal. Franziskus hat viele Feinde in den Reihen der Kardinäle und Bischöfe. Auch in den Reihen von Santi-Figli-di-Dio. In Rom geht es um Macht, um Geld und um die grundsätzliche Ausrichtung der katholi-

schen Kirche. Zu viele Meinungen, zu viele unterschiedliche Interessen gibt es dort. Geld spielt eine große Rolle und es gibt noch immer enge Verbindungen zwischen der Kurie und der Mafia.

Die Mafia hat erkannt, dass mit Exorzismus viel Geld zu verdienen ist. Die Bosse der 'Ndrangheta haben ihnen loyale Kleriker in Rom zu Exorzisten ausbilden lassen, haben sie in ganz Europa verteilt und wollen das Geschäft mit dem Glauben immer weiter ausdehnen, vorbei an den Bistümern der Kirche. Auch die Schule der Santi-Figli-di-Dio in Bamberg ist nur die Fassade, um immer wieder Exorzisten einschleusen zu können, die dann heimlich die Teufelsaustreibungen für einen hohen Preis anbieten. Viele Eltern der Internatsschüler haben große Summen bezahlt.

Der Schulleiter Dr. Johannes Sieber ist einer der Vermittler und verdient gut an dem Geschäft. Er hat aber einen großen Fehler gemacht und zwei Lehrkräfte eingestellt, die ihre eigenen bösen Geschäfte treiben: Ferdinand Klein und Friedhelm Rieder, beide sind Patres der katholischen Kirche. Sie missbrauchen die minderjährigen Schülerinnen der Santi-Figli-di-Dio-Schule sexuell, auch die behinderten und kranken Mädchen. Sie machen die Mädchen mit der Droge Crystal Meth gefügig und abhängig. Manchmal geben sie den Schülerinnen auch Heroin. Ich habe das alles erst sehr spät mitbekommen.

Neben diesen ganzen Verbrechen will ich hiermit eines melden, das mich selbst betrifft: Am 19. August dieses Jahres reiste aus Rom der Kurienbischof Carlo Eposito an. Er gehörte zu den Exorzisten der 'Ndrangheta. Am Vormittag hielt er in den oberen Räumen des Meditationszentrums ein Seminar ab mit dem Titel „Das Böse exorzieren". Diözesanrat Maria Ludwig von Sensheim assistierte ihm. Rund 30 Geistliche, hauptsächlich aus den Bistümern Bamberg, Würzburg, Speyer und Würzburg, waren anwesend. Ich war schon vor acht Uhr am Morgen da und musste Essenspakete für die Gäste vorbereiten und für die Getränke sorgen. Als das Seminar um neun Uhr begann, verließ ich das Meditationszentrum und kehrte gegen 17 Uhr wieder zurück, um sauberzumachen. Gegen 16 Uhr waren die Teilnehmer abgereist. Um 19 Uhr kamen Dr. Sieber, die Patres Ferdinand und Friedhelm und das Mädchen Johanna Sonnleitner in das Meditationszentrum. Ich wusste, dass um 20 Uhr eine Teufelsaustreibung an dem Mädchen geplant war. Keiner hatte es mir gesagt, aber zu diesem Zeit-

punkt hatte ich genug über die heimlichen Exorzismen herausgefunden, dass ich von den Vorbereitungen, bei denen ich auch helfen musste, sicher sagen konnte, was sie tun wollten. Ich hatte aber keine Beweise.

Für die Santi-Figli-di-Dio zu arbeiten, war schwer für mich, nachdem ich so viel Böses von ihnen wusste. Ich hatte Angst, aber ich wusste, dass ich nicht einfach aufhören konnte. Die Mafia würde keinen davonkommen lassen, der etwas wissen konnte. Also wollte ich mich mit Beweisen schützen und vielleicht sogar freikaufen.

Mit der Genehmigung von Dr. Sieber kaufte ich für den Altar im Exorzismenzimmer eine schöne Marienstatue. Vorher stand dort nur ein Bild der Heiligen Jungfrau. An die Skulptur schloss ich heimlich ein Filmaufnahmegerät an, das in der Besenkammer nebenan versteckt war. Das linke Auge der Madonna war die Kamera, das rechte ein Bewegungsmelder, der die Filmaufnahmen startete. Im Jesuskind auf dem Arm der Madonna war ein Mikrofon versteckt. Die Energiezufuhr legte ich über ein dünnes Kabel, das ich am Altar und in der Bodenleiste verstecken konnte. Es führte in die Besenkammer und war kaum zu erkennen. Die Madonna baute ich etwa zwei Wochen vor dem 19. August auf.

- Verdammt!", unterbrach Hagenkötter. „Der Marienaltar! Die Augen der Madonna. Frank, habt ihr die Marienskulptur in der Wandnische untersucht?"

Gerhard Frank antwortete mit einem hilflosen Achselzucken und Kopfschütteln.

„Wer denkt denn an so was?", sprang ihm Ludwig Zahn bei. „Außerdem waren da weder Kabel, noch ein Filmaufnahmegerät, als wir das Zimmer und die Besenkammer auseinandergenommen haben. Die hatte Lignelli da wahrscheinlich schon abmontiert."

„Hmm", grummelte Hagenkötter, hob die Hand, um im Raum für Ruhe zu sorgen, und las weiter:

„Dr. Sieber schickte mich am Abend des 19. Augusts in das obere Stockwerk. Ich sollte warten, ob ich nochmal gebraucht werde.

Es war kurz vor Mitternacht, als der Diözesanrat nach mir rief und mir erzählte, dass es einen bedauerlichen Unfall gegeben habe, bei dem die

Schülerin Johanna verstorben sei. Ich war geschockt. Er verlangte, dass ich den Leichnam des Mädchens schnellstens entsorge und gab mir die Anweisung, ihn in die Regnitz zu werfen. Dann sagte er noch, dass ich aufpassen müsse, von niemandem beobachtet zu werden. Ich weigerte mich. Der Diözesanrat wurde darauf sehr aggressiv, erzählte etwas von einem schrecklichen Unfall und drohte mit meiner sofortigen Entlassung, wenn ich nicht meine Loyalität beweisen würde. Schließlich sagte er mir unmissverständlich, dass mein Ungehorsam streng bestraft werden würde. Er nannte nicht den Namen der 'Ndrangheta, aber mir war klar, dass er die Mafia meinte.

Ich bekam Todesangst. Ich folgte dem Diözesanrat in den Garten, wo das tote Mädchen lag, ich nahm die Leiche und schleppte sie bis hinunter zum Oberen Leinritt. Dort stieß ich sie in den Linken Regnitzarm.

Seit diesem Tag kann ich nicht mehr in den Spiegel schauen. Ich lebe in Qual und Todesangst.

Am nächsten Morgen baute ich das Filmaufnahmegerät in der Villa ab und sicherte die Bilder, die es gemacht hatte. Zur Bekräftigung meiner Worte lege ich dieser Erklärung, die ich heute, am 28. August niederschreibe, einen Datenträger bei, der beweist, was in der Nacht des 19. Augusts geschehen ist."

Hauptkommissar Hagenkötter war am Ende angekommen, ließ die drei Seiten sinken und legte sie zur Seite. Für einige Zeit blieb er stumm. Das Geständnis Lignellis hatte ihm sichtbar zugesetzt. Sogar seinen Schnauzer hatte er beim Lesen kein einziges Mal gezupft.

„Ich fürchte, was wir gleich sehen werden, wird noch um einiges schlimmer als der Bericht Lignellis."

Er sollte recht behalten.

Filmaufnahmen

Donnerstag, 14. September

Genau genommen waren es zwei Filme. Beide zeigten brutale Szenen und führten bei einigen Zuschauern zu heftigen Schluckbewegungen. Mehrere Mitarbeiter der Spurensicherung und KTU, die sonst vor keiner noch so abstoßenden Spur an einem Tatort zurückschreckten, verließen den Besprechungsraum. Sie konnten einfach nicht mehr hinsehen, was sich auf der Leinwand abspielte.

Da war zunächst der Missbrauch. Die Kamera zeigte eine lederne Liege, einen ledernen Stuhl mit geschwungenen Beinen und ein Fenster, vor dem löchrige Gardinenstores hingen. Die Wand hinter den Möbelstücken war mit diversen Heiligenbildern behangen. Dann traten Pater Friedhelm, Pater Ferdinand und Johanna ins Bild. Das Mädchen wirkte euphorisch und ängstlich zugleich. „Zieh dich aus", herrschte Friedhelm sie an. „Du weißt, was jetzt kommt. Stell dich nicht so an. Wenn du nicht machst, was wir dir sagen, gibt es bald keine Tabletten mehr. Das willst du doch nicht oder?" Johanna traten Tränen in die Augen. „Bitte nicht", flehte sie, als die beiden Männer sich ebenfalls zu entkleiden begannen. „Mach schon, runter mit dem Höschen", forderte auch Pater Friedhelm von dem Kind. „Wir sind jetzt ganz lieb zu dir."

Die Szenen, die folgten, waren kaum zu ertragen. Nach weniger als zehn Minuten war Johanna nur noch ein kleines Bündel Mensch, das Rotz und Wasser heulte. Auch Tina traten Tränen in den Augen. In ihr tobte eine unbändige Wut und sie musste an Franziskas Worte denken. Auch sie hätte die beiden Ordensbrüder am liebsten an Ort und Stelle kastriert. Niemand im Raum gab einen Ton von sich, als der Film zu Ende war. Herzzerreißendes Mitleid herrschte vor. Doch es sollte noch schlimmer kommen.

Wieder erschien auf der Leinwand die Lederliege, auf der Johanna lag. Dieses Mal war sie angekleidet und schien wie weggetreten, fast als würde sie schlafen. Seitlich an der Liege stand Bischof Eposito, still in ein Gebet vertieft, die Hände gefaltet. Dann begann er auf Italienisch mit einer langsamen, rhythmischen Beschwörung. Auch die Kollegen ohne jeden Funken Sprachtalent verstanden die häufigen Wiederholungen der Worte *diavolo* und *Dio*. Es folgten Gebete in lateinischer Sprache. Der Bischof legte Johanna das Ende seiner grünen Stola auf die Brust, bespritzte sie mit Weihwasser und beendete seine Gebete mit einem *Fugite partes adversae.* Dann tauchte er einen Daumen in eine Schale mit Öl und zeichnete damit ein Kreuz auf die Stirn des Mädchens.

„Katechumnöl“, brummte Hagenkötters Bass durch den abgedunkelten Raum. „Das kommt bei Taufen oder Firmungen zum Einsatz. Und bei Exorzismen.“

Es war, als hätte Johanna nur darauf gewartet. Sie erwachte aus ihrem tranceähnlichen Zustand, öffnete die Augen und verfiel in wilde, unkontrollierte Zuckungen. Ruckartig richtete sie ihren Körper auf, spie unverständliche, fast angsteinflößende Laute aus, spreizte ihre Finger und grub in einer plötzlichen Attacke ihre Nägel in den Hals des Bischofs, der immer noch über sie gebeugt stand. Sei es aus Überraschung, sei es aus Schmerz - die Schale mit dem Katechumöl entglitt ihm und donnerte auf den Fußboden.

Für einen Moment schien Eposito irritiert. Fahrig und mit verschleiertem Blick versuchte er, die Hände des wild tobenden Mädchens an seinem blutenden Hals abzuwehren. Dann wurden seine Augen weit, die Schultern spannten sich unter seiner schwarzen Soutane. Mit einer kräftigen Armbewegung fegte er die gekrümmten Finger Johannas beiseite, dann legte er selbst seine faltigen Hände an die Kehle des Mädchens. Erst eine Hand, dann packte er auch noch mit der zweiten zu. Man sah ihm die Anstrengung in seinem Gesicht an, die Kraft, mit der er zudrückte, ließ eine Ader auf seiner Stirn anschwellen.

Endlich kam er wieder zur Besinnung und lockerte seinen Griff. Dann stürzte der Diözesanrat Maria Ludwig von Sensheim ins Zimmer und riss Carlo Eposito von Johanna weg.

Der Film schien hier zu Ende zu sein, einige Beamte atmeten hörbar durch, doch dann flackerte der Beamer an der Decke wieder auf und zeigte eine weitere Szene: Johanna lag still auf der Lederliege, ihre Augenlider flackerten, sie drehte ihren Kopf hin und her. Sie lebte. Maria Ludwig von Sensheim und Dr. Johannes Sieber standen vor der Liege. Sie sprachen miteinander. Der Kurienbischof war nicht zu sehen. „Wir können sie nicht am Leben lassen“, hörte man den Schulleiter sagen. „Sie wird reden. Sie weiß, dass Carlo drauf und dran war, sie zu erwürgen. Schauen Sie sich nur ihren Hals an! Wie bitte sollen wir das erklären? Sie muss verschwinden.“ „Schuld sind doch nur Sie“, erwiderte der Diözesanrat angewidert, „beziehungsweis ihre beiden Patres, die sich nicht beherrschen können. Gibt es irgendetwas an dieser Schule, das Sie überhaupt noch im Griff haben? Was meinen Sie, was passiert, wenn etwas von dem hier nach draußen sickert? Wenn das Geschäft mit den Exorzismen einbricht, weil die Polizei plötzlich überall herumschnüffelt? Sie und ihre zwei Deppen können heute schon ihr Testament machen. Die 'Ndrangheta verzeiht keine Fehler." „Das darf eben nicht passieren", konterte der Schulleiter, „darum müssen wir fortsetzen, was Carlo begonnen hat."

Von der Liege ertönte ein leichtes Röcheln. Johanna rang nach Luft, hustete, war noch nicht wieder bei Bewusstsein.

„Wir? Von wegen!" Von Sensheim spuckte die Worte seinem Gegenüber ins Gesicht. „Sie! Sie allein werden die Sache zu Ende bringen." „Was machen wir mit der Leiche?" „Lignelli soll sie entsorgen. Zur Regnitz ist es nicht weit. In wenigen Tagen hat die Strömung sie in den Main gespült." „Wird Lignelli sein Maul halten?" „Ihm wird nichts anderes übrigbleiben. Lassen Sie das meine Sorge sein. Ich verlasse jetzt den Raum. Verrichten Sie ihre Arbeit!"

Der Diözesanrat verschwand aus dem Bild. Man hörte eine Tür schlagen. Der Schulleiter trat näher an das bewusstlose Mädchen heran und hob den Zeigefinger seiner linken Hand, als wolle er die Tätigkeit ihrer Halsschlagader prüfen. Dann überlegte er es sich, hielt in der Bewegung inne und zog stattdessen ein Paar feine Lederhandschuhe aus seinen Hosentaschen, streifte sie über und umgriff Johannas Hals. Er zögerte, schien mit sich zu hadern. Dann verzog er das Gesicht zu einer hässlichen Fratze und drückte mit aller Gewalt zu.

Die Leinwand wurde schwarz und Ludwig Zahn, der seinen Stuhl am nächsten an der Tür hatte, schaltete das Licht im Besprechungsraum wieder ein.

„Mir fehlen die Worte", gestand Hauptkommissar Hagenkötter. „Ich bitte Herrn Oberstaatsanwalt Vogel, Herrn Professor Stich, die Kommissare Meisel, Frank, Zahn und Schmuck noch sitzen zu bleiben. Alle anderen können an ihre Arbeitsplätze zurückgehen. Ich bitte darum, dass Sie mit niemandem darüber sprechen, was Sie hier gehört und gesehen haben. Mit niemandem", wiederholte er.

„Das ist keine Bitte", warf Dr. Vogel dazu von der Seite ein.

„Ja“, stimmte Hagenkötter zu. „Frau Meisel, Sie verwahren bitte das filmische Beweismaterial. Und noch etwas: Alle halten sich ab sofort für einen möglichen spontanen Einsatz bereit!“

*

„Wir graben jetzt das Kriegsbeil aus“, gab sich Hagenkötter nach zehn Minuten Zigarettenpause kämpferisch. „Jochen, wie schaut‘s aus, können wir mit deiner uneingeschränkten Unterstützung rechnen?“

„Gar keine Frage“, reagierte der Oberstaatsanwalt. „Ich ruf gleich bei mir im Büro an, damit die Haftbefehle ausgestellt werden. Wen haben wir da? Den Schulleiter, den Diözesanrat und die beiden Vergewaltiger. Richtig?“

„Richtig.“

„Wenn ihr meiner Sekretärin noch die Personaldaten der vier Verbrecher durchgebt?“

„Machen wir gleich.“

„Okay, ich besorg die richterliche Unterschrift persönlich.“

„Sehr gut.“ Hagenkötters Miene war grimmig. „Und kannst du deine Sekretärin noch bitten, Durchsuchungsbeschlüsse für die Häuser von Maria Ludwig von Sensheim und Dr. Sieber auszustellen? Für die Schule und die Wohnungen der beiden Patres bräuchten wir auch solche Beschlüsse.“

„Kein Problem.“

„Was glaubst du: Wie lange wird es dauern, bis wir loslegen können?“

Vogel zog seinen Mund schief. „Das hängt von der Verfügbarkeit des Richters ab. Ich ruf gleich mal an.“ Er verließ den Raum. Hagenkötter goss sich einen Kaffee ein und begann, mit der Tasse in der Hand im Besprechungsraum auf- und abzutigern. Tina und ihre Kollegen Frank, Zahn und Schmuck sahen ihm stumm dabei zu und hingen ihren eigenen Gedanken nach.

Nach zehn Minuten kam der Oberstaatsanwalt zurück. „In einer Stunde haben wir die Unterschrift des Richters.“

Der Hauptkommissar knallte seine Kaffeetasse auf den nächsten Tisch. „Sehr gut! Herr Schmuck, Herr Frank und Herr Zahn, stellen Sie bitte drei Teams zusammen.“ Er sah auf seine Uhr. „Um 14 Uhr schlagen wir zeitgleich zu. Herr Schmuck, Sie leiten das Team, das Sieber verhaftet. Herr Zahn, Herr Frank, Sie übernehmen die beiden Patres. Frau Meisel und ich kümmern uns um den Diözesanrat. Und Frau Meisel, Sie informieren bitte Herrn Grandjean. Er soll die Presse einladen, jeder, der schreiben kann, ist herzlich willkommen. Um 18 Uhr geben wir eine Konferenz, Grandjean soll alles vorbereiten. Dieses Mal möchte ich es richtig krachen lassen. Ich freue mich schon auf das Gesicht von diesem eiskalten Dr. Sieber.“

„In Ordnung. Und was machen wir derweil mit unserem Mafioso?“ Tina sah ihren Chef fragend an.

„Mist, den haben wir ja auch noch. Und damit kommen wir wieder auf die Frage: Wer hat den Bischof und Lignelli umgebracht? Wir müssen herausfinden, seit wann genau Luca di Rossi in der Stadt ist und ob er für die Zeit der Morde Alibis hat. Das gilt natürlich gleichermaßen für die vier Verbrecher, die wir hoppnehmen wollen. Übrigens, das Team, das die beiden Patres, übernimmt - Herr Frank, Herr Zahn! - kümmert sich anschließend auch um die Durchsuchung der Büroräume in der Schule. Soweit alles klar?“

Jeder nickte, selbst Oberstaatsanwalt Dr. Vogel.

„Dann an die Arbeit und viel Glück. Herr Dr. Stich, hätten Sie noch ein paar Minuten für mich, ich habe da noch ein paar Fragen?“

Alibis

Donnerstag, 14. September

Verhaftungen und Durchsuchungen liefen. Grandjean hatte alle ihm bekannten regionalen Presseorgane informiert, allen voran natürlich den *Fränkischen Tag*. Derweil hatte Tina die Gelegenheit genutzt und Franziska telefonisch so detailliert wie möglich eingeweiht. Jetzt saß sie in Hagenkötters Büro und steckte gemeinsam mit ihrem Chef alle Fakten zu den drei Mordfällen ab.

„Obwohl wir nun Klarheit haben, wer Johanna umgebracht hat, haben wir weiterhin ein Riesenproblem", meinte Hagenkötter.

„Ich weiß, uns fehlt der Mörder von Eposito und Lignelli."

„Richtig. - Okay, Frau Meisel, gehen wir die verschiedenen Optionen durch. Vielleicht haben wir etwas übersehen. Wir bleiben dabei: Es gibt nur einen Mörder, der die beiden auf dem Gewissen hat, denn beide starben auf exakt die gleiche Weise und wir haben auf beiden Opfern dieselben DNA-Spuren gefunden, die wir aber noch nicht zuordnen können. Und wir bleiben auch dabei: Der Täter hat umfangreiche italienische Sprachkenntnisse. Das lassen zumindest die Botschaften vermuten, die wir an den Leichen gefunden haben. Was haben wir noch?"

„Die Morde an dem Bischof und an Lignelli hängen mit Johannas Tod zusammen", äußerte die Kommissarin. „Der Täter weiß vom Mord an dem Mädchen und er kannte auch seine Opfer, wusste wahrscheinlich, was sie mit der Misshandlung und Ermordung Johannas zu tun hatten. Er hat sie bestraft."

„Hmm." Hagenkötter zwirbelte langsam seinen Schnauzbart. „Nach dieser Theorie kommt der Mörder aber definitiv von außerhalb der Organisation Santi-Figli-di-Dio und ein Mitglied der Mafia wird es auch wohl kaum gewesen sein. Die hätten Eposito nicht geopfert. Er war ein prominenter Exorzist, eine Geldmaschine für Santi-Figli-di-Dio und die 'Ndrangheta."

„Da stimme ich zu."

„Also sagt unser Mafioso in der Zelle die Wahrheit? Ich meine, was die Morde an dem Bischof und an Lignelli angeht", zweifelte der Hauptkommissar. „Die Mafia soll hier ausnahmsweise nicht ihre schmutzigen Finger mittendrin haben und sogar selbst zu den Geschädigten zählen?"

„Das wäre denkbar."

„Warum hat sich dann Lignelli bedroht gefühlt? Für Drohungen aller Art ist in meinen Augen immer noch an erster Stelle die Mafia verantwortlich."

„In seinem schriftlichen Geständnis hat er uns das ja eigentlich auf dem Silbertablett serviert: Ja, er hatte Angst auszusteigen, Angst vor der 'Ndrangheta. Aber wenn wir uns wirklich sicher sind, dass er und der Bischof vom selben Mörder abgefangen wurden, kommt die Mafia einfach nicht in Frage." Tina hob fast entschuldigend die Schultern. „Fragen wir di Rossi. Aber ich kann mir vorstellen, dass Lignelli uns den Hergang schon detailgetreu verraten hat: Erst hat er sich den Anweisungen, Johanna in die Regnitz zu werfen, widersetzt. Das kommt in solchen Kreisen nicht gut an. Das zeugt von fehlender Loyalität. Daraufhin hat ihm von Sensheim indirekt mit dem Tod gedroht. Als der Mafiakiller di Rossi dann tatsächlich bei Lignelli auftauchte, muss er fast wahnsinnig vor Angst geworden sein. Er musste ja annehmen, dass ihm tatsächlich Gefahr drohte."

„Sehr gut, Frau Meisel. Machen Sie weiter!"

„Haben Dr. Sieber, die Patres oder der Diözesanrat den Bischof und Lignelli umgebracht?", spekulierte Tina. „Ich sage nein. Warum sollten sie? Die stecken alle unter einer Decke, Eposito war einer von ihnen und dass er Johanna während des Exorzismus bis zur Bewusstlosigkeit würgte, wurde von allen maximal als Lapsus eingestuft. Wir können ja noch nicht einmal mit Sicherheit sagen, ob die Patres über die Geschehnisse in der Nacht des 19. Augusts überhaupt eingeweiht sind. Außerdem vermute ich, dass bis heute keiner von denen mitbekommen hat, dass Lignelli heiße Filmaufnahmen besaß."

„Unser großes Glück", meinte der Hauptkommissar und fuhr fort: „Wer bleibt also übrig?"

„Der Stallhuber", schoss Tina den ersten Verdächtigen ab.

Hagenkötter nickte. „Der hatte eine unbändige Wut auf die Privatprälatur."

„Für den Mord an Bischof Eposito hat er tatsächlich kein Alibi. Aber Lignelli hat er mit Sicherheit nicht getötet. Georg Stallhuber und seine Symphoniker haben am 3. September Verdis Oper Nabucco zum Besten gegeben. Das Publikum war begeistert. Es gab anscheinend zehn Minuten stehende Ovationen. Die Musiker haben ihren Erfolg bis zum frühen Morgen kräftig mit Alkohol gefeiert. Stallhuber wäre in diesem Zustand gar nicht mehr in der Lage gewesen, Lignelli zu töten. Ich hab das gecheckt."

„Max Sonnleitner", brachte Hagenkötter den nächsten Stein ins Rollen.

„Die Sonnleitners kamen erst am frühen Morgen des 28. Augusts aus Wien zurück. Sie haben sich fast unmittelbar darauf in ärztliche Behandlung begeben - und dann lauern sie am gleichen Abend dem Bischof auf, um ihn zu ermorden? Höchst unwahrscheinlich."

„Na, dann eben doch der von Sensheim", provozierte Hagenkötter weiter.

„Auch nicht. Der war nachweislich am 4. September, dem Todestag von Lignelli, den ganzen Tag in einer Sitzung am Domplatz."

„Und wieso nochmal schließen wir die beiden Patres und ihren Chef, den Dr. Sieber, so kategorisch aus?"

„Dann wären wir ja doch wieder bei Santi-Figli-di-Dio. Keine Chance, Chef, die hätten Eposito niemals umgebracht und an Lignellis Todestag saßen sie zu dritt in einer Lehrplanbesprechung fürs kommende Schuljahr. Da war das ganze Lehrerkollegium anwesend. Die können alle bestätigen, dass Sieber und seine zwei Patres die Sitzung nur verlassen haben, um kurz auf die Toilette zu gehen." Tina war argumentativ sehr gut unterwegs. Dass auch Franziska wesentlich dazu beigetragen hatte, diese Informationen zu sammeln, konnte sie ihrem Chef natürlich nicht auf die Nase binden.

„Und jetzt?" Hagenkötter warf frustriert die Arme in die Luft. Müssen wir wieder komplett auf Anfang zurück?"

„Wir diskutieren zwar Namen, haben aber keinen echten Verdächtigen", stellte Tina fest und zögerte. Jetzt war wahrscheinlich der perfekte Zeitpunkt, also los. „Darf ich auf etwas zurückkommen, das mir vorhin aufgefallen ist? Ich habe mir die beiden Filme aus Lignellis geheimer Kamera noch einmal genauer angesehen."

Hagenkötter merkte auf. „Und?"

„Wir sind uns doch sicher, dass Bischof Eposito und Lignelli bestraft wurden."

„Dafür sprechen die Botschaften an den beiden Leichen, ja."

„Vielleicht von einem Fremden, den wir bisher überhaupt noch nicht auf unserem Radar haben. Denken Sie an die Kaninchenhaare in den Schlingenhämatomen von Bischof Eposito, Chef – und an den Zeugen des Mordes an Johanna."

„Wie bitte? Welcher Zeuge? Wovon reden Sie?" Hagenkötter war perplex.

Tina verschwieg ihrem Chef den kompletten Inhalt des Telefonats, das sie unmittelbar zuvor mit Franziska geführt und dabei ihre Freundin über die bevorstehenden Verhaftungen informiert hatte. Dazu hatte sie ihr noch eine Handvoll Screenshots aus den Filmen geschickt, die ihr Ludwig Zahn auf die Schnelle angefertigt hatte. Franziska hatte fast unmittelbar eine unheimliche Entdeckung gemacht: *Sag deinem Chef, dass dir das aufgefallen ist. Nur so können wir weitermachen. Wir müssen völlig umdenken. Tina, bitte!*

„Können wir uns nochmal den Film ansehen, in dem Bischof Eposito das Mädchen exorziert?", bat Tina ihren Chef. „Ich muss Ihnen etwas zeigen, was mir ins Auge gestochen ist."

Sie wartete die Antwort von Hagenkötter gar nicht erst ab, sondern griff zu ihrem Laptop. Beide Filme hatte sie zwischenzeitlich auf ihrer Festplatte gespeichert. Sie schaltete das entsprechende Programm ein und spulte die Aufnahmen bis zu dem Moment vor, in dem Johanna den Kurienbischof angriff und diesem die Schale mit dem Katechumöl aus den Händen fiel. Dann drückte sie die Stopp-Taste und betätigte die Zoom-Funktion. Während Hagenkötter mit seiner Nase immer näher an den Bildschirm rückte, verschob Tina den vergrößerten Bildausschnitt, weg von Johanna und dem Bischof, hin zum Fenster. Sie zoomte noch näher heran und verschob das Bild abermals um Nuancen.

„Sehen Sie ihn?", fragte sie ihren Chef.

Die Löcher in den Gardinenstores waren nun groß wie Taubeneier und ziemlich unscharf, aber dahinter konnte man die Konturen eines Gesichts erkennen, das von einer grauen Kapuze umrahmt wurde. Es war kaum auszumachen, ob die Person weiblichen oder männlichen Geschlechts war, die Augen lagen tief und unerkennbar in den Höhlen, die Nase war ein verschwommener Fleck und nur eine eher härter gezogene Kinnpartie ließ doch den Mann vermuten.

„Wer ist das?“, flüsterte Hagenkötter.

„Unser Zeuge.“ Auch Tina wagte es nicht, die Stimme zu erheben. „Aber ich habe keine Ahnung, wer er ist. Der Vorhang im Zimmer verwischt jegliches Erkennen. Die Unschärfe tut ihr Übriges.“

„Aber wir wissen, dass jemand den Exorzismus verfolgt hat, jemand, der zusah, wie der Kurienbischof Johanna würgte. Wie sind Sie darauf gekommen, Frau Meisel? Adleraugen?“

„Wie gesagt, die Kaninchenhaare haben mich immer wieder stutzig gemacht. Ich hatte das Gefühl, dass wir etwas übersehen haben. Ich wusste nur nicht was, bis es *Klack* gemacht hat. Und dann der aufgeschnittene Maschendrahtzaun. Lignelli hat nichts von dem Loch im Zaun geschrieben, auch wenn er sich wahrscheinlich mit Johannas Leichnam da durchgezwängt hat. Hineingeschnitten hat er es aber wahrscheinlich nicht und von Sensheim kann ich mir nur schwer mit einer Drahtschere vorstellen. Nein, irgendwer hat sich auf dem Grundstück herumgetrieben. Jemand, der mit Stahlschlingen auch Kaninchen fängt.“

„Doch Giuseppe Bertone?“, überlegte der Hauptkommissar.

Und beide schwiegen.

Di Rossis Geschichte

Donnerstag, 14. September

Als erstes statteten Hagenkötter und Tina nochmals Luca di Rossi einen Besuch ab. Der Mafioso war sichtlich aufgebracht. Seit Dienstag saß er in seiner Zelle. Kein Mensch hatte sich um ihn gekümmert.

„Na, Herr di Rossi, hatten Sie ausreichend Zeit zum Nachdenken?“, begrüßte ihn der Hauptkommissar, als er ins Vernehmungszimmer geführt wurde.

„*Vaffanculo!* Alles *merda* hier“, fluchte der Mafioso. „*Sono innocente*, ich habe nichts getan.“

„Ruhig Blut, wir glauben ihnen ja. Zumindest was ihre Täterschaft an den beiden Morden angeht.“ Hagenkötter hob beschwichtigend die Hände. „Warum wollten Sie denn den Mörder des Bischofs finden, wie Sie uns Anfang der Woche gesagt haben? Um ihn umzubringen, weil er das Exorzismusgeschäft der 'Ndrangheta durcheinandergebracht hat?"

Di Rossi schüttelte träge den Kopf.

Tina funkelte den Italiener böse an. „Natürlich haben Sie mit der Mafia immer noch nichts zu tun, pfft. Was hat Ihnen denn Lignelli alles zum Tod von Eposito erzählt, als Sie ihn getroffen haben?"

„Nichts hat er erzählt, Lignelli hat nichts gewusst."

„Uns hat er mittlerweile verraten, dass er vor der Mafia Todesangst gehabt hat."

„So?" Di Rossi runzelte die Stirn. „Lignelli kann gar nichts mehr verraten, der ist hinüber."

„Da haben Sie recht", meinte Hagenkötter gutmütig, „aber Sie würden staunen, auf welchen Wegen solche Informationen manchmal zu uns kommen. Lignelli hat uns auch gesteckt, dass die Mafia Geschäfte mit dem Exorzismus betreibt und dazu die Organisation Santi-Figli-di-Dio benutzt. Wir haben es sozusagen schwarz auf weiß, glauben Sie mir. Leugnen war noch nie so zwecklos."

„Und wenn schon. Das ist nicht verboten", wehrte di Rossi ab. „Das ist allein Sache der Kirche."

„Stimmt, Sie sind ja nur ein treuer Auftragskiller, der die Geschäfte seines Paten beschützt. Oh, entschuldigen Sie bitte meine falschen Anschuldigungen. Sie haben ja noch nie gemordet, wie Sie uns gesagt haben." Hagenkötter stimmte einen ironischen Singsang an. „Wie konnte ich nur so etwas behaupten. Sie sind ja der reinste Unschuldsengel, sitzen völlig zu Unrecht hier in unserer Zelle. Aber keine Sorge: Das möchten wir baldmöglichst gerne ändern. Großzügig, wie wir sind, werden wir Sie aus der Haft entlassen und in die zärtlichen Hände der Kollegen von der entsprechenden italienischen Behörde übergeben. Die werden die ganzen bösen Gerüchte, die über Sie in Umlauf sind, sicher schnell klären."

„Nichts da, ausliefern", beschwerte sich di Rossi, „ich verlange, dass Sie mich auf freien Fuß setzen, hier in Bamberg!"

„Damit Sie sich schnell über alle Berge machen können? Herr di Rossi, für wie blöd halten Sie uns eigentlich? Morgen kommen zwei Beamte der Staatsanwaltschaft Rom und holen Sie persönlich ab.“

„Oh Dio, non ho fatto niente!“

Die Postbotin

Freitag, 15. September

20 Tage waren vergangen, seit Franziska im Auftrag ihres Chefs zur Schleuse 100 geeilt war und Johannas Leiche im Linken Regnitzarm fotografiert hatte. Der wahre Mörder Johannas saß jetzt in U-Haft, seine Kumpane ebenfalls. Die beiden Patres hatten den Missbrauch an Johanna gestanden. Sie war nicht das einzige Mädchen, an dem sie sich vergangen hatten. Die gestrige Verhaftung Maria Ludwig von Sensheims hatte in der Stadt eingeschlagen wie eine Bombe. Das Erzbistum hatte sich unverzüglich ein weiteres Mal von seiner Person distanziert.

Trotzdem war Franziska noch nicht ganz zufrieden. Zwei Tote warteten noch darauf, dass ihnen Gerechtigkeit widerfuhr, und beide Mordfälle hingen eindeutig mit dem Tod Johannas zusammen. So weit sie auch auf ihren Recherchetouren herumgekommen war, noch nie war Franziska direkt an der Villa gewesen, dem Meditationszentrum der Santi-Figli-di-Dio am Paradiesweg. Heute hatte es sie dorthin getrieben. Es war das verzerrte, unscharfe Gesicht am Fenster, das sie auf einem der Bilder aus den Filmen entdeckt hatte und das sie nicht losließ. Nur eine Kontur, ein Schatten, der sich mit seiner grauen Kapuze gegen den umliegenden Wald im Hintergrund abzeichnete.

Franziska hatte ihren Mini Cooper am Paradiesweg geparkt und war den kurzen Weg zur Villa zu Fuß gegangen. Am Gittertor klebte ein Polizeisiegel, das den Zutritt zum Grundstück nur den hierzu berechtigten Angestellten der Polizeibehörden erlaubte. Viel konnte Franziska mit dem entfernten Blick auf die Villa nicht anfangen. Das Grundstück schien verlassen. Menschen waren nicht zu sehen. Das Blattgold im Kreis und am Kreuz an der Hauptfassade glitzerte im Schein der hochstehenden Sonne. Auf einem nahegelegenen, abgeernteten Getreidefeld pflügte ein Bauer das Erdreich um. Trockene Staubfontänen stiegen auf, doch das störte die Schar der Krähen nicht, die sich hinter dem Traktor um Insekten, Würmer und Schnecken stritten.

Franziska versuchte sich immer noch klarzuwerden, wonach sie hier eigentlich suchte, als sich der Motorlärm eines VW-Busses in die Stille drängte. Das Fahrzeug kam vom Paradiesweg herunter und stoppte direkt vor ihr. Eine junge Frau stieg aus. Sie trug eine dunkle Dreiviertelhose, darüber ein Oberteil, das vom Saum bis zur Brust ebenfalls dunkel gehalten war. Darüber und an den kurzen Ärmeln strahlte es im typischen Gelb der Bundespost. Die Füße steckten in schwarzen Sportschuhen mit grünen Streifen.

Guten Morgen“, grüßte sie freundlich und wedelte mit einem verschlossenen Standardbrief. „Sind Sie von der Polizei?“, wollte sie wissen und plauderte weiter, ohne die Antwort abzuwarten. „Schlimm, was da passiert ist, gell? Also, dieses Haus ist mir schon immer suspekt vorgekommen.“

„Wie meinen Sie das? Was ist denn an der Villa so suspekt?“

„Na ja, so ein Trumm Haus und so wenig Post. Nur ab und zu ein Brief wie dieser hier. Aber auch der schaut mir nach Werbung aus. Alles sehr mysteriös bei diesen Santi-Figli-di-Dio. Und dann diese Schule voller Verbrecher. Ich hab's heut früh in der Zeitung gelesen. Stimmt es, dass die junge Mädchen missbraucht haben? Ich hab ja schon immer geahnt, dass das eine Sekte sein muss – aber dass der Playboy vom Domberg – Sie wissen schon, dieser von Sensheim – da auch mit drinsteckt, das schlägt schon dem Fass den Boden aus. Vornherum recht fromm und heilig tun und hintenrum sogar mit der Mafia zusammenarbeiten. Da hört sich doch alles auf. Jedenfalls steht das heut im *Fränkischen Tag*.“

Franziska musste schmunzeln, das war also ihre Leserschaft. Dann packte sie aber sofort wieder das Fieber der Recherche. „Tragen Sie hier eigentlich schon lange die Post aus?“

„Ja, schon.“

„Dann haben Sie den ermordeten Hausverwalter vielleicht persönlich gekannt? Ich frage mich, was der den ganzen lieben langen Tag hier gemacht hat?“, spekulierte Franziska. „Sind Sie ihm irgendwann mal begegnet?“

„Der? Den hab ich nur ein einziges Mal gesehen. Ist aber auch schon Monate her.“

„Wer hat denn dann größere Pakete angenommen?“

„Ach, das kam doch nur alle Schaltjahre mal vor. Da hab ich's dann gar nicht erst an der Villa versucht. Die paar Pakete hab ich immer beim Schneiders Willi, droben am Paradiesweg, abgegeben. Aber komisch war das schon ...“

„Was war komisch?“, bohrte Franziska nach.

„Na ja, ich will ja keinem was nachsagen ... man macht sich halt so seine Gedanken.“

„Ja? Jetzt kommen Sie doch, raus mit der Sprache!“

„Aber von mir haben Sie das nicht“, zögerte die Postbotin, dann begann sie zu erzählen.

Gottesdienst

Sonntag, 17. September

Schon seit früher Zeit gehörten die Gläubigen der Gemeinde Bug zu dem Sprengel der Oberen Pfarrkirche „Zu unserer Lieben Frau“ in Bamberg, deren Ursprünge bis zum Ende des 14. Jahrhunderts zurückreichen. Als es noch keine Kirche in Bug gab, mussten alle, die am Gottesdienst teilnehmen wollten, weite, beschwerliche Wege auf sich nehmen. Einer führte über den Buger Berg, wo heute das Klinikum Bamberg stand, der andere, der Grohleiten, verlief über den Paradiesweg - oder man nahm den Kahn und fuhr auf der Regnitz abwärts bis zum Concordia-Haus oder bis zum Mühlwörth. Von dort ging es immer noch zu Fuß weiter, über die Judenstraße und den Kaulberg hinauf. Auch Verstorbene, die auf dem Friedhof der Alten Pfarre begraben werden sollten, mussten über diese Wege transportiert werden. Kein einfaches Unterfangen.

In der ersten Hälfte des 19. Jahrhunderts hatten die Buger die weite Strecke bis zur Oberen Pfarre leid und bauten für sich ein eigenes Kirchlein, das im Juni 1838 eingeweiht wurde. Die kleine Kirche „Heilige Dreifaltigkeit“ stand noch heute als Filialkirche der Oberen Pfarre an der Buger Hauptstraße.

Franziska und Tina waren heute schon früh auf den Beinen. Die Buger Gemeinde feierte den Gedenktag der Hildegard von Bingen. Die Heilige und ehemalige Kirchenlehrerin war auch heute noch bei vielen Gläubigen für ihre Predigten und vor allem ihre Schriften zur Heilkunst bekannt und geschätzt. Der Beginn der Eucharistiefeier war für Viertel vor acht angesetzt und eine weitere Besonderheit war angekündigt worden: Der Tenor vom Buger Berg sollte anstelle des *Sanctus* das Gotteslob Nr. 392 *Lobet den Herrn, den mächtigen König der Ehren* singen – auf Italienisch.

Franziska und Tina saßen still in ihrer Bank und betrachteten den einfachen Barockaltar des Buger Kirchleins. Links und rechts vom Tabernakel standen die Volksheiligen Antonius von Padua und Johannes Nepomuk. Das Schuldbekenntnis und das große Dankgebet des Gottesdienstes waren soeben zu Ende gegangen, als ein kräftiger Mittdreißiger in dunkelblauem Anzug und weißem Hemd vor den Altar trat.

„Ist er das?“, wollte Franziska wissen.

„Ja, das ist Anton Schneider“, antwortete Tina flüsternd, „sein Vater sitzt schräg vor uns in der ersten Reihe.“

Toni Schneider hielt zwei Notenblätter in den Händen. Er sah sich um, trat dann etwas linkisch zwei weitere Schritte vor. In der Kirche war es mucksmäuschenstill. Toni nickte stumm dem Organisten zu, das Instrument setzte mit den ersten Akkorden ein und schon ließ eine glasklare, unter die Haut gehende Tenorstimme die Besucher des Gottesdienstes erschauern:

Lodate Dio, schiere beate del cielo.
Lodate Dio, genti di tutta la terra.
Cantate a Lui, che l'universo creo,
Somma sapienze e splendore.

Toni Schneider sang frei. Die beiden Notenblätter hielt er nur als nutzloses Beiwerk in den Händen. Die Orgelpfeifen trugen die bekannte Melodie in jeden Winkel des kleinen Gotteshauses und Tonis Stimme hallte von den Wänden wider.

Lodate Dio, Padre che doha ogni bene.
Lodate Dio, ricco di grazia e per dono,
Cantate a Lui, che tanto gli nomini amo
de dare l'unico Figlio.

Es folgten weitere Strophen. Toni sang den Lobgesang auf Gott mit einer tragenden und sauberen Stimme zu Ende. Auch die Orgel verstummte. Die Gläubigen saßen ergriffen in ihren Bänken und wagten kaum zu atmen. Melodie und Gesang wirkten nach.

„Wunderschön", flüsterte Franziska, „ich habe in einer Kirche kaum etwas Schöneres gehört."

Toni Schneider verneigte sich tief. Seine Augen strahlten. Dann nahm er neben seinem Vater in der ersten Reihe Platz.

„Vielen Dank, Toni, für dieses wunderbare Lied", bedankte sich der katholische Geistliche - und meinte an die Gläubigen gewandt: „Auch wenn wir gerade nicht das Osterfest feiern, wird uns Toni Schneider zum Ende unseres Gottesdienstes, zur Lobpreisung Gottes, das Halleluja gemäß den alttestamentlichen Psalmen singen. Freuen wir uns darauf. Wir machen nun in unserer Liturgie mit dem eucharistischen Hochgebet weiter und sprechen gemeinsam: Deinen Tod, o Herr, verkünden wir, und deine Auferstehung preisen wir, bis du kommst in Herrlichkeit ..."

Warum?

Sonntag, 17. September

Während der Gottesdienst sich nach dem Hochgebet noch einige Zeit hinzog, hatte Tina kurz das Kirchlein verlassen. Es wurde Zeit, Hauptkommissar Hagenkötter zu informieren. Er meldete sich nach dem dritten Klingelton: „Hagenkötter“, brummte er in den Hörer.

„Tina Meisel hier. Entschuldigen Sie bitte die sonntägliche Störung, Herr Hauptkommissar, aber ich glaube, wir haben ihn.“

„Wen?“

„Den Mörder von Bischof Eposito und Lignelli.“

Es dauerte eine Weile bis sich ihr Chef wieder meldete. „Frau Meisel, ich kenne und schätze Sie als gute, solide Mitarbeiterin. Sie machen jetzt hoffentlich keinen Scherz?“

„Nein, ganz bestimmt nicht.“ Dann erzählte sie von dem Treffen zwischen Franziska und der Postbotin am Meditationszentrum der Santi-Figli-di-Dio. „Ich denke, Sie kennen Frau Berger. Wenn nicht persönlich, dann haben Sie auf jeden Fall schon Artikel von ihr im *Fränkischen Tag* gelesen – zuletzt die Kolumnen zu unserer Mordserie. Sie und ich haben vor vielen Jahren dieselbe Klasse am E.T.A. Hoffmann-Gymnasium besucht. Wir pflegen noch ... losen Kontakt. Das ist auch der Grund, warum sie mich angerufen und mir ihren Verdacht mitteilt hat. Gerade sind wir auf ihren Hinweis hin gemeinsam im Gottesdienst in der Buger Kirche „Heilige Dreifaltigkeit“ und sind vor wenigen Minuten Ohrenzeugen geworden, wie Toni Schneider in lupenreinem Italienisch ein wunderschönes Kirchenlied vorgetragen hat. Ich denke –“ Weiter kam sie nicht.

„Bleiben Sie, wo Sie sind! Ich bin quasi schon unterwegs. Sollte der Gottesdienst vor meinem Eintreffen zu Ende sein, dann verhaften Sie die beiden Schneiders! Frau Meisel?“

„Ja?“

„Sehr gute Arbeit.“

*

Die Kommissare Schmuck, Frank und Zahn mussten ihre sonntägliche Ruhepause zwangsweise abbrechen. Hagenkötter hatte sie ins Büro beordert. „Außerordentliche Umstände“, hatte er nur am Telefon geknurrt und einen schnellen Dank für ihren Einsatz hinterhergeschoben. Nun standen sie hinter dem Einwegspiegel zum

Vernehmungsraum und sahen zu, was sich auf der anderen Seite tat. Auch Oberstaatsanwalt Dr. Vogel hatte sich zu ihnen gesellt. Sie verfolgten den Dialog zwischen Willi Schneider und seinem Sohn Toni auf der einen und Hauptkommissar Hagenkötter und Kommissarin Tina Meisel auf der anderen Seite. Hagenkötter hatte gerade Wilhelm Schneider über seine Rechte und die seines Sohnes aufgeklärt.

„Wir brauchn kan Anwalt", entschied Willi Schneider. „Wenn die Wurscht so dick wie's Brot is, is es wurscht, wie dick des Brot is", orakelte er.

Der Hauptkommissar sah ihm tief in die Augen. „Was meinen Sie damit?", fragte er.

„Des is einfach erklärt, Herr Hauptkommissar." Und dann erzählte Willi Schneider doch eine lange, schicksalsträchtige Geschichte, die im Jahr 1984 in der Vatikanstadt ihren Anfang genommen hatte. „Ich war damals mit dem Pfarrgemeinderat zu aner Pilgerfahrt in Rom. Ich waß noch ganz genau, es war der Ostersunntoch, am Petersplatz, im Vatikan. Alle Leit ham gwart, bis der Pole Wojtyla auf dem Balkon erschiena is und sei Osterbotschaft verkündet hat. Neben mir hat s' niederkniet, mei Maria, und hat gebetet. Sie war so sche mit ihre pechschwarzn langa Hoar, die in der Sunna so herrlich glänzt ham. So muss des Schneewittchen ausgschaut ham. *Sem mer a a weng do?*, hab ich Depp zu ihr auf Fränkisch gsacht. Gleich drauf hab ich mich gschämt – wegen mein Gschmarri. Aber sie hat mich sofort verstandn und hat glacht, weil die nämlich aus der Provinz Trient kumma is, wo noch viel Leit Deutsch sprechen. So sen wir ins Gspräch kumma. Hoch oben, nordwestlich von Trient, am Molvenosee, hat s' bei ihren Eltern glebt. A halbs Jahr später hab ich sie dort besucht. Wir ham uns verliebt und wies halt so geht, is s' schwanger wordn. 1985 is dann der Toni auf die Welt kumma und obwohl er geistich behindert war, war unser Glück perfekt. Die Maria hat sich um unsern Sohn gekümmert mit ihrer ganzn Liebe. Italienisch hat s' ihm beibracht, ich hab ganz gstaunt. Gsunga ham s', die zwa, und vom Vatikan hat mei Maria dem Toni erzählt und von der katholischn

Kergn und dass mer a guter Mensch sei muss. Der Toni hat ihr zughört und hat gar net gnuch kriegn könna, vom Vatikan und der Bibl." Er legte eine kurze Pause ein und nahm einen Schluck Wasser. „Einmal hab ich mitkricht, wie mei Maria mit dem Toni über des Talionsprinzip gred hat. Zuerst hab ich gar net gwusst, was des überhaupt is. Sie wissn scho: Auge um Auge, Zahn um Zahn. Dass mer einem Verbrecher Gleiches mit Gleichem vergelten kann, weil des der Gott auch scho amol gsacht hat. Ja, ja, und etz is s' seit zwa Jahrn tot, mei Fraa. So geht die Zeit rum."

Dann erzählte Willi Schneider weiter, von der Zeit danach. Wie sein Sohn sich nach dem Tod seiner Mutter einen neuen Zeitvertreib suchte und anfing, sich Kfz-Kennzeichen zu notieren. Zuerst von den Pkws, die zum Meditationszentrum fuhren, später von allen Fahrzeugen, die er sah. Und er wollte auch wissen, was die vielen Kleriker dort in dem großen Haus in der Nachbarschaft taten.

„Also hat er si nachts heimli auf des Grundstück der Villa gschlichn und hat versucht herauszufinna, was die Besucher so alles treibn. Ja, und dann is's passiert", erinnerte sich Willi Schneider und fuhr sich mit einer Hand über das Gesicht. „Am 19. August, da fährt a Auto aus dem Vatikan runter zur Villa. Hockt da a Typ drin, der ausgschaut hat wie der Papst Franziskus persönlich. Mei Toni is ausgflippt. *Il papa è passato,* hat er die ganz Zeit grufn: *Der Papst is vorbeigfahrn.* Der Toni war nimmer zu bremsn."

„*Papa era cattivo*", steuerte Toni aufgeregt bei. Bisher hatte er nur den Worten seines Vaters aufmerksam zugehört.

„Is schon gut, mei Bu", beschwichtigte Willi Schneider seinen Sohn, „der *papa* war richtig bös, gell, weil er des Madla erdrosselt hat. So was macht mer einfach net. Dass es net der Papst war, hat mei Bu auch erscht gmerkt, nachdem er ihn erdrosselt ghabt hat und wieder daham woar. Weil es war halt net der Fischerring, den er dem Bischof abgnumma hat."

„So was macht mer einfach net", wiederholte Toni.

Dann erzählte Willi Schneider weiter, dass sein Toni nicht nur Augenzeuge des Mordes geworden war, sondern auch noch den Hausverwalter der Villa beobachtet hatte, der spät in der Nacht, die Leiche des Mädchens geschultert, zur Regnitz hinabgestiegen war und das Opfer dort in den Fluss geworfen hatte.

„So was hat der Toni überhaupt net sehn könna, wenn aner einem Kind was antut. Da is er richtich in Wut geratn, mei Bu. Ich hab's Ihrm Kommissar Schmuck scho amol erzählt. Der Toni is a feiner Kerl, der tut kaner Seel was zuleid. Er hat a großes Herz und a großes Gerechtigkeitsgefühl. Klane Kinner hat er sowieso recht gern. Wehe, jemand, egal wer, tut dene was, dann kann er scho ausrasten. Dann kriegt er sei Wut." Willi Schneider zuckte etwas hilflos mit den Schultern. „Ich kann mich erinnern, amol hab ich mit aner Drahtschlinga im Wald a Kaninchen gfangt. Für an Sonntagsbratn halt. Da is mei Bu dermaßn in Wut geratn, dass er mir des dünne Drahtseil weggnumma und versteckt hat. Den Hasn ham mir a net gessn. Den ham mir feierlich begrabn."

Dem Bischof aufzulauern, war kein Problem, meinte Willi Schneider weiter, hatten doch die Tageszeitungen berichtet in welchem Hotel er zu Gast war. „Und mei Toni kennt sich in Bamberch aus. Als der Bischof aus dem Hotel rauskumma is, is ihm der Toni einfach nachgloffn. Mit dem Hausmaster hat's länger dauert. Aber als am 4. September sei blauer VW Tiguan den Paradiesweg hergfahrn is und weiter zur Villa, is der Toni wie a Hordn Wildsäu ausm Haus gstürzt und ihm nachgrennt. Na ja, der Rest vo der Gschicht is ja bekannt."

Alle im Verhörraum Anwesenden nickten ernst, auch Toni, der seinen Vater unverwandt ansah und die Bewegung imitierte.

„Was wirdn etz mit dem Toni?"

„Das kann ich Ihnen nicht sagen, Herr Schneider. Das muss der Richter entscheiden. Strafrechtlich wird Ihr Sohn sicherlich nicht verurteilt. Ich glaube kaum, dass der Toni für seine Taten verantwortlich gemacht werden kann. Das muss aber erst ein psychologischer Gutachter untersuchen."

„*Le bambine non sono le figlie dell'acqua*", strahlte Toni und nickte heftig mit dem Kopf.

Ehrlich gesagt

Montag, 18. September

Der *Fränkische Tag* berichtete in seiner Montagsausgabe auf den ersten fünf Seiten fast ausschließlich über die Aufklärung der Mordfälle. Die aktuellen Weltnachrichten mutierten regelrecht zur Nebensache. Franziska hatte am Sonntag den ganzen Nachmittag am Computer gesessen und sich die Finger wund geschrieben. Hagenkötter war damit einverstanden gewesen, dass Tina ihr exklusiv die aktuellsten Vernehmungsergebnisse der Verhafteten geliefert hatte. „Das hat sie sich verdient", hatte er gebrummt. „Ohne ihr scharfes Auge und den Hinweis auf Toni Schneider ... wenn ich dran denke, dass unser Herr Schmuck so nah an den Schneiders dran war!"

Bernd Hühnertod war begeistert gewesen. Der neueste Stuss, den Donald Trump mal wieder per Twitter verbreitete, rückte klein auf Seite zwei. Franziska widmete ihre Kolumne Toni Schneider:

Der Krug geht so lange zum Brunnen, bis er bricht, schrieb sie – und: *Es gibt Gerechtigkeit.*

Es bedarf keiner Exorzismen, um den Teufel auszutreiben. Gott ist erfinderisch: Manche Bamberger, die ihn kennen, bezeichnen Anton S. als ortsbekannten Sonderling und spielen damit auf seine geistige Behinderung an. Fragt man nach, was sie konkret mit dem „Sonderling" meinen, sprechen viele von Dummheit, Tollpatschigkeit, der Unmöglichkeit der echten Integration in die Stadtgemeinschaft. Sonderlinge leben am Rand unserer Gesellschaft und müssen nicht selten als Sündenbock herhalten. Dabei haben sie diese Rolle nicht verdient. Auch sie haben ein Recht auf den Respekt und die Akzeptanz ihrer Mitmenschen. Was für eine Tragödie, dass Toni S.' Mutter so frühzeitig verstarb.

Er ist kein Sündenbock, er ist in unserer Geschichte der Täter, ein strafender Racheengel, der das Maß seiner Sanktion an den altbabylonischen Codex Ur-Nammu anlehnte, nach dem der gleiche Schaden, der dem

Opfer zugefügt wurde, auch dem schuldigen Verursacher zukommen soll. Wie du mir, so ich dir – oder wie es im Alten Testament heißt: So sollst du geben Leben für Leben, Auge für Auge, Zahn für Zahn, Hand für Hand, Fuß für Fuß, Brandmal für Brandmal, Wunde für Wunde, Strieme für Strieme Doch dem setzt die Bergpredigt des Neuen Testaments entgegen: Wenn jemand dich auf die rechte Backe schlägt, dann biete auch die andere dar. Eine klare Aussage der Vergebung.

Durch das Eingreifen von Toni S. wurde das Kapitalverbrechen an dem Mädchen Johanna Sonnleitner gesühnt. Wir müssen uns aber alle die Frage stellen, wie es möglich war, dass sich mitten in unserer Stadt eine Organisation ausbreiten konnte, die den Missbrauch von Schutzbefohlenen zum regelrechten System erhoben hatte. Haben wir zu schnell weggesehen, den Santi-Figli-di-Dio als Teil der katholischen Kirche zu leicht Vertrauen geschenkt?

Toni S. hat Selbstjustiz geübt. Hat er sich womöglich als Werkzeug Gottes gesehen? Es bleibt zu hoffen, dass die überlebenden und inhaftierten Täter durch ein weltliches Gericht ebenfalls ihrer gerechten Strafe zugeführt werden. Auch wenn er gemordet hat, kann man sich eines gewissen Verständnisses, vielleicht sogar einer gewissen Sympathie gegenüber Toni S. nicht erwehren. Strafrechtlich werden die Richter den Racheengel vom Bamberg wohl nicht belangen, seine Behinderung steht einer vollen Schuldfähigkeit entgegen.

Sonderlinge stehen außerhalb der Gesellschaft. Auch deshalb müssen wir uns vor einem vorschnellen Urteil über die Taten von Anton S. hüten. Bei all seinen geistigen Einschränkungen, die ihm ein Leben in der Gemeinschaft so erschwerten, wurde dem jungen Mann eine große Gabe in die Wiege gelegt: Seine wunderbare Stimme wird nun lange nicht mehr im Gottesdienst erklingen. Aber wer weiß, was Gott sich für Toni S. noch einfallen lässt, Gerechtigkeit und auch Glück finden sich auf den verschlungensten Wegen und an den seltsamsten Orten. Ich würde es ihm wünschen.

Danksagung

An dieser Stelle möchte ich mich beim Volk Verlag für die Veröffentlichung meines Buchs bedanken.
Ganz besonderer Dank gilt meiner Lektorin Martina Dolhaniuk, die mich an den kritischen Stellen des Manuskripts immer wieder auf die richtige Spur zurückgeführt hat.